茅盾研究
八十年書系

錢振綱・鍾桂松◎主編

鍾桂松◎著

49

二十世紀
茅盾研究史

花木蘭文化出版社

國家圖書館出版品預行編目資料

二十世紀茅盾研究史／鍾桂松 著 — 初版 — 新北市：花木蘭
文化出版社，2014〔民 103〕
序 4+ 目 2+222 面；19×26 公分
（茅盾研究八十年書系：第 49 冊）
ISBN：978-986-322-739-7（精裝）
1. 沈德鴻　2. 中國當代文學　3. 文學評論
820.908　　　　　　　　　　　　　　　103010661

中國茅盾研究會《茅盾研究八十年書系》編委會

主　編：錢振綱　鍾桂松

副主編：許建輝　王中忱　李　玲

特邀顧問：

邵伯周　孫中田　莊鍾慶　丁爾綱　萬樹玉　李　岫

王嘉良　李廣德　翟德耀　李庶長　高利克　唐金海

茅盾研究八十年書系
第四九冊　　　　　　　　　　　　　ISBN：978-986-322-739-7

二十世紀茅盾研究史

本書據浙江人民出版社 2001 年 3 月版重印

作　　者　鍾桂松
主　　編　錢振綱　鍾桂松
總 編 輯　杜潔祥
副總編輯　楊嘉樂
編　　輯　許郁翎
出　　版　花木蘭文化出版社
社　　長　高小娟
聯絡地址　235 新北市中和區中安街七二號十三樓
　　　　　電話：02-2923-1455 ／傳真：02-2923-1452
網　　址　http://www.huamulan.tw 信箱 hml810518@gmail.com
印　　刷　普羅文化出版廣告事業
初　　版　2014 年 7 月
定　　價　60 冊（精裝）新台幣 120,000 元

二十世紀茅盾研究史

鍾桂松 著

作者簡介

鍾桂松,浙江桐鄉人,高級編輯,中國茅盾研究會副會長,中國作家協會會員。曾任浙江電視臺臺長,浙江省新聞出版局局長。長期業餘研究現代文學,已經出版茅盾、豐子愷、陳學昭、錢君匋、沈澤民、徐肖冰、侯波等人傳記和研究著作 20 多種。

提　　要

　　《二十世紀茅盾研究史》是作者二十多年潛心研究的成果之一,是中國茅盾研究界第一部茅盾研究史著作。作者在這一部著作中,以自己的獨特學術眼光和膽識,認眞梳理了 20 世紀 20 年代以來國內外茅盾研究的歷程,以七個篇章構建了一部二十世紀茅盾研究史,系統介紹了各個歷史階段的茅盾研究的進度、深度和廣度,並且在梳理過程中,力求客觀公正地把握學術研究和政治影響的關係,注重不同時期茅盾研究的開拓性和創新性,爲在不同歷史階段國內外爲茅盾研究作出貢獻的學者的研究成果,給以客觀眞誠的評價。《二十世紀茅盾研究史》是迄今爲止國內外唯一的一部茅盾研究的研究史著作。

序

吳福輝

　　大約在 1984 年，我爲《文學評論》寫過一篇不長不短的關於茅盾研究的
文章。如果按照本書劃定的茅盾研究分期，那正是「由感性到理性：研究的
深化和開拓」的絕好時段，讓我給趕上了。文章並不值得重提，只是它的性
質同今日這部皇皇大作是一般無二的。當然，格局要小得多，所論僅四本茅
盾研究著作，視域達到的範圍有限，雖然那篇文字的筆力就如當年歲數，裏
挾出一些勇氣，似乎躍躍欲試地想要涉及到茅盾研究的昨天、今天和明天，
但實際是離目標頗遠的。現在，我高興地看到，在上一個世紀剛剛過去，新
世紀剛剛來臨的第一個年頭，囊括整個世紀茅盾研究的首部著作已經能夠問
世。這事說大就大，說小也小，屬於學術史跡一類，鍾桂松君拔了頭籌。

　　而我也由此明白了，鍾桂松新作的這篇序，我推脫不得。第一，因爲我
還算是幾十年裡始終關心此一課題的人。第二，因爲我自己的「茅盾研究之
研究」做得一般化，「研究」更談不上（工作上一直與茅盾分解不開，可興趣
廣泛，無法僅集中在文學史的一位作家身上），這種缺失反而給我一種便利，
即只是談談旁人的「茅盾研究之研究」或「研究」，倒是可以更客觀從容些，
超脫自由些，是不是？

　　研究史的寫作，主要在於資料的翔實、全面和對資料評定眼光的準確、
生動、犀利。兩個方面缺一不可。如果兩方面不能兼得，因某種緣故，比如
我們與研究對象的距離拉得還不夠大，我們還來不及仔細品味琢磨紛紜複雜
的研究現象之間的關聯，歷史事實的眞相尙無法充分顯露，造成我們在褒貶
每一時代茅盾研究得失時不免無從下手等等，那不要緊。最早的研究史的編
纂，一般都有點「長編」的性質。我們先要做到重要的研究家、研究著作和

篇目的全面梳理，像本書顯示出的，不僅沒有重大的遺漏，還從生平傳記研究狀況、紀念活動、學術會議紀要、外國學者研究收穫等諸方面盡量地挖掘材料，一網打盡。最不可取的方法是先入為主地存了一種觀點，然後「主題先行」，對歷史進行「合則留，不合則去」的閹割。那樣的述評，像李逵的板斧一路砍將過去，痛快是夠痛快的，可歷史的豐富性沒有了，歷史上點滴可取的各種觀點被掩蓋了。大合唱變成了幾重唱，甚至是當代人的自拉自唱。那不是一部真實的研究史。

我並不反對寫研究史應傾注作者個人的感情和立場。事實上，每一部研究史的不同，也就在研究史家的個人色彩相異。鍾桂松的茅盾研究史的分期，有他的看法融解在其中，什麼時候「輝煌」，什麼時候「平靜」，什麼時候「挑戰」，了了分明。他的分期與茅盾的創作不總是同步的，與魯迅研究史、現代文學史也不一致，他是從茅盾研究的實際出發的。他注意到研究史本身的獨立性。他對新時期 20 年茅盾研究中新人的每一挑戰，也做了回應，不是沒有看法，而是在尊重別人研究的前提下，不斷章取義地引用，同時融入自己的見解。理解和寬容，是這部研究史的個性，也是我認識鍾桂松 20 年他真實的個性。他對我也是採取這種態度。因為所說的「挑戰」的文章，包括重讀《子夜》的文章，有許多篇是在《中國現代文學研究》上發表的，有的就是我組來的稿子。他不因為此就不同我交流學術。學界不同於酒肉場、名利場的非友即敵的規則，講究尊重意見不同的對方，是起碼的規則。鍾桂松就是這樣一位朋友，寬容，溫文爾雅，這也是他做學問的特色。

在談及研究史寫作的真實性和個人性之後，我想說，進行研究活動，實事求是太難。一部百年的研究史，幾百個人名，幾百部（篇）的論著，排著隊等你說三道四，並不是一件輕鬆的活兒。如果你是茅盾同時代的人，你評得真誠、親切、感情色彩濃厚，歷史感可能就有點問題。假使你是茅盾的下一代人，你受過茅盾文學、思想的恩惠，或者就是茅盾親自關心過的青年作家和青年學者，你評得認真，有激情，但你可能將頌揚當做惟一的尊敬方式，聽不得不同的聲音。而你如果是茅盾的隔代之人、隔隔代之人呢，你會再不屑於重複前輩們說過的現成話，你會樂意成為一個苛評者，其中也可能誤將一切苛評當成「創新」。那麼，初評，好評，苛評，這是一種評價規律嗎？我從鍾桂松的書裡，隱隱約約感受到這規律性的流動存在。它不一定對每個人都屢試不爽，表現形式可能各種各樣，但我看絕不是只應在茅盾一個人身上

的。不久前我去台灣，曾接受《中國時報》的採訪。女記者劈頭的問題便是：你如何看待大陸某些青年作家最近發表的破除魯迅「神話」的言論？她還提供了台灣報紙轉載的複印件，有些材料是能證明我的孤陋寡聞的。我當即回答說，這不奇怪。魯迅就發現過歷代評價皇帝的規律，短命皇帝遭苛評的居多，長命皇帝必然多受好評。魯迅在同代本來是苛評、好評共生兼得的，後來政治家爲了自己的需要把他捧得太高了，現在則要接受更嚴重的苛評考驗。不過，偉大的作家不懼怕考驗，魯迅被部分「神話化」的地方當然可以批評，要當心的是千萬不能也是爲了「自己的需要」（包括踐踏大人物的某種痛快等等），把他不是「神話」的部分也當成「神話」了。我想，這些話也適用於茅盾。茅盾既然是偉大的作家，他必然不懼怕苛評。茅盾這個研究對象不會凝固，他已經越來越成爲經典。以往研究史的總結和將來研究史的繼續延伸，是否會循著好評和苛評這樣的道路交替走下去，最後引導我們眞正走近一個「大寫」的歷史人物呢？這可能不是一代人、兩代人的事情了。翻著筋斗，一味的歌功頌德，或一味的挖苦貶斥，都不是科學的態度。科學的態度是實事求是。而實事求是的經驗，有的就存在於歷史上一切學術性的研究史之中。我想鍾桂松的這本書，也會給予我們這樣的啓示。

就此打住。且作爲序。

2001 年 2 月 9 日於小石居

目

次

第一章　濫觴時期的多聲部
（1928～1937）

　　20 世紀的茅盾研究是隨著「茅盾」的出現而興起的，它同其他所有的學科一樣，在其發軔和濫觴時期並不規範，且帶有某些原生狀態，正如一位作家的創作起始階段，有較多的發自內心的激情成分，並存在著較多的自然因素。因此一個新興作家的出現，當他以後的創作走向、創作成果、創作思想還不完全明瞭、確定的時候，對他的研究評論就相對狹窄些，預測性的成分多一些。而　且一位作家完成了一生所創作的作品並成為一個體系、一座殿堂之後，評論者大多是後人了，因而可以從容不迫，從不同學科參照中，尋繹出許多經驗和規律，於是又成為另一座文學殿堂。茅盾文學在 20 世紀裡築起的這座殿堂，為 20 世紀乃至 21 世紀作出的貢獻是無法估量的。而且，20世紀延綿 70 多年的茅盾研究，同樣為中國文學研究創造了燦爛的文化。

　　濫觴時期的茅盾研究，是隨著「茅盾」的出現而開始的。「茅盾」是沈雁冰的筆名。沈雁冰，浙江桐鄉烏鎮人，1896 年生，在當地讀完小學後，進過省立二中、省立三中和杭州私立安定中學，1913 年考取北京大學預科。1916年進商務印書館，不久主編中國新文學第一份純文學雜誌《小說月報》，幾乎同時參加了中國共產黨的創建工作。中共一大之後，沈雁冰與其胞弟沈澤民均成為全國 50 多名黨員中的一員。期間，他有機會接觸了當時中國最有代表性的男男女女，如在擔任中共中央的聯絡員時，接待過許多當時的精英分子，後來又遠赴廣州參加國共合作時期的國民黨第二次代表大會，直接與汪精衛、毛澤東等政治人物聯繫。不久，北伐開始後，革命內部變得複雜起來，沈雁冰辭去在商務印書館幹了 10 年的高級編輯一職，攜妻別子奔赴武漢，奔

赴革命。茅盾在武漢的日子不長。不久，蔣介石脫離武漢政府，在南京另樹旗幟，並搜捕了大批中共黨員，其中有不少是沈雁冰的朋友。一場轟轟烈烈的大革命失敗了。沈雁冰是這場大革命的參與者和見證人，他是親手鍛造革命之舟的人，也是親眼目睹這革命之舟沉沒的人，痛心是無庸諱言的，朋輩成新鬼的血的事實，讓沈雁冰悲憤得無以言說，他從武漢下九江，登上廬山，鳥瞰世事變幻，一縷滄桑的悲觀襲上他那「大丈夫當以天下為己任」的心頭。此時，他正當三十而立之年！從小立志幹大事的沈雁冰，此時的悲愴是難以形容的。一片渺茫！他從廬山折回上海，心情已經沒有赴武漢時那樣豪壯，赴武漢時，武漢方面匯來錢，讓他在上海招生招教官後再去武漢，那時他是何等躊躇滿志，意氣風發。而現在從廬山下來（妻子早送回上海），孤身一人，只有在武漢相識的范志超同船赴滬，但又有不便，自己便在鎮江上岸，連行李都不敢帶，孤單單地從鎮江坐火車「潛回」上海家裡。革命處於低潮，誰在召集，誰在指揮，在哪裡活動，有多少任務，沒有一個人跑來告訴年輕的沈雁冰，他只好憑藉以往的政治經驗，憑藉以往的信念，摸索著尋找適合自己的出路。

　　1927年8月，在家裡待得十分焦慮的沈雁冰開始全面反思剛剛過去的慘烈的革命，思索著革命過程中的形形色色的人和種種合情理的或不合情理的事，並著手用小說形式反映大革命的歷史。在龐雜的歷史洪流面前，沈雁冰選擇了「青年人心路」這個側面，正如他自己所說：「當初並無多大計劃，只覺得從「五卅」到大革命這個動盪的時代，有很多材料可以寫，就想選擇自己熟悉的一些人物——小資產階級的青年知識份子，寫他們在大革命中的沉浮，從一個側面來反映這個大時代。」〔註1〕他還申明：「我是經驗了人生才來做小說的，而不是為了說明什麼才來做小說的。」〔註2〕《幻滅》寫出一部分後，為油米計，立刻交給《小說月報》主編葉聖陶。葉聖陶這位意氣相投的青年友人當即決定在9月的《小說月報》上發表。沈雁冰隨手在題目《幻滅》下右方署個「矛盾」，後來在葉聖陶的建議下，改為「茅盾」。從此，沈雁冰用「茅盾」的筆名在《小說月報》連載《幻滅》、《動搖》、《追求》三部曲。成為當時中國文壇的一樁轟動性的新聞。1930年5月結集為《蝕》，由開明書店出版。

〔註1〕《我走過的道路》（中），人民文學出版社1984年版。
〔註2〕同上。

　　寫完三部曲以後，沈雁冰東渡日本養病和寫作。在日本漂泊的生活中，一位革命女性秦德君相伴左右，他寫了長篇小說《虹》及一些有關女性的小說，也零星寫些散文，以補貼生活。1930 年 4 月，沈雁冰回到國內，經過短期的視察和思考，又創作了具有新文學里程碑意義的代表作──《子夜》，這部皇皇鉅著耗去了他將近兩年的時間。小說描寫了 20 世紀 30 年代初上海各種經濟、政治、軍事光怪陸離的現象，講述了民族資本在半殖民地半封建的中國的無奈和悲哀，塑造了買辦、洋奴、工人、老板、妓女、交際花等各色人物的形象和性格。這部作品的出現，標誌著沈雁冰作為一名現代新文學作家的成熟，確立了他在中國 20 世紀文壇上的地位。

　　在《子夜》出版前後，沈雁冰又以「茅盾」為筆名，創作了中國現代文學史上不朽的名篇，如《春蠶》等農村三部曲、《林家舖子》，以及一些歷史小說，同時也寫了大量雜論。此時是沈雁冰文學創作活動中最活躍最豐富最輝煌的時期。然而，這一時期評論界對沈氏作品、文藝思想乃至生平的研究，很不深入，也許是同時代人的作品解讀有其侷限性吧，但總體上仍處在研究的發軔期、濫觴期。這種作品的高度與研究滯後的反差，在作家研究中屬於正常現象，而且初始階段的研究中的自然，與後期過多的理論包裝相比，發軔期同樣有著它的許多可愛之處。這些，本章以後各節中將詳細論述。

第一節　不同聲音的不同評價：共時兼容的語境時代

> 中國之有茅盾，猶如美國之有辛克萊，世界之有俄國文學。
>
> 　　　　　　　　　　　　　　　　　　　　──吳組緗

> 　　他的意識不是新興階級的意識，他所表現的大都是下沉的革命的小布爾喬亞對於革命的幻滅和動搖。他完全是一個小布爾喬亞的作家。
>
> 　　　　　　　　　　　　　　　　　　　　──錢杏邨

　　茅盾的《幻滅》、《動搖》、《追求》陸續在《小說月報》第 18 卷第 9～10 號、第 19 卷 1～3 號、第 19 卷第 6～9 號發表後，在讀者中引起熱烈反響，1929 年 3 月 3 日的《文學週報》上有一篇評論說：「到學校去上課，有一個坐在我前排的同學，天天是抱了四本《小說月報》來上課的。這四本《小說月報》內就登載得有《追求》。這位同學上課的時候，右手拿著鉛筆註解他的課

本，左手呢，仍然在『追求』！他有一天，很鄭重地把那四本《小說月報》介紹給我和同座的Ｗ女士，他那時的語氣頗帶一些驚異，好像沒看過《追求》便等於不知道國民黨有一個孫總理。」〔註3〕當時的轟動程度，由此可見一斑，傾倒了大批知識青年男女，給當時迷茫然而熱血沸騰的青年一種歷史參照，因而更受時人歡迎。

在梳理茅盾研究史料時，發現第一篇評論文章是關於茅盾第一部小說《幻滅》的，它刊在北京的《清華週刊》第29卷第2期上，即白暉先生《近來的幾篇小說》一文的第一節《茅盾先生的〈幻滅〉》。此時是1928年2月17日。此文雖然是一般泛論，但在時間上佔了優勢。評論家錢杏邨的《茅盾與現實》的專論，在發表的日期上遲了白暉兩天。

在同時代人的對茅盾作品解讀中，同是進步陣營中的評論家，對《蝕》三部曲解讀的結果卻是多元的。概而言之，否定派從階級立場出發，用馬克思主義某些概念來衡定作品，從而用階級標準來劃分作品和作者。這一派以錢杏邨、克興為代表，他們先後寫了《從東京回到武漢——讀了茅盾的〈從牯嶺到東京〉以後》（以下簡稱《從東京回到武漢》）、《茅盾與現實》、《小資產階級文藝理論之謬誤》等，集中批評茅盾《蝕》三部曲的基調和茅盾的文藝思想。肯定派則從藝術的真實性和歷史的真實性角度，充分肯定作品的藝術價值和歷史價值，認為《蝕》三部曲「是沙漠中的綠洲，文學史上有永久位子」。這一派的代表人物有復三、羅美等。然而對《蝕》三部曲的青年知識份子的心理描寫，無論是反對派還是肯定派都是極為欣賞的。

以錢杏邨為代表的否定派，對《蝕》三部曲的政治傾向、藝術傾向和作者的文藝思想提出尖銳批評，提高到「革命」與「不革命」的高度全面審視三部曲，從而否定《蝕》的進步意義。錢杏邨是「五四」運動中成長起來的文學批評家，在中國共產黨建立初期即在家鄉安徽蕪湖從事反帝反封建的革命宣傳活動，1926年入黨，後來與沈雁冰一樣去了武漢，在武漢中華全國總工會宣傳部工作。大革命失敗後，錢杏邨回到上海，和蔣光慈等創建革命文學社團太陽社，活躍在上海文壇。1930年參加「左聯」的籌備和領導工作。錢杏邨的這一段經歷，都是在他年少氣盛的30歲之前的經歷。也許正因為有這樣的經歷，因此在他的系列評論《茅盾與現實》中，開宗明義地指出，茅盾「他的意識不是新興階級的意識，他所表現的大都是下沉的革命的小布爾

〔註3〕辛夷：《〈追求〉中的章秋柳》，《文學週報》第8卷第10期。

喬亞對於革命的幻滅和動搖。他完全是一個小布爾喬亞的作家。」〔註4〕他認為：「《幻滅》這一部小說，是描寫小資產階級的游移與幻滅的心理的。主人公是一個女子。事實的對象不完全是革命的，是藉著兩種的事實把這兩種心理表現了出來，戀愛的事件表現了游移，革命的事件描寫了幻滅。」經過分析，他認為《幻滅》的結構並不佳，前半部分比較精密，但材料太扼要，後半部分「卻鬆散得很」，材料也單弱；在描寫方面，前四章失敗了，第五章寫得太側面，第六章變化得太突然，第七章事實敘述得不很近情理。第九章「無論是內容是描寫都失敗了，是全書最失敗的一章」。〔註5〕總之，錢杏邨認為：「《幻滅》是一部描寫革命時代及革命以前的小資產階級女子的游移不定的心情，及對於革命的幻滅，同時又描寫青年的戀愛狂的一部具有時代色彩的小說。全書把小資產階級的病態心理寫得淋漓盡致，而且敘述很細緻。描寫只是後半部失敗了，至於意識不是無產階級的，依舊是小資產階級的，是革命失敗後墮落的青年的心理與生活的表現。」〔註6〕

對於《動搖》，錢杏邨認為：「寫得比《幻滅》進步，不僅作者筆下的革命人物很生動，1927年的社會和政治的情狀，也有了很鮮明的輪廓。」〔註7〕但是錢杏邨經過大段分析後，仍認為有改善的必要：「第一，全書脫不盡舊小說的風味……第二，就是主客觀的敘述的不調劑。……第三，在描寫方面有破敗的痕跡，讀者不能滿足……第四，是很重要的一點，就是作者描寫方法有改正的必要。作者採用的完全是舊寫實主義的方法……這是不必要的。總之，舊的寫實主義的立場於我們是不適宜的了。」〔註8〕而《追求》在錢杏邨的政治視野裡，「《追求》不是革命的創作。全書的 climax 也弱於《幻滅》與《動搖》」。而在錢杏邨的藝術視野裡，「較之《動搖》卻有很大的進展，心理分析的功夫也比《動搖》下得更深。他很精細的如醫生診斷脈案、解剖屍體般的解析青年的心理。尤其是兩性的戀愛心理，作者表現得極為深刻」。〔註9〕「這部創作是長於戀愛心理的描寫，同時也具有著極濃厚的肉的氣息，但是在性慾描寫的一方面，作者的技巧卻失敗了……」最後錢杏邨鄭重其事地說：

〔註4〕錢杏邨：《茅盾與現實‧序引》。
〔註5〕錢杏邨：《茅盾與現實‧幻滅》。
〔註6〕同上。
〔註7〕錢杏邨：《茅盾與現實‧動搖》。
〔註8〕同上。
〔註9〕錢杏邨：《茅盾與現實‧追求》。

「一個革命的作家，他不能把握得革命的內在精神，雖然作品上抹著極濃厚的時代色彩，雖然盡了『描寫』的能事，可是，這種作品我們是不需要的，是不革命的，無論他的自信爲何如。」〔註10〕

　　錢杏邨先生站在當時激進的青年革命知識份子立場上，全面審視《蝕》三部曲，在8個多月的時間裡，先後對《幻滅》、《動搖》、《追求》逐一批評，結論是「我們是不需要的，是不革命的」。這種批評，代表當時革命陣營內部中的一種看法。

　　賀玉波在《茅盾創作的考察》一文中，除了揭櫫出《蝕》三部曲創作手法頗具眼光以外，對作品的思想作了深刻的批判：「作者站在他自己的地位上，拿了客觀的寫實主義的照相機，而對革命浪潮攝取了一斷片──一般猶豫青年對於革命的幻滅，卻疏忽了其他的部分──一部分繼續奮鬥，努力於革命的勢力……於是產生了一篇消沉，悲觀，充滿了灰色幻滅的作品，而這種作品卻在革命勢力中散布了大量的毒氣，使一部分意志薄弱的革命戰士灰心而退縮。這就是作者留給我們的壞影響了！」〔註11〕這篇評論，前半部分頗正確，後半部分也就勉強了。但是賀玉波對《幻滅》、《動搖》、《追求》三個中篇分別以故事的述略、思想、技巧三部分論述，尤其在技巧分析過程中標示圖表結構，讓人耳目一新。

　　除了錢杏邨、賀玉波等尖銳全面的批評之外，還有不少論者從寫作藝術技巧角度評論三部曲的不足。克生在《茅盾與〈動搖〉》一文中，稱《動搖》是「爲迎合某小部分的病態嗜好而作」。〔註12〕普魯士在《茅盾三部曲小評》一文中，用對話方式批評三部曲：「只是引起對於革命認識不清而消極，而幻滅的青年同調的嘆息，沒有會給這些青年積極的，更熱情於革命的激發。」〔註13〕也有的論者認爲三部曲受著南歐自然主義文學影響，節奏「寫得太緩慢一點」。〔註14〕也有的評論認爲：「《動搖》的結尾似乎太軟弱，像這樣驚天動地的事件，而收場卻那樣沉寂，誠未免有些浪費讀者的興趣了。至於《追求》中的曹志方最後幾章完全看不見，連名字也不大有人提起，究竟這個雄心最

〔註10〕錢杏邨：《茅盾與現實・追求》。
〔註11〕賀玉波：《茅盾創作的考察》，《讀書月刊》第2卷第1期。
〔註12〕克生：《茅盾與〈動搖〉》，《海風週報》第17期。
〔註13〕普魯士：《茅盾三部曲小評》，刊《茅盾評傳》，現代書局1931年版。
〔註14〕徐蔚南：《幻滅》，刊《茅盾評傳》，現代書局1931年版。

大的青年，結果又怎樣呢？讀者到此，也許要發生疑問的。」〔註 15〕總之這些批評大多是從技巧角度入手，指出作品的疵瑕。因此，這些批評與錢杏邨的全面否定是有區別的。

　　以伏志英等為代表的評論家充分肯定《蝕》的成功。伏志英是茅盾同時代人中頗為有心的一名評論家，他在 1931 年曾將一些批評文章搜集成冊，編了一部《茅盾評傳》，1931 年 12 月由現代書局出版。為此，伏志英專門寫了「序」，高度評價茅盾的創作：「茅盾先生是一個富有時代性的作家，他以 1926 年的中國革命高潮的某一部分的現象，寫了《幻滅》、《動搖》、《追求》，時代反映的三部曲，而一鳴驚人的。」「他技巧的純熟，觀察的深刻，確能捉住那一時代的核心，如小資產階級對於革命的幻滅與動搖，女性的脆弱，投機分子的醜態，以及病態的青年男女，表現得都有相當的成就。」〔註 16〕

　　連帶茅盾的其他作品，伏志英都給予好評，甚至稱為「稀有力作」。〔註 17〕而批評茅盾三部曲的賀玉波有一些肯定性觀點，也值得注意，他說：茅盾「作品的特點就是染有濃厚的時代色彩，專門藉了戀愛的外衣而表現革命的時代裡的社會現象，以及當時中國的一般革命事實，革命後的幻滅、動搖和悲哀」。〔註 18〕儘管賀玉波在整篇評論中是否定三部曲的，但這個見解卻是有見地的，指出茅盾藉戀愛外衣表現革命時代的社會現象，是切中肯綮的。林樾則認為：「茅盾的《動搖》和《追求》是有時代性的作品。他對於時代的轉變，和混在這變動中的一般人的生活，是看得很明白的，所以他能夠寫得這樣深切動人。」〔註 19〕章夷在《〈追求〉中的章秋柳》一文中用自己的切身體驗，贊譽《蝕》三部曲。認為過去看書「每每一眼並排成三行或五行的看下去，像潰兵急於要逃脫火線一樣把全文看完」。而「最近在《小說月報》上，前前後後讀過《幻滅》、《動搖》、《追求》這個中篇小說，不自覺的一種力量命令我的眼睛一行一行地看下去了，覺得有些地方彷彿是自己曾經親歷其境的，至少限度也應該認識其中的幾位」。〔註 20〕另一位大革命的親歷者張眠月也說：「《幻滅》雖是很忠實的時代描寫，然而它是不含多量的客觀性地，用

〔註 15〕林樾：《〈動搖〉和〈追求〉》，《文學週報》第 8 卷 10 期。
〔註 16〕伏志英：《茅盾評傳‧序》。
〔註 17〕同上。
〔註 18〕見賀玉波：《茅盾創作的考察》。
〔註 19〕見林樾：《〈動搖〉和〈追求〉》。
〔註 20〕見辛夷：《〈追求〉中的章秋柳》。

寫實的筆法將整個時代情形顯露給我們看。」〔註21〕他還說，茅盾「把我所欲說的話而自己不會說的話說出來了」。〔註22〕同時代的人有這樣深切的感覺，充分說明《蝕》有著廣泛的社會基礎。復三在評論中認為，《蝕》三部曲將「我們的時代」「很扼要地詳細地刻畫出來」，從反映時代的角度來觀照，「這三部實在是沙漠中稀有的，寶貴的綠洲了，而且它還有更大的使命，價值和位置的」。〔註23〕復三還指出：「如果說文藝的使命不僅是反映時代，還能影響時代，其內容不僅再現過去，還要預示未來，那麼我相信——至少在這三部曲自有它永久的價值，在中國文學史上也佔有特殊的位置。」〔註24〕這個見解，在當時是大膽和深刻的，在20世紀文學史的實踐中也得到了很好的證明。

在分析、肯定《蝕》三部曲最細緻入微、而且得到茅盾肯定的，是其弟沈澤民在莫斯科讀到《幻滅》之後，化名羅美給茅盾寫的一封信。沈澤民在信中認為《幻滅》的主題「較深」，既是對時代的「客觀的描寫」，又隱隱成了作者心緒的告白。「我想到了這裡你深感當時局勢轉變對於許多人心中所提出問題的嚴重，和你當時所經驗的思想上的苦悶。當然你的問題是比書中主人的問題立得更高一層；慧的主張，靜的心理都成為你求索中所遇見的標本，她們的『幻滅』的本身又成為你所痛感的苦悶之因。」〔註25〕他又說：「看見高潮中所流露的敗象，終於目擊大廈之傾，而無術以挽救之者，於是發而為憤慨的呼聲，這就是我所了解於《幻滅》的呼聲。」〔註26〕眞是知兄莫若弟，沈澤民還希望茅盾：「擇取現在中國民眾生活最深處的情緒，來作一部小說。……要將耳朵貼在地上，靜聽那大地最深的呼吸。」胞弟的這些忠告，當時的茅盾乃至晚年的茅盾，都深以為然。

無論基本否定而對其技巧讚譽者還是基本肯定而對技巧藝術求疵者，大都是革命陣營內的年輕人，而年輕人特有的年少氣盛，尖刻的語言，辛辣的嘲諷，以及固執的文學觀點，讓閉門著書的茅盾無法保持沉默，終於在東渡日本後，於1928年7月16日寫了一篇《從牯嶺到東京》的長篇論文，對自

〔註21〕 張眠月：《〈幻滅〉的時代描寫》，《文學週報》第8卷第10期。
〔註22〕 同上。
〔註23〕 復三：《茅盾的三部曲》，刊《茅盾評傳》，現代書局1931年版。
〔註24〕 同上。
〔註25〕 羅美：《關於〈幻滅〉》，《文學週報》第8卷第10期。
〔註26〕 同上。

己當時創作及思想作了表白，對《蝕》三部曲發表後新文學陣營同道的種種非難作了辯白。該文從日本寄回上海，發表在《小說月報》第 19 卷第 10 號上。然而，圍繞這篇論文，又引起太陽社、創造社朋友們的攻擊，這又形成同時代人對茅盾文藝思想評論的一道景觀。

茅盾寫完《蝕》三部曲之後，又寫了第一個短篇小說《創造》，發表在《東方雜誌》第 25 卷第 8 號。對這篇小說，茅盾後來曾有解釋：「我寫《創造》完全是『有意為之』。那時候，對於《幻滅》開始有了評論了，大部分的評論是讚揚的，小部分是批判的，甚至很嚴厲。批判者認為整篇的調子太低沉了，一切都是幻滅，似乎革命沒有希望了。這個批評是中肯的，但並非我的本意。轟轟烈烈大革命的失敗使我悲痛消沉，我的確不知道以後革命應走怎樣的路，但我不認為中國革命到此就完了。」「為了辯解，也為了表白我的這種信念，我寫了《創造》。」

茅盾的這篇論文，是茅盾早期文藝思想的代表作，這篇論文分 8 個部分。第一部分作者表白自己「曾經熱心地——雖然無效地而且很受誤會和反對，鼓吹過左拉的自然主義，可是到我自己來試作小說的時候，我卻更近於托爾斯泰了」。「我是真實地去生活，經驗了動亂中國的最複雜的人生的一幕，終於感得了幻滅的悲哀，人生的矛盾，在消沉的心情下，孤寂的生活中，而向受生活執著的支配，想要以我的生命力的餘燼從別方面在這迷亂灰色的人生內發一星微光，於是我就開始創作了。我不是為的要做小說，然後去經驗人生。」第二部分主要敘述《蝕》三部曲構思和創作經過，認為在作品中是「老實地」、「誠實地」、「客觀地描寫」了生活，並盡其所能地表現出當時青年「不滿現狀、苦悶、求出路」的「客觀的真實」。「我是用了『追憶』的氣氛去寫《幻滅》和《動搖》；我只注意一點：不把個人的主觀混進去，並且要使《幻滅》和《動搖》中的人物對於革命的感應是合於當時的客觀情形。」後面的幾個部分，茅盾繼續表白自己對三部曲人物、結構等看法，認為「人物的個性是我最用心描寫的」，也承認三部曲結構上「鬆懈」。同時，茅盾又對一些新文學評論家的責難表明自己的看法。如「有人說這是描寫戀愛與革命之衝突，又有人說這是寫小資產階級對於革命的動搖。我現在真誠地說：兩者都不是我的本意」。論文最後兩個部分主要闡述對國內文壇的意見。呼籲「悲觀頹喪的色彩」要消滅，而「狂喊口號」的作品也「不必再繼續下去了」。主張新文藝需要「聲訴」小資產階級的市民們的「痛苦」，「激動他們的熱情」，把他們作為「廣大的讀者對象」。另

外，在「文藝技巧」上要有「一條新路」，「不要太多的新名詞，不要歐化的句法，不要新思想的說教似的宣傳」，不要成為「標語口號文學」，「只要質樸地有力地抓住小資產階級生活核心去描寫」。〔註27〕

茅盾的這篇表白性論文，引來了國內文壇的嚴厲批判，尤其是創造社的朋友，紛紛撰文，批評茅盾的創作思想的文藝理論。克興在《創造月刊》第2卷第5期上發表《小資產階級文藝理論之謬誤》一文，這篇評論從政治上、意識形態上批判茅盾的文藝思想。他認為三部曲中的《幻滅》內容「在小資產階級的文藝批評家看來，是很好的；描寫小資產階級底根性十分充足的」。〔註28〕至於《動搖》克興用「革命」的目光審視之後說：「他對於《動搖》的觀察既然根本錯誤，這篇小說除卻暴露了他自身機會主義的動搖而外，是沒有什麼意義的。……至於《追求》呢，更毋庸講是暴露他自己纏綿幽怨激昂奮發的狂亂的混合物，其餘更談不上。」在批判茅盾反對「標語口號式的文學」時，克興說：「難道茅先生的作品就沒有口號麼？幻滅，動搖，追求就是先生的三大口號！第一個就是向讀者叫道，革命幻滅了！第二個就是：大家動搖起來！第三個就是：小資產階級大家追求自己階級的利益哪！這種口號對於革命發生如何的影響，讀者可以想想。」克興在論文中還圍繞作品題材、讀者對象等方面，批評茅盾：「如果你的作品沒有無產階級底意識形態作背景，對於社會變革發生了反對的作用，你就是描寫了工農，也不能算為革命文藝，況且你又要站在小資產階級底立場上，大呼描寫小資產階級呢。」克興還認為：「所以在階級社會內向來沒有獨特的位置。至於他的意識呢，為物質的生活條件所規定，除了動搖幻滅狐疑傷感而外，並沒有特別的地方。」〔註29〕克興還將茅盾提出的技巧問題，一一加以批判。

克興在其文章的第三部分，專門批判茅盾在《從牯嶺到東京》中的關於「出路」問題，「留聲機」問題以及「關於革命文藝字底行動問題」。限於篇幅，本文恕不贅述。然而，值得注意的是發表克興這篇批評文章的《創造月刊》，特地發了一個編輯委員會「啟事」，意在鼓勵創造社同仁加入批判、討論茅盾的文藝思想。啟事說：「茅盾《從牯嶺到東京》這篇文章，顯然與普羅列塔利亞文學尖銳地對立著，我們對於他的意見，應該從各方面去批評分析。

〔註27〕茅盾：《從牯嶺到東京》。
〔註28〕克興：《小資產階級文藝理論之謬誤》，《創造月刊》第2卷第5期。
〔註29〕見克興：《小資產階級文藝理論之謬誤》。

克興這篇文章，在一般論述上，我們認為正確。然而茅盾的文章，同時提出了許多現實的具體的問題。這些問題，我們不應該抹殺它，而應該正當地去解決它，關於這一點，編輯委員會認為克興的文章，還有充分討論的必要，並希望一切同志來參加這個討論，使我們的文學運動因此得一個更進一步的具體的展開。」這個編委會「啟事」式編後語，起了很大影響。

《創造月刊》第 2 卷第 6 期，李初梨先生在壓卷之作的《對於所謂「小資產階級革命文學」底抬頭，普羅列塔利亞文學應該怎樣防衛自己》的長篇文章中，針對茅盾在《從牯嶺到東京》一文中提出的問題，進行批評，認為茅盾對普羅列塔利亞文學的理解是「皮毛的認識」。「是一個小資產階級認識的典型。」〔註 30〕在讀者對象的爭論上，李初梨認為茅盾提出的「走入小資產階級群眾，在這小資產階級群眾中植立了腳跟」，這是茅盾的「幻想」。在關於「標語口號文學」上的分歧，李初梨認為「所謂『標語口號文學』，無非是茅盾對於我的一種譏刺，我們根本不承認有這樣的東西」。〔註 31〕這篇文章，在當時《創造月刊》發表後，刊物編輯極為推崇，認為：「本期初梨的論文可說是劃時期的理論，他怎樣明確地指示中國革命文學的新階段，文中說得詳細，有細讀的必要。同時，茅盾的文學理論的謬誤在哪一點，也可以分辨出來。」

就在李初梨長篇論文發表的同時，錢杏邨也發表長篇論文《從東京回到武漢》，全面地批評茅盾的《從牯嶺到東京》，批評茅盾的文藝思想。論文分五個部分，從「到了東京的茅盾」開始，一直到「從東京回到武漢」，洋洋灑灑。錢杏邨一下筆，就給茅盾定性，茅盾「談到小資產階級以後，他就根本上不提無產階級了」，「小資產階級是革命文藝的天然對象，他站在小資產階級的立場上，同情於魯彥的小資產階級的描寫，他同情於資產階級個人主義的自由思想者魯迅的虛無的哲學，他創作以小資產階級做主人公的小說，他說明了他自己的意識完全是小資產階級的意識，所以，在矛盾、衝突、掙扎的結果，他終於離開了無產階級文藝的陣營」。〔註 32〕緊接著在第二部分中，錢杏邨認為：「我們統觀茅盾先生的前後，他所有只是一種纏綿幽怨的激昂憤

〔註 30〕 李初梨：《對於所謂「小資產階級革命文學」底抬頭，普羅列塔利亞文學應該怎樣防衛自己》，《創造月刊》第 2 卷第 6 期。

〔註 31〕 李初梨：《對於所謂「小資產階級革命文學」底抬頭，普羅列塔利亞文學應該怎樣防衛自己》，《創造月刊》第 2 卷第 6 期。

〔註 32〕 錢杏邨：《從東京回到武漢》，刊《茅盾評傳》，現代書局 1931 年版。

發，他所有的只是迷亂灰色的人生，他所有的只是悲觀的基調與一片灰色的前途！」〔註33〕並說茅盾的創作理想是「以《從牯嶺到東京》爲理論的基礎，以《幻滅》、《動搖》、《追求》爲創作的範本，以小資產階級爲描寫的天然對象，以替小資產階級訴苦並激動他們的熱情爲目的的『茅盾主義文學』」。在批駁茅盾關於文藝中標語口號問題時，錢杏邨認爲茅盾的觀點「不過是證明他們還是不曾了解文藝的階級的使命，證明他們沒有注意到歷史的事實：沒有明瞭自從社會有了階級對立以來，階級藝術便從民眾藝術變成特殊階級的消閒藝術，以後又隨著階級鬥爭之發展而變遷，同時藝術的形式也是與實際生活以及階級地位相關係的歷史的過程罷了」。〔註34〕他還認爲：「無產階級作家誰都沒有忽略了文藝的本質。……狹義的宣傳工具一點，我覺得根本不能成立。」在關於文藝的對象問題上，錢杏邨單刀直入地說：「茅盾先生！再不要扭捏吧，老老實實地提出『反對無產階級文藝，提倡小資產階級文藝』的一個口號來罷！你是『天然的』承自己是小資產階級的代言者了！」〔註35〕因此，錢杏邨認爲：「我們這一次的戰鬥是與魯迅一班的戰鬥不同的，這一次的戰鬥是無產階級文藝戰線與不長進的所謂革命家，以替小資產階級訴苦並激動他們的熱情爲目的的『茅盾主義文學』。」〔註36〕然而，錢杏邨筆鋒一轉，認爲現在「革命的主要力量只有廣大工農群眾，文藝的天然對象也只有廣大的工農群眾，以小資產階級爲革命的主力軍固然是不可能，以小資產階級爲革命的天然對象也是根本上不能成立的」。〔註37〕對茅盾在論文中提出的「客觀的眞實」，錢杏邨尖銳地說：「茅盾先生所說的『客觀的眞實』是有他自己的立場的。他的立場，是依據他的理論，是屬於不長進的——是幻滅搖動的——革命的小資產階級的。」〔註38〕茅盾成了「不長進」的小資產階級「代言人」，這是在東京的茅盾所未始料的。當時創造社成員錢杏邨、傅克興等人在「左」傾的影響下，討伐茅盾的文藝思想，事後證明創造社的批判是粗暴的。

總之，茅盾《蝕》三部曲陸續發表後，有來自文學研究會同仁的讚譽，

〔註33〕見錢杏邨：《從東京回到武漢》。
〔註34〕同上。
〔註35〕同上。
〔註36〕同上。
〔註37〕同上。
〔註38〕同上。

也有來自創造社朋友的抨擊，尤其茅盾《從牯嶺到東京》的長篇論文表發後，引發了創造社以錢杏邨爲代表的青年評論家的「上綱上線」的批判。這類批判，除了上面提及的李初梨、傅克興、錢杏邨等人的評論外，還有潘梓年的《到了東京的茅盾》等。但這些批判，即使鋒芒畢露，也是允許茅盾有申辦的機會和反駁的可能。因此，早期茅盾研究的這種多聲部現象，在 20 年代末 30 年代初的同時代人中，實在是一種學生繁榮現象，這種批評繁榮的直接結果是茅盾作品的誕生，是佳作的產生。

第二節　從《虹》到《子夜》：讚譽到刪改的文本解讀

> 1933 年在將來的文學史上，沒有疑問的要記錄《子夜》的出版。
>
> ——瞿秋白

> 在中國，從文學革命後，就沒有產生過表現社會的長篇小說，《子夜》可算第一部。
>
> ——瞿秋白

　　茅盾到東京後，創作了一批佳作，短篇如《自殺》、《詩與散文》等，後來連同在國內所寫的《創造》編成《野薔薇》（第一個短篇小說集），1929 年 7 月由大江書舖出版。長篇小說《虹》，也是在日本時創作的，1930 年 2 月由開明書店出版單行本。在這段時間裡，評論界對茅盾的批評，從三部曲的創作、文藝思想轉到茅盾陸續發表的小說上，茅盾作爲一個新進作家，備受讀者關注，也引人注目。徐杰在《一個女性》爲題的作品評論中，依然順著創造社錢杏邨、傅克興等人的批評思路，對茅盾的短篇小說《一個女性》進行批評。《一個女性》是描寫女青年瓊華從富貴到敗落的家庭變故中，個人性格和情感的變化：

> 　　她的天眞的心，從愛人類而至於憎恨人類，終成爲「不憎亦不愛」的自我主義者。但是自我主義也就葬送了她的一生。〔註39〕

瓊華在家庭「富貴」時，被眾星拱月，當父親葬身火海後，家庭一落千丈，這位千金小姐也就成了路邊的小草。她的感情變化也如此，由驕傲到受冷落。單相思的瓊華最後在彌留之際見到心上人之後，便「軟倒在母親的懷裡了」。

〔註39〕茅盾：《寫在〈野薔薇〉的前面》。

就這麼一個穿了戀愛外衣的短篇小說，徐杰在評論中指出：「小有產者的作家茅盾君他對於現在社會表示了懷疑與絕望。他所叫的痛苦，只是對於黑暗的哀鳴，陰險的憎惡。這是無怪的。小有產者的本身便是個人主義者，他對於宇宙一切的解釋，必然地為自己的情感所支配的。雖然他竭力想了解社會的主體，結果只是迷失在複雜的矛盾中。」〔註40〕徐杰在分析主人公的思想歷史之後，認為：「在茅盾先生的《一個女性》裡面很明顯地暴露了作者的思想帶了許多虛無主義的傾向，到頭只是一個虛無的結局，用這種唯心派的理論，是絕對不能解釋宇宙和社會的複雜的問題的，不但不能解釋，而且愈懷疑，愈懷疑愈消沉，這種感傷主義的叫苦是教青年走到痛苦頹廢的路上去的。」〔註41〕另外一篇評論，將茅盾的《一個女性》與莫泊桑的《一生》相對照，認為兩者有許多相似之處，前者受了後者的「影響」。〔註42〕這篇不長的評論在茅盾研究中很有意思，直接的比較研究，雖然比較粗淺，但從某種意義上——研究思路上，拓寬了研究視野。這是茅盾作品研究中較早用比較文學研究方法出現的評論之一。還得提及的是，創造社朋友對茅盾三部曲進行猛烈抨擊之時，太陽社朋友也開始配合創造社抨擊茅盾的作品和文藝思想，上述兩篇評論《一個女性》的文章，就是發表在太陽社刊物上，由太陽社主將蔣光慈主編，泰東圖書局發行。這也是一個有趣的現象。

當茅盾的《野薔薇》小說集出版之後，正在商務印書館編譯所任職的顧仲彝立即在兩個月後發表評論，認為《野薔薇》存在著一些美中不足：一是「時代性太濃厚」，「很難保持到十年的生命」；二是「因意設事痕跡太顯」，同時認為「因意設事，就失掉藝術上的價值，而成為一篇哲理證果錄了」；三是「主見太深」，茅盾宣揚了一種「失望」，這種「失望」情緒，於青年「恐怕太危險了」。〔註43〕兩年以後，絳湫在《萬人雜誌》上發表《時代精神與茅盾的創作——評〈野薔薇〉》一文，充分肯定茅盾的第一個短篇小說集，說「我以為茅盾君的創作，是現代中國文壇上很能代表時代精神的一個。至其描寫的手腕的高超，技巧的純熟，結構的精密，尤其是不可多得的作家」。〔註44〕

〔註40〕 徐杰：《一個女性》，《海風週報》第 13 期。
〔註41〕 同上。
〔註42〕 祝秀俠：《茅盾的〈一個女性〉》，《海風週報》第 6～7 期合刊。
〔註43〕 顧仲彝：《野薔薇》，《新月》第 2 卷第 6～7 期。
〔註44〕 絳湫：《時代精神與茅盾的創作——評〈野薔薇〉》，《萬人雜誌》第 2 卷第 4 ～5 期。

署名克的另一篇評論卻持與絳湫相反的意見，認為「這集子裡的五篇卻使我們極不滿意。就思想上說，這都是不健全的作品，就藝術上說，這也是很平淡的故事」。〔註45〕他還說：「作者的文筆也未脫盡章回體的意味，毫不曾獲到新的技巧。」〔註46〕這是對茅盾第一部短篇小說的一個新的見解，值得研究和思考。

《虹》在 1929 年 6～7 月的《小說月報》上連載之後，於次年 2 月由開明書店出版，早在雜誌上連載時，就有人在開明書店的《開明》雜誌上給予好評，認為「取材亦甚新鮮，而事實的開展，亦很清晰」。〔註47〕在另一期雜誌上，又有人進一步分析茅盾的新作《虹》，認為在《虹》中，作者「顯然抓住了時代的巨輪而描寫的」。「《虹》比起三部曲來，一切都有了新的開展了。我愛此書，因為我們都是這個時代的巨輪下過來的人。」〔註48〕作者還認定：「《虹》是『五四』以後新文學運動以來的傑產。」〔註49〕其他一些評論，如錦軒在 1930 年 8 月《前鋒週報》第 16 期上對《虹》的評價，周夢蝶在詞典中對《虹》的評價，都是作了充分肯定的。

1930 年 4 月，茅盾悄悄地從日本回到上海，結束了他在日本的流亡生涯。但是，到上海後，雖不同於幾年前他蟄居寫《蝕》三部曲時的社會環境，但仍不允許茅盾公開露面。因此，他一邊在家裡調養身體，一邊在上海的一些同鄉故鄉中串門，以解悶和了解當時上海社會乃至中國社會的實際情況。在與上海的親朋故舊的廣泛接觸中，他漸漸對別離兩年有餘的中國現狀有了新的認識。在歷史漩渦中滾打過的作家，自然有了新的創作靈感，也就有了新的題材。他想全方位地反映中國的實景，寫一部都市農村、政治經濟的交響曲，於是就有了《子夜》的誕生。

1933 年 1 月，《子夜》由開明書店出版，出版後立即在讀者及評論界中獲得空前的好評，3 個月再版四次，成為 20 世紀小說出版史上的一則佳話，也將這一階段的茅盾研究推向了一個新的高潮。

在同時代人的解讀研究中，對《子夜》的研究大抵有這樣幾個特徵：

第一，評價普遍比《蝕》三部曲高。《子夜》出版的當月，《大公報》發

〔註45〕　《野薔薇》，刊《茅盾評傳》，現代書局 1931 年版。
〔註46〕　同上。
〔註47〕　沈善堅：《虹》，《開明》第 25 期。
〔註48〕　莫芷痕：《讀茅盾的〈虹〉》，《開明》第 27 期。
〔註49〕　同上。

表署名知白的《茅盾的近作〈三人行〉〈路〉》一文，提及《子夜》的片斷，並斷定這是一部「暴露上海金融界的秘幕」的小說。〔註50〕這是《子夜》評論史上最早見到的文字。

出版一個多月以後，《戈壁》第1卷第3期，有余定義《評〈子夜〉》一文，認爲《子夜》是一部「長篇力作」。在技巧上「作者更進一步地走上了寫實主義的大道」，並用三個「眞實」顯示其藝術風格。給人一種清新的藝術視角。余定義還認爲，關於《子夜》，「同茅盾的其他作品一樣，不僅具有形式上技巧上的美與完善，而且唾棄了個人生活的瑣屑；不僅是旁觀者對社會黑暗面的不平，憤恚和同情，而是以充實的內容，代表了向上的生活，雖然作者沒有自居於社會領導者的地位，武斷地保證前途的光明，同時非常明顯地暴露一切軟弱，逃避和不配切現實的矛盾與幻滅」。〔註51〕《子夜》「沒有用美麗的觀念作浪漫的描寫」。〔註52〕這種初步的感覺，也確實揭櫫出《子夜》貢獻的某一方面。

最具有眞知灼見的是瞿秋白的評論。他在《子夜》出版後兩個月發表評論說：「差不多要反映中國的全社會，不過是以大都市作中心的，是1930年的兩個月中間的『片斷』而相當地暗示著過去和未來的聯繫。這是中國第一部寫實主義的成功的長篇小說。」〔註53〕又指出：「應用眞正的社會科學，在文藝上表現中國的社會關係和階級關係，在《子夜》不能夠不說是很大的成績。」〔註54〕瞿秋白的見解是獨到的，他的視角起點也非常高，能夠從社會學、政治學的角度審視《子夜》的藝術價值，從而預言：「1933年在將來的文學史上，沒有疑問地要記錄《子夜》的出版。」〔註55〕這個預言後來成爲《子夜》評論史上的名言。又過了幾個月，瞿秋白化名施蒂而，發表《讀〈子夜〉》的評論，將《子夜》的地位進一步給予很高的評價，他說：「在中國，從文學革命後，就沒有產生過表現社會的長篇小說，《子夜》可算第一部。」〔註56〕瞿秋白對《子夜》的評論，不僅是當時共產黨人對《子夜》的認可和推崇，

〔註50〕知白：《茅盾的近作〈三人行〉〈路〉》，1933年1月23日《大公報》。
〔註51〕余定義：《評〈子夜〉》，《戈壁》第1卷第3期。
〔註52〕同上。
〔註53〕樂雯（瞿秋白）：《〈子夜〉和日貨年》，1933年4月2、3日《申報·自由談》。
〔註54〕同上。
〔註55〕同上。
〔註56〕施蒂而（瞿秋白）：《讀〈子夜〉》，1933年8月13、14日《中華日報·小貢獻》。

也是茅盾同時代知識份子的用心解讀。瞿秋白對《子夜》的評論，影響了《子夜》的整個評論和研究。這，既是因為瞿秋白是中國共產黨負責人，又是他本身的學養深厚和眼光獨到所決定的。

瞿秋白的這些評論，不僅奠定了《子夜》的地位，而且也奠定了茅盾在現代文學史上的地位。

吳組緗在評論《子夜》時認為，《子夜》的「態度」與《內容》與三部曲「不同」了，「《子夜》則是在作者摸出了那條虛無迷惘的路，找著了新的康莊大道，以其正確銳利的觀察對社會與時代有了進一步的具體的了解後，用一種振起向上的精神與態度去寫的」。〔註57〕吳組緗覺得茅盾在創作思想上進步了。朱自清在《子夜》一文中，以他特有的散文家和教授的氣質來審視《子夜》，認為：「這幾年我們的長篇小說漸漸多起來了，但真能表現時代的只有茅盾的《蝕》和《子夜》。」〔註58〕「《子夜》寫1930年的上海，寫的是民族資本主義的發展與崩潰的縮影。」〔註59〕這和瞿秋白的見解一樣，充分肯定《子夜》的時代性特徵。同時，細心的朱自清在分析《子夜》情節結構時，充分注意了《子夜》中有關「外國資本」的暗示，並歸納為茅盾「善於用短」的創作方法，這是極有藝術見地的。

第二，關注《子夜》的經濟特色。有論者將《子夜》的有關內容歸納為「中國民族工業的命運的描述；國內金融資本的現狀的刻露；帝國主義對於中國經濟的影響的說明；中國土地問題的探討；農民運動前途的素描；產業工人力量的估量；中國將來革命性質的暗示」〔註60〕，將《子夜》鉅大的社會政治經濟內涵梳理成七條，說明評論界還是充分關注這部長篇小說的社會政治價值的。經濟學家錢俊瑞在《第一步讀〈子夜〉》中，用生動的敘述方式，講了《子夜》的值得關注和重視的方面，即「金融活動」、「民族工業」、「勞資糾紛」、「農村狀況」四個方面，並把讀《子夜》作為「怎樣研究中國經濟」的一部分。這種狀況，在中國現代小說史上，也是罕見的。趙家璧在《子夜》一文中，也認為：「這一部《子夜》，不特是吳蓀甫個人的傳記，也是中國民族資本主義的慘落史，也是小布爾階級幻滅的始末記。」〔註61〕吳組緗認為

〔註57〕吳組緗：《子夜》，《文藝月報》創刊號。
〔註58〕朱佩弦：《子夜》，《文學季刊》第1卷第2期。
〔註59〕同上。
〔註60〕芸夫：《〈子夜〉中所表現中國現階段的經濟的性質》，《中學生》第41期。
〔註61〕趙家璧：《子夜》，《現代》第3卷第6期。

半殖民地半封建的中國，社會科學者只是提供「抽象的數字的概念」，「如今《子夜》就給我們這些數字的、抽象的概念以一個具體的事實的例證」。〔註62〕瞿秋白更是將《子夜》與國貨聯繫在一起加以探討，充分認識到作品的經濟社會意義。這些評論和研究，給廓清30年代中國社會的性質，認識《子夜》的社會意義和認識價值，是極有好處的，然而也爲20世紀80年代的茅盾研究留下了一個遺憾。所以，這種研究文藝作品中的經濟因素的利弊得失，是值得研究和總結的。

第三，主題與技巧的共時語境。《子夜》出版後，曾有機會與茅盾探討《子夜》寫作的瞿秋白，自然是體會獨到了。他在《讀〈子夜〉》一文中明確指出，《子夜》是「表現社會」的「第一部」長篇小說，它的主題（瞿秋白說目標）是「帝國主義給予殖民地中國的壓迫、殖民地資產階級的相互矛盾，主要是工業資本與銀行資本的矛盾，無產者與資本家的衝突，農民與地主的衝突」。〔註63〕評論家的這種歸納和揭示，是切合作品實際的。魯迅在給曹靖華的信中，比較了中國文壇狀況後認爲：「茅盾作一小說曰《子夜》，計三十餘萬字，是他們所不能及的。」〔註64〕給予很高的評價。

一部好的小說，評論和研究界可以多角度、多層面去研究剖析，從而揭櫫出作品精深的主題和精湛的技藝。然而同時代人的解讀，往往是粗糙中見新鮮；平淡中見精彩。有時甚至是魚龍混雜，莫衷一是。有的論者認爲《子夜》「拋棄了那以個人爲中心的傳奇的方式」之後，「以人與人間的社會背景，和經濟的結構爲描寫的對象」，因而作品顯得十分繁複，即使以研究《紅樓夢》等方式來「圖解」，也「很難適用於1930年的《子夜》」。〔註65〕

鄭振鐸曾從北方寄一份剪報文章給茅盾，是署名爲「雲」的《子夜》書評，鄭告訴茅盾，「雲」是學衡派主將吳宓。茅盾對吳宓讀書之細，深爲欽佩。吳宓在體味作者匠心上也有靈犀之通，吳宓認爲《子夜》中最爲激賞，首先是「以此書乃作者著作中結構最佳之書」。具有「曲而能直，複而能簡之匠心」。〔註66〕同時也指出某些章節、情節未能展開。其次是「此書寫人物之典型性與個性極軒豁，而環境配置亦殊入妙。吳蓀甫之爲人因最

〔註62〕見吳組緗：《子夜》。
〔註63〕見施蒂而（瞿秋白）：《讀〈子夜〉》。
〔註64〕《魯迅全集・書信》，人民文學出版社1981年版。
〔註65〕見余定義：《評〈子夜〉》。
〔註66〕雲（吳宓）：《茅盾著長篇小說〈子夜〉》，1933年4月10日《大公報》。

躍然如在吾人目前，而『屠夜壺』之冷悍，『紅頭火柴』之顢頇，徐曼麗之昳蕩，『曾剝皮』之奸猾，四小姐之矛盾，皆予人以最鮮明之認識。其環境之配置，屢以狂風大雨驚雷駭電隨文情以俱來」。其三是：「茅盾君之筆勢具如火如荼之美，酣恣噴薄不可控搏。而其微細處復能委婉多姿，殊爲難能而可貴。尤可愛者，茅盾君之文字係一種可讀可聽近於口語之文字。」〔註67〕在同時代人的藝術解讀中，吳宓的審美感受是獨到的，而且表達得十分切近作品藝術價值實際。這是早期茅盾研究中值得關注的一篇評論。

　　然而，正像茅盾早幾年的三部曲一樣，對《子夜》的評論自然也有不同聲音。韓侍桁在評論中認爲《子夜》「它是一部偉大的作品，但它的偉大只在企圖上，而並沒有全部實現在書裡」。〔註68〕給予基本否定。在小說人物中，他認爲：「只有兩種，一種是理想的，一種是被諷嘲的。」因此他給《子夜》作結論：「《子夜》是一本鉅大企圖的書，而因爲那成爲全書的牽線主人公被寫得過分地理想化，結果成了一本個人悲劇的書了。」〔註69〕這樣，大大縮小了《子夜》的社會價值和藝術價值。同時，也有人在報刊上發出「《子夜》究竟有幾個人讀？有多久的壽命？」〔註70〕的責難，作爲同時代人的解讀和表達，是情有可原的。馮雪峰等人也立即發表《〈子夜〉與革命的現實主義的文學》，反駁韓侍桁的觀點。這也是一篇值得注意的文章。

　　《子夜》的成功，引起的不僅僅是文學的轟動，在反對帝國主義的思想意識方面，同樣掀起了不小的波瀾，由此在30年代前期引起政治當局的關注。

　　《子夜》出版前後，對上海左翼作家來說，是「左聯」最爲輝煌的年代，因此《子夜》的出版，「左聯」中人引以爲自豪，在「左聯」召開的會上，大家對茅盾的《子夜》的出版表示誠摯的祝賀。後來《子夜》傳到日本東京，東京的「左聯」支部曾舉行關於《子夜》的討論會，出席人數很多，捷克漢學家普實克當時正在東京，也趕來參加討論會並作了精闢發言。後來，在日本的「左聯」人士和留日中共人士杜宣、張維冷、林基路花了近一年時間，將《子夜》改編成四幕七場話劇，中華留日劇人協會將劇本印出並準備排演，後來因時局變化，未能演出。〔註71〕在上海讀者中，一些讀者除了讀《子夜》

〔註67〕雲（吳宓）：《茅盾著長篇小說〈子夜〉》，1933年4月10日《大公報》。
〔註68〕韓侍桁：《〈子夜〉的藝術，思想及人物》，《現代》第4卷第1期。
〔註69〕同上。
〔註70〕見芸夫：《〈子夜〉中所表現中國現階段的經濟的性質》。
〔註71〕參見杜宣《雨瀟瀟》，刊《憶茅公》，第295頁。

以外，還急欲讀《子夜》的續篇，並替茅盾擬了一個《黎明》的書名，使得不少讀者到書店打聽《黎明》到了沒有。

1934 年 2 月，即《子夜》出版一年之後，《子夜》和其他 140 餘種書籍一起，以「共產黨及左傾作家之作品」，「內容鼓吹階級鬥爭」等罪名而遭查禁，後經書店老板的請求，《子夜》才列為「應刪改」一類。當時的審查官員對《子夜》批道：「20 萬言長篇創作，描寫帝國主義者以重量資本操縱我國金融之情形。P.97 至 P.124 諷刺本黨，應刪去。十五章描寫工潮，應刪改。」〔註 72〕

這是《子夜》同時代人另一種解讀，是另一種政治解讀，這兩種文本解讀，一直沿襲了 20 世紀相當長的時間。其實，在當時就有針鋒相對的文本出現，據說《子夜》被刪改以後，有一個「救國出版社」專門翻印未刪改的《子夜》，並在其「序言」中極力推崇《子夜》：

> 《子夜》是中國現代一部最偉大的作品。
>
> 《子夜》的作者，不僅想描寫中國社會的真相，而且也確能把這個社會的某幾個方面忠實反映出來。
>
> 《子夜》的偉大處在此，《子夜》不免觸時忌，也正因此。
>
> 它出版不久，即被刪去精彩兩章（第四章及第十五章）；這樣，一經割裂，精華盡失，已非復瑰奇壯之舊觀了！
>
> 本出版社有鑒於此，特搜求未遭刪削的《子夜》原本，重新翻印，以饗讀者……
>
> 天才的作品，是人類的光榮成績，我們為保存這個成績而翻印本書，想為尊崇文藝、欲窺此書全豹的讀者們所歡迎的罷。
>
> 　　　　　　　　　　　　　　　　　　　　　　　　　救國出版社

這種針鋒相對的解讀，在《子夜》的研究史上，增添了一種趣聞，也抹上了有意義的一筆。

從《虹》到《子夜》的研究反響，在同時代人的品味賞析過程中，明顯感到茅盾作為一位新文學作家的地位已基本形成，在他構築的藝術世界裡，主體框架也已基本形成，這，倒應了瞿秋白的預言。

〔註 72〕 參見孫中田：《〈子夜〉的藝術世界》，上海文藝出版社 1990 年版。

第三節　鄉鎮景觀的尋覓：對《林家舖子》及農村三部曲的初探

　　《林家舖子》，寫一個小鎮上一家洋廣貨店的故事，層層剖剝，不漏一點兒，而又委曲入情，眞可算得「嚴密的分析」，私意這是他最佳之作。

——朱自清

　　茅盾這篇《春蠶》是寫著最近的事情，而且還把握住了鮮明的1932年中國農村社會的大恐慌而寫出了。

——朱明

　　當研究者的目光較多地欣賞茅盾筆下的小資產階級知識份子的心理描寫時，茅盾又捧出《林家舖子》、《春蠶》、《秋收》、《殘冬》、《當舖前》等關懷小城鎮和鄉村平民命運的現實主義傑作，這些作品自然也引起評論者的矚目。這一時期，對茅盾短篇小說的研究，在選題、技巧等方面都表現出極大的興趣，而在思想意識方面，仍有以革命文學的範式來批評他創作「意識」。因此，30年代茅盾短篇小說的研究，仍具有開放性的態勢，在廣度上也具有一定的拓展。從某種意義上說，《林家舖子》、《春蠶》等鄉鎮小說，一方面彌補了《子夜》所描述的史詩圖景的不足；另一方面又表達出中國的命運和前途的理論話語，將中國社會性質作藝術化表現。

關於《林家舖子》

　　有的論者在評論到《林家舖子》時，認爲這個短篇小說是「描寫得最爲生動，逼眞，和有力的一個」。〔註73〕「在取材上，我們不能不說這是百分之百把握住了現實，意識上也是非常正確的。」〔註74〕「在人物的配置和描寫上，小市民階級的林先生，封建意識的林大娘，金融資產階級的走狗上海客人，市鎮的豪紳商會長，都寫得非常深刻，生動，有力！此外在寫老年人朱三太和少女林小姐時，也都能描摹出眞實的個性來。大致上可以說是很成功的作品。」〔註75〕但同是這位論者，筆鋒一轉，指出《林家舖子》的不足，

〔註73〕羅浮：《評〈春蠶〉》，《文藝月報》第1卷第2期。
〔註74〕同上。
〔註75〕同上。

什麼不足呢？概括起來，「全篇階級意識的模糊，鬥爭情緒的不夠」，沒有指出「小市民階級的出路」。〔註76〕

後來，朱自清對《子夜》評論中，表達了對《林家舖子》的喜歡，他說：「作者描寫農村的本領，也不在描寫都市之下。《林家舖子》，寫一個小鎮上一家洋廣貨店的故事，層層剖剝，不漏一點兒，而又委曲入情，真可算得『嚴密的分析』，私意這是他最佳之作。」

也許是《林家舖子》在當時的語境裡顯得平常和普通，市場經濟和帝國主義侵略的政治經濟交織在一起，使當時人看重的是倒閉而忽略倒閉背後的歷史情景，乃至作者茅盾將小說寫好後給《申報月刊》主編俞頌華時，小說即以《倒閉》作為篇名，後來俞頌華怕《申報》老板認為創刊號即用「倒閉」為名的小說不吉利，便商之作者，改題《林家舖子》的。這種時代感的折現，便是「倒閉」情緒的平常性。《林家舖子》儘管評論數量不多，但同時代人的識見，倒是頗深刻和中肯的，無論是朱自清還是羅浮的評論，都應該是有眼光的。以後的歲月證明了這一點。

關於《春蠶》等農村三部曲

人們曾經將「五四」以後的進步作品分成「人生派小說」與「鄉土寫實派小說」。其實這與創作實際並不相符，魯迅、茅盾、王魯彥等既關注人生關注「下層社會的不幸」，也同樣通過鄉（鎮）村小說的載體來表達作家的思想感情的。茅盾的農村三部曲是茅盾關注「下層社會的不幸」，揭示 30 年代初時代特點的傑作，也是茅盾文學寶庫中的一道亮麗的鄉鎮風景線。正因為如此，《春蠶》等發表後，引起同時代讀者、評論家的興趣，因而使讀者有一種清新的感受。另外，在「豐災」的作品中，茅盾的農村三部曲相對於葉紫的《豐收》，葉聖陶的《多收了三五斗》，白薇的戲劇《豐災》，更具有鄉土氣息和真實感，成為這一時期「豐災」作品中的佼佼者。這一點，鳳吾在《關於「豐災」的作品》一文中，給予比較和評析。他說：這些「豐災」作品描寫的目的都是「企圖描寫豐災的事象，說明豐災發生的一些本質的原因，以及農民在這樣生活環境中必然的自覺」。〔註77〕但是，同樣的有關「豐災」的作

〔註76〕 羅浮：《評〈春蠶〉》，《文藝月報》第 1 卷第 2 期。

〔註77〕 鳳吾：《關於「豐災」的作品》，刊《茅盾研究論集》，天津人民出版社 1984 年版。

品，卻有高下良莠之分，他認為，葉聖陶的《多收了三五斗》、白薇的《豐災》等有著明顯的缺陷：「第一，作者對於農村社會的機構，還沒有很好的理解。……第二，作者很多的描寫是失卻了眞實性，可以說，作者所描寫的，完全是穿了外衣的知識份子……第三，作者所描寫的故事，是浪漫諦克的。」〔註78〕這位評論者對一些「豐災」作品寫的不眞實，不了解，不現實的批評是深刻的，也是一針見血的。而他對茅盾的農村三部曲則在作了充分的、辯證的分析之後，他說：農村三部曲有三個特點：「第一，是發展的描寫了農民的成長。從為著『生』的努力到豐收的飢餓，從飢餓中的自覺到……逐漸的組織化……是逐一地描寫了它的過程。第二，是農村饑餓群的匯合過程。在小說裡，他不但寫了農民意識的複雜性，而且寫了具有這樣複雜性的農民，如何在共同的饑餓壓迫下逐漸匯合起來。……第三，是作者很有力的形象化了一切，而不機械去寫……」〔註79〕這一篇評論的作者，還告誡茅盾，要艱苦地學習辯證法唯物論，才能克服純客觀主義和主觀主義。茅盾十分欣賞論者的眼光和告誡，專門剪報下來，晚年回憶錄中還提及這一篇短評。

　　同時代人解讀除了「距離」太近，對作品的歷史價值認識把握不夠外，最大的長處是在時代氣息感受中審視作品的品位。朱明在《茅盾的〈春蠶〉》一文中，以同時代人的眼光，審視《春蠶》，認為「茅盾這篇《春蠶》是寫著最近的事情，而且還把握住了鮮明的 1932 年中國農村社會的大恐慌而寫出了」。〔註80〕他認為《春蠶》：「在現代雜誌中已是數一數二的作品，和《北斗》中丁玲的《水》，正可前後輝映了。」〔註81〕論者感受到生活裡的「大恐慌」，也感受到《春蠶》作品中的「大恐慌」，因此他能感悟到作品的藝術品位，並給予高度評價。

　　與朱明評論相近的，還有丁寧的《春蠶》一文。丁寧認為：「茅盾回到了故鄉，也描寫了故鄉，於是產生《春蠶》。茅盾應用著極敏銳的觀察，把握著積極的主題，寫出了這豐收成災的那一角隅所顯示出來的形態。」〔註82〕王藹心也極為推崇《春蠶》，並從技巧上加以分析，認為《春蠶》是以點反映面，雖然是「一個地方」，但「顯得描寫的地域極廣」，因而能揭示出「別個區域

〔註78〕 見鳳吾：《關於「豐災」的作品》。
〔註79〕 同上。
〔註80〕 朱明：《茅盾的〈春蠶〉》，《現代出版界》第 8 期。
〔註81〕 見朱明：《茅盾的〈春蠶〉》。
〔註82〕 丁寧：《春蠶》，刊《茅盾研究論集》，天津人民出版社 1984 年版。

有著和老通寶家鄉同一的病象」的深刻性。另外「從側面入手」暴露帝國主
義經濟侵略的禍害，然而，茅盾「不肯直接敘述」，卻用強有力的手法，「從
反面襯出」。這些藝術技巧上的成就，王藹心認爲是因爲茅盾對生活厚積薄發
之故，因此，《春蠶》「每個字也許都帶有作者的血滴」。〔註83〕這在同時代人
評論中是頗有新意的一種觀點。

但是，在對《春蠶》的贊同的同時，不少評論家也從中研究出許多不足，
主要反映在這樣一些問題上：（1）概念在藝術世界裡找不到歸宿。羅浮認爲，
「苛稅雜捐，商人，地主，高利貸等的剝削，是農村崩潰的很重要的原因」，
但在作品中「沒有一些事實來證明，這是微弱很不夠的」。〔註84〕丁寧指出，
茅盾的《春蠶》在「取材上他取了巧，於是在主題上也就斷了氣」。〔註85〕通
覽農村三部曲，丁寧認爲「看見了一個雄健的虎頭」，「看見一個頎長的虎尾」，
而沒有能看到「虎身」。〔註86〕這些狀況從某種意義上影響了《春蠶》的感染
力。（2）作品存在某些藝術誇張過度，失卻現實性。羅浮在評論中認爲「寫
老通寶的頑固，竟至於夜裡去防『泥鰍精』收回唾液，未免過分」。朱明認爲，
《春蠶》對老通寶這個人物形象的塑造上，「只是作者把從前農村中流行著的
迷信，一概搜集起來硬湊成功這樣一個阿 Q 時代的典型罷。湊集著迷信，作
爲這一篇作品的基調，因而失了現實性」。〔註87〕（3）階級意識淡薄，不少
論者在分析時似乎都注重作品的階級意識問題，羅浮在評論《春蠶》時認爲，
《春蠶》裡的階級意識是「非常淡薄非常微弱，非常模糊」。〔註88〕羅浮在通
覽茅盾一些短篇小說後，認爲在茅盾作品的意識上，「關於封建意識和階級意
識的對比，常是前者非常的濃厚而後者卻像煙一般的輕淡」。〔註89〕朱明則認
爲，在茅盾的作品裡，「在都市，惑於官感的享樂而不能自拔；在農村，感趣
味於殘餘的習氣，雖輕鬆地擊撥，卻充滿著迷戀的氣氛，不能堅決的克制，
不能堅決的鬥爭，非現實，浮面以至傷感」。〔註90〕也有論者認爲，作者在創
作思想上，存在著「非辯證的超階級的純客觀主義」的態度，因而影響了對

〔註83〕 王藹心：《〈春蠶〉的描寫方式》，《讀書顧問》第 1 卷第 2 期。
〔註84〕 見羅浮：《評〈春蠶〉》。
〔註85〕 丁寧：《春蠶》，刊《茅盾研究論集》，天津人民出版社 1984 年版。
〔註86〕 見丁寧：《春蠶》。
〔註87〕 見朱明：《茅盾的〈春蠶〉》。
〔註88〕 見羅浮：《評〈春蠶〉》。
〔註89〕 同上。
〔註90〕 見朱明：《茅盾的〈春蠶〉》。

事物的深入理解。〔註91〕這些責備，有些是有藝術見解的，作爲同時代人也是獨到的；但也有一些是模糊不清的，如階級意識的指責，將封建意識和階級意識分成兩個概念，顯然是混淆了「階級」這個概念，從而使這種批評顯得無力。另外也受當時革命文學的影響，總期望茅盾在小說裡能給讀者描繪出一幅革命示意圖來，指示中國農村革命的進行方式。當然，在那個時代，這種要求也無可厚非，但與作品實際的藝術、思想評判，顯然有失偏頗。

第四節　藝術空間的擴展：對散文小品文的研究

> 他已經不是那樣的苦悶受鬱了，他有的是憤怒和冷刺的笑，有的是樂觀的確信，對於事件的分析與了解，已不像前期的那樣「模糊的印象」，他是試用著新的觀點在考察一切了。
>
> ——阿英

> 這是一種有生命的小品文字。它是屬於爲生活掙扎中的人們的。
>
> ——允一

二三十年代是茅盾在創作上的一個豐收時節，深厚的文學底蘊，深刻的社會見解，鋒利的筆觸，讓茅盾的散文創作（小品文創作）在茅盾的藝術世界裡佔有一席之地。據初步統計，茅盾在 20 年代末到 30 年代中期，共出版了《速寫與隨筆》（1935 年開明書店出版）、《印象・感想・回憶》（1936 年文化生活出版社出版）、《茅盾散文集》（1933 年天馬書店出版）、《宿莽》（1931 年大江書舖出版）、《話匣子》（1934 年良友圖書印刷公司出版）。這些散文小品文與他的小說一起共同構築了茅盾的藝術殿堂。茅盾自己也十分看重這些小品文，認爲隨筆「產生的過程是第一得題難，第二做得恰好難」。說明散文隨筆看似短小，但要做好卻有此兩難，不比編故事寫小說容易。而且，茅盾還提出一個非常重要的觀點，這就是「特殊的時代常常會產生特殊的文體」。這個命題蘊含著極大的當時茅盾散文隨筆小品文創作的信息量。什麼是「特殊時代」呢？「大題不許大做，就只好小做做了。」這「做」字也難，「太尖銳，當然通不過；太含渾，就未免無聊；太嚴肅，就要流於呆板；而太幽默呢，又恐怕讀者以爲當眞是一椿笑話」。〔註92〕這種左右爲難的寫作語境，便

〔註91〕見鳳吾：《關於「豐災」的作品》。
〔註92〕《茅盾散文集・自序》，天馬書店 1933 年版。

成了所謂的「特殊時代」的寫作空間。因此,當這些散文隨筆結集出版後,立刻有人關注有人評價。

幾年前曾經猛烈批評過茅盾《蝕》三部曲及茅盾文藝思想的左翼批評家錢杏邨(阿英)見到茅盾的小品散文後,特別推崇,認為「在中國的小品文活動中,作為了解社會的巨大目標的作家,在努力地探索著這條路的,除茅盾、魯迅而外,似乎還沒有第三個人」。〔註93〕這是錢杏邨在遍讀了16位小品文作家的作品之後的一種客觀把握。他還將茅盾的小品文散文分成兩期來加以考察,從而提出前期的「苦悶說」和後期的「歷史畫」說,比較清楚地勾勒出茅盾早期散文和30年代散文的發展脈絡及發展特點。他指出,茅盾初期的《叩門》、《霧》等小品,「正象徵了一個時代的苦悶」。所以在他看來,茅盾在小品文創作中「還是一個舊詩人」,因此在他作品中「很難呼吸到一種新的氣息」。〔註94〕錢杏邨對茅盾早期散文小品的評價,是較為客觀的,是符合茅盾早期作品實際的。茅盾30年代的散文小品,錢杏邨稱為發展的第二期,在這一時期裡,錢杏邨認為風格、內容都發生了深刻變化,「他已經不是那樣的苦悶受鬱了,他有的是憤怒和冷刺的笑,有的是樂觀的確信,對於事件的分析與了解,已不像前期的那樣『模糊的印象』,他是試用著新的觀點在考察一切了」。同時,錢杏邨在點評茅盾的散文時,認為《冥屋》「時代的印痕也在這些封建的迷信的儀式上」,《機械的頌讚》一類小品裡,「他指出文學的新的傾向」,《故鄉雜記》「是非常寫實的繪出了一幅社會生活的歷史畫」。揭示出茅盾30年代散文的歷史畫特色。這在同時代人的分析評價中,是難能可貴的。

茅盾的《話匣子》出版後,有署名為允一的讀者著文評論,他首先高度評價了茅盾小品的戰鬥性,他認為,小品文這種體裁,「有用它來寫『滿洲遊記,長城遊記,閘北戰墟遊記等等事,振發讀者的精神的』,也有寫『鐵工場碼頭礦穴等等的速寫來照明小品國的每一個角落的』,也有用它來寫嚴肅的自然科學和社會科學的知識,以及當前的國際時事以教育大眾的,也有用它作為批評現實,以『標槍』、『匕首』為它的任務的」。〔註95〕他認為茅盾的小品

〔註93〕阿英:《茅盾小品序》,刊《現代十六家小品》,上海光明書局1935年版。
〔註94〕見阿英:《茅盾小品序》。
〔註95〕允一:《話匣子》,《讀書生活》第1卷第8期。

文「無疑的是屬於後面的一種」。〔註96〕這種評論分析，是符合茅盾當時創作初衷的，茅盾在《速寫與隨筆》前記中曾說：「我的隨筆寫來寫去總不脫『俗』的議論的腔調。」〔註97〕這所謂「俗」的議論，即它的戰鬥性。

在30年代的作家中，小品文的創作也是不少小說作家宣洩自己情感的一種方式，茅盾也不例外，不少當時想說的話，不少不便在小說中講的話，用曲筆在小品文中傾訴和表達。允一在評論《話匣子》這部小品文集時，還認為茅盾對「文藝理論的了解，主題的現實性，對於謬誤正確的批判，以及不染『個人筆調』的那種純個人主義的氣氛」，超過了茅盾自己的「大品」，〔註98〕這種評價很高，也很獨特。也許允一對小品文這種文體有獨到的研究的緣故，他將茅盾的一些小品文如《陌生人》、《大減價》、《螞蟻爬石像》等歸納為科學小品、經濟小品、哲學小品，顯得仔細和周到，並且認為茅盾的小品是有生命的。是屬於「為生活掙扎中的人們的」。〔註99〕這顯然又揭示出茅盾散文小品的另外一個特色，這就是它的平民色彩和平民意識。因為《話匣子》裡面收進去的，大多是有關底層民眾掙扎狀況的真實寫照。如《大減價》、《鄉村雜景》、《陌生人》等，即使有關文學的小品散文，也是以一般作者的心態來觀照世象，因而沒有文豪氣，也沒有富貴氣，給人以平民色彩和平民意識，確確實實是「為生活掙扎中的人們的」。允一的這種揭示是難能可貴的。總之，儘管這是一篇書評式的評論介紹，但在論述中卻也切中肯綮，因而值得重視。

在這一時期的茅盾散文研究中，葉聖陶先生的一篇評論《茅盾的〈浴池速寫〉》也頗有特色。茅盾的這篇《浴池速寫》是寫於1929年2月，署名M.D，時在日本流亡中。發表在《小說月報》第20卷第4號。發表時分別用《速寫一》、《速寫二》的題目。但不知何故，葉聖陶在事隔6年之後又重新寫這篇《茅盾的〈浴池速寫〉》，況且連題目也重新擬了一個——當然葉聖陶這個題目，比作者自己的用數字形態擬就的題目要有意味得多。葉聖陶在這篇評論中，抓住茅盾在小品文中顯現出來的善抓細節的特點，加以闡發，顯得十分生動，洞幽燭微。一是揭示了茅盾在散文小品中寫事物的所處的空間有很強的位置感，認為茅盾在《浴池速寫》中將浴池的位置寫得清清楚楚，葉聖陶

〔註96〕允一：《話匣子》，《讀書生活》第1卷第8期。
〔註97〕茅盾：《速寫與隨筆》。
〔註98〕見允一：《話匣子》。
〔註99〕同上。

說：「寫出眼睛裡看見的光景第一要位置分明，不然，人家看了你的文章就糊塗起來，不會像看見了你所看見的一樣。讀者試注意這篇文章裡關於位置的交代。『池子是圓的』，『五個人頭構成半規形』，『正對著池子的白石岸旁的冷水龍頭』。五個人頭中間，作者是一個，作者的左邊一個，右邊三個。冷水龍頭兩旁邊各坐著一個女孩子。那邊還有個礦水泉水池，裡面也有一個人在那裡洗澡。像這樣把位置交代清楚，使人家看了簡直可以畫一張草圖。」〔註 100〕（其實，葉聖陶的這種感覺，在茅盾的其他作品如小說中，也能感受得到。）二是揭示了作品經濟的時間。他指出：「專寫光景的文章所佔時間往往很短，就只是作者放眼看出去的一會兒。這篇文章雖然有六百多字，所占時間卻僅有四瞥的工夫——向對面兩個女孩子一瞥，向左邊的一個一瞥，向右邊的三個一瞥。『忽然那邊的礦泉水池裡豁刺刺一片水響』，又是一瞥。」葉聖陶細心體會茅盾寫作中的有效的經濟時間，這是一種很獨到的觀察和分析。

葉如桐在評論茅盾的《印象・感想・回憶》時，對茅盾的這三種式樣的散文頗有好評，他認爲，《印象・感想・回憶》「作者沒有想利用文藝的技術把那些印象加以雕琢，使它們成爲藝術氣味較厚的『散文』。他只是樸素純淨地加以記述。然而這些文章的字裡行間，有著作者思緒的存在，經過了作者情感的薰染的」。〔註 101〕即使那些不是具體而是概括的印象，「也融和著作者深切的觀感的漿液」。〔註 102〕這種評價顯然摻和了評論家的好感因素在內，但同時也道出了茅盾這些印象或散文的審美價值。

至於茅盾的感想式散文，葉如桐認爲比印象式散文來得銳利，「它們是鋒芒顯露的短雋的『雜文』」，並且認爲茅盾的這些「感想式」散文，有的起到了「槍」的作用。葉如桐這篇介紹性的評論，有血有肉，在 30 年代中期對茅盾散文小品研究，特別是對茅盾的散文集《印象・感想・回憶》的評價上，是比較早的一篇，值得重視。

這一時期對茅盾散文、小品文的研究文章數量並不多，同時代人的關注焦點似乎仍在茅盾的小說創作，因爲小說的形象化更讓同時代人賞識擊節。而散文小品本是抒發自己心靈看法，讓人思索和尋味，但同時代人對這種心靈史的探究，其興趣遠遠不及對小說的研究和評論。

〔註 100〕葉聖陶：《茅盾的〈浴池速寫〉》，《新少年》第 1 卷第 3 號。
〔註 101〕葉如桐：《印象・感想・回憶》，《國聞週報》第 14 卷第 22 期。
〔註 102〕同上。

也許是肇始這麼個情況的緣故吧，茅盾的散文研究在茅盾研究中一直是個薄弱環節，大多是作品分析，少有深刻的思想剖析，更談不上把茅盾的散文小品文當做茅盾心靈史來探究，可以說沒有達到阿英的研究水平，因而顯得淺薄和重複。

簡短的小結

30 年代中期之前的茅盾研究，是與茅盾作品的誕生而相生相伴的。茅盾的成名作《蝕》三部曲，奠定茅盾在現代文學史上地位的長篇鉅著《子夜》，體現茅盾作為現實主義文學大師的經典之作《春蠶》、《林家舖子》等，都是在這 10 年左右的時間內完成的，也正是這 10 年，茅盾成為具有國際影響的大師巨匠。可以這樣說，茅盾創作的頭 10 年，是他一生創作中最輝煌的 10 年。但是，茅盾在這 10 年的生存環境，卻是一個十分糟糕的年代。《蝕》三部曲是在遭受國民黨政府通緝，躲避在家裡，隨時有被逮捕的危險情況下創作出來的；《虹》是流亡日本時所作的，儘管小說的主人公神采飛揚，但作者本人卻有難言之苦，生活的窘迫，家庭的困惑，愛情的迷茫，事業的失落，讓茅盾在「島國多長，晨起濃霧闐牖，入夜凍雨打檐，西風半勁時乃有遠寺鐘聲，苦相逼拶，抱火鉢打瞌睡而已，更無何等興趣」的狀態下，寫出這部深得紅樓胎息的長篇小說及其他一些諸如《自殺》等小說和散文。《子夜》是茅盾在生病、生計等存在諸多問題時，歷時 3 年才製作出來的傳世之作。至於《春蠶》、《林家舖子》等一大批短篇小說和《三人行》、《多角關係》等中篇小說，同樣是在不斷搬家，避政界煩擾，於炊飲之虞的情況下寫出來的，所以，茅盾的輝煌創作是在艱難困苦中鑄成的，這是一個不爭的事實。

隨之相生相長的茅盾研究，卻顯得相對單薄一些。這一時期的研究文章量不多，也缺乏深度，絕大部分是作品介紹，或者是作品分析，即使不少是名人之論，也是介紹多於分析，分析多於歸納挖掘。但作為同時代人的作品解讀，又比較真誠。也許這是同時代的藝術感受或時代感受有許多相同之處的緣故吧。

此外，這一時期的茅盾研究具有以下一些特點：

一是明顯的「左」傾影響，並由此帶來感情色彩濃厚。早期即 20 年代末，以太陽社、創造社諸評論家為代表，用階級分析的觀點，規範茅盾早期的作品，從而得出「茅盾是小資產階級代言人」的結論。需要指出的是，儘管在

錢杏邨等評論家的批評文字中，有濃厚的感情色彩，其文章的理論深度卻比一般介紹文字嚴實得多，因此同樣具有一定的理論價值和研究價值。

二是從數量上講，有前多後少、重長篇輕短篇的研究現象。據不完全統計，有關茅盾生平作品研究的文章，從 1928 年 12 月至 1933 年 12 月，有 34 篇，而 1934 年至 1937 年 12 月期間，只有 13 篇。其他作品研究的情況也是如此，如對《蝕》的評論介紹，1928～1933 年，有評論介紹 16 篇，而 1934～1937 年的 4 年中只有 3 篇，與前 6 年差距太大。也是這個時間段內，對短篇小說的評論與分析，前 6 年有 9 篇，後 4 年內只有 1 篇，《虹》出版後至 1933 年底有評論 4 篇，而後 4 年一篇都沒有；《路》出版後至 1933 年有 8 篇，而後 4 年則沒有；《三人行》出版後至 1933 年底有 5 篇，後 4 年則僅有 1 篇；《子夜》出版後至 1933 年底有 17 篇評論文章，後 4 年也只有 7 篇。由此可見，茅盾研究在這一時期，前 6 年的評論介紹文章明顯多於 1934～1937 年的 4 年。這個現象在這個學科的初始階段，則完全屬於正常。另外一個現象是評論界對茅盾的長篇的評價多於短篇的評價，如這一時期有關《蝕》、《子夜》、《虹》三個長篇的專題評論介紹有 47 篇之多，而對短篇小說的專題評論介紹文章，僅有 10 篇。這，作爲小說家的茅盾來說，專注於長篇創作，與他長篇小說作家的地位相比，這種發軔時期的評論現象也是符合實際的。

三是在題材研究上也很有特色，除了前面的評論介紹外，這一時期中茅盾的歷史小說創作也引起評論界的關注，有人評論茅盾的《豹子頭林沖》、《石碣》、《大澤鄉》三個歷史小說「都充滿著反抗的意識」，在技巧上，也「緊張有力」和「較爲圓熟」。〔註103〕柳亞子見到茅盾的歷史小說時，大爲讚賞，並賦詩曰：

> 篝火狐鳴陳勝王，
>
> 偶爾點綴不尋常。
>
> 流傳人口《虹》和《蝕》，
>
> 我意還輸《大澤鄉》。

不過柳亞子的讚賞，恐怕是因爲茅盾當時寫的歷史小說，有著另一種意味的緣故。茅盾的歷史小說只是偶爾爲之的東西，他以後也很少寫歷史小說。茅盾的幾個中篇小說《路》、《三人行》等也引起評論家的注意，有的作品還引起了爭鳴，如中篇小說《路》，有的論者認爲《路》有「比較廣闊的鋪張」，《路》

〔註103〕張平：《評幾篇歷史小說》，《現代文學評論》第 1 卷第 3 期。

「決不是一篇沒有重心描寫的作品……是有極綿密的結構」。〔註104〕有的論者卻認為「《路》不通行」，〔註105〕這一篇小說在技術上也是有很大缺點的。更有論者尖銳地指出茅盾創作中「永遠的典型化」問題，作品中的女主人公「好似在一個洪爐裡出來的」，有「千篇一律之感」。〔註106〕這個批評是十分尖銳和深刻的。曾經批評過茅盾《蝕》三部曲的賀玉波此時又寫文章評論《路》。他認為《路》「這篇作品，和他的《三人行》，同樣是較『三部曲』描寫得更具有意義些。那是因為他新近的作品，在思想上有了進步的緣故」。〔註107〕這種仁者見仁，智者見智的評論，同樣也成為這一時期茅盾研究的特色。

如果《路》還有論者讚賞的話，那麼《三人行》則批評者較多。禾金在《論茅盾的〈三人行〉》一文中批評：「著者不能透徹地表現小資產階級的苦痛，而且，以虛無主義者的態度來淹沒了種種的因果。」〔註108〕瞿秋白化名易嘉寫文章批評《三人行》，認為《三人行》的結構「一切都是侷促的，一切都帶著散漫的痕跡」。小說中的三個人，「一個是貴族子弟的中世紀式的俠義主義，一個是沒落的中國式的資產階級的虛無主義，一個是農民小資產階級的市儈主義」。因而瞿秋白感嘆：「三人行，而無我師焉。」他認為這部小說的創作方法是違反辯證法的，是一部反現實主義的小說。所以這部小說對茅盾是「很有益處的失敗」。〔註109〕在對《三人行》的批評中，最為切中肯綮的當推瞿秋白的深刻和準確。

四是大多數的評論呈平面化，停留在就作品論作品的層面上，對作家的創作思想論述較少。從一開始，太陽社諸評論家離開作品的實際，攻擊茅盾的創作思想，缺乏準確性，而後來，大多論者停留在作品分析介紹的層面上，比較深刻的不多，為後來的研究者所認同的，主要是瞿秋白的幾篇論文。瞿秋白對茅盾作品的分析和評價，有真知灼見，如對《子夜》的預見性評價，對《三人行》的批評，都應該說在茅盾研究史上是帶有奠基性的，這除了瞿秋白自身的文化素養和政治洞見、藝術審美的獨到外，他與茅盾過從甚密，甚至有時在茅盾作品創作過程中有過某些參與有關。如對《子夜》的修改，《三

〔註104〕佚名：《路》，《現代》第1卷第4期。

〔註105〕秀峰：《〈路〉不通行》，《中國新書月報》第2卷第8期。

〔註106〕瑞明：《茅盾的〈路〉》，《讀書月刊》第3卷第5期。

〔註107〕賀玉波：《茅盾的〈路〉》，刊《茅盾論》，上海光華書局1973年版。

〔註108〕禾金：《論茅盾的〈三人行〉》，《中國新書月報》第2卷第2～3期。

〔註109〕易嘉（瞿秋白）：《談談〈三人行〉》，《現代》第1卷第1期。

人行》的修改，都曾貢獻過自己的聰明才智，並爲茅盾所接受，因而他審視茅盾作品，自然有一種獨到的審美眼光了。總之，這一時期的茅盾研究，在20 世紀的歷史過程中，有著開拓性、奠基性和啓示性的歷史意義。雖然有國民黨右派文人們對茅盾這一時期的攻擊性文字存在，但在整個歷史長河中是微不足道的，而且也非常正常，屬於題中應有之義。這是濫觴時期多聲部的另一種聲音。

五是茅盾研究這個學科初露端倪，一些有識之士開始積累有關茅盾研究的資料。伏志英先生率先注意積累茅盾傳記研究的成果，當茅盾的《幻滅》、《動搖》、《追求》及在日本創作的作品問世之後，及時搜集資料，編了一冊《茅盾評傳》，並爲這本集子寫了序，又寫了《茅盾傳》，再收進發表在各種刊物上有關茅盾作品研究文章 22 篇。後面再編一個《茅盾先生著作書目》。這樣，《茅盾評傳》有正文 25 篇，附錄 2 篇（茅盾的《從牯嶺到東京》、《讀〈倪煥之〉》）。這部《茅盾評傳》於 1931 年由現代書局出版。該書雖不是專著，但保存了這一時期的資料，也爲後人研究提供了方便。1933 年，上海光華書局又出版了黃人影（阿英）編的《茅盾論》一書，收了包括茅盾自己的評論在內共 17 篇文章，在編輯過程，除了早幾年的《蝕》三部曲的評論以外，還注意了近期的茅盾作品，如《路》、《三人行》等，頭篇是凌梅的《茅盾小傳》。但這部集子的價值稍遜於伏志英編的《茅盾評傳》，因爲有 11 篇與前幾年《茅盾評傳》所收的文章重複，只有 6 篇是新收的。但不管怎樣，這兩部由同時代人搜集編輯的茅盾研究集子，是建國之前，即 1949 年之前僅有的文章專集。正因爲有了這些評論家的熱心，才會使茅盾研究這棵幼苗茁壯起來。

第二章　史詩的輝煌和殘缺
（1938～1949）

　　茅盾作為一位偉大的無產階級作家，作為具有強烈民族責任意識的中國作家，抗戰爆發後，他立即投身於轟轟烈烈的抗日救亡運動，以一個抗日救亡的文化人的身份奔波大江南北，香港、新疆。又以中國文化名人的身份，出入紅都延安和陪都重慶。但同時，茅盾時刻不忘自己的描繪20世紀歷史畫卷的使命，先後創作了《第一階段的故事》、《腐蝕》、《走上崗位》、《霜葉紅似二月花》、《鍛煉》及劇本《清明前後》等作品，還有大量的短篇小說和散文，這些作品連同茅盾30年代前期創作成果，構築起茅盾史詩般的文學寶庫，也成為20世紀中國進步文學的重要組成部分。

　　由於茅盾在創作中的革命現實主義方法的運用以及中共對茅盾的關注和幫助，使茅盾成為魯迅之後的又一面左翼革命文藝旗幟，在茅盾這面旗幟下，不少進步文學青年齊聚在中共領導和指導下的文藝陣地上，為國家、民族的生死存亡而吶喊。

　　在魯迅去世以後，許多進步青年文學愛好者自覺地團結在茅盾的周圍，高揚愛國主義，民族主義的大旗。因此，茅盾研究在這個時期的價值尺度，往往以階級論的尺度來評價茅盾的作品，往往用這種價值觀來審視茅盾作品的藝術性，從而充分肯定茅盾在抗戰時期和解放戰爭時期的藝術貢獻。

　　但是令世人不解的是，茅盾的地位在魯迅去世以後如日中天的時候，他的創作理念依然是冷峻地審視時代的發展，力圖藝術再現時代風雲，不為外界的囂鬧所左右。茅盾的這種創作理念深得評論界的好評。在這個時期內，

茅盾研究呈現出以下特點：一是以評論爲主，但傳承著上個時期的作品研究和分析；二是對作品評論冷熱程度不一，有的作品評價連篇累牘，還舉行各種座談會、讀書會，有的作品發表後卻鮮有評介。三是對茅盾生平介紹的研究也開始起步，尤其是中共在重慶爲其舉辦的五十大壽之後，有關茅盾的專訪不斷見諸報端，從而爲茅盾生平研究提供和積累了素材。四是茅盾的文學地位得到中共的正式首肯。在 20 年代後期，茅盾一方面受到蔣介石政府的通緝，同時他又受到左翼作家的誤解，他們認爲茅盾思想右傾，跌進了資產階級泥淖，於是便出現了評論家錢杏邨和太陽社朋友的猛烈攻擊。抗戰勝利後，周恩來親自過問慶祝茅盾五十壽辰和創作二十五年的紀念活動，不僅充分肯定了茅盾在文學工作上的成績，還將茅盾的宣傳推向了頂峰。五是研究人員的廣泛性。這一時期對茅盾的研究，涉及人員之多之廣，是前一個時期所沒有的，而且層次也不一樣，有一般讀者、一般評論家的評論，也有社會賢達、政治名流的評論。評論方式十分活潑，有書評有論文，有答記者問，還有以發言整理成文的。因此這個時期的茅盾研究相對於前一個時期而言，是相對活躍，也是比較豐富的，尤其是祝壽活動以後，達到了空前的輝煌。

　　但是，這一時期的茅盾研究，在熱鬧中存在許多不足，作爲嚴格意義的研究還嫌單薄，缺乏系統的、理論的研究；單篇文章多，沒有出現專門的著作，即時性研究分析多，而從縱的方面來論述的專論較少，資料發布不少但搜集不夠，甚至沒有出現 30 年代初伏志英、阿英這樣的熱心人，搜集整理出一部集子。也許這是三四十年代這種特殊環境所決定的，後人無權妄加指責。鑑於此，本章將分節對這個時期茅盾史詩般的創作及其研究進行分析和梳理。

第一節　史的關注和缺憾

　　　　我讀茅盾先生的小說，常感覺到它很可能是現代小說之向中國
　　舊式章回小說吸收融化的一個合理的雛形，現代文學的水準無條件
　　是要保持的，但爲了適應在中國土壤上的中國讀者的習慣和接受
　　力，同時也吸收中國小說中長期傳統形成的歷史的優點，現代小說
　　中必定應該有一支伸向這方面來努力。

　　　　　　　　　　　　　　　　　　　　　　　　　　——鉗耳

　　抗日的烽火燃遍中華大地時，所有熱情沸騰的愛國者都一躍而起，站在

各自崗位上，為民族解放戰爭捧出自己的一顆熱血沸騰的心。當時的文藝界，不分流派和門戶之別，紛紛站到抗日的大旗下，辦刊物，寫文章，投身於抗日救亡運動。茅盾則在整個抗戰階段，奔走於長沙、武漢、廣州、香港，後來又遠走新疆，進延安，去重慶，始終站在抗戰的民族解放運動的前沿。

作為作家，茅盾始終將筆觸伸向時代的最敏感的神經，觸及社會的痛處，也觸及民眾的痛苦。在這一時期，茅盾最操心的，是如何抓住當前的時代特徵，亦即這個時代人民最為關心的問題，用小說形式表現出來，從而記錄這個波瀾壯闊的時代。茅盾的宿願和創作慾望，幾次觸動，幾次噴發，在現代文學史上給人留下史的關注，也給讀者留下了遺憾。這就是他反映抗戰題材的小說《何去何從》（《你往哪裡跑》、《第一階段的故事》）、《走上崗位》和《鍛煉》，反映了作者對史詩的鍾情及抗戰題材的情結。

抗戰爆發後，茅盾在香港主編《文藝陣地》和《立報》副刊《言林》，當時薩空了希望茅盾在編《言林》的同時寫一個通俗的長篇小說，以便在《言林》上連載。茅盾答應了，並動手寫了開頭，起初取名《何去何從》，《立報》老闆看後認為題目「有點刺激性，怕惹起麻煩」。〔註1〕薩空了便建議茅盾將這個連載小說改為《你往哪裡跑》。這個長篇，茅盾寫於 1938 年 3 月至 12 月，全書 12 章，最初連載於同年 4 月 1 日至 12 月 31 日《立報》副刊《言林》上，小說著重反映了上海「八一三」事變的發生到終結的歷史進程，描寫了上海「八一三」戰爭期間上海各階層人士對抗戰所持的不同態度。熱烈謳歌了上海軍民英勇抗戰的戰鬥精神和愛國熱情，也毫不留情地揭露、鞭撻了國民黨當局的降日活動和漢奸、投機商、托派分子的罪惡行徑。這部長篇小說的寫作，茅盾作了兩個方面的開拓性嘗試，一是作者努力在小說藝術形式的通俗化上作了探索，在作品布局、情節安排以及場景處理，都明顯地吸納中國古典小說通俗化的一面；二是茅盾首次嘗試邊寫邊發表的寫作方法，這種方式對當時不少作家而言，是常用方式之一，而對茅盾而言，則是初次嘗試，茅盾向來寫作是構思好以後列出提綱，然後一氣呵成，而這一次嘗試邊寫邊發表，讓茅盾很不習慣直至因煩惱而停筆。

《你往哪裡跑》寫於抗戰初期，雖然質量不算上乘，但就時間和題材角度而言，還是值得稱道的。因為茅盾提出了值得每一個正直的中國人必須用

〔註1〕茅盾：《我走過的道路》（下）。

行動來回答的問題：在這場民族存亡的考驗面前，何去何從。但是，從目前掌握的材料來看，對茅盾的這一部長篇小說的研究和評論，是十分不夠的。直到 1954 年亞洲圖書出版社出版這部小說的單行本，改名爲《第一階段的故事》後，才有正式的評論介紹文字出現。在這一時期，只有兩篇評論文字：即署名鉗耳在 1946 年 1 月 21 日《文聯》第 1 卷第 2 期上的《評〈第一階段的故事〉》；另一篇是署名唐軻在 1946 年 12 月 26 日上海《大公報》上的介紹性文章《第一階段的故事》。僅此兩篇，顯得非常不協調。

　　鉗耳《評〈第一階段的故事〉》，側重於表現手法和它的藝術眞實性兩方面，文章共分上下兩個部分。在上部分中，作者直言茅盾在這部小說中平民化市民化的追求及某些追求的不足。「前幾節似乎較茅盾先生以前的作品更『市民化』，但越寫下去就越恢復了原來的風格了。」〔註 2〕作者對茅盾的努力給予鼓勵，認爲「現代小說中必定應該有一支伸向這方面來努力」。鉗耳還認爲，茅盾這部小說採用的文體，特點是「擅長於白描，以明快見長」。但這種白描之外的缺點是「論文化」，以辯論和分析來表現人物思想。這種長處和短處的相矛盾處，也是茅盾採用這種文體新舊交融過程中的矛盾。鉗耳十分清楚，「新小說則是要求性格表現高於一切」，而過多的動作描寫是舊小說的特長，在矛盾交融中顯得有「論文化」的感覺了。鉗耳在指出其弱點的同時，也指出其原因，認爲這和作者「力求通俗，傾向白描有關」。〔註 3〕但他又認爲：「作者是那樣熟練有力地把上海抗戰三個月中一個相當龐大的社會形象勾繪了出來，作者一個問題接一個問題，向讀者提出了。這種緊張的結構使得人物即使是直接訴之於辯論或行動動作而缺少性格描寫，但仍是那麼興趣盎然地吸住讀者。」〔註 4〕正因爲有這樣一種認識和理念，所以緊接著他得出一個讓人哭笑不得的結論：「我以爲這是一本極好的報告文學。」〔註 5〕將小說的文體置換成「報告文學」，顯得有點牛頭不對馬嘴。

　　在下半部分的評論中，鉗耳從內容上進一步論證其眞實性和民族抗戰的正義性，認爲茅盾在處理內容上達到「深入淺出」的水平，是相當成功的。鉗耳用回憶印證式論述了《第一階段的故事》的故事大背景，認爲這部書「當

〔註 2〕鉗耳：《評〈第一階段的故事〉》，《文聯》第 1 卷第 2 期。
〔註 3〕同上。
〔註 4〕同上。
〔註 5〕同上。

做一本忠實地報導上海戰爭中三個月的歷史眞實的書讀，茅盾先生這本書實
在有重大的價值」。〔註6〕

將小說當做歷史來讀，並無不可，文學以形象反映社會生活，也是文學
作品題中應有之義。記得高爾基在給安葉·陀勃羅伏爾斯基的信裡，說過這
樣一句名言：「文學是巨大而又重要的事業，它是建立在眞實上面的，而且在
與它有關的一切方面，要求的就是眞實！」〔註7〕所以鉗耳之論，本來是不錯
的，但是從作品背景分析到作品背景中史實，進而否認它是一部小說，認爲
它是一部報告文學，這是有點認眞過頭了。其實，茅盾自己對這部小說並不
滿意，一是不習慣這種邊寫邊發表的寫作方式；二是認爲對這部小說的內容
提煉不盡如人意；三是當時茅盾覺得香港這個地方不是久留之地，應杜重遠
之邀，將去新疆任教。所以他便乘此刹車，結束這個連載。晚年在回憶錄裡
專門提及此事。但是，在40年代初，鄒韜奮曾十分欣賞茅盾的《第一階段的
故事》，認爲這是第一部寫抗戰的長篇小說，在幫助當時的青年認清持久抗戰
的道路來說，是起了很好的作用的。自然，這是鄒韜奮當著茅盾的面說的鼓
勁話，但也是事實。

對波瀾壯闊的抗日運動，茅盾早就有心爲之立傳，並作了龐大的計劃，
據他晚年在抗日題材小說《鍛煉》「小序」中披露，「《鍛煉》是五部連貫的長
篇小說的第一部。原擬第二部寫保衛大武漢之戰至皖南事變止，包含保衛大
武漢時期民主與反民主的鬥爭，武漢撤守，汪精衛落水，工業遷川後之短期
繁榮，重慶大轟炸（五三、五四），國民黨政府『防範奸黨、異黨條例』之公
布，國民黨人之『不抗戰止於亡國，抗戰則將亡黨』之怪論等。第三部預定
內容爲太平洋戰爭之爆發，中原戰爭，湘桂戰爭，工業之短期繁榮已成過去，
物價高漲，國際風雲對中國戰局之影響等等。第四部包含經濟恐慌之加深，
國民黨與日本圖謀妥協，民主運動之高漲，進攻陝甘寧邊區之嘗試，國際反
動派之日漸囂張。第五部爲『慘勝』（當時人們稱抗日戰爭的勝利爲慘勝）至
聞（一多）、李（公樸）被暗殺。……這五部連貫的小說，企圖把從抗戰開始
到『慘勝』前後八年中的重大政治、經濟、民主與反民主、特務活動與反特
鬥爭等等，作個全面的描寫。」〔註8〕

〔註6〕見鉗耳：《評〈第一階段的故事〉》。
〔註7〕高爾基：《文學書簡》（上），人民文學出版社1962年版。
〔註8〕茅盾：《鍛煉·小序》，文化藝術出版社1981年版。

　　茅盾的這個宏偉計劃，實際上早就有了，並付之實踐，除了前面提到的《第一階段的故事》之外，在 1943 年寫的《走上崗位》，也是他宏偉計劃的一部分。《走上崗位》共 12 章，起初發表第一章時書名用的是《在崗位上》。當時這部小說發表在國民黨辦的《文藝先鋒》月刊第 3 卷第 2 期至第 5 卷第 6 期（1943 年 8 月至 1944 年 12 月）。這又是一部從抗戰爆發寫起的小說，描繪抗戰開始後上海這個大都市內一些民族資本家在工人們的支持下把工廠遷往內地的故事。其中不乏《第一階段的故事》的影子。因為作品的大背景是相似的，包括它的時間和空間。

　　但是，令人費解的是，茅盾的《走上崗位》發表以後，並沒有引起評論家們的注意，此時期不僅沒有評論文章，甚至連一篇介紹性的文字都沒有，不但沒有正面的評論，連國民黨方面也沒有讚揚或批評的文章——儘管這部小說是茅盾應國民黨中宣部長張道藩之請而寫。但正因為如此，茅盾遭到人們的非議，認為茅盾到重慶後向張道藩靠攏了。對此，茅盾曾很清醒、理智地對葉以群說過一番話，表白自己的心跡。直到 1947 年田仲濟在《中國抗戰文藝史》中，才把它「作為抗戰後期一部重要的長篇小說來看待的。」〔註9〕

　　其實《走上崗位》在同時代人中沒有評論，某種情況下是政治性的原因造成的。

　　作為具有強烈愛國主義民族精神的革命作家，作為經過「五四」洗禮的又具有時代使命感的作家茅盾，抗戰時代情結一直縈繞於作家心頭，無法釋懷。如何表現抗日戰爭這偉大的民族救亡運動，成為茅盾的一個宿願。

　　相隔 5 年以後，八年抗戰結束之後的 1948 年，茅盾又重新拾起早已開頭寫過的抗日題材，在香港《文匯報》連載題為《鍛煉》的長篇小說。這部小說的題材和故事情節，類似《第一階段的故事》，更是和幾年前的《走上崗位》胎息相承，描寫抗戰初期上海一家機器廠內遷中間的鬥爭，塑造了嚴仲平等愛國資本家形象。小說於 1948 年 9 月 9 日至 12 月 19 日在香港《文匯報》連載之後，遭到了與《走上崗位》同樣的遭遇，連載時和連載結束後，都未見到有關評論文字，這也是茅盾小說評論史上的一個個案。但是較為清楚的是，《鍛煉》連載後，國內革命形勢發生了急劇的變化，解放戰爭進入全面反攻階段，許多共產黨知識份子和進步知識份子紛紛北上，迎著新中國的曙光，投身創建新中國的行列。因而連作者茅盾自己也匆匆離開香港，北上共襄建

〔註 9〕魏紹昌：《走上崗位·跋》，花山文藝出版社 1984 年版。

國大業。所以，在這歷史轉折時期，評論界對一部反映抗戰初期風雲的長篇小說無動於衷，是十分自然的。

　　然而，從《第一階段的故事》到《走上崗位》、到《鍛煉》，茅盾筆下始終還停留在抗戰第一階段，即停留在「八一三」事變前後。宏大的史詩計劃，開了三個「頭」，依然停留在初期，成了歷史的缺憾。而《走上崗位》、《鍛煉》在歷史的滄桑裡沉寂了 30 多年後，才重新結集出版，與世人見面，才引起評論界的重視。當然這是後話。本節將茅盾反映抗戰史詩的宏偉計劃和實踐過程加以描述，也算是茅盾研究史中的一個過程，是一個關注與缺憾的過程。

第二節　歷史的全方位尋訪：《霜葉紅似二月花》的品位

　　　我認爲在中國現在出版的描寫「五四」時代前後的小說當中，
　　　沒有一本能比得上茅盾先生的《霜葉紅似二月花》的，沒有一本能
　　　像它這樣在主題上是正確而明朗的。

　　　　　　　　　　　　　　　　　　　　　——公羊桓

　　　這表現「五四」前夕的《霜葉紅似二月花》第一部，較之作者
　　　過去的《虹》，自然生動而不那樣沉悶了，較之《蝕》也更爲深入，
　　　但卻遠不及《子夜》的堅實。

　　　　　　　　　　　　　　　　　　　　　——長之

　　應該說，茅盾的力作《霜葉紅似二月花》在 1942 年 8 月的《文藝陣地》第 7 卷第 1 期連載之後，立刻引起讀者和評論界的矚目，待桂林華華書店 1943 年 10 月出版後，在研究界、評論界形成了一股旋風，這股旋風是真正意義上的作品文本解讀，同時代人有如此深入的、全方位的分析、解讀，在茅盾作品的研究史上是具有開拓意義的。它留下的文字研究資料比《子夜》還豐富。

　　小說連載和結集出版的當月 20 日下午，廣西桂林的《自學》雜誌和讀書俱樂部聯合召開了座談會，巴金、艾蕪、田漢、安娥、孟超、林煥平、周鋼鳴、洪遒、胡仲持、胡明樹、孫懷琮、黃藥眠、韓北屏、靈株、司馬森、端木蕻良等文化人參加了座談會。這一時期的見諸報刊雜誌的評論文章有 10 篇之多，與茅盾有關抗戰題材的作品的論者寂寥，成為鮮明的對比。這些文章或談話，在充分肯定茅盾的這部長篇小說的審美價值和歷史價值的同時，在

評論分析的深度廣度上也有所突破和拓展，形成了歷史的全方位尋訪，凸現了這部作品研究的特色。歸納起來，主要在以下幾個方面在深度廣度方面比較明顯。

第一，關於作品的時代背景的尋訪和討論。茅盾的《子夜》、《蝕》等長篇小說，有很明確的時代指向性，無論是國內背景還是國際背景，都非常明確。但對《霜葉紅似二月花》的時代背景，卻出現見仁見智的狀況。在座談會上，韓北屏認爲《霜葉紅似二月花》的故事發生的時代背景是「五四」時代以前；田漢則表示了不同看法，認爲是在「五四」以後，並說：「因爲書裡面提到陳某某組黨，這陳某某我看就是影射陳獨秀的。」﹝註10﹞時代背景「前後」之爭，是當時的文化人的一種文本解讀，他們從書中體驗歷史，回味歷史。由於各人的歷史經驗和人生體驗不相同，因而出現了見仁見智局面。除了「前後」之爭外，當時還有一種調和的說法，這種說法源於靈株，他認爲：「作者不是寫五四的主潮，是旁潮，是支流。是不是五四沒有大關係。他寫的是五四的影響。本來一個政治的潮流有它的空間性和時間性。」﹝註11﹞概而言之，這種體驗品位，或許更接近小說背景實際，但作爲分析評論這部小說，弄清作品故事發生的時間也確實非常重要，這有助於理解作品。評論家李長之在評論《霜葉紅似二月花》時，也把握不住故事發生的時間，感覺「有一種時代的錯亂」。﹝註12﹞但他從這「錯亂」的時代意識裡，又基本傾向於「五四」前夕。田玉在〈茅盾新作：《霜葉紅似二月花》〉一文中，認爲：「它是寫五四運動開始以後的知識份子的動盪，維新和守舊之間的鬥爭。」﹝註13﹞他分析後認爲：「茅盾先生從婚姻問題著手，如張恂如對婚姻的不滿，對表妹靜英戀愛的不自由。因爲這正是五四時代的材料，五四運動的主題就在表現個性自由這一點上。」﹝註14﹞他是從「五四」運動的本質內涵出發來反觀《霜葉紅似二月花》的，具有一定的合理性。與靈株觀點相近的，還有公羊桓。他在〈論《霜葉紅似二月花》〉一文裡，認爲：「這是茅盾先生抗戰以後發表

﹝註10﹞ 王由、政之：《〈霜葉紅似二月花〉第一部座談紀錄》，《自學》第2卷第1期。
﹝註11﹞ 見王由、政之：《〈霜葉紅似二月花〉第一部座談紀錄》。
﹝註12﹞ 李長之：《霜葉紅似二月花》，《時與潮文藝》第3卷第4期。
﹝註13﹞ 田玉：《茅盾新作：〈霜葉紅似二月花〉》，刊《文藝春秋叢刊》之四《朝霧》，1945年6月號。
﹝註14﹞ 同上。

的作品，但卻是一部描寫五四前後的小說。」〔註15〕這些對作品時代背景的尋訪，有助於以後的讀者、研究者理解這部史詩性作品的思想價值和藝術價值，有助於發掘這部作品豐富的思想內涵。

第二，關於《霜葉紅似二月花》受中國舊小說影響的探討。茅盾的這部小說，作者曾有意尋創一種表現中國氣派的小說風格。田漢認爲：「這本小說看出中國化的痕跡，在老小說中常見的用語，這些爲廣泛的讀者群眾所熟悉的傳說的好處，這本小說很好地運用過來。」〔註16〕也有人在讀了《霜葉紅似二月花》之後，立刻領會到其中的《紅樓夢》影響，劇作家孟超認爲：「《霜葉紅似二月花》已經走出了《紅樓夢》，而且是提到一個很高的階段」。〔註17〕這裡，雖然沒有進一步開拓發掘，也沒有從理論上進一步闡述，但是，這種閱讀體驗所揭示出來的藝術感悟，也影響了以後的茅盾研究者的藝術感悟和體認。因此，這裡依然值得提及。

第三，將該書與外國文學及茅盾其他作品的比較、參照研究，加大了對這部作品的思想、藝術價值的開掘。靈株在分析《霜葉紅似二月花》後，用比較的方法，來探討這部小說，他說：「他的企圖相當大，可以還有兩本三本好寫。從創作上講，似乎有些地方受托爾斯泰和屠格涅夫的影響。他的筆下魄力不小，看得出像《安娜·卡列尼娜》、《戰爭與和平》的氣魄。有些人物，也很相像。屠格涅夫的著作內的人物，也在這本書裡出現。可以說從這兩位作家處模仿得來，但不是抄襲。」〔註18〕顯然這位評論家是從作家主體、作品的內在特質來探討《霜葉紅似二月花》與外國文學的關係的，這種分析雖粗疏，但能夠這麼及時地即時反映，也是難能可貴的。接下去，靈株又從故事情節，結構方面聯繫到西方名作《約翰·克利斯朵夫》、《戰爭與和平》。大概靈株是專門研究外國文學的緣故吧。

在討論小說中的人物形象時，尤其是婉小姐這個人物形象時，林煥平認爲，這與《從妹貝德》相似，「她們的前途也許相像的」。〔註19〕田玉認爲，《霜葉紅似二月花》中主要人物錢良材的所作所爲，「等於 19 世紀的俄國社會裡

〔註15〕 公羊桓：《論〈霜葉紅似二月花〉》，1945 年 6 月 29 日《人民週報》。
〔註16〕 見王由、政之：《〈霜葉紅似二月花〉第一部座談紀錄》。
〔註17〕 同上
〔註18〕 同上。
〔註19〕 同上。

的懺悔貴族」，〔註20〕如列文·涅赫留道夫公爵等。更有甚者，稱錢良材爲「是中國的列文」。從氣勢看，田玉認爲：「實可和托爾斯泰的《戰爭與和平》及羅曼·羅蘭的《約翰·克利斯朵夫》相提並論。」〔註21〕

將《霜葉紅似二月花》與西方名著參照比較的同時，也有論者將茅盾的這部小說與《子夜》等進行比較。李長之在經過比較回顧之後，說：「這表現『五四』前夕的《霜葉紅似二月花》第一部，較之作者過去的《虹》，自然生動而不那樣沉悶了，較之《蝕》也更爲深入，但卻遠不及《子夜》的堅實。」〔註22〕而公羊桓卻認爲：「《子夜》與《霜葉紅似二月花》是互相呼應的作品，是一部偉大史詩的開局與結尾。」〔註23〕他甚至預言：「要是朝著《霜葉紅似二月花》的情節發展下去，我們猜想很可能與茅盾先生的另一個長篇《子夜》相銜接，相碰頭的。」〔註24〕他還認爲，《霜葉紅似二月花》如果發展下去，「其場面的龐大，人物的眾多，情節的複雜，將是驚人的。假如與《子夜》比較起來，只有過之而無不及的」。〔註25〕顯然，公羊桓是極力推崇《霜葉紅似二月花》的，並且從已有情節發展當中看到這部作品的史詩性、宏大性。而李長之的研究較爲理性地把握其中的特點和度。雖然概括較爲抽象，但觀點鮮明，價值分明，很有理論氣魄。

在整體評論的同時，還特別注意該書的細節。靈株在分析作品中寫雨夜恂如與良材對談，良材懷疑他父親指給他走的路不通，另外找什麼路又想不出，他苦悶。「茅盾先生在這時用急雨，雷響，電閃，背景和氣氛製造得相當好，強調這一章的主潮。」〔註26〕田玉也在分析中注意到這個細節，注意到這種烘托，認爲這是茅盾「布置了一個強烈的背景和氣氛」。〔註27〕在分析有關婉小姐從娘家回來進屋一節時，認爲人物環境和心理刻畫描寫是最爲「巧妙生動」的一節。從這節描繪中「顯出一種恐怖和荒涼的感覺」。〔註28〕這在初期的評論中還是值得注意的。

〔註20〕見田玉：《茅盾新作：〈霜葉紅似二月花〉》。
〔註21〕同上。
〔註22〕見李長之：《霜葉紅似二月花》。
〔註23〕見公羊桓：《論〈霜葉紅似二月花〉》。
〔註24〕同上。
〔註25〕同上。
〔註26〕見王由、政之：《〈霜葉紅似二月花〉第一部座談紀錄》。
〔註27〕見田玉：《茅盾新作：〈霜葉紅似二月花〉》。
〔註28〕同上。

這一時期，最為鮮明的是李長之的評論，除了前面已作的一些介紹之外，在他那篇評論中還有這樣一些值得一提的觀點：一是明確提出了茅盾是一位「長於寫動亂」的作家，他說：「我從前覺得茅盾先生的長處是長於寫動亂，如『三部曲』中之誓師典禮以及《子夜》中之大出喪和吳橋鎮的暴動，都可為例。這觀察，我現在還沒有變。《霜葉紅似二月花》中寫農民在小曹莊打輪船一章便是說明。」〔註29〕可惜李長之這個觀點在後來的研究中失傳了，沒有展開。二是明確地指出《霜葉紅似二月花》不足的地方，成為這一時期評論這部小說的空谷足音。他指出：「第一，這小說在寫時間和空間的特質上，缺乏明確，甚而有些錯亂。」第二，「書中的人物在性格上有些雷同，這就是大多耽於幻想，似乎在神經上都太脆弱」。第三，「口語的不純粹，更增加了書中地方性的不明確」。第四，「有些說明，似乎露出了反而覺得淺」。〔註30〕李長之的這些批評，是極為深刻的，可惜在以後的茅盾研究中，或在《霜葉紅似二月花》研究中沒有引起注意。

總而言之，《霜葉紅似二月花》的這種即時性研究，體現在對作品的研究深度，對歷史的全方位尋訪，進一步推動了茅盾研究的向前邁進。因此，在20世紀歷史長河裡，《霜葉紅似二月花》的同時代人的研究，顯示了它鮮明的特色，確立了它應有的地位。

第三節　防空洞的尋覓：《腐蝕》的政治解讀

> 我也知道，這對於幻有美滿理想的人是怎樣大的打擊，這本書宛若一柄槌子，把人們蝸牛殼裡的小天地搥得粉碎，它要人們看一看外面是怎樣的一片世界，正如我們窗外的月夜表面上似乎很靜很美，而骨子裡卻是空茫寒冷，這不能不使我們悲哀了，我們多年來期待的是什麼，而得到的又是什麼？
>
> ——林莽

茅盾曾假託在防空洞裡發現一束日記，上面水跡斑駁，經他稍加整理，便是這部描寫國民黨特務生涯的內幕小說《腐蝕》。防空洞者，乃黑洞也。從防空洞撿得一本記敘黑暗的日記，是否寓意作者對特務生涯的理解？是否作

〔註29〕見李長之：《霜葉紅似二月花》。
〔註30〕同上。

爲一種創作意象，存在於防空洞和作品之間？因此，這一時期的不少研究介紹文章的主旨意蘊，自然而然成爲防空洞裡的一種尋覓，主人公的出路，黑暗何時驅散，都成爲關注的熱點。

《腐蝕》在 1941 年 5 月 17 日至 9 月 27 日香港《大眾生活》連載完畢後，華夏書店和知識出版社立即在 10 月出版了《腐蝕》單行本，很快銷售一空，並在社會上引起強烈反響。許多地方舉行討論會，討論書中主人公趙惠明的出路問題，其熱烈程度猶如過去人們討論「娜拉」出路問題。國民黨當局下令在國統區大肆搜查和禁止《腐蝕》的發行和出版。然而，這一時期的《腐蝕》的出版，自 1941 年初以後，到建國前夕的 1948 年，華夏書店和知識出版社分別以每年各印一版的頻率印行。後來，《腐蝕》流傳到抗日民主根據地和解放區，又被解放區大量印行。如蘇中出版社、大連大眾書店、華北新華書店、太嶽新華書店、東北書店、遼寧中蘇友好協會、太行群眾書店、晉察冀新華書店、山東新華書店等等出版單位，在物質條件十分艱苦的條件下都出版過《腐蝕》，因此，《腐蝕》是茅盾國內版本最多的一部小說。更有甚者，解放區有的地方，爲了認清國民黨特務的黑暗統治，指定《腐蝕》爲幹部的必讀書，推薦爲內部學習材料。這種現象爲中國現代文學史上所罕見。

《腐蝕》從連載到出版，境況與《走上崗位》等迴然不同。《走上崗位》這部正面描述抗戰心態抗戰人世相的作品，也許發表在國民黨中央的有關刊物的緣故，評者寥寥。而《腐蝕》自發表之後，在這一時期，據不完全統計，評論文章計有 17 篇之多，而引起的轟動，又遠遠勝於這些評論的篇章。民間歷來有嗜愛黑幕小說的習慣，窺視神秘的內幕世界，這也是讀者的一般閱讀心理。而《腐蝕》雖不是 20 世紀頭 10 年的那種意義上的黑幕小說，但在此時暴露國民黨特務內幕，顯然會引起一般讀者閱讀黑幕小說的興趣。他們以一般心理審視《腐蝕》的認識價值，了解《腐蝕》中描寫的特務生涯的某些外人看來神秘的人事，這也有助於全面認識社會。所以，中國共產黨曾將它列爲認識國民黨特務行爲的輔助教材。從這個意義上看，對《腐蝕》的解讀，是一種在認識價值層面上的政治解讀。

關於這一點，從一些評論和介紹文章中也可見一二。如 1946 年 2 月 20 日《人民文藝》第 2 期上有《罪惡的淵藪》等文章，就是專門介紹《腐蝕》的揭露黑暗方面的，這種提示和解讀，從某種意義上強化了《腐蝕》的政治解讀。限於篇幅，這裡介紹主要的幾篇評論。

　　林莽發表在《新文化》雜誌上的《腐蝕》一文，雖然是印象式的介紹，但切入的角度卻別具一格，作者從對人文精神的關愛，提出了一些人生思考。他說：「這本書宛若一柄槌子，把人們蝸牛殼裡的小天地捶得粉碎，它要人們看一看外面是怎樣的一片世界，正如我們窗外的月夜表面上似乎很靜很美，而骨子裡卻是空茫寒冷，這不能不使我們悲哀了，我們多年來期待的是什麼，而得到的又是什麼？」〔註31〕林莽的這種閱讀體驗，應該說是靈魂深處的體驗，因為《腐蝕》給予天真青年警醒，捶得天真的粉碎，因而讓有志青年感到靈魂的悲哀。但在這種對天真的失望中，也看到作品中小昭的力量，他說：「我愛那被腐蝕著的小昭，這個時代的殉道者，他受酷刑，受威脅，受利誘，直至暗暗的死，卻不曾討一下饒……這才是真正中國人民的韌的精神……韌的精神就像一粒火花似的，照亮了道路，照亮了千千萬萬人所要走的道路。」〔註32〕這是作者對作品描述的革命者小昭的謳歌，也是作者所體驗到最精華的部分。應該說，林莽的這種閱讀體驗，是一種從天真中走出來的正直。他還寫道：「我們感到，過去的美夢被打碎了，剩下的是奮激與忿怒，而我們還期待些什麼？幻想是靠不住的，太多的幻想只會使人沉醉和迷惘，而碰到現實的牆壁就免不了可怕的失望和落寞，我們應該記著小昭，記著小昭韌的精神。」〔註33〕林莽這種對人的精神的關愛，使得他的評論卓爾不群，成為這一時期中較為有影響的一篇評論。因為這種有具體內容有思想的分析，更切合於當時解讀的實際。

　　在對《腐蝕》的評論中，李伯釗的評論也是值得注意的一篇。李伯釗是當時中共的一位活躍的文藝活動家，擅長劇本創作。她年輕時曾留蘇，第一部作品是與茅盾胞弟沈澤民合作的《國際青年歌舞活報》，1931年20歲時回國，後進入中央蘇區，歷任瑞金紅軍學校政治教員，《紅色中華》編輯、高爾基戲劇學校校長，中央蘇維埃政府教育部藝術局局長等，參加過長征，後到延安，28歲時任中共北方局宣傳科長，兼魯迅藝術學校校長。1942年參加延安文藝座談會，後任中央黨校文藝工作研究室主任，而評論介紹茅盾的《腐蝕》時，35歲的李伯釗正在延安。也許是配合當時延安幹部學習《腐蝕》的需要，李伯釗的評論更多地側重於介紹，因此，文章一開頭就說：「茅盾先生的中篇《腐蝕》，

〔註31〕 林莽：《腐蝕》，《新文化》第1卷第3期。
〔註32〕 同上。
〔註33〕 同上。

是一篇對國民黨特務罪惡有力的控訴書。爲此,《腐蝕》在國民黨統治區被禁絕出版與發行了。」〔註34〕在對《腐蝕》的政治背景介紹之後,作者用簡潔的三句話概括了《腐蝕》的思想藝術價值,即:「作者以細膩動人筆調,解剖特務分子的靈魂,暴露奇醜無比的黑暗罪惡」。〔註35〕這三句話,句句擲地有聲,也是從一個職業革命文藝家角度審視《腐蝕》的中肯評價。因而,李伯釗這種政治解讀,完全適應延安政治的需要。緊接著,李伯釗通篇是重新敘述《腐蝕》故事梗概,將《腐蝕》中曾經有過的故事重新再演譯一遍。這,對李伯釗來說,是一種解讀方式,但對研究史來講,則屬多餘。

對作品背景的關注和作品背景所散發出來的信息量的感悟,是40年代對《腐蝕》的另一種理解方式。這種方式將時代背景闡述得十分充分,由於閱讀《腐蝕》的當代性特徵,當時一些評論家感受體驗比較直接,因此,一部進步作品的出現,往往較多地重視它誕生的時代背景,並從中探尋眞實性和它的現實意義,這在當時解放區的文藝工作者中,情況較爲普遍。白葦的《讀〈腐蝕〉》,在同時代人的評論中,也算是較爲用心的一篇,也是一篇典型的革命文藝評論。文章一開始和李伯釗一樣的口吻:「這是勝利後一本最受歡迎的書,也是一本被人家帶著手令,到書店去『禁售』的書。」〔註36〕「這部書的出版,就等於是一面照妖鏡,等於一部用血寫成的特務反動分子罪行的記錄。」〔註37〕這種政治性斷語,既符合當時時代的語境,又符合作者寫作《腐蝕》的心理動機。緊接著,白葦又剖析《腐蝕》的生存環境,舉出《腐蝕》故事與當時重慶政治情景的相似性,這種從背景分析來解讀作品的方式,更讓人體會到茅盾作品的時事性特徵。時事性是時代性的一種表現形態。因此,當時白葦這種分析也是符合實際的。也正因爲如此,他在評論中呼籲:「我們希望青年學生,大家都能把這本書讀一讀,受特務血手威脅的,被特務欺騙的,要從這本書中,得到警惕,認清那些喝血者的面目。」

但是,我們關注白葦的這篇文章,並不在於他這種認識價值的呼籲和肯定,而在於白葦還能在一片叫好聲中從藝術創作角度所作的批評,也許這更有利於人們清醒認識《腐蝕》的創作原生態。他認爲,因爲茅盾在文體選擇

〔註34〕李伯釗:《讀〈腐蝕〉》,1946年8月18日《解放日報》。
〔註35〕同上。
〔註36〕白葦:《讀〈腐蝕〉》,《文藝生活》總第22號。
〔註37〕同上。

上採用日記體、第一人稱的方式，因而「在表現上使作者受了許多限制」，它沒有《子夜》內部結構「那麼緊密」，也沒有《霜葉紅似二月花》「所寫人物的深刻，細膩」。〔註 38〕「《腐蝕》從開頭到結尾，雖然都寫得很緊張，使你非一口氣讀完不可，但在讀完之後多少感到有點不滿足，好像在作品中，作者還給我們留了點空白，叫我們自己去填補，這也許是我的苛求之故。」〔註 39〕這種不周全的批評，正是《腐蝕》的缺陷所在。也許茅盾也意識到用日記體寫小說非己所長，所以日後再未出現過。其次，白蕻認為：「《腐蝕》雖也能予我以極為強烈的印象，但我總覺得作者在下筆時，還多少有點欠自然！」〔註 40〕同時也指出，這主要是茅盾對特務內部生活不太熟悉的緣故，「所以在寫作時，就避免對這些地方更深入的描寫」。〔註 41〕總之，白蕻指出的這兩個方面的缺陷，是符合作品實際的。

　　沈超予關於《腐蝕》的評論，從趙惠明的棄家出走的舉動中，提出了「五四」運動的傳承關係問題，他說：「這種棄家而走的風氣是從『五四』以來就在反抗的青年間流行著的，但這種孤身奮鬥也容易遇到環境的惡劣而來的經濟壓迫及生活的誘惑之類，這是一個分水嶺，這時是需有一種堅定的意志和刻苦的習慣的青年，才能跨得上正確的一面。」〔註 42〕沈超予的這個總結是對的，趙惠明的決意出走，有「五四」遺風，但以後陷入泥淖，又是她性格缺陷使然。因此，他在評論中濃墨重彩分析女主人公的時明時暗的心路歷程，尋找作品中主人公心靈的亮點，彷彿是在防空洞中尋亂哪怕一絲的光亮，理智，理性，良心，墜進魔窟的女特務身上哪怕一點點反應，也是讀者所期望的。最後，沈超予寫道：「多年來，我們的作者走著創作上的現實主義的道路，他以正確的眼光描寫過金融界和工商界，現在又讀到他的取材於一個最黑暗集團的小說，在這小說中他指導了腐蝕者以新生的道路，並明示讀者以社會必趨於光明。小說對於失足者和一般青年男女都有著教育的意義。」〔註 43〕這是一種正確的評價。因此，從某種意義上講，沈超予的這篇評論，是這一時期關於作品女主人公剖析較為深刻的一篇。

〔註 38〕　白蕻：《讀〈腐蝕〉》，《文藝生活》總第 22 號。
〔註 39〕　同上。
〔註 40〕　見白蕻：《讀〈腐蝕〉》。
〔註 41〕　同上。
〔註 42〕　沈超予：《讀〈腐蝕〉》，《萌芽》第 1 卷第 1 期。
〔註 43〕　同上。

從現在資料來看，《腐蝕》於 1941 年 10 月華夏書店出版單行本之後，起初只有署名消愁的一篇《對「惠明」的又一看法》（見 1941 年《大眾生活》新 18 號），後來一直冷寂了 5 年，直到 1946 年，才又評論蜂起，形成了一個評論小高潮。國統區的報紙，解放區的報刊，香港的《華商報》，新加坡的《風下》周刊等，都發表文章，評論《腐蝕》。尤其值得關注的是，東北書店在 1946 年 12 月初專門召開《腐蝕》的座談會，研討作品。這在茅盾的創作生涯裡，到此時，僅有三部書有過讀者研討的經歷，一部是《子夜》，當時有所謂的「《子夜》讀書會」之類的研討，再一部是《霜葉紅似二月花》，出版商曾組織讀者專家研討，再就是《腐蝕》。《腐蝕》的研討與前兩本的研討不同，前兩本是出版後即舉辦研討活動，頗有熱辣的味道，《腐蝕》則是相隔 5 年以後，重新燃起的評論熱情，當然，這與 1946 年的國內政治形勢有關也是不爭的事實。

第四節　聚焦：五十年與二十五年。黨對茅盾的首次高度評價

> 他不是那廟堂之器，他也不要作那種儼然人師和泥胎偶像。他只是個辛勤勞苦的，仁慈寬和的，中國新文學的老長輩和老保姆啊！
>
> ——吳組緗
>
> 我看沈先生的面貌像一隻羊，他的筆就是犄角，要向一切不合理頂撞，不要誤以為他是軟弱無力的綿羊，茅盾先生雖然常執一枝軟綿綿的毛筆，然而這確是一柄雪亮的匕首啊！
>
> ——子岡

自從 1927 年大革命失敗，茅盾悵然上廬山以後，未能趕上南昌起義，茅盾當政治家的理想受到嚴重挫折，進而轉向文學創作，用文字抒寫歷史，寄託自己的抱負。在此期間，中國共產黨一直關注著茅盾的言行。《蝕》三部曲的發表，與當時中共決策的方針不相吻合，茅盾如實地寫出大革命前後青年知識份子的心路歷程：對前途深感渺茫，為自己曾經奮鬥過的果實失去而痛心。而此時的中共領導人一味鼓動革命者盲動，做無謂犧牲。因此，對茅盾並不友好。後來，茅盾寫出了《子夜》、《林家舖子》、《春蠶》等作品，加上中共上層領導的不斷更替，對茅盾的態度日漸友好。再後來，魯迅去世，茅盾奔波於抗日烽火之間，去香港，去新疆，去延安，為抗日的民族大業吶喊。

因此，黨將茅盾視爲魯迅之後文藝界的一面旗幟，在藝術創作、人身安全、生活保障等方面加以愛護和關照，而茅盾的思想軌跡、文藝思想及作品主旨等，也自覺地與黨的利益和要求相一致，成爲在中共馬列主義意識形態主導下的文藝家。因此，在抗日戰爭勝利前夕，中共在重慶舉辦一系列旨在團結文藝界知名人士的給著名作家祝壽活動，如郭沫若的祝壽活動，老舍的祝壽活動。1945 年 6 月，又在重慶舉行慶祝茅盾創作二十五年和五十大壽的活動。

在祝壽活動中，黨對茅盾給予高度評價，也是 25 年來中國共產黨正式給予茅盾定位，同時，也給茅盾研究推上一個新台階。

當時王若飛的文章是代表黨中央的權威文字。所以，他發表的賀文，更引起文藝界和茅盾研究界的重視。王若飛的文章標題爲《中國文化界的光榮，中國知識份子的光榮》，兩個「光榮」，將茅盾 50 歲人生道路，25 年創作的業績都囊括進去了。茅盾獲此殊榮，是當初從廬山下來，日本歸來時所沒有料到的。王若飛在文章中開宗明義地推崇茅盾爲「中國文化界的一位巨人，中國民族與中國人民最優秀的知識份子，在中國文壇上努力了將近廿五年的開拓者和領導者」。〔註 44〕用這樣規格的語言稱頌一位活著的作家，恐怕在 20 世紀作家生活史中是少見的。王若飛的文章除了給茅盾定位，高度評價之外，結合茅盾的創作實際，從三個方面充分肯定茅盾 25 年文學創作的業績：一是充分肯定茅盾的創作事業「一直是聯繫著和反映著中國民族與中國人民大眾的解放事業的」。〔註 45〕王若飛列舉了茅盾大量作品，認爲：「中國大時代的潮汐，都反映在茅盾先生的創作中。」〔註 46〕二是充分肯定茅盾在文學創作中「爲中國的新文藝探索出一條現實主義的道路」。〔註 47〕他從茅盾大量文藝理論實踐中，看到茅盾在倡導現實主義的文藝新路，同時又將茅盾的譯介成績及發起組織進步文學社團——文學研究會，聯繫起來考察，進一步肯定茅盾在這方面的努力。三是充分肯定茅盾「在中國新文藝的『大眾化』工作和『中國化』工作上，一直是站在先驅者的行列，而且是認認眞眞在實踐中探索著前進的道路的」。〔註 48〕王若飛從歷史發展來考察，認爲茅盾初期創作中

〔註44〕王若飛：《中國文化界的光榮，中國知識份子的光榮》，1945 年 6 月 24 日《新華日報》。

〔註45〕同上。

〔註46〕同上。

〔註47〕同上。

〔註48〕見王若飛：《中國文化界的光榮，中國知識份子的光榮》。

受「歐洲文學作風的影響」，後來逐漸減退，而中國化大眾化作風，「卻有顯著的進展」。〔註49〕文章最後又提出：「他所走的方向，爲中國民族解放與中國人民大眾解放服務的方向，是一切中國優秀的知識份子應走的方向。中國人民應當把茅盾先生 25 年來成就看成是中國文化界光榮，中國知識份子的光榮，中國人民的光榮。」〔註50〕王若飛這篇文章具有巨大權威性，直接影響茅盾的政治地位，也直接影響和推動了茅盾研究，也是這個時期特別是祝壽活動的領頭文章。這篇文章除了在 6 月 24 日重慶《新華日報》上發表以外，還在 7 月 9 日延安《解放日報》上發表，因而更具有影響力。

除王若飛文章外，《新華日報》還發表廖沫沙執筆的社論《中國文藝工作者的路程》。據廖沫沙同志回憶，他執筆的這篇社論寫好後，專門送周恩來、王若飛審查、修改後發表的。社論的基本基調與王若飛的文章相同，認爲茅盾是「一位彌久彌堅，永遠年輕，永遠前進的主將」。〔註51〕值得研究者注意的是，對茅盾 1927 年以後幾年文藝活動的評價，王若飛是這樣表述的，「他的《蝕》，反映了 1925～1927 年大革命前後中國知識份子在人民解放事業中的動態。他的《虹》，反映了五卅運動的側面」。〔註52〕而廖沫沙起草的社論中，則籠統寫道：茅盾他「爲民族，爲人民，爲中國最大多數人民的自由解放，他不顧一切地投身於 1927 年的革命巨浪之中，他不僅用他的作品，而且用他的實踐來領導了 1927 年以後那個最黯淡最艱危時期的革命文藝運動」。〔註53〕顯然，王若飛從作品本身來肯定茅盾早期受批判的作品，但評價中似乎還有保留，而廖沫沙則從總體上肯定茅盾在大革命失敗後所作的選擇，但也巧妙地避開了對當時討伐般批判的尷尬。

在重慶的祝壽活動中，除中共給予茅盾高度評價外，重慶、桂林、昆明、成都等後方的城市中的進步文藝界人士也發表文章，代表文藝界及個人向茅盾祝賀，葉聖陶、柳亞子、吳組緗、張恨水、邵荃麟、張西曼、潘梓年、鄧初民、沙汀等都在重慶《新華日報》上發表祝賀性的回憶文章，這些回憶性祝賀文章，大多平實親切，留下了一批豐富寶貴的資料。除《新華日報》外，延安的《解放日報》以及《抗戰文藝》、《文哨》、《中學生》、《大公報》等相

〔註49〕見王若飛：《中國文化界的光榮，中國知識份子的光榮》。
〔註50〕同上。
〔註51〕廖沫沙：《中國文藝工作者的路程》，1945 年 6 月 24 日《新華日報》。
〔註52〕見王若飛：《中國文化界的光榮，中國知識份子的光榮》。
〔註53〕見廖沫沙：《中國文藝工作者的路程》。

繼發表文章，稱頌和紀念茅盾二十五年創作和五十壽辰。《抗戰文藝》曾擬出紀念專刊，後因故未出。在這些眾多的評論、回憶文章中，葉以群、老舍、朱自清等人，都抓住茅盾為人為文的特點，以群在《雁冰先生生活點滴》一文中認為，茅盾「26 年如一日，始終堅持操守，與時代俱進」。〔註 54〕吳組緗在賀文中認為，茅盾「他不是那廟堂之器，他也不要作那種儼然人師和泥胎偶像。他只是個辛勤勞苦的，仁慈寬和的，中國新文學的老長輩和老保姆啊！」〔註 55〕葉聖陶更是以老友身份，娓娓道出幾十年的友情交往，也輕輕寫出存在記憶深處的茅盾創作軼事，如「茅盾」的來歷，當時替茅盾保密的情況，顯得輕鬆詼諧，正因為葉聖陶這些帶著濃濃友情的回憶，為後來的茅盾生平研究和傳記寫作提供了翔實史料。對《子夜》也有點睛：「他寫《子夜》，是兼具文藝家寫創作與科學家寫論文的精神的。」〔註 56〕可以說，葉聖陶的祝壽文章開創了茅盾傳記之先河，功不可沒。在介紹茅盾人品文品時，著名記者子岡筆下是這樣描述的：「我看沈先生的面貌像一隻羊，他的筆就是犄角，要向一切不合理頂撞，不要誤以為他是軟弱無力的綿羊，茅盾先生雖然常執一枝軟綿綿的毛筆，然而這確是一柄雪亮的匕首啊！」〔註 57〕這種形象的描述，顯得既實在又生動！

　　茅盾祝壽活動中除了大量祝賀文章以外，還有不少言簡意賅的題詞，這也應是茅盾研究中不可忽略的一種體裁。也反映了對茅盾認識的深度。從這諸多賀詞中可以看出茅盾在文藝界、政界的人格文品聚焦情況：馮玉祥的賀詞是：「黑桃、白桃和紅桃，各桃皆可做壽桃，文化戰士當大衍，祝君壽過期頤高。」郭沫若的賀詞是：「人民將以夫子為木鐸。」洪深題詞是：「忠厚之心，鋒利之筆。」吳祖光的題詞是：「您是真理和進步的化身，想到您的時候，我們便不敢懈怠，不敢偷安。」朱自清的題詞是：「我佩服你是一位能夠批評與創作、文藝與人生打成一片的人。」聞一多題詞：「作為保衛人民，擁護真理的戰士，茅盾先生，今天還有誰比你更篤實、更堅定、更持久的呢！」李公樸題詞：「簡樸自若，堅決和平、廿五週年、創作日新、獎掖後進，親愛精誠，始終如一，文壽長青。」廖仲愷夫人何香凝也題賀詞：「茅盾先生是當代

〔註 54〕　以群：《雁冰先生生活點滴》，《文哨》第 1 卷第 3 期。
〔註 55〕　吳組緗：《為中國現實主義文學祝賀》，1945 年 6 月 24 日《新華日報》。
〔註 56〕　葉聖陶：《略談雁冰兄的文學工作》，1945 年 6 月 24 日《新華日報》。
〔註 57〕　子岡：《沈雁冰先生》，1945 年 6 月 24 日《大公報》。

中國最優秀、最堅實的小說家，是新文學運動中最穩健、最精明的主將之一。他把外國為人生為人民的文學介紹到中國來，同時表現了中國人民的感情和要求，他可以尊為中國最光輝的人民作家，可以列在世界的文壇上而無愧。」

這些精當而帶有喜慶色彩的評價，將茅盾聚焦得更集中，更突出。從茅盾研究史的角度來看，達到了一個前所未有的高潮。

第五節　《清明前後》的轟動和爭論

　　　　我看了《清明前後》之後，感到很滿意。那充溢了全劇的正義的召喚與對黑暗勢力的嘲諷和控訴，曾深深地感動了我。

　　　　　　　　　　　　　　　　　　　　　　　　——金同知

　　　　話劇裡面要有「話」，《清明前後》才是真正的有「話」。

　　　　　　　　　　　　　　　　　　　　　　　　——黎舫

　　早在茅盾祝壽活動之前，茅盾就在醞釀當年春天發生在重慶的金融案件如何用文藝形式表現出來。因此，祝壽活動一結束，茅盾就著手寫作劇本《清明前後》。從 6 月下旬至 8 月抗戰勝利之時，茅盾寫完 5 幕話劇《清明前後》，這個劇本是茅盾一生創作中惟一的一個劇本。茅盾寫得很艱難，十分用心，專門請教劇作家，但最終還是寫得小說化，後來經趙丹等再改作舞台本，才上演。9 月 26 日，《清明前後》正式在重慶公演。開始，觀眾反應平平，不料到第四天，竟越來越火爆，以至引起轟動。據當時報紙報導：「買票時由單行站成雙行，也有人從上午等起，還是沒有買到票。」〔註 58〕「賣座率突破了本年劇季的最高紀錄。」

　　與任何一部轟動的劇作一樣，在演出成功之後，評論如潮。在重慶演出之前，即 1945 年 9 月 20 日的重慶《新民報》晚刊上，有署名銘彞的文章《反映當前現實的〈清明前後〉》，將《清明前後》的主題定位在「反映當前現實」。幾天後，即 9 月 27 日，唐納又在重慶《新晚報》晚刊上發表文章《祝〈清明前後〉公演》。在此後將近一年多的時間裡，即到 1946 年 11 月，林林總總的評論、介紹文章達 35 篇之多，超過了稍早的《霜葉紅似二月花》的評論數量，且作者陣容也不可忽視，有年輕的文藝評論家何其芳、陳涌等，也有周鋼鳴、

〔註58〕1945 年 10 月 16 日《解放日報》。

邵荃麟等中年評論家，還有老一輩文化人夏丏尊的評論，一時蔚爲壯觀。據說，中共領導人周恩來曾十分稱讚《清明前後》，他認爲，雖然主要寫的是一個民族資本家，但提出的問題有普遍深刻的意義。爲此，周恩來還爲演出成功當面向茅盾表示祝賀。

當重慶轟動之時，其他地方也開始公演，四川永利化學公司專門排練《清明前後》，在企業裡公演。貴州、延安等地也認眞排練，公演《清明前後》，延安的《清明前後》是西北文藝工作團的演員演出的。面對《清明前後》的轟動，國民黨政府非常清楚轟動的原因，因此，在毛澤東等中共談判代表 10月 11日離開重慶回延安之後，16日國民黨中央廣播電台立即設特別節目詆毀《清明前後》，說這個話劇內容有毒，要看過的人反省一下，不要受愚弄，沒有看過的不要去看。不料這個報導反成了義務廣告。國民黨中央宣傳部只好用密電方式向各地轉發中央文化運動委員會主任張道藩的密函：

> 准中央文化運動委員會張主任道藩 10月 30日函，「爲茅盾（即沈雁冰）所著之《清明前後》劇本，內容多係指摘政府、暴露黑暗，而歸結於中國急需變革，以暗示煽惑人民之變亂，種種影射既極明顯，而誣衊又無所不至，請特加注意」等語。查此類書刊發行例應禁止，惟出版檢查制度業經廢止，對該劇本出版不易限制；因特電達，倘遇該劇上演及劇本流行市上時，希即密飭部屬暗中設法制止，以免流傳播毒爲荷。〔註59〕

這個密電後來爲中共的報紙披露。這一史實，也可見《清明前後》的影響力。這種影響力基本上是一種政治解讀，因爲《清明前後》的政治主題意識，基本上國共雙方都非常明確的，國民黨礙於正在重慶談判的中共代表，怕授人於柄而不敢明目張膽地查禁，只能用密函密電的方式進行。而中共則正好充分利用這個話劇，宣傳政治民主化的主張。

《清明前後》不僅在政界引起轟動，而且因爲話劇太貼近現實而引起文藝界的一場爭論。這場爭論的起因是一場關於《清明前後》的座談會。10月10日，《新華日報》副刊召開一個關於《清明前後》和《芳草天涯》的座談會，邀請一些文藝界人士參加。不知出於何種考慮，座談會發言發表時，發言者姓名都用英文字母替代，在整個座談會上各抒己見，有叫好的，也有叫不足的，在批評這個劇不足之處，不少發言者都有具體指陳，有的認爲第二幕裡

〔註59〕1946年 4月 9日的《新華日報》曾披露了該電報的轉發件。

小職員李維勤「予人的印象就係李維勤是神經錯亂一樣，反而減少了感動人的效果」。〔註60〕也有人認為：「這個劇的主要缺點是予人一堆散漫的印象。」〔註61〕也有人認為：「這個劇的主要缺點是劇的進展太散漫。」〔註62〕這些批評相對於讚揚，顯得十分虛弱，因為不少發言者在指出缺點之後，基本上持肯定態度：「總之，看了這個戲之後，我是感動的，印象是完整的，雖說在個別小情節上有不滿意處，但整個的劇是滿意的。如果把小缺點與大優點並立起來談，我想那是不公平的。」「我仍然以為這是一個大後方不多見的好戲之一，它不僅暴露了、控訴了，而且猛烈地抨擊了這個不合理的社會和那些吃人的黑暗勢力；更是明確地指出了如何才能求得生存的道路。」

然而，座談會上有這樣一種觀點卻引起了重慶文藝界的爭論，此觀點認為：「進一步說，今天後方所要反對的主要傾向，究竟是標語口號的傾向，還是非政治的傾向？有人以為主要的傾向是標語口號，公式主義，我以為這種批評本身，就正是一種標語口號或公式主義的批評，因為它只知道反公式主義的方式，而不知道今天嚴重地普遍地泛濫於文藝界的傾向，乃是更有害的非政治的傾向（這是常識的說法，當然它根本上還是一種政治傾向），有一些人正用反公式主義掩蓋反政治主義，用反客觀主義掩蓋反理性主義，用反教條主義掩蓋反馬克思主義，反馬克思主義成了合法的，馬克思主義成了非法的，這個非法的思想已此調不彈久矣！有些人說生活就是政治。自然廣義地說，一切生活都離不了政治，但因此就把政治還原為非政治的日常瑣事，把階級鬥爭還原為個人對個人的態度，否則就派定為公式主義、客觀主義、教條主義，都是非常危險的。假如說《清明前後》是公式主義，我們寧可多有一些這種所謂『公式主義』，而不願有所謂『非公式主義』的《芳草天涯》或其他莫名其妙的讓人糊塗而不讓人清醒的東西。」〔註63〕

這一段發言出於 C 君之口，C 君為誰，現在已無從查考。發言者是誰，無甚重要，重要的是因這段發言記錄引起另外一種文學見解的爭論。首先，王戎寫文章《從〈清明前後〉說起》，表示不同意 C 君的觀點，王戎認為：「反對標語口號公式主義並不等於肯定或擁護非政治傾向的劇作。現實主義的批

〔註60〕1945 年 11 月 28 日《新華日報》。
〔註61〕同上。
〔註62〕同上。
〔註63〕同上。

評是既反對只寫花花草草趣味噱頭的『無』政治傾向的作品，同時也要反對用個人情感狂喊口號的『唯』政治傾向的作品。」〔註64〕他認為反對非政治傾向作品，「只有我們要求自己具有政治與藝術緊密結合融化為一體的現實主義的作品才行」。〔註65〕如果王戎的這個觀點無大錯的話，那麼下面的觀點就值得商榷了，他在文章中說：「我覺得現實主義的藝術不必要強調所謂政治傾向，因為它強調作者的主觀精神緊緊地和客觀事物融解在一起，通過典型的事件和典型的人物，真實的感受，真實的表現，自然而然在作品裡會得到真實正確的結論。」〔註66〕這個觀點儘管緊接著有一個關於所謂「傾向性」概念的說明，仍顯得與當時時代要求相悖，因此王戎對《清明前後》的認識也帶有明顯的情緒色彩，他說，要表現民主，「一定要從實際生產鬥爭中的呼聲和要求以及爭取的目標××××××，決不應該是用來勉強湊合事實的空洞口號」。〔註67〕這暗示了《清明前後》的不足。之後，儘管他在文章中表白：「決沒有根本否定《清明前後》的意思。」但又說《清明前後》「表現和呼喊，不是生動而感人的，是失去了生活基礎的抽象概念」。〔註68〕

王戎這種偏激的否定，儘管其中有符合文藝創作規律的元素，但仍在重慶引起一些文藝評論家包括《清明前後》作者茅盾本人的不滿。

邵荃麟立即作出反應，寫了《略論文藝的政治傾向》一文，邵文從當前戰鬥任務出發，指出今天大後方文藝思想上「首先應批判的」，就是「非政治傾向」，同時他也明確指出公式主義與非政治傾向「它是從主觀教條主義的認識出發，根本就是非馬克思主義的」。〔註69〕極有馬克思文藝理論修養的邵荃麟同時又指出王戎關於現實主義的藝術不必要強調所謂政治傾向以及關於政治傾向解釋的看法，雖源於恩格斯給哈克納斯女士的信裡的意思，但當時恩格斯寫這封信的背景與當前大後方文藝運動的背景並不一樣：「當時的情形，正如恩格斯自己所說，『在我們的環境中，小說主要地是供給資產階級圈子的讀者，即不直接屬於我們這個圈子的人。』」「如果在另一個環境，作品是為人民大眾寫，為人民大眾讀的，是人民大眾自己的文學時，這情形即並不一

〔註64〕 王戎：《從〈清明前後〉說起》，1945年12月19日《新華日報》。
〔註65〕 同上。
〔註66〕 同上。
〔註67〕 見王戎：《從〈清明前後〉說起》。
〔註68〕 同上。
〔註69〕 荃麟：《略論文藝的政治傾向》，1945年12月26日《新華日報》。

樣了。」〔註70〕顯然邵荃麟的反應是符合當時時代要求的。

邵荃麟批判王戎的另一個觀點是王戎在文章中指出的「主觀精神」問題。他認為「主觀精神」是一個抽象的名詞，各個人的「主觀精神」是具有他一定的社會內容的。因此無論藝術家或藝術，政治傾向的強調仍是首要的，「只有在強調政治傾向這個前提下去強調主觀與客觀緊密的結合，才能使我們對於現實獲得正確的認識，才能使現實主義獲得其堅實的基礎」。反之，「可能使我們走到超階級超社會的唯心論泥沼中去」。〔註71〕邵文最後對《清明前後》作了實事求是的肯定，認為《清明前後》「是目前許多戲劇中間一個比較有政治傾向的劇本。在這一意義上，這個劇本應該被肯定的」。〔註72〕

邵荃麟的文章發表之後，王戎又寫了反駁文章《「主觀精神」和「政治傾向」》。首先他表白他的所謂「政治傾向」和「主觀精神」都包含在他提出的「現實主義」裡面，並認為沒有在現實主義前面加修飾限制的副詞。「政治傾向既然是被現實主義作家的思想力所概括，那麼有什麼必要在作家所表現的作品裡另外再要求抽象的概念的政治名詞呢？因此，我說應該『強調主觀精神和客觀事物緊密的結合』」。〔註73〕堅持了自己的觀點。他的文章還針對邵荃麟關於恩格斯的信中的不同情形發表自己的看法，認為，「不應該根據讀者不同的階層來規定作家對付每個階層而有各個不同的創作方法」。〔註74〕王戎的這篇反駁文章，從其文末所標示時間來看，是讀到邵文之後立即寫就的。荃麟的文章在26日發表，王戎的文章寫於27日。

王戎的反駁文章發表以後，何其芳又以《關於現實主義》為題，參加論爭，認為王戎將《清明前後》排斥在現實主義大門之外是不對的，認為：「連《清明前後》這樣的作品也被關在門外，則那到底是什麼樣的『現實主義』呢？也許『現實主義』是抱住了，但『革命』卻在哪裡呢？」〔註75〕這就是何其芳論爭的主要旨義。

除了荃麟和何其芳的論爭文章以外，還有不少人參與論爭，其中劉西渭的書評《清明前後》是一篇值得重視的文章。他在分析《清明前後》的氣質

〔註70〕見荃麟：《略論文藝的政治傾向》。
〔註71〕同上。
〔註72〕同上。
〔註73〕王戎：《「主觀精神」和「政治傾向」》，1946年1月9日《新華日報》。
〔註74〕同上。
〔註75〕何其芳：《關於現實主義》，1946年2月13日《新華日報》。

後認爲，「茅盾先生在氣質上切近左拉。他們對於時代全有尖銳的感覺，明快的反應」。〔註 76〕他還認爲：「《清明前後》只是《子夜》的續篇。」〔註 77〕他從話劇角度來批評《清明前後》的結構：「我們時時感到我們的小說巨匠用心在摸索他所不熟悉的道路。太小心，太拘泥，因而行動之間不免黏著。近看雕琢，遠看缺乏距離。」〔註 78〕劉西渭即李健吾，是一位很有學養的文藝理論家，因此他的富有理論色彩的評論，引起了茅盾研究界的重視。還有一篇評論值得一提，這就是夏丏尊先生的《讀〈清明前後〉》，夏先生並沒有看到演出的話劇《清明前後》，而讀到了文學本子，因而叫《讀〈清明前後〉》。他在文章中對作品的主題的理解是「工業的現狀與出路」。〔註 79〕因而夏先生從工業資本、金融等角度高度評價《清明前後》，認爲《子夜》是寫「平時的狀況」，而《清明前後》是寫「戰時的狀況」，可以與《子夜》媲美。夏丏尊尤爲欣賞的是劇本中的對話，他認爲「劇中對話句句經過錘煉，無一句草率。」〔註 80〕這是非常獨到的評價，但正因爲如此，反而影響觀看，也正因爲如此，他希望：「觀眾在看劇以前，最好先把劇本閱讀一遍。」〔註 81〕夏丏尊如此推崇《清明前後》，在這一時期的茅盾研究中是罕見的。

　　總之，《清明前後》在茅盾來講是第一次嘗試，但因試得適時，頗得好評，不少觀眾寫觀後感，充分肯定這個話劇。金同知在一篇觀後感中寫道：「那充溢了全劇的正義的召喚與對黑暗勢力的嘲諷和控訴，曾深深地感動了我。……我認爲這是一個大後方不多見的好戲之一。」〔註 82〕「《清明前後》的演出，有著深刻的積極意義，它對現在的明確、尖銳、嚴正的針砭，正標誌出了大後方劇運的一個新的起點，一個好的作風的範例。」〔註 83〕這些評價顯然帶有溢美成分。但作爲一部小說化的戲劇，在當時轟動到爆滿的現象，卻是令人深思。因此《清明前後》在 40 年代的輝煌，顯然與當時中國共產黨給茅盾祝壽有一定的政治聯繫，也與毛澤東等中共領導人在重慶談判有一定關係，

〔註 76〕劉西渭：《清明前後》，《文藝復興》第 1 卷第 1 期。
〔註 77〕同上。
〔註 78〕同上。
〔註 79〕夏丏尊：《讀〈清明前後〉》，《文藝月報》第 1 卷第 1 期。
〔註 80〕見夏丏尊：《讀〈清明前後〉》。
〔註 81〕同上。
〔註 82〕金同知：《〈清明前後〉觀後感》，1945 年 10 月 10 日《新華日報》。
〔註 83〕同上。

輝煌的其中不乏政治因素。所以這種繁榮，在茅盾研究史上，學術地位並不
突出，然而又是一種無法繞開的事實。

簡短的小結

　　這一個時期，茅盾的生活起伏很大，動蕩不安。抗戰爆發後，茅盾去了
香港，主編《文藝陣地》，稍後奔波大西北。在新疆盛世才的統治下過著度日
如年的生活，1940 年 5 月，離開新疆赴延安。本想在延安與中共一起進退，
但重慶陪都卻需茅盾去任職，於是留下一雙兒女去了重慶。皖南事變之後，
茅盾又潛往香港，主編《筆談》。太平洋戰爭爆發之後，茅盾往桂林撤退。在
桂林不久，國民黨又讓茅盾去重慶，經中共方面的同意，茅盾專程去重慶，
成為重慶的文化活動家。抗戰勝利，茅盾又在中共的安排下，輾轉上海、香
港。期間又應蘇聯邀請，去蘇聯訪問數月，直到 1949 年春，茅盾在中共有計
劃的安排下，北上參加新中國的籌建。

　　由此可見，這個時期是茅盾生活最不安定、最動蕩的時期。但勤奮的茅
盾依然在創作上雄心勃勃，以記錄大時代的宏願，寫出抗戰史的形象圖略。
如前述過的《第一階段的故事》，《走上崗位》外，在重慶寫完《清明前後》
後，在 1948 年創作了《鍛煉》。這部作品也是茅盾宏圖大略中的一部史詩性
作品，但這個宏偉計劃，最後只留下在《文匯報》連載了 100 天的第一部《鍛
煉》，之後各卷也因世事變化而渺無踪影。值得研究界反思的是，當時《鍛煉》
在連載之後，遭遇了和《走上崗位》等反映抗戰小說相同命運：竟沒有一點
反應，到了無人問津的地步。這在研究界儘管已有先例，但畢竟是一件憾事。
直到 30 多年之後，才被研究界「發現」這部小說，才由文化藝術出版社出版。
當然這是後話。

　　在散文研究方面，這一時期似乎與茅盾的散文創作的豐碩相比，顯得十
分薄弱。這一時期結集的散文有：《見聞雜記》（1943）、《時間的記錄》（1945）、
《舊途雜拾》（1946）、《生活之一頁》（1947）、《脫險雜記》（1948）、《雜談蘇
聯》（1949）、《蘇聯見聞錄》（1948）7 本集子，但這些作品出版之後，評論寥
寥。僅耿纏綿《一塊巧克力糖——讀〈蘇聯見聞錄〉》等二三篇分析和評論文
章。其中值得一提的是孫德鎮的《評茅盾著〈時間的記錄〉》一文，這篇書評
式的介紹性文章，孫德鎮尤其看重茅盾的一組「雨天雜寫」的雜文，認為：
雨天雜寫之一有「『溫故而知新』之感。」雨天雜寫之二是「在舉行國民大會

前後的今天讀之，尤有親切之感」。雨天雜寫之三則「眞是針砭時弊之談」。〔註
84〕因此，他認爲：「茅盾先生對小說中人物個性的刻畫都是很深刻的，他的雜
文也運用了這種深刻手法而成功了。」〔註 85〕孫德鎭的這篇書評，在當時散
文研究還十分荒蕪的語境裡特別顯眼，引起了後來研究者的注意。在總體上，
無論是第一個時期還是第二個時期，對茅盾散文的評價，都沒有超過郁達夫
的水平，也不如郁達夫的深刻。郁達夫 1935 年在《中國現代散文導論》中說：
「茅盾是早就從事寫作的人，惟其閱歷深了，所以每不忘社會。他的觀察的
周到，分析的清楚，是現代散文中最有實用的一種寫法，然而抒情煉句，妙
語談玄，不是他之所長。試把他前期所作的小品和最近所作的切實的記載一
比，就可以曉得他如何在利用他之所長而遺棄他之所短。中國若要社會進步，
若要使文章和眞實生活發生關係，則像茅盾那樣的散文作家，多一個好一個，
否則清談誤國，辭章極盛，國勢未免要趨於衰頹。」〔註 86〕畢竟是郁達夫，
對茅盾的散文精髓一語中的，也成爲評價茅盾散文的經典文章。

　　但是，對茅盾在第一時期創作的一些小說代表作，在 40 年代又有新的闡
述和評論。有關《子夜》的研究有晦庵的書話，黃繩、海燕的介紹文章，其
中最引人注目的是鄭朝宗署名林海的《〈子夜〉與〈戰爭與和平〉》一文。鄭
朝宗用比較的眼光，從不同視角將《子夜》與托爾斯泰的《戰爭與和平》進
行比較，認爲兩部小說有不少相似之處，也有不少差異。相似之處主要在描
寫的宏大性上，《戰爭與和平》是 19 世紀初葉俄國社會的一幅全景，而茅盾
寫《子夜》也「有了大規模地描寫中國社會現象的企圖」。〔註 87〕鄭朝宗認爲
即使茅盾這個企圖後來未全部實現，「在中國小說史上仍可算得鳳毛麟角」。
其次在《戰爭》與《和平》描寫上，也有相似之處，托爾斯泰《戰爭與和平》
的戰爭是在沙場上進行，而《子夜》的戰爭則在「工廠或公債市場裡進行罷
了」。在戰爭描寫中，兩位作家都在用筆證明個人主義的徒勞無功。但《戰爭
與和平》在描寫上，托爾斯泰是大手筆，而茅盾寫的家庭故事、戀愛故事之
類，顯得「零碎薄弱」。〔註 88〕同時，鄭朝宗從手筆才氣，小說結構，人物種
類和數目，寫作風格等方面將作品和作家進行比較，指出茅盾寫《子夜》過

〔註 84〕　孫德鎭：《評茅盾著〈時間的記錄〉》，《上海文化》1946 年第 11 期。
〔註 85〕　同上。
〔註 86〕　郁達夫：《中國現代散文導論》（下）。
〔註 87〕　林海：《〈子夜〉與〈戰爭與和平〉》，《時與文》第 3 卷第 23 期。
〔註 88〕　同上。

程中的不足。在才氣上，托爾斯泰在寫作《戰爭與和平》時顯示出來的才氣，是「力能扛鼎」，在描寫細部方面也能「妙入秋毫」；而茅盾的才力卻偏於大，偏於粗，對一對姐妹在密室中談心的情景，「他卻寫得非常乏味」，因而茅盾能大不能小。〔註 89〕鄭朝宗還列舉了許多例子。如吳少奶奶與雷鳴偷情的描寫，曾滄海頂著《三民主義》向總理陰靈呼籲等等，都是「受想像力的限制」。在結構上，儘管都是「全景畫式的」，但《子夜》有太多游離於主線的東西，類似《子夜》第四章的情況，這在《戰爭與和平》中是沒有的。在人物描寫上，《戰爭與和平》多達 800 餘人，而且「托爾斯泰筆下的人物，不管著墨多少，總是個個渾圓，有靈性，有生氣」。《子夜》儘管也有 80 餘人，但真正稱得上圓渾的人物，惟有吳蓀甫、屠維岳、趙伯韜幾個人物。其他則全是愛摩•福斯特所說的「扁平人物」，有的甚至連「扁平人物」都達不到。在寫作風格上，茅盾儘管以細膩見長，但痕跡太多，有些描寫變化太少。〔註 90〕鄭朝宗的比較是非常客觀的，他在總體上肯定這部小說的同時，用中外文學比較方法研究《子夜》的成敗得失，在這之前，不曾有過。

至於《春蠶》等名篇，這個時期除了電影的攝製台本之外，還有晦庵的書話式評論。此外，這個時期作者的兩篇自述文章值得重視，即發表在 1939 年 6 月 1 日《新疆日報》上的《〈子夜〉是怎樣寫成的》和發表在 1945 年 10 月《青年知識》第 1 卷第 3 期的《我怎樣寫〈春蠶〉》。這兩篇自述性文章，有助於拓寬研究思路，從創作主體來分析作品，或許更能準確地了解作品。但這兩篇文章在當時並未起到推動作用。

這一時期還有一個特點，即出現了大量介紹茅盾生平的文章，這些文章大多是第一手材料，極為珍貴，無意間為茅盾生平研究作了很好的鋪墊。在許多介紹茅盾生平的文章中，黃果夫的文章《記茅盾》是比較早也十分生活化的一篇文章，他以同時代人的經歷和眼光來寫茅盾。文章詳細記述了茅盾寫《子夜》時的情景，尤其是黃果夫陪茅盾去交易所等地方體驗生活等場景，不僅寫出了茅盾觀察的仔細，也寫出了茅盾寫《子夜》的狀態。「有時，茅盾先生更活躍得像一個商人，擠在生意買賣的人叢中去打聽行情，他表現得是那樣地認真，又是那樣地老練。」〔註 91〕把寫《子夜》時那種亢奮和冷靜都

〔註89〕 林海：《〈子夜〉與〈戰爭與和平〉》，《時與文》第 3 卷第 23 期。

〔註90〕 見林海：《〈子夜〉與〈戰爭與和平〉》。

〔註91〕 黃果夫：《記茅盾》，《雜誌》第 9 卷第 5 期。

寫了出來，將茅盾的寫《子夜》心態、情緒及生活的側面都寫了出來。這期間還有一篇記敘茅盾生平的文章，即茅盾的小學同學沈志堅的《懷茅盾》的文章，這篇回憶文章給茅盾的生平研究提供了翔實的第一手資料。沈志堅是茅盾小學、中學同學，商務同事，因而儘管是 30 多年前的往事回憶，但也相當眞實。如茅盾在小學時的國文成績爲「全校冠軍」，小學教師張之琴曾「撫其背道：『你將是個了不得的文學家呢！好好用功吧！』」沈志堅記得小學時代的茅盾「聽了這種獎勵的話，益加奮勉。以異日之文豪自期」，〔註92〕並表示「我能著作一種偉大的小說，成一名家於願足矣！」這些充滿傳奇色彩的史料，出自一位小學同學之口，自然可以作信史。再如回憶茅盾進商務之後，沈志堅見他致力寫作文藝論文及譯作，便勸他寫小說，茅盾則表示：「我還沒有力量。」這種嚴謹的態度與一般率而操觚者迥然不同的精神風貌，也眞實地顯現在研究者面前，這些史料眞切地告訴我們茅盾一鳴驚人的原因。這些回憶文章，無論是生平研究還是創作動因的研究，都應該是極爲珍貴的。沈志堅本來可以再寫一些回憶，但後來似乎沒有再見過他的回憶文章，這是很可惜的。

　　1945 年 6 月的祝壽活動中，也出現了不少有關茅盾生平的介紹回憶文章，這些文章也有力地豐富了茅盾生平研究內容。如老舍回憶茅盾在重慶時的生活，艾蕪回憶在上海與茅盾的交往，葉以群回憶茅盾在香港，吳組緗回憶在重慶與茅盾交往的感受，名記者子岡詳細描述了茅盾五十大壽的祝壽場面，田漢回憶了在桂林與茅盾相處的日子，東方曦（孔另境）則以他特殊身份回憶茅盾的行蹤和家事。再如當時韓北屏採寫的《茅盾先生談「五四」》一文，是較早的對茅盾生平和文學活動進行描述的專訪，史料價值極高。另外，宋雲彬的《沈雁冰（茅盾）》一文，也具有十分珍貴的史料價值，尤其是大革命失敗前後，宋雲彬回憶與茅盾一起在武漢，又一起上廬山然後潛回上海的經歷，完全是當事人的第一手資料。這些經歷，只有宋雲彬是最合適的回憶人選。因此宋雲彬這篇寫於 1946 年 6 月桂林的回憶，是值得重視的。

　　在 40 年代，茅盾夫婦應蘇聯對外友好協會的邀請，曾去蘇聯訪問。茅盾訪蘇，成爲新聞界、文藝界的一件大事，因而也相應有了一批記錄茅盾出國情形的文章。如孔另境的《茅盾出國記》，詳細記錄了碼頭歡送的場面，《文匯報》記者採寫的《文化界送茅盾出國》以及歐陽翠、范泉等的記錄當時的

〔註92〕 志堅：《懷茅盾》，《文藝史料》上海中華日報 1944 年 1 月。

一些文章，都留下了生動的真實場面。訪蘇回來以後，王坪、鳳子等及時地寫下了《記「爲茅盾先生及夫人洗塵小集」》及《茅盾先生的蘇遊觀感》，記錄了茅盾訪蘇歸來以後的一些真實場景。這些文章，爲研究茅盾階段性生平提供了翔實的可靠的史料。

這個時期的生平史料的出現，並不是偶然的，這是茅盾在現代文學史上的地位決定的。因而無論是祝壽還是訪蘇，都能成爲文壇和新聞界的熱點，都能引起文化界的興趣。而且，這些極有史料價值的回憶的一個最大的特點，這就是都是當事人的親身經歷，不是耳食材料，所以，這些史料極珍貴。同時，這些文章所述的內容，大多距文章的寫作時間很近，不會因年代久遠而錯憶。因而更具有準確性。

這一時期值得一提的另外一件事，就是國外茅盾研究開始進入發軔階段。據目前發現的材料，茅盾的作品最早被譯成英文的，是由喬治‧肯尼迪翻譯的短篇小說《喜劇》，發表在 1932 年 6 月的上海的英文刊物《中國論壇》上。之後，《春蠶》被譯成英文。斯諾及其夫人又將《泥濘》和《自殺》譯後收進斯諾夫婦編的中日短篇小說選《活的中國》。蘇聯也是較早認識茅盾的一個國家，1934 年即翻譯茅盾作品，1935 年列寧格勒國家文藝出版社出版了辛君翻譯的《動搖》，兩年之後出版了《子夜》，1944 年鄂山蔭翻譯了《林家舖子》，收在莫斯科版的《中國短篇小說集》裡面。日本則在 1936 年出版了小田岳夫翻譯的《動搖》和《追求》，並改題爲《大過渡期》。茅盾惟一的一部短篇小說《水藻行》先由日文發表，再出版中文。之後，小田岳夫又翻譯了《秋收》、《大澤鄉》，1938 年由竹枝書房出版。1940 年，《虹》、《小巫》和《春蠶》又分別在日本東成社、伊藤書店出版。在德國，1938 年出版了佛朗茨‧庫恩翻譯的《子夜》。這些譯作在國外出版時，譯者大多作了介紹。如 1937年蘇聯列寧格勒國家文藝出版社出版《子夜》時，中國的社會活動家蕭三爲之作序，稱《子夜》「是部政治小說」，「是部反帝國主義的小說」。〔註 93〕從某種意義上講，蕭三的這種看法，在後來茅盾研究中時有顯現，有一定代表性。在俄文本《動搖》的序文中，譯者這樣介紹茅盾的創作特點：「就在於力求創造出由詳細研究過的形象所構成的社會關係的廣闊的全景和生活的巨大的畫面。」〔註 94〕這些觀點，也許是譯者作了認真研究之後得出的，具有一

〔註93〕李岫編：《茅盾研究在國外》，湖南人民出版社 1984 年版。
〔註94〕見李岫編：《茅盾研究在國外》。

定的價值。但總體上，這個時期國外對茅盾研究還剛剛起步，處在發軔階段，缺乏系統性，僅僅停留在介紹幾部主要作品上面，學術性研究還談不上，眞正意義上的國外研究，是 50 年代開始的。

　　綜觀這一時期的茅盾研究，特點和不足都十分明顯，評價茅盾的作品有冷有熱。如對茅盾有心創作無力竣工的反映抗日系列的作品，反應冷淡，甚至爲研究者所遺忘；而《霜葉紅似二月花》、《腐蝕》、《清明前後》等作品反應熱烈，甚至達到輝煌的程度。這種冷熱反差巨大的現象，似乎與作品有關，但更主要是與政治有關，是政治價值在替代藝術價值。如《走上崗位》在國民黨中宣部長張道藩的熱情約請下創作的，結果是評論界一片冷寂，視而不見；而《清明前後》在藝術水準上並不上乘，卻好評如潮。這種現象，不光發生在茅盾研究史中，也反映在整個 20 世紀文學史裡。

第三章 系統平靜的深入和學院派的興起（1950～1966）

　　新中國建立後，茅盾出任中華人民共和國文化部長，當選爲中國文聯副主席，中國作家協會主席，執掌中國文化建設的領導權。從此，茅盾忙於繁重的政務，創作成了奢望，政務之餘只好作些評論，扶持文學新人。這種方式對茅盾而言一舉兩得，既過了創作的癮，又與文化行政長官身份相符。因此，新中國成立之後到「文化大革命」開始的 1966 年，除人民文學出版社出版的《茅盾文集》10 卷本及其他一些出版社的一些小說、散文選本外，主要新作有：《夜讀偶記》（天津百花文藝出版社 1958 年出版）；《鼓吹集》（作家出版社 1959 年出版）；《鼓吹續集》（作家出版社 1962 年出版）；《關於歷史和歷史劇》（作家出版社 1962 年出版）；《讀書雜記》（作家出版社 1963 年出版）；《躍進中的東北》（作家出版社 1958 年出版），《反映社會主義躍進的時代，推動社會主義時代的躍進》（人民文學出版社 1960 年出版）。從這些集子的內容和性質看，不少是與文化部長這個職位有關，這既可看做是作家茅盾的無奈，也可理解爲茅盾的努力。但不管怎樣，茅盾在生活安定之後寫不出小說，對後人不啻是一種遺憾。所以 80 年代初趙超構（林放）曾有「假如茅盾不當文化部長」的感慨。

　　由於茅盾當上了高官（他是以黨外人士身份當中央政府文化部長的），本來曾有過的轟轟烈烈的對他這位著名作家的推崇，被建國之後一個接一個的文藝思想批判、政治運動所代替，被百廢待興的建設所代替。茅盾研究也一樣，從原來眾多作家的烘托，到 1950 年之後大多噤若寒蟬，自顧不暇，極富

文采的作家研究和敘述，再也見不到了。相反，茅盾在中國現代文學史的地
位，卻被一些大學教師所看重，一些現代文學史的著作，專門設立一定的章
節，介紹茅盾的作品和茅盾的文藝思想。如丁易先生的《中國現代文學史略》
（作家出版社 1955 年版）第九章《茅盾和「左聯」時期的革命文學作家》，
第一節專門論述茅盾的文學創作，並將茅盾初期的長篇小說和以後的短篇小
說，結合起來論述介紹，同時將《子夜》作為革命文學巨著作專題論述，這
在當時的大學教材是頗有新意的。丁易先生 1954 年到莫斯科大學任教，不幸
數月即病逝於異國他鄉，英年早逝，這是 20 世紀茅盾研究界的一大損失，不
然他可以寫出更多有關茅盾的專論。其他如劉綬松、王瑤等中國現代文學史
專家，在他們撰寫的《中國新文學史初稿》、《中國新文學史稿》中也專門論
述茅盾的文學業績。尤其是王瑤著的《中國新文學史稿》是建國後出版的第
一部中國現代文學史，書中歷述茅盾創作成就，從翔實的資料入手，聯繫現
代文學史進程作言簡意賅的評說，這在當時是頗具眼光的。

　　與此同時，一些大學和文學研究部門的教師和研究人員，著手搜集資料，
作專題研究，使茅盾研究成為中國現代社會科學中的一門真正意義上的科
學。吳奔星先生的《茅盾小說講話》（上海泥土社 1954 年出版）是「解放後
第一本探討茅盾作品的書」。這一本「講話」性質的作品研究，讀者對象是在
校大學生，因而寫作體例和歸納概括都富有校園氣，十分適合大學生對茅盾
作品的了解。1958 年上海新文藝出版社出版的《論〈子夜〉》，是王西彥所著
的小冊子，但它是一本專題性很強的小冊子，「論述和分析了《子夜》的歷史
背景、藝術形象——特別是人物形象上的成就與缺陷」。這個小冊子對當時認
識、了解、閱讀《子夜》，都是極有裨益的。同時，邵伯周的茅盾研究專著《茅
盾的文學道路》（長江文藝出版社 1959 年出版），葉子銘的《論茅盾四十年的
文學道路》（上海新文藝出版社 1959 年出版）成為這個時期最為重大的收穫，
兩部專著都用「道路」冠名，對茅盾的文藝思想，代表作及思想發展的脈絡
都有分析，對茅盾文藝思想及作品中成就和不足也有實事求是的分析。但這
兩部研究專著都留有 50 年代的時代烙印，政治視角下的藝術分析，更多的留
有階級鬥爭模式的學術思考——將茅盾的文學活動和文藝思想的發展與中國
共產黨的革命活動緊密聯繫起來考察，從而肯定茅盾在中國現代文學史上的
地位。當時《論茅盾四十年的文學道路》的作者葉子銘是一位大學生，這部
書稿的初稿是他的大學本科畢業論文，尤其難能可貴的是，葉子銘為了寫這

部研究專著，直接與茅盾聯繫，取得不少第一手的材料，豐富了論著。兩部論著的出現，標誌著茅盾研究朝著系統化方向發展，並取得標誌性的成績。兩年以後，艾揚的《茅盾及其〈子夜〉等分析》（人民教育出版社 1960 年出版）問世，這是一部普及性的介紹茅盾生平和代表作《子夜》、《林家舖子》、《春蠶》等作品的專著，在分析人物形象方面做到了深入淺出，也是這一時期的收穫之一。

這一時期，除了專著之外，還有不少對茅盾單篇名作的研究，這些研究大多出自學院派研究人員之手，一些研究員和教學人員，爲配合教學，寫了不少介紹、研究性文章，並發表在教育雜誌上，如張畢來、吳奔星、林志浩、瞿光熙、樊駿、葉子銘、丁爾綱、黃侯興、何家槐、孫中田、包維岳等一批50 年代的中青年研究教學人員，圍繞《子夜》、《林家舖子》、農村三部曲及《風景談》、《白楊禮讚》等名作名篇，撰寫了不少賞析、研究文章。但新中國成立之後，對《蝕》三部曲，《腐蝕》、《清明前後》、《霜葉紅似二月花》等曾引起轟動的作品，大多被打入冷宮，問津者寥寥，甚至無人問津，這大概是這些名作與 50 年代的時代氛圍不相吻合有關係。建國前寫的短文《白楊禮讚》因爲是歌頌延安，歌頌共產黨而首先被編入中學教科書，大受學院派的青睞，這一時期僅是有關《白楊禮讚》的研究分析介紹文章有 8 篇之多，爲茅盾其他短文所少見。50 年代茅盾的作品被收進中學教科書及參考書的除了《白楊禮讚》之外，還有《第比利斯地下印刷所》，《雷雨前》、《當舖前》、《春蠶》等。這些作品的入選教科書或教學參考書，客觀上推動了這一時期學院派的興起。所以，圍繞茅盾重點作品和進課本的作品的分析研究，成爲五六十年代的茅盾研究的一大特色。

新中國成立之後的 17 年間，茅盾研究在國內走的是一種低調路線，儘管在系統性和專題性等方面比建國前深入，但與前面 20 餘年相比，前 20 多年研究成果也不遜色的。產生此現象的原因是多方面，建國前中國共產黨對茅盾這樣的現實主義作家是十分敬重的，甚至將茅盾視爲魯迅之後的一面旗幟；而新中國建立之後，政治運動迭起，文化界、學術界的所有創作和研究都要圍繞政治運動這個中心，而對優秀文化的發掘研究顯得不是當務之急。當然這是從總的方面來說的，各方面原因使得 17 年的茅盾研究始終未能形成高潮。但在這個時期內，國外的茅盾研究卻取得長足的進步，日本一些大學教師和中國文學研究者除了譯介茅盾作品外，還採用實證主義方法，詳細地

探討他們感興趣的話題，蘇聯的漢學家也在茅盾研究上作了大量的工作，索羅金還專門寫了論著《茅盾的創作道路》，捷克漢學家普實克、高利克等中青年專家，對茅盾的文藝思想、重點作品作了深入研究。美國的夏志清在其《中國現代小說史》中也專門論述茅盾，但因政治立場原因，所論帶有很大的片面性。

1959 年中華人民共和國建國 10 週年，《林家舖子》被夏衍改編爲電影，作爲建國 10 週年獻禮片。當時對擴大這部作品的影響，認識舊社會的黑暗，產生了良好的反響。但在茅盾辭去文化部長之後半年不到，即 1965 年春夏之交，江青等人組織文章圍攻電影《林家舖子》，全國雜誌報紙上批判文章多達 140 餘篇。至此，這一時期的茅盾研究幾乎完全停頓。不久，「文化大革命」開始，茅盾研究進入一個空白期。

總之，這個時期的茅盾研究應該是建國之後的奠基時期，它不僅在一些高校開設茅盾研究專題課，而且培養了一批專門研究家，學院派的研究成爲後來的茅盾研究中興中一個必不可少的階段，應該說功不可沒。專著的出現，名作的普及，是這一時期值得敘說的方面。

第一節　學院派的研究：歷史的評估和定位

> 茅盾是「五四」以來我國文學戰線上一位傑出的作家和戰士。……茅盾善於將豐富廣闊的生活現象，組織在規模宏大的藝術結構中，《蝕》、《虹》、《子夜》，即是明顯的例子。他也善於以短小的篇幅展示社會生活的某一角落，而藉此顯示出時代精神的某些重要方面。這一點，也可以從《春蠶》、《林家舖子》等短篇找到恰當的證明。
>
> ——劉綬松

> 《子夜》一直被評家稱爲茅盾最偉大的傑作，我偏認爲它比不上他早期《蝕》、《虹》和後期《霜葉紅似二月花》這三部長篇。
>
> ——夏志清

如前所述，新中國建立之後，茅盾擔負起文化部長的重任，幾乎中斷了他心愛的文學創作。但是，對茅盾文藝思想的研究，對茅盾代表作的研究卻未中斷，不僅沒有中斷，反而進入大學、中學課堂，將「五四」革命文學運

動的傳統和精神傳承到學生中去，這是茅盾研究的一大發展。與此同時，50
年代的現代文學史或稱新文學史都專門從新文學史的角度研究探討茅盾文藝
思想和作品的思想藝術價值，這種歷史的評估和定位，儘管帶有明顯的時代
印記，但畢竟規範和學術化了。

這一時期的新文學史中大多注重茅盾文學這一文學現象，並將「茅盾」
置於史的長河裡加以考察，逐步形成了魯迅、郭沫若、茅盾的現代文學名家
地位格局。1950 年 5 月教育部召開的全國高等教育會議通過了《高等學校文
法兩學院各系課程草案》，其中規定「中國新文學史」是各大學中國語文系的
主要課程之一。因此，現代文學教材便數量日增。由於中國（除港澳台地區）
的大學數量眾多，除部編教材外，還有不少院校中文系自己編寫的現代文學
教材，這些現代文學教材勢必對茅盾及其作品予以評價，不過這些教材無法
搜集齊全，本書也無法一一敘述分析。僅就這一時期的茅盾研究作為史的範
例，選擇幾部公認的 50 年代頗有影響的史著——王瑤、劉綬松、丁易三位現
代文學史專家的專著中的論述作些介紹。這三部專著在論述茅盾的文藝思想
和對茅盾作品的分析各有特色。其中丁易的《中國現代文學史略》第一次將
茅盾列專章，專門論述。而王瑤、劉綬松的專著雖沒有列專章，但論述對象
各有側重，同樣富有特色。

王瑤先生的《中國新文學史稿》是建國之後第一部現代文學史著作，因
此無論講共和國文學史，還是研究學習現代文學，都離不開王瑤先生這部專
著。王瑤先生是山西平遙人，30 年代進清華大學，是朱自清的研究生，畢業
後留校任教，講授古典文學。50 年代初即他三十七八歲時完成了這部個人獨
立撰寫的中國現代文學史專著，當時被譽為「體例新穎，篇幅巨大，資料豐
富，許多問題有獨到見解」。全書分上下二冊，上冊於 1951 年由開明書店出
版，下冊於 1953 年由新文藝出版社出版。在體例上，除緒論外，第一編為 1919
～1927 年，稱為「偉大的開始及發展」，共分 5 章，第一章為《從文學革命到
革命文學》，第二章為《覺醒了的歌唱》，第三章為《成長中的小說》，第四章
為《萌芽期的戲劇》，第五章為《收穫豐富的散文》。第二編為 1928～1937 年，
稱為「左聯十年」，也是分 5 章，分別為《魯迅領導的方向》、《前夜的歌》、《多
樣的小說》、《進展中的戲劇》、《雜文・報告・小品》等。下冊承延上冊體例，
也有兩編，即第三編為 1937～1942 年，稱為「在民族解放的旗幟下」，內設 5
章，即《抗戰文藝的動向》、《為祖國而歌》、《戰爭與小說》、《抗戰戲劇》、《報

告·雜文·散文》。第四編爲 1942～1949 年，稱爲「沿著《講話》指引的方向」，也分 5 章，有《新的人民文藝的增長》、《人民翻身的歌唱》、《新型的小說》、《歌劇與話劇》、《報告·雜文·散文》等。我之所以不厭其煩地援引王瑤先生的《中國新文學史稿》目錄體例，是想說明該書是王瑤先生按照中國共產黨的革命歷程爲框架構建起來的一部好書，但是階級鬥爭的影響制約了王瑤先生選擇作家的餘地，也制約了他選擇作品的眼界。他將新文學性質理解爲「中國新民主主義革命史的一部分」，〔註 1〕因而它的排它性也十分明顯了。但王瑤先生在這部新中國第一部新文學史著作裡，對茅盾的評價和論述，還是相當中肯的，如他在第一章第三節文學社團的介紹中，認爲茅盾主編的《小說月報》「是新文學運動以來第一個純文學的雜誌」，關於文學研究會，「在成立之初，文學研究會的作家們並沒有自覺地和明確地提出自己完整的文學主張和綱領來，只是在作品和言論中表現了一種比較一致的和明顯的傾向」。〔註 2〕這是符合當時實際情況的。他在論述文學研究會貢獻時認爲，對於文學批評的注重，「這方面，沈雁冰的貢獻最多」，〔註 3〕這種關注儘管沒有展開論述，但還是很有眼光的，值得肯定。

王瑤先生在《多樣的小說》一章中，對茅盾的小說評價傾注了自己的看法，他認爲《蝕》「所寫的主人公多是男女青年知識份子，穿了戀愛的外衣，寫出了大革命時期的青年心理和革命失敗後的迷惘，人物和故事結構都寫得很費心思，特別是女子心理的描繪，是爲許多人所稱道的。……但我們也得承認作者那時目睹革命失敗，心境是不大愉快的，因而書中過多地佈滿了悲觀色彩和幽怨的情調。接著他寫了長篇《虹》，藉生長於四川的梅女士的遭遇來寫出由五四到五卅之間的中國社會和一般青年的動態，是規模很大的分析與描寫。中篇《三人行》和《路》都是以青年生活爲背景的，作者採取了批判的態度，也指出了革命的前途。這些作品中以《虹》寫得最好」。〔註 4〕有趣的是，王瑤先生晚年對這一段論述作了很大的改動，不僅周密了，而且也提高了。限於篇幅，這裡不一一對照研討。

關於《子夜》，王瑤先生這樣認爲：「1932 年作者寫出了長篇名作《子

〔註 1〕王瑤：《中國新文學史稿·緒論》，上海文藝出版社 1982 年版。
〔註 2〕見王瑤：《中國新文學史稿》。
〔註 3〕同上。
〔註 4〕同上。

夜》，這是《吶喊》以後最成功的創作。」「是這一時期創作中的重大收穫。」
〔註5〕這種評論，也是點到為止，但能指出是《吶喊》之後最成功的創作，
也是值得重視的一種說法。後來，作者在修訂時，也作了大幅度增添，給
予《子夜》高度評價。至於茅盾其他的一些小說，王瑤先生也充分肯定，
認為：「就作者的創作成績說，他有多方面的生活經驗，也善於分析社會現
象，又不斷地努力寫作，作品的質量是超過當時一般水平的。」〔註6〕對茅
盾的三個歷史小說，他感覺「其中充滿了反抗的熱情和農民革命的悲壯氣
氛，寫農民對土地的要求和勇敢行動都很真切」。〔註7〕但是到70年代末，
王瑤先生在修訂這部書時，卻把對茅盾歷史小說的分析和評價文字全部刪
去，讓人頗費思量。

　　對茅盾散文的評價，王瑤先生認為：「他早一點的作品很像散文詩，如《宿
莽》中的《叩門》、《賣豆腐的哨子》等篇，但仍有很強的社會性。……到後
邊幾個散文集裡，寫實的成分就比抒情的成分更多了，而且那感情也是對不
合理事物的憤怒和嘲笑；比起別的作家來，這才應該是散文小品的真正內
容。……在反映現實的程度上，他是高於別的許多作家的。」〔註8〕

　　對茅盾一些抗戰時期寫的小說作評論時，王瑤先生頗為冷靜，他認為《第
一階段的故事》「作者意在表現淪陷前上海的全貌，因此人物與場面都很多，
想說明的戰爭的風景使一切人的生活都不能照老樣子了；主題是宣傳抗日民
族統一戰線的。但正因為結構的格局很大，人物之間的關聯就不太密切，有
點像速寫的連接；因此就整體看來，就顯得不夠緊湊和嚴密」。〔註9〕關於《霜
葉紅似二月花》，王瑤認為：「這書是歷史題材，因此作者寫作的態度比較冷
靜，不像他以前作品的那種推動鼓舞的寫法了。」〔註10〕這一時期的作品中，
王瑤先生特別推崇《腐蝕》，認為《腐蝕》「是可以與《子夜》並列的名作，
對讀者發生過很好的政治影響」，並稱讚其「雖然用的是日記體，但並不零亂，
結構很嚴密，人物性格也都躍然紙上，許多勾心鬥角的心理變化都寫得極其

〔註5〕見王瑤：《中國新文學史稿》。
〔註6〕同上。
〔註7〕同上。
〔註8〕同上。
〔註9〕同上。
〔註10〕同上。

細膩與機智」。〔註 11〕對抗戰時期的茅盾散文，王瑤認爲：「雖著重在事實的敘述，但娓娓有致，讀來極饒興味。」〔註12〕

在王瑤的《中國新文學史稿》中，除了茅盾一個發表在國民黨主辦的雜誌上的《走上崗位》的長篇沒有提及外，其餘全部關注到了，包括建國前夕茅盾創作的《鍛煉》以及抗戰勝利後的話劇《清明前後》等，都給予一定的關注和評述，尤其是對茅盾訪蘇歸來所寫的一系列介紹蘇聯的文字，王瑤先生在當時中蘇友好的氣氛下給予充分的肯定，認爲：「他這些文字中都有極強的思想內容，並不是客觀主義的單純記述，對於教育中國人民認識究竟誰是我們的真正友人這一點上，是發生了很好的影響的。」

從總體上看，王瑤先生這樣的研究，在新文學史的框架中給予茅盾文學的關注，是一種平實的謹慎的學術作風，但也有不足的地方。不足之處表現在：首先，講新文學史，卻沒有列專章論述茅盾在新文學史上的貢獻，顯然有失公允，茅盾文學創作活動主要反映在前 30 年，即 1919～1949 年，因而在這 30 年新文學史中應該列專章，這是主流中的一面旗幟；其次是作爲「史」的著作，無視茅盾文藝思想的發展，沒有描述出一條清晰的文藝思想發展的脈絡，很是可惜（這也許是當時政治形勢影響下的一種禁忌）；再其次是王瑤先生在 50 年代初這部《中國新文學史稿》中，對茅盾的突出貢獻評價偏低，甚至沒有達到 1945 年中國共產黨在重慶爲茅盾祝壽時的評價水平，這是這部著作的一個重大缺陷。所以我在前面提到的王瑤先生晚年對這部書的修改，對茅盾的功績提升，從某種意義上補上了這一缺憾。

丁易的《中國現代文學史略》是 1955 年由作家出版社出版的繼王瑤之後的又一部現代文學史專著。據當時出版社「內容說明」中介紹，這部史略的出版，既是給講授現代文學史的教師參考，又是爲紀念丁易同志。丁易（1913～1954）是作家、教授，安徽桐城人。曾參加過「一二・九」運動，是中國共產黨外圍組織民先成員，抗戰期間曾在一些大學執教。抗戰後，應民盟之約，主持重慶《民主報》，兼任社會大學新聞系主任。1946 年底回北京任師大中文系副教授，出任民盟中央宣傳委員，主編《民主週報》。1947 年冬赴解放區，執教於北方大學、華北大學。1949 年北京解放，任軍代表，參加接管北師大的工作，兼任校務委員，中文系教授。同年加入中國共產黨。1954 年到

〔註11〕見王瑤：《中國新文學史稿》。
〔註12〕同上。

莫斯科大學任教，不久病逝於莫斯科，年僅 41 歲。丁易主要著作有《丁易雜文》，長篇小說《過渡》，中篇小說《雛鶯》，散文集《戰鬥的朝鮮後方》，以及這部《中國現代文學史略》和《中國文學與中國社會》。

　　所以，從某種意義上看，丁易先生這部《中國現代文學史略》是他原汁原味的課堂講義，更具有課堂眞實性。全書共有 12 章，其中魯迅佔兩章專論，郭沫若、茅盾各列章目之中，並將郭沫若與「五四」前後的作家結合起來考察分析，將茅盾與「左聯」時期的革命文學作家聯在一起研究分析。丁易在體例結構比例上將郭沫若與茅盾以相等的位置和分量。這是這部專著極有意思的地方。兩人各佔一節，將兩人的主要成就都突顯出來了，郭沫若突出他的詩歌成就，茅盾突出他的小說尤其是《子夜》，顯然是這部專著很有特色的一個方面。

　　在《中國現代文學史略》中，丁易對茅盾的小說的分析頗具特色，這與丁易也有創作經驗是分不開的。

　　丁易在這部專著中，對茅盾的文藝思想以及何時走向革命文學陣營，提出了自己的看法，他認爲，在文學研究會這個文學集裡，沈雁冰的關於文學應該反映社會，反映怎樣的社會及要表現被迫害的國度，被損害者被侮辱者等文學主張，「這在當時實是很進步的理論了」，所以論及文學研究會成員後來各自道路時，依然推崇茅盾，「五卅運動以後，茅盾終於走向革命文學的陣營，鄭振鐸也克服了自己思想矛盾，堅持現實主義的文學道路……周作人竟更加逃避現實，脫離政治」。〔註 13〕丁易認爲，五卅運動是茅盾文藝思想發展的一個分期標誌。

　　有意味的是，在論及茅盾小說創作成就時，丁易將茅盾與「左聯」聯繫起來，將他與「左聯」時期的革命文學作家列爲同類。也正因爲出於這樣的史家理念，對茅盾 1927 年大革命失敗後創作的《蝕》三部曲評價不高，認爲《幻滅》「這部書只有在暴露小資產階級弱點這一點上，還有其教育意義了」。〔註 14〕而《動搖》「書中便充滿了投機與動搖份子的描寫，而疏忽了另一部分不曾發生動搖的眞正革命者，事實上，這樣的革命者在當時是大量的存在的」。〔註 15〕《追求》「這篇小說的悲觀色彩實在是太濃厚了，全書到處充滿

〔註 13〕丁易：《中國現代文學史略》，作家出版社 1955 年版。
〔註 14〕同上。
〔註 15〕同上。

了病態的人生，灰色的陰影。作者似乎只看到人生悲慘的一面，只看到由於盲目的追求以致失敗的人們，而忽視了眞正追求到革命並從事實際革命工作的許多革命人物」。〔註16〕總之，丁易對《蝕》三部曲的政治解讀，還是切中肯綮的，他最後認爲：「這三篇小說雖然有其思想上的缺點，但它反映並暴露了那一時代的一部分小資產階級知識份子的各種錯誤思想傾向，以及由這思想決定的性格，並予以適當的批判，還是有其一定的歷史意義的。」〔註 17〕這從丁易的視角來分析，還是相當客觀的。

但是作爲專門列章的作家，丁易除了《蝕》三部曲稍加展開外，《林家舖子》、《春蠶》等只是一筆帶過，雖然認爲這些作品「無論在思想內容、表現方式或寫作技巧上，都是極成功的優秀作品」，〔註18〕但未展開論述，未免太可惜。而《虹》這麼一部作品，丁易僅以 50 字一筆略過。稍後，便設專節「革命文學巨著──《子夜》」，專門論述《子夜》。

對《子夜》的解讀，丁易還是以革命作家的眼光來審視它的。他認爲《子夜》的成就主要體現在這樣一些方面：一是「《子夜》完全適合了當時革命鬥爭的要求，盡了宣傳革命教育群眾的任務，並進而推動了革命運動。這是《子夜》的重大的歷史意義，也是《子夜》的成就之一」。二是「作者既生動地指出了中國民族資產階級的動搖性、買辦性和反動性，同時也形象地描寫了中國革命的主要動力──中國共產黨領導的工人運動和農民運動」。所以它「在一定程度上鼓舞了當時讀者的革命情緒。這是《子夜》的成就之二」。三是「作者很成功地寫出了一些具有歷史意義的人物……以及他們周圍的一些人，並很生動地反映了當時上海社會的這一方面，這是作者對中國現代文學的一個巨大貢獻，這個貢獻是別人不曾提供過的」。四是「所有以上這一些，作者都是站在革命的、人民的立場去觀察分析的」。正因爲這些成就，《子夜》在中國現代文學史上就有著不可磨滅的光輝。〔註 19〕

對《子夜》的不足和缺點的分析，丁易基本上還是沿用茅盾自己的分析，如對第四章的表述就採用作者自己的說法。丁易這樣集中地突出《子夜》，在50 年代初的歷史背景裡還是頗具眼光的。

〔註16〕見丁易：《中國現代文學史略》。
〔註17〕同上。
〔註18〕同上。
〔註19〕同上。

　　關於茅盾反映抗戰的作品和在抗戰期間的小說創作，丁易在介紹基本概況時，也有所側重。側重介紹《第一階段的故事》和《腐蝕》兩部作品，但丁易對茅盾的反映抗戰的小說評價不高，認爲茅盾不如沙汀，「眞正大規模地反映了抗戰期間國民黨統治區域內農村各方面眞實情況的，沙汀以外，還沒有第二人」。而論述到茅盾的《第一階段的故事》時，認爲作者「替那壯烈的三個月的歷史作了一個輪廓的紀錄」。「但是也正由於涉及的方面太廣，提出的問題太多，因而人物的思想的發掘就嫌不夠深入，而人物之間的聯繫也就嫌不夠密切。」〔註20〕因而丁易靈機一動，說：「假如作爲報告文學來看，仍是一部好的作品。」〔註21〕讓人忍俊不禁。

　　丁易對《第一階段的故事》評價如斯，但對幾年前轟動山城的《腐蝕》評價則很高，認爲：「作者通過這女特務（趙惠明），深刻而生動地寫出了這萬惡的人間地獄的血淋淋的罪行。」〔註22〕同時又指出這部小說有進步意義和政治價值。至於《腐蝕》的不足，主要是對小昭的描寫不夠眞實；對女特務「原諒過多」。

　　丁易的《中國現代文學史略》在茅盾研究部分中還有不足乃至空白的地方，偏重於長篇小說的論述，而對《林家舖子》及農村三部曲論述甚少，太簡略，這是一個不足；二是對茅盾文藝思想並沒有作分析，因而缺少理論深度；三是有漏評現象，如抗戰期間及建國前夕茅盾的長篇小說《走上崗位》、《鍛煉》均未提及，這也許是當時戰亂而未能及時看到這兩部長篇小說，但作爲「史略」性專著，略去這兩部小說而來評價一個作家，仍然是一種缺憾。

　　劉綬松的《中國新文學史初稿》出版時間較前兩著稍晚（1956年由作家出版社出版），在內容上也較前兩種詳細一些，是這一時期涉及茅盾研究較全面較深刻的一部現代文學史專著。

　　劉綬松先生將目光關注於文學研究會時期茅盾的文學思想和文學主張，認爲茅盾在這個時期「先後發表了《什麼是文學》、《文學與人生》、《新文學研究者的責任與努力》、《大轉變何時來呢》、《自然主義與中國現代小說》、《社會背景與創作》等文，在這些文章裡，他指出了對於文學的主張和看法」。什麼主張和看法呢，劉綬松先生認爲「爲人生」和「寫實主義」兩大主張，尤

〔註20〕見丁易：《中國現代文學史略》。
〔註21〕同上。
〔註22〕同上。

其是茅盾「指出了時代和文學的關係，特別是時代和作家的關係」。〔註23〕他高度評價茅盾這個見解，認為：「文學應該反映社會生活這一見解，已經快接觸到文學的本質的認識了。這就較之『五四』時期《新青年》的文學主張更前進了一步。」〔註24〕他還認為，茅盾的「新文學的寫實主義，於材料上最注重精密嚴肅，描寫一定要忠實」的主張，「其中含有非常顯著的社會主義思想的影響」。〔註25〕「他們繼承和發展了『五四』時代文學革命的民主主義傳統，認識了文學與時代的關係，把文學的思想內容和教育作用，看得非常重要。」〔註26〕但劉綬松先生也指出茅盾及其文學研究會同仁的這種文學思想文學主張，「還沒有認識到文學的階級的本質，作家的創作是它的階級存在的結果；他們雖然肯定了文學的社會效果，但沒有指出文學在階級鬥爭上所起的作用；他們批判了舊的不合理的社會，但是沒有明確地指出新的光明的未來」。〔註27〕這三點不足，有點拿50年代眼光去要求20年代思想的味道了。

作為以小說偉大成就站立於中國文壇的茅盾，文學史家自然特別關注小說家的小說，關注小說的思想藝術價值，但是對小說家的不同小說的不同價值的評價，卻體現出一個文學史家的眼光和史識。劉綬松先生對小說家茅盾的關注，在這部文學史專著中作了描述。劉綬松先生認為：「茅盾是一位很重要的小說作家。」小說《子夜》「是本時期革命文學的重要收穫之一，它在我國社會主義現實主義文學的發展上，起了開闢道路的歷史作用」。〔註28〕出於這樣的價值理念，劉綬松先生對茅盾的《蝕》三部曲評價不高，認為：「由於作者當時對歷史動向缺乏正確的分析和認識，對革命前途有了悲觀失望的情緒，所以在這部作品中，沒有刻畫一個正面的積極的人物，對當時的小資產階級知識份子的那種不正確的思想感情也沒有進行有力的批判，所以結果是讓悲觀失望的情緒充滿了整個作品，損害了作品的反映時代的真實性。」〔註29〕

劉綬松先生對《子夜》十分推崇，他認為：「是本時期新文學最重要的收穫，是繼魯迅《阿Q正傳》之後出現的一部傑出的現實主義鉅著。」並認為

〔註23〕劉綬松：《中國新文學史初稿》，作家出版社1956年版。
〔註24〕見劉綬松：《中國新文學史初稿》。
〔註25〕同上。
〔註26〕同上。
〔註27〕同上。
〔註28〕同上。
〔註29〕同上。

它具有「反映社會生活的眞實性、深刻性和表現藝術的卓越性，贏得了廣大讀者的歡迎愛好和文學批評界的推崇重視」。〔註 30〕他通過分析介紹之後又說：「到今天，在我們的文學上，要尋找在 1927 年至抗日戰爭以前這一時期的民族資產階級和買辦資產階級的形象，除了《子夜》依然不能在別的作品中找到；而這些形象也還活在作品中，這是《子夜》的生命的主要所在。」〔註31〕這個特點歸納得非常有見地，符合《子夜》的實際。這是劉綬松先生對《子夜》評述閃光的地方。

也許因爲劉綬松先生對《子夜》花了較多心血的緣故，對《子夜》中的不足，也頗有眼光，他認爲：《子夜》的第一個缺點是「它對於城市革命工作者和工人群眾的描寫不夠眞實、不夠深刻……因此而影響了整個作品反映當時革命形勢的深刻性」。第二缺點是「它對於某些個別人物的描寫有些概念化，不符合人物個性形成的階級基礎和生活環境，例如對工賊屠維岳……」第三個缺點是「它有著許多不必要的兩性關係和女性心理的描繪，沖淡了整個作品的嚴肅的教育意義」。〔註32〕這三方面的缺點，基本符合《子夜》的實際，但說屠維岳這個人物概念化，顯然是找錯了例子。然而，相隔 20 年後，作者把這三個缺點的表述都修改了，這是非常可惜的舉措。

對茅盾反映社會生活現象的短篇小說，也引起了劉綬松先生的重視，由此他認爲茅盾是「一位異常優秀的短篇小說的作者」，是「有著異常卓越的才能的」，〔註33〕並舉了《林家舖子》、《春蠶》的例子。這個評價超越了以前論者的眼光。

至於茅盾的散文，劉綬松先生認爲有兩個特點，一是茅盾的散文不是「落在『性靈』的窠臼中的與現實無關的東西，而是對於現實的一種直接的批判；二是茅盾的散文是『大題小做』，是「通過一種介乎『尖銳』與『含渾』、『嚴肅』與『幽默』之間的『特殊的文體』來達到自己寫作的目的」。〔註34〕這個認識是符合茅盾當年散文的特點的。

在劉綬松的《中國新文學史初稿》下編中，主要在小說和話劇中對茅盾作品進行評述。從其評述的觀點看，他特別推崇茅盾的《腐蝕》，用大於《子

〔註30〕 見劉綬松：《中國新文學史初稿》。
〔註31〕 同上。
〔註32〕 同上。
〔註33〕 同上。
〔註34〕 同上。

夜》分析的篇幅來評說《腐蝕》，並給予高度評價。同時，對茅盾在抗戰初期的《第一階段的故事》給予基本的否定，認爲在茅盾的所有作品中，是比較失敗的一本。而對寫於稍後的《霜葉紅似二月花》的認識，則從茅盾的史詩性角度來解讀，凸顯它的史詩性。他認爲：「如果我們把它安放在《虹》、《蝕》、《子夜》、《腐蝕》等作品的前面，便很容易從這一系列作品中讀出中國近 30年歷史進展的跡印來。」對茅盾在抗戰後期創作的話劇《清明前後》，劉綬松先生認爲是描繪了「戰時重慶的一幅淒厲而陰暗的畫圖」。〔註35〕

至於抗戰時期的散文創作，劉綬松認爲茅盾那「強烈的愛憎，深刻的觀察和細膩的筆觸」，使得茅盾的散文取得了相當大的效果。並列舉了《炮火的洗禮》、《見聞雜記》、《生活之一頁》、《時間的記錄》等。同時他又舉了《風景談》的例子，認爲這是揭示了人「是構成自然的如畫風物的靈魂和主體」這樣一個主題。在另外一章中，劉綬松也注意到茅盾的訪蘇散文集。

劉綬松先生的這部專著，也與他同時期的其他文學史專著一樣，限於時間和條件，對茅盾的如《走上崗位》、《鍛煉》等長篇小說都未提及，同時對思想性分析和藝術分析時有倚重倚輕的現象，這是這一時期文學史專著的通病。

第二節　系統研究和專題研究的收穫

> 因爲沿著社會主義現實主義方向發展的我國現代文學，魯迅固
> 然是一個重點，茅盾也是一個重點。如果對茅盾沒有比較全面而有
> 系統的理解，那必然是一個缺陷。
>
> ——吳奔星

在這一時期的茅盾研究中，最讓人感到興奮的是，一些中青年研究者陸續寫出了有關茅盾研究的專著，茅盾研究在歷史的長河裡躍上了一個台階，爲20世紀茅盾研究邁向興旺作了有力的鋪墊。儘管這些專著有深有淺，有厚有薄，有詳有略，但在50年代的學術氛圍裡仍功不可沒。吳奔星的《茅盾小說講話》在1954年由上海泥土社出版，這是「解放後第一本探討茅盾作品的書」。〔註36〕王西彥的《論〈子夜〉》也是一部作品專題研究的集子，它「論

〔註35〕 見劉綬松：《中國新文學史初稿》。
〔註36〕 吳奔星：《茅盾小說講話‧再版後記》，四川人民出版社1982年版。

述和分析了《子夜》的歷史背景、藝術形象──特別是人物形象上的成就與缺陷」。〔註37〕艾揚的《茅盾及其〈子夜〉等分析》，對茅盾的生平和代表作《子夜》、《林家舖子》、《春蠶》等進行分析，尤其是配合大中學教學，在作品人物形象的分析上用力甚勤。這一時期頗有影響的，是南京大學中文系畢業生葉子銘的畢業論文專著《論茅盾四十年的文學道路》，是一部全面論述茅盾文學創作的專著，可喜的是，葉書史料價值很高，因為它直接得到茅盾的指點和修訂，故在 20 世紀茅盾研究史上具有重要意義。葉子銘，1935 年出生於福建泉州，1953 年入南京大學中文系就讀，畢業後留校任教，《論茅盾四十年的文學道路》就是他二十二三歲時的畢業論文。1959 年出版的邵伯周先生的《茅盾的文學道路》，也是這一時期的重要著作，邵伯周先生在書中對茅盾的文學道路作了較為細緻的探討、分析和評論。在茅盾文學發展的分期上採用中國革命史的分期方法，如「五四」時期和第一次國內革命戰爭時期，第二次國內革命戰爭時期、抗日戰爭和人民解放戰爭時期等等，該書的長處是便於在濃厚政治氛圍裡的中國讀者閱讀理解，不足之處是分期有些生硬，因為茅盾的文學創作歷程，並非像 20 世紀的前 50 年中國革命發展一樣，一步一步向前發展，茅盾文學活動的輝煌時期是 30 年代，而不是革命越深入越勝利，茅盾的文學創作就越輝煌。

　　50 年代葉子銘、邵伯周兩位青年學者的茅盾研究專著，各有特色，對茅盾研究學科建設起了積極的推動作用和奠基作用；而吳奔星先生的專集的出版，也推動了 50 年代的茅盾研究，功不可沒。在本節的敘述中，限於篇幅，將分別介紹這三本專著的成就與不足以及它們在 20 世紀茅盾研究史中的突出地位。

　　吳奔星先生的《茅盾小說講話》是國內第一部有關茅盾小說的專論集子，作者結合教學需要，選取 30 年代茅盾的《子夜》等代表作進行講解和分析，在正文之前，專門寫了一個「代序」，對茅盾文學創作狀況，文學思想及茅盾對現代文學的貢獻作了考察和介紹，這個鳥瞰式輪廓式考察，大大有利於了解茅盾具體作品的藝術和思想價值。

　　正因為當初吳奔星先生主要是結合教學進行研究，因而在講析文章的體例上非常通俗明瞭，在關於《子夜》的評析中，羅列了六個小標題：（1）時代背景；（2）創作經過；（3）思想內容；（4）人物群像；（5）偉大成就；（6）

─────────────

〔註37〕王西彥：《論〈子夜〉》，上海新文藝出版社 1958 年版。

歷史地位。該書十分適合於大學生閱讀。其餘一些篇章及短篇小說《林家舖子》等的講析，也基本上採用作品主題、人物形象、思想意義、藝術技巧這樣的模式進行。

吳奔星先生的這部專著，在茅盾研究史上的獨特地位在於：它的出現，使課堂研究更加理論化和學術化；對茅盾作品研究提供了一種「吳氏」樣本，催發了 50 年代大學生閱讀茅盾作品的熱情；在這部專著之前，還沒有專著，而在這部專著之後，則陸續有一批研究者捧出研究成果，所以它佔有新中國建立之後「第一」之功。同時，這部專著還有下列一些顯著特點：

首先，對茅盾小說的思想意義作了很高的評價。他認為：「《子夜》為 30 年代初期尖銳的階級鬥爭和複雜的社會關係提供了一幅宏偉的長篇歷史畫卷。」是「30 年代左翼文學的豐碑」。〔註38〕它的歷史價值與魯迅的《吶喊》、《彷徨》一樣，名垂青史。吳奔星先生還從文學史角度審視《子夜》的作者，提出：「如果說，魯迅是現代文學史上開始描寫農村的第一位作家，茅盾則是現代文學史上描寫城市的第一位作家。」〔註39〕頗具史家眼光。在《林家舖子》的思想意義評估上，吳奔星先生認為：「是最能反映時代面影的名著之一。」茅盾「通過林家舖子的掙扎、倒閉和林先生出走的事實，揭露和鞭撻了國民黨政府對外妥協投降，對內敲詐、壓迫和侮辱人民的醜惡本質；同時，暗示苦難的人民不可對反動統治再存任何希望，必須覺醒起來，為爭取自己的出路──自由和民主而奮鬥」。〔註40〕顯然，吳奔星先生是站在階級論高度來品評《林家舖子》的思想價值的。對另一篇小說《春蠶》，吳奔星先生認為，茅盾「通過江南蠶絲產區蠶農老通寶一家養蠶賣繭的故事，寫出了第二次國內革命戰爭時期江南農村的蠶農在帝國主義和封建主義雙重壓迫下，在生產過程中產生的美麗的幻想和希望都在殘酷的現實面前完全破滅──意味著不推翻反動政權，不打倒內外反動派，從而消滅剝削，農民們單靠勤勞生產，勢將越來越窮困，永遠不能翻身」。〔註41〕同時，吳奔星先生對這個主題思想內涵進行分析和闡述。但與《秋收》相比，吳奔星先生認為，《秋收》的主題思想比《春蠶》更積極，更深入。第一，這部小說所揭示的農民運動的戰鬥傳

〔註38〕見吳奔星：《茅盾小說講話》。
〔註39〕同上。
〔註40〕同上。
〔註41〕同上。

統和變革現實的積極意義；第二，揭櫫出農民「暴動」是走向武裝鬥爭的前哨，是有組織有計劃的，而且是在克服內部矛盾的基礎上進行的；第三，指出了農民運動的目的，不僅僅是消極的為了解決目前生活問題，而且是為了更積極的推動生產；第四，指出舊社會的生產關係阻礙了生產力的發展。所有這些認識和評估，很具有哲學意味和經濟學色彩。其論是否準確，姑且不論，但作為認識茅盾農村三部曲的一種思維方式，還是極有積極意義的。而對《殘冬》思想意義的探討，則認為是「農民大眾自發的武裝鬥爭的開始」。這種評價，還是很高的。

其次，對茅盾名篇小說的藝術價值作了細緻入微的分析。吳奔星先生是一位詩論家，他以詩人的敏感，常常能夠以獨到的審美目光發現作品的美學價值內涵。吳奔星先生對《子夜》、《林家舖子》及農村三部曲的藝術分析，都達到了絲絲入扣，新意迭出的地步，《子夜》中人物形象分析，《林家舖子》中對人物性格的把握和藝術手法的剖解，農村三部曲中的結構及情節的分析，人物描寫的探討等等，在 50 年代的話語背景裡，顯得十分嫻熟和深刻。如對《子夜》中吳蓀甫這個人物形象的分析，吳奔星先生認為：「吳蓀甫作為一個資本家，從他要發展民族工業看，有進步的一面，是一個愛國民族資本家；從他鎮壓工農群眾運動看，又是一個反動的工業資本家。」如此評價這個人物基調在 50 年代的政治背景裡，顯得很有遠見和創見。他還認為：「《子夜》在人物的安排與刻畫上，採取了向心式與離心式相結合的方法。」〔註42〕在小說的場面描寫上，「作者採取點面結合的方法，既有概括的指點，也有鋪陳的描繪」。這些感悟式歸納，藝術感十分強烈。再如對《林家舖子》人物的歸類也頗有意思，他認為《林家舖子》中人物大體上分為三個方面：「一是『舖子』本身的人物，二是反動派及其走狗，三是環繞『舖子』的人物。」經他這樣一歸納，對大學生來講，十分便捷。緊接著就可以從容地分析這三個方面的人物。這是吳奔星先生以學生為對象的高明之處。《春蠶》的情節分析中，吳先生將整個作品情節發展線索歸納為「一主四副」：即「老通寶理想中的『不變』和客觀世界的『經常的變』，貫穿在情節中，成為一條主線」。還有四條副線：一條是老通寶和小兒子阿多對勤儉生產的看法上矛盾；一條是老通寶和兒媳四大娘在選擇蠶種上的矛盾；一條是老通寶一班人與荷花之間的矛盾；還有一條是六寶和荷花間的矛盾。

〔註42〕見吳奔星：《茅盾小說講話》。

其三，史料價值很高。吳先生當初寫書的初衷是結合他講授「現代小說選」、「中國現代文學名著選」、「新文學史」、「現代文選」進行，因而很有歷史印痕。其中，在講授《林家舖子》之後，他曾組織學生討論，然後寫成「學習小結」，寄給茅盾本人審閱，茅盾在 1953 年 3 月 10 日給吳奔星先生回信，對《林家舖子》提出了自己的看法。這是茅盾書信中非常珍貴的一封信，向來對自己作品不表示看法的茅盾能這樣全面、完整地談對自己作品的看法，確是難得。他在信中不苟同中文系學生們的討論意見，尤其是一些牽強附會的認識，茅盾明確地提出了自己的看法，因而這封討論《林家舖子》的信具有十分重要的史料價值。

總之，吳奔星先生的《茅盾小說講話》，作為給大學生授課的產物，作為名篇名作的分析，是值得重視的，在研究史中又佔有時間上的優勢，所以這裡專門作些簡略介紹。

邵伯周先生的《茅盾的文學道路》〔註 43〕是一部全面、系統評述茅盾文學道路的專著。全書除前言外，列四個部分（再版時列五個部分），（1）起點和第一步；（2）曲折的歷程；（3）創作豐收時期；（4）新的探索和新的成就。這樣，基本上寫到 1949 年止，可以說，這是第一部完整論述茅盾文學活動的專著。

在該書的「起點和第一步」部分裡，邵伯周先生用鮮明的觀點，簡練的筆法論述了茅盾早期文學思想的形成、發展和變化，從當時的社會政治、文化背景裡尋找出茅盾早期文藝思想的脈絡，認為「『五四』新文學運動是茅盾文學道路的起點」。「文學研究會的活動，是茅盾文學道路上的第一步。」〔註 44〕在探討茅盾文藝思想形成和發展變化時，邵伯周先生用唯物辯證法和實事求是的方法來梳理茅盾的早期文藝思想，扼要地論述了泰納文藝思想對青年茅盾的影響，認為泰納對文學構成提出三個要求：「人種、環境和時代，三者缺一，便不能構成文學。而在這三者之中，泰納強調了人種，他認為人種是最重要的，是文學的根源。而茅盾呢？他除了在三個要素之外加上一個『作家的人格』以外，特別強調了社會背景（環境和時代）的作用。」〔註 45〕這

〔註43〕《茅盾的文學道路》由長江文藝出版社 1959 年初版，1979 年再版，此處參照初版。

〔註44〕邵伯周：《茅盾的文學道路》，長江文藝出版社 1959 年版。

〔註45〕同上。

樣，將茅盾與泰納的文學思想的聯繫和區別清楚地標示出來了。又如茅盾早期文藝思想中受左拉自然主義影響的分析，也同樣講究辯證法。邵伯周認為：「在創作理論上，茅盾是接受了『自然主義』的影響的。」〔註46〕他又指出，茅盾所倡導的自然主義與左拉的自然主義是有區別的，茅盾甚至將巴爾扎克作為「自然主義」的先驅者。所以，一般意義上自然主義是只求表面眞實，只作記錄式的描寫，「而不表現這些現象的內在意義，不顯露本質的、典型的、合乎規律的東西」。「而茅盾卻認為自然主義最大的目標是『眞』，因為描寫了眞實，就能把個別與一般統一起來。」〔註47〕因此，茅盾早期文藝思想是「接受了泰納社會學的文藝觀和左拉的『自然主義』中的個別論點和一些原則，在『五四』精神——民主與科學的基礎上加以改造和發展，形成了他自己早期的現實主義的文藝觀」。〔註48〕

茅盾參加中國實際革命鬥爭活動之後，邵伯周先生認為茅盾「在文藝思想上也有了更為顯著的發展」。尤其是他的《論無產階級藝術》一文的發表，系統地提出無產階級藝術的主張，從而成為茅盾文藝思想發展的一個標誌。他認為這篇論文的發表，「顯示出茅盾的現實主義的文藝思想，已開始接受馬克思列寧主義的觀點，更顯示出一個革命民主主義者在認識了馬克思列寧主義的普遍眞理以後，企圖進一步用來解決我國文學運動的實際問題時所作的可寶貴的努力」。〔註49〕這一個認為茅盾在五卅運動前後以《論無產階級藝術》一文為標誌轉變文藝思想的觀點，在後來的研究中引起爭論，這是後話。

邵著的第二部分主要是論述茅盾的創作，其中主要論述茅盾在大革命失敗後到流亡日本這一時期內的創作。他認為，《蝕》、《野薔薇》是「思想情緒悲觀失望的反映」，《虹》是茅盾「重新開始前進」的產物。《從牯嶺到東京》、《讀〈倪煥之〉》是茅盾在「文藝思想上的曲折歷程」的表現。邵伯周先生對《蝕》三部曲的分析評論頗為詳細，觀點十分鮮明。具體而言，《幻滅》反映了「醜惡現象」的支流，忽略了革命隊伍中「埋頭苦幹，勇於自我犧牲」的主流和本質。《動搖》是「三部曲最好的一部」，其中不僅是塑造了李克這樣的「正面人物形象」，同時因為它「是反映了歷史的眞實的」。「《動搖》是一

〔註46〕邵伯周：《茅盾的文學道路》，長江文藝出版社1959年版。
〔註47〕見邵伯周：《茅盾的文學道路》。
〔註48〕同上。
〔註49〕同上。

部寫得比較眞實，在思想內容方面有一定深度的作品。」〔註50〕《追求》的思想意義較低，這是由於作者「只是忠實地加以描繪而沒有在更高的思想水平上來加以批判」。「更沒有給讀者指引出路。」但同時，邵伯周先生又認爲《追求》「成功地創造了幾個典型形象，眞實地反映了大革命時期中國現實社會的某些側面和一部分小資產階級知識份子的精神面貌，用歷史的眼光來看，仍然不失爲一部優秀的現實主義作品」。〔註51〕上述這些分析，在以往的《蝕》三部曲評論中時有所聞，而在邵著中更精確和集中地給予表達出來。緊接著將《蝕》三部曲放在當時新文學創作的背景中來審視，從而認爲《蝕》三部曲「說明『五四』以後我國新文學作家在經過了10來年的生活積累和藝術實踐，已經有可能寫出一些較好的中篇或長篇小說來了，也預示了我國新文學中的中、長篇小說創作的豐收期將要來到」。〔註52〕這是頗具眼力的，也是很有見地的。

對短篇小說集《野薔薇》的創作，除了作些藝術分析外，他認爲《野薔薇》是「作者的思想觀點還沒有根本的轉變，暫時還看不到生活中前進力量」〔註53〕的產物。他同時又認爲，從這些短篇小說中看到了作者「迫切要求擺脫悲觀、失望、苦悶的情緒，重新振作精神向前走的心情」。〔註54〕

至於《虹》，邵伯周先生認爲：「從作品的實際情況來看，是前半部寫得生動、細緻；後半部三章卻寫得不夠充分，梅女士的形象也不及前半部飽滿、生動，在藝術結構上也有頭重腳輕的缺點。」〔註55〕這個閱讀體驗是準確的。而《虹》在茅盾思想發展歷程中，卻有著很重要的地位，邵伯周先生認爲：「《虹》與《蝕》比較起來，可以看出作者的思想還是有發展的，悲觀、頹喪的心情已經基本上克服，重新振作起精神朝前走了。」〔註56〕這個基本估價是正確的。關於當時代表茅盾文藝思想的兩篇論文《從牯嶺到東京》和《讀〈倪煥之〉》，邵伯周先生認爲：「《從牯嶺到東京》所表達的文藝觀點，正是小資產階級文藝觀點的具體反映。」〔註57〕《讀〈倪煥之〉》已「顯示出茅盾已明確

〔註50〕 見邵伯周：《茅盾的文學道路》。
〔註51〕 同上。
〔註52〕 同上。
〔註53〕 同上。
〔註54〕 同上。
〔註55〕 同上。
〔註56〕 同上。
〔註57〕 同上。

地認識到新寫實主義文學不僅要真實地反映時代，並且要擔負推動社會前進的使命」。〔註58〕他由此得出結論：「在1928～1929年間的革命文學論爭中，創造社、太陽社中的一些人對茅盾的批評，對於幫助茅盾克服小資產階級的文藝觀，對於我國革命文藝運動的發展，也還是起了積極作用的。」〔註59〕總之，邵伯周先生從茅盾創作實踐中梳理出茅盾思想上的一個轉折特徵：「從《蝕》到《野薔薇》再到《虹》，從《從牯嶺到東京》到《讀〈倪煥之〉》，反映了茅盾在大革命失敗以後思想上的一個重大轉折過程：從悲觀、頹唐到重新振作起精神，從小資產階級的動搖到重新站到革命立場上進行戰鬥。」〔註60〕邵伯周先生這個論斷是符合茅盾思想實際的。

　　但是，按照邵伯周先生的看法，茅盾的轉折並不是一帆風順的，茅盾思想上轉過來，從悲觀氛圍中走出來以後，並未一下子「花明」起來，依然還有一個摸索過程。這個過程就是對歷史小說的探索和《路》、《三人行》的創作。茅盾出於積極的心態又苦於沒有現實題材，於是摸索著從歷史題材突破自己的既成模式，從而出現《大澤鄉》、《石碣》、《豹子頭林沖》等歷史小說。對此，邵伯周先生認為《大澤鄉》中英雄形象「沒有得到具體的描寫」，而這篇小說最為成功之處是「短」了。而《豹子頭林沖》等是「配合了當時正在開展的農村土地革命鬥爭」等，則顯得有些牽強和誇張。對於《路》，邵伯周先生卻認為：「作者的立場是正確的，但人物概念化，藝術上卻是失敗的。」《三人行》「結構很鬆散，描寫也比較粗糙」。〔註61〕

　　代表茅盾真正走出陰影的是《子夜》的誕生，這部被稱為「我國現代長篇小說創作的里程碑、革命現實主義鉅著」的《子夜》，使茅盾的創作達到輝煌。因此邵伯周先生用30頁的篇幅作了詳細分析。他從時代背景，人物形象、藝術手法、思想內容以這部長篇小說的不足之處等等，詳加探討評述。他認為這部小說在思想內容方面的主要成就是「作者在全國革命運動正在由低潮轉向高潮這樣一個時代背景中，成功地創造了工業資本家吳蓀甫和買辦金融資本家趙伯韜這兩個典型形象以及他們周圍的一些人物，通過他們之間的矛盾和鬥爭，深刻地、大規模地反映了1930年那一時期中國社會的複雜現象與

〔註58〕　見邵伯周：《茅盾的文學道路》。
〔註59〕　同上。
〔註60〕　同上。
〔註61〕　同上。

本質特徵。……與它在思想內容方面的高度成就相一致，《子夜》的藝術成就也是多方面的。特別是在人物的典型化方面和語言藝術方面，更顯示出作家的傑出才能。」〔註62〕在這樣一個高度評價之後，邵伯周先生又逐項評析，在分析人物形象時，將人物與情節聯繫起來，指出人物活動環境的典型性，從而使人物形象飽滿和具有典型性；同時，邵先生認爲《子夜》的對話也是「性格化」的，所以他特別推崇《子夜》的語言。至於《子夜》的不足，他認爲主要是「計劃」「沒有能夠完全實現」；對城市革命工作和工人群眾的描寫，「不夠生動和眞實」。〔註63〕

在詳細分析《子夜》的同時，緊接著又對短篇小說進行評析，邵伯周先生以短篇小說集《春蠶》爲例，稱這是茅盾「短篇小說創作的里程碑」，其中「《林家舖子》中的全部描寫，不僅有著高度的歷史眞實性，並且有著鮮明的政治傾向性」。農村三部曲則「形象地反映了 30 年代初期中國農村的破產景象，指出了地主、高利貸者的剝削、帝國主義的經濟侵略和軍事侵略、國民黨的反動統治，是造成農村破產的根本原因；深刻地反映了在農村破產過程中，自耕農的轉化爲農村無產階級、年輕一代農民在現實生活的教育下、在對封建迷信思想和習慣勢力的鬥爭中覺醒和成長起來，是不以人們的意志爲轉移的客觀規律」。〔註64〕在這個短篇小說的歷史評價上，邵先生也給予高度評價，指出：「如果說魯迅的《吶喊》、《彷徨》和郭沫若的《女神》是『五四』和第一次國內革命戰爭時期我國現代文學創作中的最高成就，那麼，茅盾的《子夜》、《春蠶》和魯迅的《二心集》、《南腔北調集》等雜文，就是第二次國內革命戰爭時期無產階級革命文學運動的最高成就。」〔註65〕邵伯周先生的這個論斷，十分重要，可惜後來一直未能引起研究界的重視。

對這一時期茅盾的散文，邵伯周先生認爲其「具有鮮明的時代色彩」，主要特色爲：一是強烈的現實性、戰鬥性和明確的針對性。二是嚴肅中有幽默，明白曉暢而含意深刻，樸素的敘述中有尖銳的批判。這是講的政治和藝術兩個方面。

另外，對這一時期的茅盾的理論貢獻，邵伯周先生也作了具體介紹，限於篇幅，這裡不再贅述。

〔註62〕 見邵伯周：《茅盾的文學道路》。
〔註63〕 同上。
〔註64〕 同上。
〔註65〕 同上。

　　邵伯周的《茅盾的文學道路》的最後一部分是描述茅盾在抗戰期間以及在解放戰爭期間的文學活動。在描述中，邵伯周先生注意當時的政治背景，將茅盾的創作活動看做中國共產黨革命活動的一部分，從而審視其作品的思想、藝術價值。正是在這樣的寫作背景下，邵伯周先生特別關注這一時期茅盾創作的《腐蝕》、《清明前後》及《見聞雜記》、《時間的記錄》等。

　　《腐蝕》是當時發表以後比較轟動的一部小說，論者如雲，左派評論家對此好評如潮，因為在某種意義上這是一部揭露國民黨黑幕的小說，所以格外引人注目。也正因為這樣，邵著花了相當的篇幅評論分析《腐蝕》，結論認為：「《腐蝕》和《子夜》一樣，把文學和政治鬥爭有效地結合了起來，在藝術上也有比較高的成就。」〔註 66〕認為這是茅盾「在抗戰時期對我國文學創作的又一重大貢獻」。〔註 67〕而對《清明前後》的評價，則從政治效果上考慮，認為儘管「全劇寫得還不夠集中，某些人物的描寫有些模糊，對話有的還不夠精煉等等，但這都是次要的。由於作者的鮮明的政治立場和對現實生活的深刻的觀察和分析，成功的方面是基本的，主要的」。〔註 68〕顯然邵先生看重的是這部劇本的政治價值。在論及這一時期茅盾散文創作時，邵伯周先生特別推崇《風景談》、《白楊禮讚》兩篇散文，認為這是「兩篇非常有意義、非常傑出的散文」。〔註 69〕

　　邵伯周先生在論及茅盾這一時期創作時，和其他一些論者一樣，遺漏了茅盾《走上崗位》、《鍛煉》等長篇小說，甚至連題目都沒有提及，這是因當時限於資料的緣故，但也是很遺憾的事。其次，邵著中雖已提及的但分量與作品價值不相符，如《霜葉紅似二月花》，邵著中僅寥寥數語。這與當時整個文化語境有很大關係。不過 50 年代初曾批判過電影《腐蝕》，事隔幾年仍這樣從容予以高度評價，是需要有膽識的，是很不容易的。

　　順便提及，邵伯周先生的這部專著初版之後 20 年，即 1979 年再版時，邵先生又用心作了一次修訂，增寫了第五部分「為發展我國的社會主義文藝而鬥爭」，並新編了《茅盾主要著譯書目》。這書的再版，給新時期的茅盾研究工作起到了積極的推動作用。

〔註 66〕　見邵伯周：《茅盾的文學道路》。
〔註 67〕　同上。
〔註 68〕　同上。
〔註 69〕　同上。

　　葉子銘的《論茅盾四十年的文學道路》稍晚邵著 4 個月，由上海新文藝出版社出版，也是這一時期茅盾研究重要成果之一。葉子銘《論茅盾四十年的文學道路》在體例上很有些評傳色彩，它除了作品分析，文藝思想探討外，還與邵著不同的是，專門列章敘述生平，尤其是童年少年時期，並在這方面作了不少有益的史實訂正。敘述得十分清晰，讓人一望而知。在其他一些史實方面，葉子銘先生得到茅盾的諸多支持，當時作爲一位大學畢業生的畢業論文，茅盾第一次給他回信時，稱他爲「葉子銘同學」，後來發現葉子銘在認眞寫作和探討，便基本上做到有問必答，替葉子銘解決了不少難題，也爲這部富有評傳色彩的專著增色不少。

　　葉子銘在這部專著中，對茅盾早期文藝思想的探討成爲這部專著碰到的首要問題，其中對其發展的階段性的分析，成爲葉子銘探討的著重點。他從介紹文學研究會活動入手，對最能代表茅盾早期文藝思想的《大轉變時期何時到來呢？》、《社會背景與創作》、《新文學研究者的責任與努力》、《文學和人的關係及中國古來對於文學者身份的誤認》等文章中尋求茅盾早期文藝思想的發展軌跡，尤其是茅盾發表在《文學週報》上《論無產階級藝術》的發現，葉子銘與邵伯周先生一樣，都視此爲標誌性文章，是茅盾早期文藝思想質的飛躍的明證。由此葉子銘很清楚地歸納出茅盾早期文藝思想的發展變化的軌跡：

　　　　茅盾早期的文藝思想，基本上是革命民主主義的文藝思想。但是，從「五四」到第一次國內革命戰爭時期，隨著革命的深入，他的文藝思想和文學主張，也在不斷地發展。我們可以把它分爲兩個階段，以 1925 年作爲分界線。在 1925 年以前（1916～1925），他在文藝評論和翻譯活動中，宣傳的基本上還是革命民主主義的文藝思想。1925 年「五卅」運動前後，由於實際革命鬥爭的鍛煉，黨的教育，他開始運用階級觀點來分析文藝藝術的基本問題了。〔註70〕

　　具體而言，葉子銘先生認爲，茅盾文藝思想發生重大的轉變是在 1925～1927 年期間。主要的標誌是《論無產階級藝術》和《文學者的新使命》，他選擇的文章比邵伯周先生多了一篇。

　　葉先生也注意到茅盾早期文藝思想影響和文學活動的一些特點，他認爲，茅盾早期文藝思想當中，曾受西方泰納的藝術社會學和左拉的自然主義

〔註70〕葉子銘：《論茅盾四十年的文學道路》，上海新文藝出版社 1959 年版。

的影響，從而推崇和介紹過這些西方文藝理論，「企圖利用它們來解決新文學發展初期的一些問題」。〔註71〕儘管這些介紹和利用有些不足，但畢竟對新文學初創時期還是很有意義的。葉子銘還留意了茅盾對外國文學的譯介活動，認爲「在茅盾早期的翻譯活動中，具有兩個鮮明的特點：一是對於俄國革命民主主義文學和革命後蘇聯文學的重視與讚揚；二是對於東歐、北歐等被壓迫民族文學的同情與推薦」。〔註72〕其實這既是茅盾譯介外國文學的優點和特點，也是一種缺點——過於褊狹和單一，因爲譯介工作是一項開放性國際化的事業。不過，葉子銘作爲大學剛畢業的青年學者，對茅盾早期文藝思想的梳理還是脈絡清楚的，評價也是非常中肯的。

在論述茅盾早期小說《蝕》三部曲的功過是非時，葉子銘堅持歷史唯物主義態度，實事求是給予剖析。與邵伯周先生所論不同的是，葉子銘先生在簡要介紹《蝕》三部曲創作過程之後，著力點首先放在《蝕》的藝術成就。認爲《幻滅》、《動搖》的結構是「比較集中」的，而《追求》的結構「比較鬆散」。《蝕》三部曲的主要藝術特色是：茅盾「善於在廣闊的時代背景上，選擇富有時代意義的重大事件，來反映某一歷史時期的社會現實，即選材常富有時代性和社會性，與當時的革命鬥爭密切相關」。其次，「茅盾善於作細膩的心理描寫」。〔註73〕葉子銘歸納的兩個特點，在當時而言，是有充分道理的。

至於藝術上的缺點，葉子銘也毫不含糊地給予指出，認爲《蝕》三部曲在藝術上的主要缺陷在於「結構不夠緊湊集中，情節缺乏裁剪」。在「駕馭語言方面，也不很熟練，常常用過多的敘述人的議論來代替對人物本身的生動描寫」，「對話也較平淡，人物語言不夠生動逼眞」。〔註74〕葉子銘還指出，當年創造杜克興、錢杏邨等人對茅盾《蝕》三部曲的指責及對茅盾的人身攻擊，「是很不妥當的，是不符合作者實際情況的」。〔註75〕他認爲：「從我國現代文學發展的歷史看，當時能迅速地反映大革命時代歷史現實的作品還是很少的，《蝕》是比較完整、比較重要的一部。」對《蝕》的思想性的缺陷，葉子銘也不回避，而是專門列一小節闡述，認爲《蝕》是茅盾「苦悶的象徵」，指

〔註71〕見葉子銘：《論茅盾四十年的文學道路》。
〔註72〕同上。
〔註73〕同上。
〔註74〕同上。
〔註75〕同上。

出「《蝕》的嚴重缺點並不在於它寫的是小資產階級，而在於它片面地誇大和強調他們的悲觀情緒，而且沒有給予有力的批判。同時，大革命時代那些堅定的革命者的形象，在作品中也沒有得到應有的表現」。〔註76〕在現在看來，後面一條的指責同樣也是苛求。

在評析《蝕》的過程中，葉子銘先生將《蝕》與茅盾寫於《蝕》前後的散文進行比較、參照研究，讓人感覺很有研究的前瞻意識和新鮮感。可惜篇幅太短，沒有深入下去。

與其他論者差不多看法，葉子銘先生對茅盾《虹》的問世抱樂觀態度，認為《虹》的問世「具有重要的意義」，「它是茅盾創作發展道路上的一個新的起點，是作者從小資產階級立場轉向無產階級革命立場的過渡階段的作品」。〔註77〕他也同時認為：「後半部寫得不如前半部細膩、深刻，多少有些草草結束的痕跡。」〔註78〕

葉子銘在將《路》、《三人行》稱為茅盾轉變期中的創作之後，又將《子夜》稱為茅盾在發展時期的創作。這個時期葉子銘認為：「從 1932～1937 年期間，是茅盾創作最活躍的時期，也可以說是他創作上的黃金時期。」縱觀茅盾創作歷程，這是對的。在這黃金時期裡，《子夜》則是「重要標誌」。「它不僅奠定了茅盾在我國現代文學史上的重要地位」，也「成為茅盾創作發展道路上的里程碑」。對這一個里程碑式作品，葉子銘在介紹了當時社會、文化的一些背景後，先將茅盾描述成 30 年代的畫家，並說：「因為他集中地、真實而生動地反映了這時期的廣闊的社會生活。這幅圖畫是淒涼的、悲慘的，同時也是反抗的、蘊藏著希望的。」〔註79〕葉子銘指的是《子夜》、《林家舖子》及農村三部曲。應該說，這樣的比喻是貼切的。

葉子銘先生用 26 頁的篇幅專門論述分析《子夜》。在題為《〈子夜〉——創作發展道路上的里程碑》一節中，葉子銘較詳細地論述產生《子夜》的社會歷史背景以及《子夜》出版後的社會反映，之後濃墨重彩論述《子夜》中主要人物吳蓀甫，認為：「《子夜》所描寫的大大小小的 90 多個人物中，吳蓀甫是最突出、最生動，也是寫最成功的一個。」並又指出吳蓀甫在全書中的

〔註76〕見葉子銘：《論茅盾四十年的文學道路》。

〔註77〕同上。

〔註78〕同上。

〔註79〕同上。

地位，「吳蓀甫是《子夜》的中心人物，是全書一切事件和人物的聯結點和矛盾鬥爭的中心」。〔註80〕在吳蓀甫形象定位上，葉子銘認爲「吳蓀甫是一個野心勃勃的民族工業資本家」，〔註81〕但這個資本家有魄力有能力但卻無法實現他自己的美夢，最終還是以破產出走爲結局。對吳蓀甫這個悲劇，葉子銘認爲：「根源在於他的資本主義王國的幻想和本階級不可避免的歷史命運的矛盾。」〔註82〕

　　葉子銘在分析《子夜》揭露國民黨，批判李立三錯誤路線等方面也作了探討，但某些方面則有些牽強。在分析《子夜》藝術成就方面，如結構上，認爲作者善於將錯綜複雜的情節處理得有條不紊；善於在基本情節的發展過程中，穿插一些小結構、小插曲（包括某些細節描寫），來豐富基本情節、刻畫人物；在語言運用上，葉子銘認爲「具有細膩明快、色彩鮮明」的風格，同時也善於用個性化的人物語言，來展開故事情節和刻畫人物性格。至於《子夜》的不足，葉子銘認爲，對工人群眾和革命者描寫「語言就比較一般化，缺少具有個性化的人物語言」。〔註83〕

　　從以上介紹可以看出，葉子銘先生對《子夜》的分析，與邵伯周先生不同，葉著側重於產生《子夜》的社會政治背景的研究，而忽略《子夜》藝術價值的深入探討；但葉著在研究《子夜》的獨到之處是對當時資料掌握較全，這也是值得重視和注意的。

　　在《論茅盾四十年的文學道路》中對抗戰和解放戰爭時期茅盾的思想和創作，在敘述這一段歷史之後，葉子銘著重選擇《腐蝕》和《清明前後》兩個作品。很顯然，這是政治取向的結果，和其他論者一樣，都認爲這兩部作品是對國民黨的無情的暴露。葉子銘又將茅盾正面反映抗戰的作品和謳歌解放區的散文，稱爲「熱情的謳歌」來介紹。這樣思考同樣進入一個難以突破的境地。

　　葉子銘在《論茅盾四十年的文學道路》的最後，專門列一章建國後的茅盾，太簡略，僅佔 3 頁的篇幅，而他在結束語中的許多看法倒值得重視。例如他將茅盾作品重新編排，也同樣注意到作品的史詩性特徵等。這些給以後

〔註80〕見葉子銘：《論茅盾四十年的文學道路》。
〔註81〕同上。
〔註82〕同上。
〔註83〕同上。

的茅盾研究留下了一個宏大的課題。尤其在當時現代文學界是屬鳳毛麟角的，是在茅盾的直接關懷下進行寫作，其成果的可靠性為 20 世紀下半葉的茅盾研究開闢了一條道路。

第三節　名篇名作研究概述

（茅盾）他從批判現實主義到社會主義現實主義是經過了艱苦的探索過程的。在探索的道路上，他「年復一年，創作不倦」，「永遠自己不滿足」。他不斷地改造了思想，充實了生活，磨練了技巧，終於獲得了輝煌的成就。

——鄭擇魁

《蝕》是一部瑕瑜互見的作品。它在思想和藝術上所取得成就和存在的缺陷，為我們說明了一個作家的世界觀對於他們創作有著怎樣重大的影響，也說明了像茅盾這樣傑出的作家，在創作上曾經走過怎樣曲折的道路。

——劉綬松

新中國的建立為茅盾研究提供了機遇，青年學者和中年學者紛紛在大學中文系開設茅盾研究的選修課，中學和大學教材及輔助讀物中也選了茅盾的一些短篇小說和散文，因此，除了前面所述的一些專著之外，一些大學資料室開始注意積累有關茅盾的研究資料，編印成冊；一些青年學者也在這樣的學術氛圍下寫出論文，論述茅盾創作思想；還有不少作者對茅盾的名作名篇進行分析介紹，在普及和理解上做了大量工作。如茅盾的《春蠶》及其農村三部曲的評論介紹，據這一時期（1950～1966）的不完全統計有 21 篇之多。對《林家舖子》的評論不包括批判電影《林家舖子》，到 1959 年止，有 22 篇之多。《子夜》的評論則更多些，據不完全統計，這一時期有 31 篇之多。茅盾的散文名篇《白楊禮讚》在建國之前無人注意，評論者等於零，新中國成立之後，逐漸為評論界所注意，在一些語文刊物和文藝刊物上陸續發表分析文章，這對普及茅盾作品起了積極作用。

《蝕》、《子夜》和《虹》是這一時期一些文學研究者，現代文學教育工作者所關注的，並且常常作為這一時期茅盾思想發展的重要資料來研究。其中鄭擇魁、劉綬松的專題研究很有特點，鄭擇魁的《從〈蝕〉到〈子夜〉——

—茅盾創作道路簡述》一文，雖然在時間上並不佔優勢，但這篇專題論文的系統性卻值得一提。他認為《蝕》「迅速地反映了大革命前後的社會現實，真實地表現了小資產階級知識青年在大變革時代裡的思想情緒和生活面貌，寫出了他們的內心的矛盾、苦悶和不滿，說出了他們想說『而自己不會說的話』。因此「這部作品是有一定的思想意義的」。〔註84〕但同時，鄭擇魁又認為：「《蝕》對當時革命形勢的觀察和分析是有錯誤的，作者是站在小資產階級立場反映當時的革命現實。」而問題的根源是作者的思想「限制了他」，「他當時還只是一個小資產階級革命民主主義者」。〔註85〕因此，鄭擇魁認為：「《蝕》只是批判現實主義的作品，它既表示茅盾創作上的良好開端，也表現了茅盾早期創作的侷限性。」〔註86〕這個認識是符合作品實際的。

　　但同時，鄭擇魁又明確地提出：「《虹》就是他擺脫了悲觀失望情緒以後寫的一部小說，它標誌著茅盾思想上的進步。」〔註87〕之後，茅盾又寫了《三人行》等小說，有過有益的失敗之後，才真正從迷惘苦悶矛盾中走出來。故鄭著認為，1932年，茅盾「從批判現實主義進入了社會主義現實主義」。這個判斷的標誌是《子夜》的誕生，「《子夜》是茅盾創作道路上的里程碑，是他基本上掌握了社會主義現實主義創作方法的標誌」。〔註88〕鄭擇魁在這篇文章裡還將《蝕》和《子夜》進行比較，認為《蝕》和《子夜》有「質的不同」，首先表現在作者對現實反映的深度和廣度上；同時也反映在「不但描寫了充滿矛盾鬥爭的現實，而且展示了社會發展的方向」。鄭擇魁最後表達了對作品不足之處的看法，認為《子夜》有四大缺點：第一，「這部作品對革命者的描寫不夠真實」；第二，「作品未能塑造出有血有肉的革命工作者和工農群眾的形象」；第三，「這部作品還未能充分地表現出當時已由低潮趨向高潮的形勢」；第四，「作品對反封建鬥爭的複雜性表現得不夠」。〔註89〕鄭擇魁的這些批評都沒有錯，但60年代的時代印痕還是很明顯的。不過，鄭擇魁的這篇論文對茅盾文藝思想的考察還是很有代表性的，基本上是符合茅盾思想發展的實際情況的。

〔註84〕鄭擇魁：《從〈蝕〉到〈子夜〉——茅盾創作道路簡述》，《語文進修》1963年第2期。

〔註85〕見鄭擇魁：《從〈蝕〉到〈子夜〉——茅盾創作道路簡述》。

〔註86〕同上。

〔註87〕同上。

〔註88〕同上。

〔註89〕同上。

　　劉綬松先生是 50 年代著名的現代文學史專家，他除了寫《中國新文學史
初稿》等外，對茅盾文學思想，茅盾生平和創作，茅盾作品研究等都有很深
的研究和很高的造詣，他是國內較早開設「茅盾研究」課的教授，因而在這
一時期他對茅盾作品的分析，值得我們重視和注意。劉先生生前成文的論文
有《論茅盾的〈蝕〉和〈虹〉》、《論〈子夜〉》、《論茅盾的創作》等，其中《論
茅盾的〈蝕〉和〈虹〉》發表在 1963 年第 2 期《文學評論》上。正因為劉綬
松先生對現代文學有精深的研究，因而在《論茅盾的〈蝕〉和〈虹〉》一文中，
立足於現代文學的宏觀圖景，不僅看到了「吳蓀甫這個第二次國內革命戰爭
時期民族資產階級的典型形象，是我國現代長篇小說最早的成熟的標誌」予
以推崇至極；而且也看到《蝕》是「一部瑕瑜互見」的作品。看到中篇《路》、
《三人行》「是作家前進道路上的重要標誌」。同樣也看到《虹》是「很成功
地寫出了『五四』時代精神的一個重要方面」。〔註90〕在這篇論文中，劉綬松
先生從容不迫，思路清晰，文字流暢，條分縷析地剖析了《蝕》、《虹》的成
就和不足。他詳細論述了《蝕》中三類知識份子形象，也分析了《蝕》中所
表現出來的思想傾向。最讓人心動的是他論文中的第三部分，分析這部缺點
很明顯的作品為何還受讀者歡迎的原因，什麼原因呢？劉綬松先生認為，作
者「比較豐富的生活積累，正義的愛憎，以及深厚的藝術修養，正是這些，
構成了《蝕》的某些積極的因素，使它能在灰色、低沉的氣息中透露出一些
耀目的藝術光芒來」。〔註91〕這個分析是很有見地的。在同一節中，劉綬松又
專門重點分析了《動搖》的思想藝術成就，認為茅盾的筆觸已經伸向反映工
農運動的現實，「使得整個三部曲在低沉氣氛的籠罩下透射出一些活力和亮
光」。〔註92〕同時還特別對胡國光這個人物形象做了分析，認為這個形象是「一
個否定人物的真實形象」。〔註93〕這個認識也同樣是學術氣很濃的一種研究。
論文的第四部分，主要是分析《虹》，認為《虹》反映了「主要時代趨向」，
但這部小說在結構上有「頭重腳輕」之感，因此，劉綬松先生說：「如果我們
說，《蝕》（特別是《動搖》）的值得肯定的地方是它留下了大革命時期某些動
人的場景，那末《虹》的吸引人的地方就主要是在前半部，也就是在『五四』

〔註90〕劉綬松：《論茅盾的〈蝕〉和〈虹〉》，《文學評論》1963 年第 2 期。
〔註91〕同上。
〔註92〕見劉綬松：《論茅盾的〈蝕〉和〈虹〉》。
〔註93〕同上。

時代特色的出色描摹中刻畫了梅行素的思想性格的發展道路。」〔註94〕這是
有道理的。論文的第五部分，分析《虹》的不足，認爲《虹》的後半部的缺
陷，主要表現在「愛情情節的處理未盡妥善；和由於作家寫作計劃未完成而
出現的結尾匆促」。〔註95〕劉綬松的這篇論文很有學術深度，是這一時期茅盾
研究中的佼佼者之一。

　　作爲後來茅盾研究卓有成就的丁爾綱先生，在大學期間即發表對茅盾農
村三部曲的研究論文，這篇論文雖然較稚嫩，但它的論證是嚴密的，因而從
某種意義上爲奠定丁爾綱先生的研究方向有了一個很好的開局。這篇論文第
一部分主要論述三部曲的思想社會意義，認爲：「作者用了現實主義傳神的
筆，給我們描出一幅舊中國江浙農村的全景。」〔註96〕茅盾在農村三部曲裡
「寫出中國農民依以爲命的農桑事業的日趨衰敗，農民境遇的日趨悲慘。在
全面揭示了造成農村困難破產的原因的同時，作者也寫出了農民的反抗情緒
怎樣隨著苦難的加深而增高；農民是怎樣地克服了封建迷信宿命論觀點的束
縛，統一了內部的分歧和矛盾，因而覺悟逐步提高；反抗由無力到有力，由
無組織到有組織，由偶爾的一次轉入持久的鬥爭」。〔註97〕第二部分主要分析
藝術形象，將三部曲農民形象分成新舊兩種類型，一種是以多多頭爲代表，
另一種以老通寶爲代表。這種歸類分析的模式，直接影響到以後幾十年的茅
盾研究。對農村三部曲的研究，這一時期除了丁爾綱先生這一篇外，還有不
少值得關注的文章，如何家槐的《〈春蠶〉的分析》（1955 年 8 月《語文學習》）、
樂黛雲的《〈春蠶〉中農民形象的性格描寫》（1956 年第 8 期《文藝學習》）、
史明的《論茅盾的〈春蠶〉》（1958 年 9 月號《語文教學》）、方白的《〈春蠶〉
中的幾個人物》、唐弢的《且說〈春蠶〉》等，這些研究成果，大多在人物形
象上進行開掘，有的將三部曲中的人物性格放在中國現代文學的背景裡進行
比較研究，從而拓展了研究的深度。方白的《〈春蠶〉中的幾個人物》一文，
將老通寶與魯迅《風波》中的九斤老太相比較，揭櫫出他們之間的相似性，
老通寶的名言「世界越變越壞」和九斤老太的「一代不如一代」，在思想意識
上的相似性十分明顯。所以方白認爲老通寶「因爲他的『世界越變越壞』的

〔註94〕見劉綬松：《論茅盾的〈蝕〉和〈虹〉》。
〔註95〕同上。
〔註96〕丁爾綱：《試論茅盾的〈農村三部曲〉》，《處女地》1957 年第 6 期。
〔註97〕見丁爾綱：《試論茅盾的〈農村三部曲〉》。

感慨是近似九斤老太的『一代不如一代』的嘮叨的。不過老通寶的時代到底比九斤老太遲了 10 多年，他經歷的風波也就更多更大。特別是家業衰落給他的刺激很深，在他心裡結了一個疙瘩，那就是他父親勤儉忠厚，他自己是規矩人，兒子媳婦也都勤儉，為什麼會使得家敗下來呢？這個問題他沒有明確答案，卻朦朦朧朧地意識到這是洋鬼子害的」。〔註98〕從而從時代性上又對老通寶和九斤老太作出了區別。

在名篇《林家舖子》的研究上，這一時期也是研究者著力關注的一個重點。何家槐、吳奔星、汪承隆、樂黛雲、錢谷融、姚虹等專家學者專門寫了相關評論文章，從主題、人物形象、作品結構等方面詳加論述。其中錢谷融在《語文教學》1957 年 9 月號上發表《人物分析——以〈林家舖子〉為例》一文後，曾有人在同一刊物上發表文章，批評錢谷融先生在人物分析上的所謂修正主義觀點。在當時的《林家舖子》研究成果中，還有兩篇值得關注，一篇是樂黛雲先生在 1957 年《文藝學習》第 4 期上發表的《茅盾的短篇小說〈林家舖子〉》一文，文章不僅闡述了自己的觀點，而且也對吳奔星先生在《林家舖子》評論上的觀點進行商榷。樂黛雲先生不同意茅盾自己說的《林家舖子》是壓縮了中篇的說法，認為：《林家舖子》「它最基本的成功之點正在於它的內容與短篇的形式是相稱的、恰當的」。〔註99〕她更不同意吳奔星先生說的《林家舖子》是《子夜》的「縮影或簡編」的觀點，認為：「短篇小說和長篇小說的關係決不在於前者是後者的『集中』或『壓縮』。因為作者採取什麼形式來處理自己的材料首先取決於材料內容的需要而不是取決於作家主觀上願意用長篇或短篇；並且任何作家也沒有權力把只能寫短篇的材料任意敷衍、擴展為長篇。」〔註100〕她進一步認為：「正是這樣，《林家舖子》的全部內容並不是描寫這個小商店的創辦、發展、興盛、衰亡；而只寫了這全部歷史的一個篇頁——破產。短篇的形式對這一個篇頁的描寫來說是恰當的。」〔註101〕緊接著，樂黛雲認為，《林家舖子》之所以成功，除了作者有豐富的閱歷，能夠抓典型題材等因素之外，「最重要的是作者有力地抓住了短篇小說這一藝術形式的某些顯著特點，而且善於利用這些特點」。怎麼利用這一形式呢？樂

〔註98〕 方白：《〈春蠶〉中的幾個人物》，《長江文藝》1956 年第 5 期。
〔註99〕 樂黛雲：《茅盾的短篇小說〈林家舖子〉》，《文藝學習》1957 年第 4 期。
〔註100〕 同上。
〔註101〕 同上。

黛雲認為，作者首先是「有效地把人物『配置』在讓他有可能最充分、最明朗地顯露出自己典型特點的情境中」。其次是作者「善於選取構成這一整個事件的各個情節」。〔註102〕但這些情節到茅盾筆下已不再是堆砌和游離，而是融合，是整體之中了。她同時又對吳奔星先生所論述的情節中的某些表述提出了不同看法，認為在論述細節的重要性時，不要索引式地牽強附會，如吳奔星先生在論述林大娘打呃這個細節時，「襯托出國民黨反動派敲詐人民，使人民喘不過氣來，一股不平之氣無法發泄」的說法，「這就是牽強附會最突出的例子」。〔註103〕樂黛雲這個批評是有道理的。姚虹在1958年2月《語文學習》上發表的《〈林家舖子〉的主題思想、結構和人物》一文，也是這一時期頗讓人注意的文章，他論及主題思想時，基本上認同公認的說法，但在情節結構和人物的分析上用力甚多，解讀出「小說運用層層轉折又步步發展的情節，寫出主人公林先生始則困窘，繼則奔走發掘，情節主線極分明，它的社會環境又極複雜，情節的發展也因而十分曲折」。〔註104〕這樣的分析思維方式才能解讀出作品的藝術深度。在人物性格方面，姚虹認為：「小說的主人公林先生的性格是隨著矛盾的發展逐步地展現出全貌來的。」〔註105〕這樣的定位是符合小說創作實際的。在這篇文章中尤其值得注意的是對壽生這個人物形象的分析，姚虹認為，對壽生這個人物的分析，第一，要顧及當時的歷史背景，第二，小說描寫的不是資本家和店員的矛盾，而是帝國主義者、國內反動派和人民群眾的矛盾……因而在壽生不是要不要對老板進行鬥爭的問題，所以他認為：「壽生站林先生這一邊，幫助了林先生，這是值得肯定的。」〔註106〕第三，「壽生為林先生忠心服務，與其說是一個店員在為老板效勞，不如說是作為普通人民慷慨好義、濟人之危的一種表現」。〔註107〕他還認為壽生與林小姐訂婚，因在林家破產前夕，彼此關係即將改變，所以並不存在「壽生企圖高攀」的問題。對這些頗易引起爭議的問題，姚虹作了獨到的分析，可以看出姚虹是真正用心在讀《林家舖子》的。

　　《子夜》是這一時期更加引人注目的研究重點，據不完全統計，這一時

〔註102〕見樂黛雲：《茅盾的短篇小說〈林家舖子〉》。

〔註103〕同上。

〔註104〕姚虹：《〈林家舖子〉的主題思想、結構和人物》，《語文學習》1958年2月號。

〔註105〕同上。

〔註106〕見姚虹：《〈林家舖子〉的主題思想、結構和人物》。

〔註107〕同上。

期有關《子夜》的論文、文章達 30 篇以上，這些論文大多是對茅盾創作《子夜》的經驗探討，從某種情況看，論文的廣度和深度較前一時期都要略勝一籌。從深度來講，有專門研究《子夜》結構問題的論文，有專門研究《子夜》語言特色的論文，也有專門研究《子夜》人物形象的論文等等，說明這一時期對《子夜》研究的成果是十分豐碩的。

在對《子夜》進行綜合考察的論文中，王積賢等人的《茅盾的〈子夜〉》一文頗具代表性。首先他們認為，《子夜》是茅盾認識到《蝕》三部曲的不足之後創作的，同時又認為是關於社會性質的論爭引起了他的寫作興趣。這個《子夜》動因說，顯得有些粗疏和一般化。但是論文中對人物吳蓀甫的典型性的關注，卻寫得頗具大氣，認為：「吳蓀甫的企業活動的失敗，恰好說明了民族資產階級和帝國主義、封建主義有很大的矛盾，而且是這種矛盾發展的結果。但他失敗以後的投降外國資本的這條出路，則又說明資產階級和帝國主義、封建主義保持著一定的聯繫。」〔註108〕除了吳蓀甫，這篇文章還特別關注趙伯韜、屠維岳兩個人物的典型性，這是很有見地的選擇。他認為屠維岳這個人物在《子夜》裡並不臉譜化，而是「栩栩如生，給人以深刻的印象」。〔註109〕另外這篇論文的特點是將《子夜》放在整個中國革命的背景中考察，來分析《子夜》的成功經驗，該文的優點是：切合當時 50 年代的實際需要，不足的是常常用政治術語來比附作品，顯得有些牽強。當然這些問題在 50 年代這樣的政治語境裡，是常見的一種現象。

這一時期還有 3 篇專題研究《子夜》的論文值得重視，一篇是葉子銘先生的《談〈子夜〉的結構藝術》，對《子夜》的結構狀況作了非常細緻入微的分析；一篇是劉鏡芙的《茅盾〈子夜〉的語言特色》，對《子夜》的語言特色作了深入的研究，很有新意；一篇是黎舟的《茅盾創作中的民族資產階級形象》，其中大量的評述《子夜》中的民族資產階級形象，也同樣很有新意和深度。

葉子銘先生的《談〈子夜〉的結構藝術》於 1962 年 11 月發表在江蘇《江海學刊》上。這篇論文看得出是作者作了大量讀書筆記之後，對結構藝術進行了理論思考後寫的，因而這一篇論文的觀點、材料都比較充實，而不是那種應景式文字。葉子銘認為，茅盾在《子夜》中「表現了他的高度和藝術組

〔註108〕積賢等：《茅盾的〈子夜〉》，《文學研究集刊》第 4 冊。
〔註109〕王積賢等：《茅盾的〈子夜〉》。

織的才能，巧妙地把這些複雜的人物事件、矛盾衝突，連接、組成了一幅 30
年代初期半殖民地半封建社會的中國都市生活的圖畫」。〔註110〕那麼這個圖畫
組成過程中有哪些經驗呢？葉子銘先生認爲，首先，「在典型環境的安排上，
作者抓住了時代的主要特徵，根據生活的眞實和主題的需要，創造了一個適
宜於人物活動和矛盾展開的典型環境」。具體地說，上海這一典型的大都會，
作爲人物活動的具體環境；以吳蓀甫爲中心，安排了三個展開矛盾衝突的主
要場所：吳公館、交易所、裕華絲廠。這樣將整個布局都鋪展起來。再以牽
一髮而動全身的蠶絲作爲導火線，結果自然會轟轟烈烈。其次是對情節安排
的巧妙。葉子銘認爲，小說第一至三章，迅速將矛盾衝突展開，將各方面的
人物事件、矛盾衝突聯結起來，於是設計了吳老太爺的死這樣的情節，這個
情節，葉子銘認爲有兩個作用：「第一，點明時代特點。第二，引出小說的矛
盾衝突。」〔註111〕在第二、三章裡，通過喪事宴會，牽出了三條主要線索：
即趙、吳矛盾線索；吳蓀甫與絲廠工人的矛盾線索；電報的出現埋下雙橋農
民暴動的線索。所以，葉子銘認爲「《子夜》開頭部分的結構，是緊緊圍繞作
品的主題，運用借題牽線、烘托對照的手法，把小說裡的主要人物和主要線
索都提了出來……形成一個嚴密的結構」。因此，《子夜》的幾條線索發展形
成了「網狀的結構」和「連環式的結構」交叉運用的特色。緊接著葉子銘詳
細剖析小說的主體部分結構，得出了「《子夜》主體部分的結構，是採用多線
交叉發展、然後兩條重線先後發展的結構方法，並運用虛實處理、烘托對比
等手法來安排情節場面，從複雜、尖銳的矛盾衝突中，進一步展示吳蓀甫性
格的特點」〔註112〕的結論，這是符合作品實際的。對《子夜》結尾部分（即
17～19章），葉子銘認爲其呼應照應的布局方法運用到嫻熟的程度，因而《子
夜》在結構藝術上最成功的經驗，借用李漁的話就是「立主腦」、「密針線」、
「脫窠臼」。葉子銘的這一篇關於《子夜》結構藝術的論文，代表了這一時期
某個方面的研究水平。

　　在《子夜》語言運用研究方面，劉鏡芙的《茅盾〈子夜〉的語言特色》
代表了這一時期的研究水平。劉鏡芙在這篇論文中，詳細周到地論述《子夜》
的語言特色，認爲《子夜》「全書的語言整個說來是明白、流暢、鮮明而又有

〔註110〕子銘：《談〈子夜〉的結構藝術》，《江海學刊》1962 年第 11 期。
〔註111〕葉子銘：《談〈子夜〉的結構藝術》。
〔註112〕同上。

規範性，出現在作者筆下的：有時是粗獷豪放的筆調；有時是質樸清晰的敘述；有時又是細緻入微的描寫；作者有時給我們聽覺以鮮明的聲響；有時在我們面前展現出奇異的圖畫」。他又認爲，《子夜》描寫了相當複雜的社會，「但作者用以刻畫這種複雜社會的語言，卻始終是簡樸、清晰、流暢的，全書既沒有冗長的敘述，更沒有矯揉造作的描寫」。這是劉鏡芙總結《子夜》語言成功經驗的一個特色；第二個特色是《子夜》裡的語言個性化，認爲吳蓀甫的語言是狠毒尖利的；曾滄海的語言是粗俗的；何慎庵的語言把一個以善鑽狗洞爲得意的人的內心世界表現得活靈活現；范博文的語言是資產階級無聊詩人的心靈歌聲。第三個特色是《子夜》一書的語言「常常給人以聽覺上的，視覺上的，嗅覺上的強烈感受」。（劉先生的這個感覺是符合作者寫作實際的，幾十年後問世的關於《子夜》寫作大綱中，當年茅盾明確設計了色彩、聲浪等要求。當然這是後話。）具體而言，茅盾善於「用不同的聲響來描繪不同的事物，」同時「作者有時給我的嗅覺以強烈的刺激，」作者還「習慣於用幻象的描寫手法構成圖景」，將聽、聞、看的語言特色作了明確的勾勒，十分新穎。第四個特色是《子夜》中的比喻非常簡練、形象、生動而又多種多樣的。這是從修辭學角度來審視《子夜》的語言特色，某些句子的格式的運用上，作者使用定語、狀語時，都很簡練、形象，「恰到好處地加深了對人物性格的刻畫和對客觀事物栩栩如生的描寫」。第五個特色是「用細膩優美的筆調描繪出動人的景色」。景情的融合，有機結合，富有鏡頭感。能夠做到「不僅看到景，而且感到聲音看到色彩」。劉先生用不少例子論證了這個特色。第六個特色是《子夜》用詞精確、中肯、妥帖、有分量，善於革新詞義，句式變化多種多樣，語言的規範性和準確性。〔註113〕劉先生將小說描寫的「笑」，梳理出有十九種笑法，來說明《子夜》語言的豐富。劉文在《子夜》研究史上具有開拓性意義，之後相當長的時間裡，都未能達到劉鏡芙先生研究的深度和廣度。

黎舟的《茅盾創作中的民族資產階級形象》一文，也是這一時期對《子夜》的某些方面研究的收穫。這一篇論文雖然不是專門論述《子夜》，但大量篇幅和論據大多源於《子夜》。黎舟認爲，在新文學創作史上，「《子夜》是第一部並且是在較廣闊的規模上塑造了半殖民地半封建中國社會裡的民族資產

〔註113〕鏡芙：《茅盾〈子夜〉的語言特色》，《鄭州大學學報》1960 年第 1 期。

階級形象的作品」。〔註114〕黎舟認爲，吳蓀甫是《子夜》中民族資產階級形象
群中最主要的一個人物。那麼這個人物是怎麼來塑造的呢？他認爲茅盾是放
在「社會生活」與「家庭生活」兩個方面刻畫的，並進行了具體論述，得出
兩面性的結論。在這篇論文中，黎舟的立意是非常有意思的，他除了《子夜》
之外，也論述了茅盾抗戰時期的長篇小說中民族資產階級形象，並將他們作
爲一個系列來論述，極有特色。他從中尋繹出茅盾塑造民族資產階級形象的
經驗，認爲茅盾一是注意典型環境的描繪，「他總是把民族工商業者放在與各
方面的矛盾衝突中，尤其是把他們放在與帝國主義、封建主義、官僚資本主
義的矛盾衝突中來刻畫，從而顯示了他們的性格特徵」。〔註115〕其次是茅盾善
於用心理描寫來刻畫民族資產階級形象。這兩個方面的經驗，顯然是符合《子
夜》創作實際的。因此，黎舟先生的論題，在當時的研究語境裡還是非常有
意義的，因爲在他之前，還沒有這樣的專題論文。

　　這一時期的茅盾散文研究有了很大的進展，尤其是富有象徵色彩的《雷
雨前》和《白楊禮讚》兩篇散文頗受研究者青睞。向錦江先生 1963 年 4 月 2
日在《工人日報》上發表了《茅盾先生的〈雷雨前〉》一文，稱讚《雷雨前》
與高爾基的《海燕》一樣鼓舞人。而對《白楊禮讚》的讚揚和研究，也是空
前的繁榮。陳伯吹在《讀〈白楊禮讚〉》一文中稱讚《白楊禮讚》「是一篇美
麗的詩樣的散文」。〔註116〕但也「因爲它的思想內容的深刻」而動人。如果說，
陳伯吹先生是用散文筆調來評論散文《白楊禮讚》的話，那麼，何家槐作爲
文藝理論工作者，則側重於文藝規律和作品藝術特色方面去探討。何家槐先
生認爲，《白楊禮讚》「這篇散文雖則主要是採用了側面的、象徵的寫法，雖
則寫得比較曲折隱晦和含蓄，可是我們還是不難體會到作者的思想感情，體
會到它所包含的深刻意義」。〔註117〕緊接著逐層分析《白楊禮讚》的藝術特色，
最後得出「作者確實很善於描寫風景，抒發感情，善於刻畫性格（白楊樹的
性格），塑造形象（白楊樹的形象）」，也可以看到「作者很善於安排層次，組
織段落，使整個作品的布局結構顯得十分嚴密，而且在緊湊之中又有很多變
化，波浪重疊，極能表現景色的變換和感情的起伏」。〔註118〕

〔註114〕舟：《茅盾創作中的民族資產階級形象》，《福建師院學報》1962 年第 1 期。
〔註115〕黎舟：《茅盾創作中的民族資產階級形象》。
〔註116〕伯吹：《讀〈白楊禮讚〉》，《文藝學習》1955 年第 8 期。
〔註117〕家槐：《略談〈白楊禮讚〉的藝術特色》，《文學知識》1959 年 10 月號。
〔註118〕何家槐：《略談〈白楊禮讚〉的藝術特色》。

　　總之，這一時期對名篇名作的研究，無論是深度還是廣度，應該說還是初步的，某些方面有所突破，某些方面反而不如上一時期，如建國之後到「文化大革命」開始的 17 年中，對茅盾的《霜葉紅似二月花》竟沒有一篇介紹和評論，與當時出版時的熱鬧和重視形成強烈反差，這是茅盾研究史中一個值得深思的現象。《清明前後》也同樣，建國之後 17 年中幾乎被人遺忘。與當年的轟動不可同日而語。另外一個現象是，這一時期無論是名篇研究還是名作介紹，大多落腳在普及和教學上面，因而從某種意義上講，很難有大的突破，理論的高度和深度都面臨著繼續深化問題。但是，歷史卻走了一條「之」字形的發展路子，茅盾研究呈現的好勢頭並沒有長久下去，出現了多雲轉陰的局面，這是研究者們沒有想到的。

第四節　　國外茅盾研究的拓展和對茅盾作品的批判

　　　　茅盾的風格的特點是極其樸實和細膩。情節展開得強健有力。人物的性格在行動中逐漸點出。事件一件緊接著一件。對話簡潔，沒有雕琢，人物的形象和作品的『氣氛』不是用描寫造成的，而是事件活動造成的，這是極其高明的成熟技巧的確切標誌。

——卡達耶夫

　　　　（《子夜》）這部著作，是中國人持刀刺入自己的肉體，而用湧出來的鮮血作墨水，在痛苦的呻吟中寫成的，實爲中國現實社會的解剖圖。

——尾坂德司

　　　　茅盾的《子夜》的出現，是繼偉大魯迅的不朽之作《阿 Q 正傳》之後在中國現代小說和中國現代文學整個領域裡開闢先河的又一巨大收穫。

——朴興炳

　　從新中國建立到「文化大革命」爆發爲止，中國（除台灣、港澳地區）的土地上政治運動一個緊接一個，而且不少政治運動都是從文藝界、文化界開刀的，即使與文化完全沒有關係的政治運動，在運動中總要牽扯到文化乃至某一部作品。1964 年底，茅盾卸去了文化部長的職務。1965 年春夏之交發

生了批判國慶 10 週年獻禮片「熱潮」，其中夏衍根據茅盾的名作《林家舖子》改編的電影《林家舖子》，遭到了口誅筆伐。

所以，建國後的政治運動和對文化的批判，從某種意義上嚴重影響和干擾了茅盾研究向廣度和深度的發展，也讓人感到文學創作、文學研究可畏而卻步。因此，在此期間，研究雖有進步但成果不多，尤其是有深度的文章並不如人意。但是，這一時期茅盾研究在國外卻十分活躍和紅火，限於篇幅，這裡對國外茅盾研究在這一時期狀況分三個方面作一個概述。

首先，茅盾的大量作品被介紹給世界各國讀者。這一時期，茅盾的在 30 年代乃至 50 年代寫的文學作品或理論文章被譯成多種外文，介紹到世界各國。據不完全統計，日本最多。如 1951 年譯為日文的有《碰壁的理想》（短篇）、《子夜》；1954 年《香港脫險記》、《腐蝕》被譯為日文；1955 年出版日文版《茅盾作品集》；1956 年《春蠶》、《風景談》、《林家舖子》等被譯為日文；1958 年出版了《現代中國文學全集・茅盾卷》，內收《霜葉紅似二月花》、《林家舖子》、《列那和吉地》、《西北見聞記》、《渡船上》、《八年來文藝工作的成果和傾向》等，同年 7 月築摩書房又出版單行本《霜葉紅似二月花》、《脫險雜記》等。由於有了這一些作品的翻譯，大大推動了日本茅盾研究的開展。

新中國成立之後的 1950 年，捷克斯洛伐克率先將《子夜》譯成捷文，這歸功於捷克漢學家普實克先生。1959 年普實克又將《腐蝕》譯成捷文，介紹給本國人民。1961 年捷克斯洛伐克的克拉爾將《林家舖子》譯成捷文，1963 年普實克又編譯一部《茅盾短篇小說選》，讓捷克人民全面了解茅盾短篇小說的成就。蘇聯在這一時期也譯介了不少茅盾著作，如在這一時期中，俄文版的《子夜》、《茅盾短篇小說選》、《腐蝕》、《茅盾選集》、《茅盾文集》等，在蘇聯影響頗大。朝鮮、法國、德國、越南、蒙古等國在這一時期譯介了茅盾的作品，使茅盾的作品從真正意義上走向世界。

其次，關於茅盾地位、影響的研究方興未艾，從現有資料看，評價都顯得十分充分和肯定。日本有研究家認為：「茅盾是中國新文學誕生以來長期處於中國文壇領導地位的作家。在這一點上，具有較長生命力的作家現在恐怕只有郭沫若可以媲美。」〔註119〕關於創作特點，國外有些學者十分坦率，蘇聯學者認為：「茅盾創作的特點是他的作品植根於祖國的土壤上，茅盾描繪了他的祖國和時代。……茅盾總是明顯地、真實地描繪中國的現實。像在許多

<hr />

〔註119〕尾坂德司：《〈子夜〉譯後記》，千代田書房 1951 年版。

其他方面一樣，在這方面他也是魯迅的直接追隨者。……茅盾在他的早期作品裡運用了批判現實主義的創作方法。這種現實主義同俄國革命民主主義者的現實主義有相似之處，它描寫處於資產階級革命前夜的廣泛的人民群眾的思想世界，其矛頭是指向封建殘餘，以及資本主義當時存在的一切形式。」〔註120〕蘇聯學者的這些評論，對我們思考茅盾的創作思想、創作風格都是極為有益和富於啓迪意義的。對茅盾的評價，蒙古人民共和國的漢學家認為，茅盾是中國現代文學的「傑出代表」，是「著名的文藝評論家」。〔註121〕朝鮮的漢學家認為：「茅盾是中國現代文學的先驅者之一。他不僅是一位富有國際聲譽的作家，而且也是社會政治和世界和平運動的著名活動家」。〔註122〕捷克斯洛伐克學者馬立安・嘎利克在一部茅盾短篇小說集前言中說過一段話，全面評論茅盾的創作特色，他說：

> 茅盾是現代中國最優秀的散文家，他也被認為是最善於將中國廣闊的社會生活繪製成色彩濃郁的油畫巨匠。他的長篇、短篇小説更以史詩般的規模展示了無與倫比的中國的生活的圖畫。在他的作品裡幾乎涉及了整個社會各個階級各國階層的人物，這裡有民族資產階級、買辦資產階級，這兒有知識份子、官吏、教師、交易所的押寶者、地主、各種各樣的流浪漢、癟三、學徒、鞋匠、黃包車夫、農民等。藝術地塑造了中國的革命婦女、普通婦女以及妓女、姨太太等形象。真可以說在中國作家裡，還不曾有誰像他那樣映現出從1911年中華民國成立直到建立了中華人民共和國這整個一段歷史進程中，中國城市鄉村廣闊縱橫的社會生活畫面。如果我們想把中國某個作家的作品稱之為現代中國的一部小型的《人間喜劇》的話，那就可能是茅盾的作品了。〔註123〕

嘎利克的這個描述是符合茅盾全部創作實際的，並且他敘述的筆法也頗簡練。但更精彩的是嘎利克下面的這個發現：

> 茅盾是一位政治、社會的作家。「個人的區區小事」是不能吸引住他的，只有那偉大的政治和社會問題才最使他激動不安。〔註124〕

〔註120〕弗・魯德曼：《〈子夜〉序》，布達佩斯新匈牙利出版社1955年版。
〔註121〕波・古爾巴札爾：《〈子夜〉前言》，蒙古人民共和國國家出版局1957年版。
〔註122〕朴興炳：《〈子夜〉前言》，朝鮮國立文學藝術書籍出版社1960年版。
〔註123〕馬立安・嘎利克：《〈林家舖子〉前言》，布拉格作家出版社1961年版。
〔註124〕同上。

這個發現是極爲深刻和獨到的。也許和這位留學中國的留學生有關，當年他在北大求學期間曾去過茅盾故鄉，親身感受孕育茅盾成長的文化氛圍。他是第一個到茅盾故鄉訪問的國外茅盾研究者。嘎利克的友人克拉爾在《林家舖子》譯後記中也認爲：「茅盾同中國現代文學中的偉大文學家魯迅一樣，他們站在反帝、反封建的新文學運動的最前列，以他們文學、美學、文化知識、精神道德、全部新的革命的信念，去迎戰封建主義的舊文化。他們獲得成功，成了中國現代文學的傑出代表人物。」

綜上所述，可見茅盾在國外讀者心目中的地位和影響。在今天看來，也許這些評價頗爲平常，包括語言敘述方式，但這在中國「大躍進」年代或在經濟困難時期，國外學者的這些見解就顯得更加珍貴了。

其三是對茅盾主要作品的研究和評價。在這一時期，國外不同於中國的研究環境，有機會充分研究茅盾作品，尤其是一些名作名篇，從不同角度譯介給本國人民，尤其是日本、歐洲一些國家的一些漢學家因喜歡茅盾作品而成爲茅盾研究專家。捷克斯洛伐克的普實克先生是一位資深漢學家，他在自由出版社 1950 年出版的捷文版《子夜》的長篇序言中，將茅盾的創作及作品放在中國政治社會背景裡進行詳細考察，從國民黨政權的現狀到中國工農紅軍的發展，分析中國社會歷史狀況，並將茅盾《子夜》等放在其中進行分析。他認爲：「各種各樣勢力之間的殘酷的、流血的鬥爭確立了 1930 年的中國局勢，茅盾在自己的小說中很好地描繪了這時期的中國形勢。」也正因爲是放在國內形勢背景裡進行分析《子夜》，就更能看出《子夜》的地位和價值。所以普實克對《子夜》作出結論，認爲茅盾「他的《子夜》，除了屬於中國現代最偉大的文豪魯迅的經典作品以外，可說是戰前中國最偉大的一部文學作品了。沒有哪一位中國作家，能如此明晰、透徹地理解主宰著戰前中國社會的各種傾向、潮流和力量。誰也沒有像他那樣極富藝術表現力地深刻地刻畫了舊社會各色各樣的典型人物」。普實克的這個結論，只有在對大量中國問題進行分析之後才能得出。

日本尾坂德司在翻譯《子夜》之後寫的「後記」中，對《子夜》也作了高度評價，認爲《子夜》「這部著作，是中國人持刀刺入自己的肉體，而用湧出來的鮮血作墨水，在痛苦的呻吟中寫成的，實爲中國現實社會的解剖圖」。〔註125〕因此他在「後記」中用閱讀提示的方式，提出要深刻理解這部著作，

〔註125〕見尾坂德司：《〈子夜〉譯後記》。

要懂一些歷史知識。他特地在「後記」中對當時歷史圖景加以提示，也是從這些歷史解讀中，認爲「《子夜》不僅是戰前他的最佳作品，而且也是戰前中國文學的傑作」。〔註126〕這種評價，顯示與中國學術界的評價不同。蘇聯學者佛‧魯德曼在俄文版《子夜》序言中也同樣這樣認爲：「革命的中國作家們寫了不少描寫30年代事件的作品，其中最優秀、最有意義的要數沈雁冰的《子夜》。」〔註127〕1958年越南河內文化出版社出版的越文版《子夜》的前言中，越南學者指出，《子夜》儘管有缺點，但「《子夜》仍是茅盾全部創作中，也可以說是中國近代文學史中最好的反映現實的一部小說」。朝鮮朴興柄也認爲：「茅盾的《子夜》的出現，是繼偉大魯迅的不朽之作《阿Q正傳》之後在中國現代小說和中國現代文學整個領域裡開關先河的又一巨大收穫。」〔註128〕很顯然，《子夜》在海外學者心目中有著很高的地位。

在這一時期，國外研究者不僅對《子夜》特別青睞，而且對茅盾其他作品也同樣抱有巨大熱情，給予高度評價。日本學者尾坂德司在日文版《茅盾選集》譯後記中對茅盾作品進行分析後認爲：「《春蠶》與《林家舖子》是茅盾最傑出的短篇小說。」他同時認爲茅盾繼《春蠶》、《林家舖子》之後，又寫了一些同樣反映「農村情況」、大都會小市民灰色生活的短篇小說，「可是所寫的作品似乎較前兩篇遜色」。充分肯定一些名篇佳作的同時又對其他篇章進行了比較，顯示了學者的嚴謹。在這篇譯後記中，尾坂德司先生在論述到《霜葉紅似二月花》時提出了這樣一個觀點，他認爲《霜葉紅似二月花》是「比《子夜》視野更廣、比《腐蝕》人物心理刻畫更深化的基礎上寫成的浪漫主義作品」。〔註129〕這個課題的提出，確實是很有意味的一項研究課題，因爲尾坂先生也沒有展開論述這個問題，是原則提出。捷克斯洛伐克學者克拉爾對《林家舖子》也給予高度評價，他認爲：「《林家舖子》是茅盾最有特徵、最有意義，堪稱他短篇的典範。」〔註130〕普實克在論述到茅盾短篇小說時，讚不絕口，認爲他選編的《茅盾短篇小說選》「是屬於茅盾最好、最優秀的創作」。〔註131〕這是因爲，短篇小說比起當時的長篇小說，較能體現出戰前中國

〔註126〕見尾坂德司：《〈子夜〉譯後記》。
〔註127〕見弗‧魯德曼：《〈子夜〉序》。
〔註128〕見朴興炳：《〈子夜〉前言》。
〔註129〕見李岫編：《茅盾研究在國外》。
〔註130〕克拉爾：《〈林家舖子〉譯後記》，布拉格作家出版社1961年版。
〔註131〕雅羅斯拉夫‧普實克：《〈茅盾短篇小說選〉後記》，在拉格國立文學、音樂和藝術出版社1963年版。

敘事散文的高峰，所以普實克的說法是有道理的。

在這一時期中還應當提及的是美國學者夏志清先生在其專著《中國現代小說史》中對茅盾的評析。夏志清先生的《中國現代小說史》1961 年耶魯大學出版社初版。儘管他的政治立場限制了他的研究的客觀性和公正性，但他對作品的審美感受還是有許多真知灼見的。比如他認爲《子夜》「這書雖然有點冗長沉悶，但是很具氣勢」。但夏志清先生對《蝕》卻十分推崇，認爲：「《蝕》的文字稍嫌濃艷，趣味有時流於低級，然而在中國現代小說中，能真正反映出當代歷史，洞察社會實況的，《蝕》可算是第一部。」這樣的看法顯然又有他一定的道理。在關於《虹》的評價上，夏志清也覺得比《子夜》好，認爲：「《虹》是茅盾的第二部長篇小說，而從好多方面來說，這也是他作品中最精彩的一本。」但是，對幾乎眾口一詞予以好評的《春蠶》，夏志清卻認爲：「《春蠶》是共產黨當時中國形勢的註釋。」這是很不公正的，這與夏志清先生的政治偏見有一定關係。

總之，茅盾名作的研究，在國外是頗爲關注的一個方面，從以上介紹中可以看出，國外學者的思維方式和研究視角由於所處的文化背景不同和掌握的材料的不同，往往有一定的侷限性，但是這些國外學者的思維方式和研究視角以及開闊的文化視野，卻是值得我們學習的，也給了我們許多啓迪。

與國外紮紮實實研究相映照的是，國內在 60 年代中期曾掀起一場批判由茅盾作品改編的電影──《林家舖子》的風波，這場批判名義上是批判電影《林家舖子》，實際上也牽連到茅盾及其作品。儘管此事後來作了平反，給予徹底否定，但在茅盾研究史上卻是一個陰影，影響了茅盾研究的深入開展。據不完全統計，1965 年 5～9 月，全國各省市的報刊差不多都發表了批判文章，計 140 多篇，上至中央機關的理論部門的理論研究者，下至普通店員和職工。這些批判文章大多是名義上批判電影，實質上是批判小說，將茅盾和夏衍都置在批判的矛頭之下。

對影片《林家舖子》的批判，從當時 140 多篇批判文章看，主要「罪狀」是三個方面，一是認爲「影片美化了資產階級」。文章認爲《林家舖子》只反映林老板「受壓迫、受損害的一面，而把他們壓迫、剝削無產階級和勞動人民的一面掩蓋起來」。有的工人發表批判文章說：「我認爲《林家舖子》是一部極壞的影片，它爲資產階級撐腰說話，爲資本家喊冤叫苦，千方百計美化資產階級。」二是認爲「影片抹煞了階級矛盾」。這主要是反映在壽生（店員）

與林老板的關係上，認爲在影片中看不到店員與資本家有什麼根本利益的矛盾，只看到他們和睦共處，風雨同舟，資本家對店員親親熱熱，店員對資本家忠心耿耿，影片就這樣畫出了一幅勞資合作、階級融合的圖畫。批判者認爲這是有意宣揚階級調和論和階級合作論，違反了階級矛盾和階級鬥爭的根本法則。三是認爲「影片違背了社會主義革命的要求」。具體而言，認爲在這興無滅資的鬥爭中，電影《林家舖子》卻唱起了相反的調子：正當勞動人民起來揭露資產階級的醜惡本質的時候，電影《林家舖子》卻替資產階級訴開了苦；社會主義革命要求我們和資產階級劃清界限，電影《林家舖子》卻竭力模糊這條界限；人民心目中的反面人物，影片裡描寫爲正面人物；人民群眾憎惡的事物，影片賦予了滿腔的同情，予以歌頌和鼓吹。文章認爲這種和社會主義革命的要求，和人民群眾的願望恰恰相反對的現象，正是社會主義和資本主義兩條道路的鬥爭在文藝領域內的強烈反映。這三大「罪狀」，在1965年春夏之際，是可以置作品於死地的。事實上，當1965年批《林家舖子》風波之後，對茅盾作品本來很衰弱的研究現狀立刻成爲一片空白。從目前掌握的材料來看，學術界對《蝕》的評論在1963年《文學評論》上劉綬松先生的一篇《茅盾文集》讀後感之後，就一直空白至1986年！對《子夜》的研究是1963年2月15日《吉林日報》上何成的一篇短文，成爲這一時期《子夜》研究的句號。《林家舖子》是在一片批判聲中畫上這一時期的句號的，直到1978年葉子銘一篇評《林家舖子》的文章，才又興起了《林家舖子》的學術研究和重評運動。在建國後頗有影響的散文《雷雨前》、《白楊禮讚》的評論也分別在1963年和1962年偃旗息鼓。至於有關茅盾生平、思想研究；1964年黃侯興先生的一篇文章，結束了這一時期大陸對茅盾的研究。

　　向來頗爲敏感的中國學術界，彷彿預感到摧殘中國文化的文化風暴的來臨，便早早地鳴金收兵，而這場以批判電影《林家舖子》爲名的風暴，將茅盾研究推向冰點，而這個冰點，顯然不是歷史發展的客觀規律，而是一種反常。因此，在這個冰點之後，會是一個春天。

簡短的小結

　　新中國的建立給茅盾研究創造了安定的研究條件，但建國17年之間一個接一個的政治運動，給茅盾研究的深入發展帶來不可彌補的損失，一些大學裡的現代文學研究者，只能作一些教學輔導式的研究和分析，因此在17年的

正常研究中出現了圍繞大學教學研究闡述多的特點，而深入到茅盾文藝思想、作品系統等方面相對較少。60 年代初期研究水平基本上停留在 50 年代前期的基礎上，幾乎沒有突破。在瀏覽眾多論文中，我們發現其中姚虹在 1958 年 2 月《語文學習》上發表的《〈林家舖子〉的主題思想、結構和人物》一文頗有深度，從新的角度審視了《林家舖子》，很有新意。在綜合性研究中，孫中田先生在 1956 年發表在東北師大《科學集刊》上的《試論茅盾的創作》一文，也頗具深度，當初這篇論文出自 20 多歲的青年學者之手，已初具學術風範，因此也是一篇值得重視的、出於年輕人之手的力作。

在這一個時期中，一些研究者還注意搜集整理茅盾研究資料，儘管規模不大，但也十分可喜。如瞿光熙發表在 1962 年第 4 期《圖書館》上的《茅盾二十七篇童話編目》，魏紹昌、徐恭時、翟同泰等人有關茅盾作品目錄整理及生平史料的搜集，都為以後的茅盾研究作品目錄整理及生平史料的搜集以及茅盾研究作了堅實的基礎工作。尤其值得提及的是上海的翟同泰先生，一生致力於史料搜集，特別是茅盾的史料、茅盾胞弟沈澤民的史料，他是學術警覺比較早，動手也比較早，並且是直接得到五六十年代茅盾指點的少數研究者之一。他雖然沒有系統專著問世，但他調查訪問了不少茅盾同時代人，獲得了許多珍貴資料，這些資料工作是深入研究一個作家所必不可少的，而這些資料的考證和尋訪，又必須有甘願坐冷板凳的精神才行，所以翟同泰先生在五六十年代的努力是非常值得欽佩的。

在資料搜集整理中，50 年代對文學研究會的介紹和資料總匯，也為研究茅盾 20 年代文學活動提供了許多寶貴的資料。一些文學研究會的當事人如葉聖陶等，都在有關刊物上介紹文學研究會狀況。對文學研究會的研究成為 50 年代文學社團研究中的一枝獨秀。這種狀況也是這一時期的一種可喜狀況，它的深入研究必將推動茅盾研究的開展。

這一時期國外茅盾研究，前面有關章節裡已作了介紹，大致說來，國外茅盾研究比國內茅盾研究活躍得多，深刻得多，無論是廣度還是深度。比如在 1957 年，中國正在轟轟烈烈地大鳴大放時，日本學者已經在開始研究「茅盾與以左拉為中心的自然主義」這一課題，並出了成果，儘管這個課題是瞿秋白 25 年前就已提及的，但真正做成專題論文，卻是外國學者的貢獻。他們

認為:「茅盾是中國文壇上惟一再現左拉以及自然主義的作用的作家。」〔註132〕這裡,研究者論據充分與否姑且不去評論,僅這樣的論題,在茅盾研究史上也是值得關注和重視的。

海外學者在研究作家茅盾的同時,也研究「批評家」茅盾,發掘茅盾作為批評家在理論上的建樹和貢獻。這是很有意義的一件工作。如美國學者文森特 Y.C.史的長篇論文《批評家茅盾》,就是 1964 年發表於英國倫敦的研究成果。

這一時期茅盾研究從課堂走向學院派研究,然而當學院派欲走向社會,向研究的廣度進發時,立刻遭到社會無情的摧殘,最後研究對象茅盾和研究者都噤若寒蟬 10 餘年。但是,茅盾著作翻譯到國外走向世界卻是這一時期頗為豐碩的一件事,據李岫編《茅盾研究在國外》統計,俄譯茅盾作品計有:《茅盾選集》3 卷,1956 年莫斯科國家文藝出版社出版;《茅盾選集》1955 年莫斯科國家文藝出版社出版;《林家舖子》(短篇小說集) 1955 年莫斯科真理出版社出版;《子夜》(節譯) 1952 年莫斯科國家文藝出版社出版;《茅盾短篇小說集》1954 年莫斯科國家文藝出版社出版。其餘還有一些單篇作品分別收進一些作品集。還有約 11 篇文論政論文章分別在蘇聯《文學報》等報刊發表。其餘如歐美、日本、東南亞等地也有茅盾作品譯介,限於篇幅不再贅述。

總之,從新中國成立到 1966 年,茅盾研究有收穫,有成就,但總體上還不夠豐碩,尤其是國內研究界雖有專著,但有分量有新意有深度的文章還不多。在人才培養和發展上,這個時期處在蓄勢期,儘管葉子銘、邵伯周等青年學者已嶄露頭角,但孫中田、丁爾綱、莊鍾慶、查國華等一批青年學者卻正在蓄勢時期,除少量文章外,正埋首於資料準備。「文化大革命」以後出現了好的研究勢頭,全仗這些 50 年代青年學者的積累和噴發。當然這是後話。

〔註132〕高田昭二:《茅盾和自然主義──以左拉為中心》,《東洋文化》第 23 號。

第四章 劫後再生：重鑄輝煌
（1977～1980）

　　歷史在這裡轉了個彎，又回到從前。1966～1976 年這 10 年間，中國人民經歷了一場違背歷史規律、付出沉重代價的大浩劫。在這 10 年中，以「文化大革命」命名的政治運動，使經濟、社會、文化等都到了崩潰的邊緣。思想文化的扭曲到了不可思議的程度，一切研究，一切文化活動，都在「文化大革命」的規範下進入顛倒狀態。中國現代文學研究只剩下魯迅一個人，其餘的都進入「反面」角色，不能研究只能批判；歷史研究上剩下法家一家，與此相反相左的，都進入「革命」行列，列為「專政」對象。生產領域只剩下大慶、大寨兩個樣板，例如，大寨做了的，全國農村（包括縣以下）都得依樣照搬。所有的鬥爭，也只剩下階級鬥爭，並且要天天講、天天抓，無時不刻都得保持高度警惕。這一切，構成 10 年「文化大革命」的主要文化思想景觀，也鑄成「文化大革命」的主要社會模式。

　　十年浩劫，中國政治如此，中國社會如此，中國文化如此，其中茅盾研究更是如此。十年期間（其實從 1965 年就開始）茅盾研究在中國大陸是一片空白。作為研究文章，1964 年第 1 期《北京大學學報》上黃侯興的論文《試論茅盾的短篇小說創作》為「文化大革命」前的研究畫上了句號。此後一直到 1977 年 4 月才出現了田繪蘭在《華中師院學報》上發表的《評三十年代的優秀長篇小說——〈子夜〉》。大陸的茅盾研究整整中斷了 11 年又 2 個月！在這十年浩劫中，中國台灣《中央日報》出版的《三十年代文藝論叢》（1966 年在台灣出版）中，專門有《文學研究會與〈小說月報〉》、《文學研究會及其重

要分子》等文章，都涉及到茅盾的文學活動。台灣學者劉心皇在 1975 年 10 月出版的《現代中國文學史話》，也論及茅盾。但這些論文論著，由於政治偏見和史料把握上的差異，不為大陸主流學者所認同。

就在中國大陸轟轟烈烈搞「文化大革命」運動，橫掃一切，批判學術權威，詛咒茅盾為資產階級「祖師爺」時，東鄰日本卻在翻譯茅盾作品及研究茅盾作品、生平、思想等方面，取得矚目的成績。其中，日本翻譯和譯註的茅盾作品有《子夜》等九部篇，研究茅盾文學的論文及文章達 50 篇之多，並且在研究的深度和廣度上都有可觀的成就。

1978 年 5 月以後，中國發生了一場帶有思想啟蒙運動性質的真理標準的討論，打開了中國社會思想、政治經濟觀念上的枷鎖，為進一步繁榮中國學術文化打下了基礎。對茅盾研究來說，也同樣經歷了這樣一個過程，1977 年只有田繪蘭一篇論文，這與茅盾這樣一位 20 世紀小說大家顯然不相稱，但與空白 10 多年的狀況相比，畢竟有了這樣一篇文章。次年，即 1978 年，茅盾研究狀況明顯好轉，研究文章的數量質量都較前可觀，除論文之外，一些研究資料也開始系統問世，說明了研究者對資料工作的重視。這一年的論文中，一些中年學術帶頭人如葉子銘、孫中田、唐沅等，捧出了有分量的學術成果。其中葉子銘的《評〈林家舖子〉》，在《文學評論》上發表以後，為 1965 年電影《林家舖子》的冤案正式平反昭雪，也為小說《林家舖子》在建國之後遭受的種種非議，進行撥亂反正，使《林家舖子》的研究走上了正路，所以葉子銘在 1978 年 6 月發表的《評〈林家舖子〉》一文，在 20 世紀茅盾研究史上，是具有里程碑式的一篇論文。孫中田先生的散文研究和《子夜》研究在 1978 年度的茅盾研究中也具有代表性，學術的力度和厚度達到了相當高度，對撥亂反正之後的茅盾作品研究起了積極作用。另外，唐沅先生的《三十年代初期中國農村社會生活的真實圖畫》也對茅盾短篇小說的研究提出了新的研究成果。

在 1978 年的研究中還有一個可喜的現象，即一些研究者開始關注並推出資料研究成果，一向以搜集現代文壇史料見長的包子衍先生率先在南京《文教資料簡報》（第 75 期）上發表《新發現的魯迅致茅盾書信中的幾件史實》一文，對有關茅盾史料搜集開了先河。與此同時，孫中田先生的歷年積累並經茅盾指正過的《茅盾著譯年表》在《吉林師大學報》上連載，這是茅盾研究史上第一份比較詳細的著譯年表，這份年表對以後的史料搜集和整理打下

了堅實的基礎。此外還有查國華先生的《關於茅盾的筆名》等史料文章，也為茅盾研究走上規範化道路打開一個局面。

總之，1978 年的茅盾研究在 20 年紀茅盾研究史上有著特殊意義，一是數量突進，這一年文章達 17 篇之多；二是質量已經明顯超過「文化大革命」之前的學術研究水平。不足之處是一些論文的文字表達上，還帶有明顯的時代印記。

中國共產黨十一屆三中全會於 1978 年 12 月在北京召開，會議的中心議題是討論把全黨工作的重點轉移到社會主義現代化建設上來。這次全會確定了解放思想、實事求是、團結一致向前看的指導方針。並果斷地停止使用「以階級鬥爭為綱」、「無產階級專政下繼續革命」等錯誤口號。因此，這次會議從根本上衝破了長期「左」傾錯誤的嚴重束縛，使廣大幹部和群眾從過去盛行的個人崇拜和教條主義中解放出來，開始全面地、認真地糾正「文化大革命」和它以前的「左」傾錯誤，結束了兩年來黨的工作在徘徊中前進的局面，標誌著黨重新確立了正確的思想路線、政治路線和組織路線。這次會議對在社會主義制度下的學術研究也起了很大的推動作用，茅盾研究也不例外。黨的十一屆三中全會之後，茅盾研究呈現了一個百花爭艷的春天，資料搜集整理的成果，不斷見諸報端，茅盾先生的自傳以及回憶錄等開始在《新文學史料》上連載，有關茅盾故鄉、故人，及其學生時代的調查走訪開始著手進行，孫中田、張立國不遠千里，從東北奔赴茅盾故鄉，著手調查茅盾的家世和中學時代的情況，戈錚、王國柱專程赴烏鎮對茅盾家庭、童年生活進行走訪，並在 1980 年第 1 期《杭州大學學報》上發表調查成果。學者對茅盾的文藝思想和創作特點也著手進行研究，並捧出不少有深度的成果。如樂黛雲先生的《茅盾早期思想研究》、葉子銘的《漫談茅盾創作活動的幾個特點》、莊鍾慶的《茅盾在五四時期的文學主張》、孫中田的《茅盾與文學批評》等等，都是很有見地的學術成果。

十一屆三中全會之後，孫中田先生的茅盾研究專著《論茅盾的生活與創作》於 1980 年 5 月由百花文藝出版社出版。這部學術專著是孫中田先生自 50 年代以來的研究心得和成果的結晶。這部專著初版即以 2.8 萬冊的規模開印，影響非常之大，尤其是對推動茅盾研究起了很好的作用。

粉碎「四人幫」之後，茅盾的著作陸續刊印，過去不為讀者注意的作品，也陸續結集出版，如《茅盾詩詞》（河北人民出版社 1979 年版）、《世界文學

名著雜談》（百花文藝出版社 1980 年版）、《茅盾近作》（四川人民出版社 1980
年版）、《茅盾評論文集》（人民文學出版社 1978 年版）、《脫險雜記》（中國社
會科出版社 1980 年版）、《茅盾散文速寫集》（人民文學出版社 1980 年版）、《茅
盾短篇小說集》（上、下）（人民文學出版社 1980 年版）、《茅盾論創作》（上
海文藝出版社 1980 年版）。這一些集子的出版，大大繁榮了茅盾研究，也推
動了茅盾研究的發展。

　　總之，劫後再生的茅盾研究，乘著十一屆三中全會的東風，邁出了可喜
的一步，重續茅盾的輝煌，名著的重讀，現代文學史專著及研究專著的問世，
構成了這一個時期茅盾研究的基本狀況。

第一節　境外的記憶

> 　　《牯嶺之秋》可能算不上一篇成功之作，但它卻爲研究茅盾早
> 期的創作實踐──運用政治隱喻於現實主義手法之中，提供了令人
> 信服的證據。
>
> 　　　　　　　　　　　　　　　　　　　　　　　──陳幼石
>
> 　　茅盾在文學作品中捕捉現實和傳達現實的特點，是集中注意具
> 有時事性的現實。在全世界偉大作家的作品中，很少有人像茅盾那
> 樣緊密地，經常地，直接聯繫著當代重要的政治經濟事件。
>
> 　　　　　　　　　　　　　　　　　　　──雅羅斯拉夫・普實克

　　10 年「文化大革命」給茅盾研究留下了一片空白，但在境外，一些研究
者在海外資料匱乏的情況下，仍然孜孜以求，香港、日本、美國以及歐洲等
地的研究者，在這一時期以及稍前的一些時間裡，寫出一批有分量的專著專
論，形成了境外茅盾研究的特色。

　　首先，客觀地評述茅盾作品的歷史價值和審美價值。司馬長風在批評《子
夜》之後，仍然肯定《子夜》原汁原味的歷史價值，他說：「儘管這樣，《子
夜》仍不失爲 30 年代的名著：第一，它是最早的一部有規模的長篇鉅著，那
勇氣和毅力都是可讚賞的；第二，他以民族工業鉅子吳蓀甫爲樞軸，以上海
的一角爲橫斷面，把複雜萬端的人物、情節，包括中原大戰、30 年代世界經
濟恐慌投射在中國的陰影，以及買辦、投機者、軍官、知識份子、資本家、
工人等一併濃縮在爲時約兩個月的生活動態裡，這確實是有創意的構想。《子

夜》的失敗也可說敗在野心太大；第三，拋開藝術水準不談，從實際的聲望和影響來看，《子夜》也是一部不可忽略的長篇小說。」﹝註 1﹞司馬長風先生在評到《子夜》時的這種尷尬和無法回避，顯而易見，但他又不得不肯定《子夜》的歷史價值和「實際的聲望和影響」。捷克斯洛伐克漢學家雅羅斯拉夫·普實克在《茅盾與郁達夫》中談論到茅盾時說：茅盾「他有自己獨創性的對現實的態度和觀點，用作自己作品的基本組成部分。他又按自己的方式，將經驗和見解注入了藝術作品」。那麼，茅盾的「獨創性」以及「對現實的態度和觀點」主要體現在哪裡呢？普實克認為茅盾在作品中「時事性」的特點非常明顯，「在現實尚未成為歷史時，就立即極為準確地抓住它，這就是茅盾藝術的基本原則」。在「文學必須表現時代」這一問題上，普實克認為，除了時事性外，茅盾還特別重視「表現方式，強調敘事主體和敘述方法」，「力求將作家個人排除於敘述之外」。這就是「客觀性」的特點。另外，茅盾關注「描寫氣魄宏偉，有著創造出一個充滿行動的場景和喚起對現實的一幅完整的圖像的天賦」。普實克認為上述三個特點，是茅盾對劉鶚《老殘遊記》「精緻複雜的描寫」的「進一步完成式超越」，也是茅盾對托爾斯泰等作家描寫藝術的「完全掌握並有所推進」。因而茅盾的創作是「中國文學前進的節奏驚人迅速的一個例證」。﹝註 2﹞這是很有歷史感的一種論證。普實克在論述到時代給予人們以怎樣的影響時認為，「自然主義者也相信人生往往是悲觀性地注定的，相信人的命運是被高於自己的願望的力量所決定的，但他們認為這種力量在於生物性，在於遺傳。因此，他們把注意力集中在個別情況，個人或一個家族」。﹝註 3﹞而茅盾則「不是自然決定論，而是從社會現實中尋找決定個人或一群人的命運的力量。我們也可以根據這種個人和社會力量的辯證法，以及探求對這種力量的表現的努力，來研究茅盾藝術的發展」。﹝註 4﹞普實克將自然主義與茅盾的追求作了有意義的區分。

美國學者陳幼石在《〈牯嶺之秋〉與茅盾小說中政治隱喻的運用》中，對茅盾小說的歷史感進行了政治考察，認為：「對於真實性的追求，在茅盾的文學觀念中佔有極為重要的地位。他準確地把握住 1930 年前後，發生在中國民

﹝註 1﹞ 司馬長風：《中國新文學史》，昭明出版社 1976 年版。
﹝註 2﹞ 雅羅斯拉夫·普實克：《茅盾與郁達夫》，印第安那大學出版社 1980 年版。
﹝註 3﹞ 見雅羅斯拉夫·普實克：《茅盾與郁達夫》。
﹝註 4﹞ 同上。

族經濟的神經中樞——上海的經濟破產風潮的戲劇性，在這一點上，20 世紀的作家中沒有誰能勝過他。」〔註 5〕她並舉例說：「如果把茅盾的短篇小說《牯嶺之秋》作為一個實例加以研究，就會發現：與一般的評論相反，茅盾早期小說所描寫的並不僅僅是小資產階級知識份子的戀愛和業餘政治活動。《牯嶺之秋》反映的就是中共歷史上具有劃時代意義的事件——1927 年夏季的南昌起義。我們可以看到，不僅在政治上，而且在情感上，茅盾都是與這次起義的全過程緊緊聯在一起的。」〔註 6〕因此，陳幼石認為要研究這一個案，以及它的結構和思想意義，要從當時的歷史背景來尋繹。所以她從茅盾政治社會活動研究介紹入手，剖析歷史事實與《牯嶺之秋》的關係，從而推尋出茅盾運用政治隱喻於現實主義手法之中的創作特色。

陳幼石的《茅盾與〈野薔薇〉：革命責任的心理研究》是這個時期境外研究茅盾《野薔薇》等七篇小說的重要論文，她認為《野薔薇》的前言是茅盾「一方面抨擊了『左傾』份子鼓吹的盲目樂觀；另一方面也告誡自己不能在現今的黑暗迷谷中徘徊太久」，〔註 7〕因此是茅盾當時心境的寫照。陳幼石還在論文中考證出《創造》中君實是《資治通鑑》作者司馬光的字，認為茅盾用這個名字是有目的的。「司馬光和《創造》中的君實，兩人的創作和他們的政治作用之間有一個明顯的象徵聯繫。《創造》前半部對君實的知識及其政治歷史的大量描寫，可以理解為他創造的嫻嫻是從 19 世紀末到 20 世紀 20 年代中國共產主義運動誕生這段歷史的象徵。」〔註 8〕這種探索很有啓迪意義的。尤其是陳幼石在這篇長文中，將五個短篇小說作為一個有機的整體來分析，在研究方法上注重歷史感和比較的手法，顯然這種方法對國內茅盾研究還是很有促進作用的。

1979 年 10 月，日本學者松井博光的專著《黎明的文學——中國現實主義作家·茅盾》由東方書店出版，這是日本學者研究茅盾文學的重要成果。早在中國「文化大革命」期間，日本學者的茅盾研究一直沒有停止過，1970 年3 月有是永駿的《〈蝕〉——茅盾小說意識的生成》；1972 年 6 月有小野忍的《茅盾和他的作品〈子夜〉》，以及相浦杲等研究者的文章，這一時期最重大

〔註 5〕陳幼石：《〈牯嶺之秋〉與茅盾小說中政治隱喻的運用》，哈佛大學出版社 1977年版。

〔註 6〕同上。

〔註 7〕陳幼石：《茅盾與〈野薔薇〉：革命責任的心理研究》，《中國季刊》第 78 期。

〔註 8〕同上。

的成果，是松井博光的專著。在這部專著中，松井博光從茅盾在日本寫起，然後回到文學研究會與大革命，然後寫 30 年代、40 年代兩個歷史階段，他認爲：「茅盾是以大革命失敗的體驗爲基礎，學習了西方的寫實主義，並以這作爲惟一的目標，在黑暗之夜探求摸索的作家。……我們回顧往事，就會發現他的足跡是在中國『新文學』（現代文學）的現實主義軌道上前進。」這部專著並以此作爲基本的指導思想和學術基調，展開對茅盾作品和文學思想、理論的論述。在論述中有一個最大的特點是以外國人的視角，條分縷析，充分利用零星史料，因而讓人感到一種新鮮感——別致的語言結構，敘述方式的變化，都給讀者一種新鮮新穎的感受，同時，對史料的運用，做到物盡其用，用得恰到好處，絕沒有浪費半點史料。

其次，普及性工作的興起。茅盾作爲世界性的作家，中國現代文學的巨匠，介紹給世界各國人民是一個必然。而在這一時期的一個顯著特點是一些普及性工作的興起。1969 年，法國出版《大拉魯斯百科全書》10 卷本，在增補第一卷中將「茅盾」列爲條目向法國人民介紹，條目認爲茅盾是「眾所公認他是第一位將革命記錄下來的歷史家」，並向法國人民介紹茅盾的作品如《清明前後》、《春蠶》、《林家舖子》、《趙先生想不通》、《蝕》、《虹》、《子夜》、《霜葉紅似二月花》等，並認爲「這些著作細緻地描繪了自封建王朝結束以來中國生活與經濟的變遷」。1973 年英國出版《卡斯爾世界文學百科辭典》，內收「茅盾」詞條，稱他爲「政治和文藝界的著名人物」，並在條目下附錄茅盾的主要作品目錄。1974 年英國喬治・艾倫與昂涅書局出版《東方文學大辭典》，用 2000 餘字的篇幅介紹茅盾，並對茅盾的部分作品有所評論，如認爲《蝕》這部作品中，「茅盾已經掌握了在一幅寬廣的油畫布上刻畫出複雜眾多的題材和技巧，並且運用了他處理題材的才能，使讀者能通過主人公的眼睛看出他們的行動」，並認爲「茅盾的作品標誌著中國文學中現實主義傾向的頂峰」。1974 年莫斯科蘇聯百科全書出版社出版的《蘇聯大百科全書》，在介紹茅盾的條目中，詳細介紹茅盾的經歷和文學業績，認爲「茅盾的長篇小說《子夜》是中國新文學中第一部社會史詩型的優秀作品，它描寫了中國民族資產階級的狀況和工人群眾的鬥爭」。在這個條目中，還特地點明茅盾「『文化大革命』期間被逐」，反映了當時中蘇關係狀況。1979 年美國出版的《美國百科全書》第 15 版中，也專門列出條目，介紹茅盾生平和主要作品。日本株式會社小學館 1980 年出版的《大日本百科事典》的「茅盾」條目中，充滿著激情地介紹茅盾，並作出

「在中國現代文學史上佔著僅次於魯迅的重要地位」的評價。

所有這些，在世界範圍內普及茅盾文學起到了積極作用。一般而言，鑒於工具書的影響力，學術界的認可程度相對要求嚴格，尤其是西方國家的大型辭典類工具書，誰入選誰不入選，都由權威學者審定，這樣，在某種程度上，更有利於得到西方讀者的認同。這些辭典，一般都在六七十年代出版，正是中國「文化大革命」期間，由此更顯得珍貴。換言之，正當中國的廣大讀者忘記茅盾這位文學巨匠的時候，國外卻正在作著普及和推介工作，此乃茅盾研究史的幸運。當然，這些辭典中的某些觀點，由於意識形態和距離的隔膜，不盡恰當，不夠準確，這是無法苛求的。

其三，境外研究中的不足和遺憾。境外研究中國現代文學，自有它的優勢，即可以方便地查閱查得到的資料，也可以跳出原有的框框，作學術的遐想和探討，但也有劣勢，如資料佔有的不足，居住地意識形態的偏見，都可以導致現代文學研究的偏差，乃至出現明顯失誤。限於篇幅，這裡僅介紹司馬長風的《中國新文學史》中有關茅盾的述評。司馬長風先生這部新文學史分上中下三卷，1976 年昭明出版社初版，1978 年再版，由於這部新文學的豐富的史料以及與美國學者夏志清先生的不同觀點，引起大陸學術界的關注和重視，尤其是 70 年代末 80 年代初這個特定的時代裡，司馬長風先生的新文學史頗受大陸學者和文學史愛好者的青睞。但是，就是這樣一部影響甚大的新文學史，對茅盾的文學創作和影響，都未引起應有的重視和足夠的關注，甚至連一些基本的方面都未介紹清楚。如將茅盾是哪裡人，哪一年學校畢業，哪一年與誰一起進商務印書館等就搞錯了。該書第十九章介紹茅盾的「基本情況」時，說茅盾是「浙江海寧人」，把 1913 年中學畢業說成 1914 年，1916年北大預科畢業說成是「1920 年輟學，同年與鄭振鐸進入商務印書館工作」。將大學畢業和進商務印書館的時間都弄錯了。基於這樣的了解，對茅盾作品的品評介紹自然會讓人降低信任度。事實上，司馬長風先生的學術觀點與夏志清先生相左的東西很多，但對於意識形態的影響在學術研究上的反映，卻是五十步與一百步。如對《子夜》的評價，司馬長風先生認為：「茅盾也是多產的小說家……《子夜》且被推舉為 30 年代的代表作，其實這只是一種不負責任的浮誇，直到今天沒有一個文學史家敢於深入剖判這部小說。其實這部小說，在 30 年代當時，也並沒有獲得內行人的好評。」〔註9〕這顯然不是事

〔註 9〕司馬長風：《中國新文學史》（中），昭明出版社 1978 年版。

實。在談到具體的內容時，他又說：「這部書一開頭，就使人苦澀難咽，讀不下去了。」〔註10〕「出場人物多而雜亂，刻畫潦草，完全沒有貼切的安排，是《子夜》另一大毛病。」〔註11〕這些批評雖有某種個人解讀的不同見解，但總體上是屬於苛求。司馬長風先生在《中國新文學史》中卷第二十一章《散文泥淖與花朵》中，推崇茅盾在日本時所作的散文，而貶茅盾30年代的小說和散文，認爲：「茅盾的小說沒有什麼可欣賞的，散文倒不錯。……1930年以後的散文，『爲人生』的氣味日濃，很少再有這樣純情的速寫（指在日本時寫的「速寫」）了，因而越寫越壞。」〔註12〕這樣的評價有失公允。

境外對茅盾以及對茅盾文學的記憶，是20世紀茅盾研究史的有機組成部分，不可忽視。

第二節　名著的重讀

> 《蝕》三部曲的確不是有意爲之、苦心搜求的結果，它是由作者的生活經歷中自然湧現出來的，也就是朱自清先生所說的「寫意之作」。
>
> ——樂黛雲

> 《子夜》給人的印象是布局龐大而又嚴密；人物以廣闊社會生活爲背景，藉助各種複雜的矛盾和鬥爭，運用精雕細琢的手法來刻畫的；環境描寫氣勢磅礡而又纖毫畢露；文筆恣肆而又精細。這幾方面綜合起來，構成《子夜》藝術風格的整體，如果，用一句話來概括，那就是雄偉而又精細！
>
> ——莊鍾慶

這一時期的茅盾研究，有一個明顯特點，即不少研究者在「重讀」上下了很多功夫，從不同角度發掘名著思想藝術價值，提出了富有藝術研究啓蒙價值的觀點。因而，這一時期的茅盾研究，在很大程度上起著承前啓後的作用，爲茅盾研究進入輝煌時期作了鋪墊。

帶有撥亂反正性質的研究論文，應首推葉子銘在1978年6月《文學評論》

〔註10〕司馬長風：《中國新文學史》（中），昭明出版社1978年版。
〔註11〕同上。
〔註12〕見司馬長風：《中國新文學史》（中）。

第 3 期上發表的《評〈林家舖子〉──兼談對新民主主義時期文學作品的批評標準》（以下簡稱《評〈林家舖子〉》），這篇長篇論文，是空白了近 20 年之後的第一篇撥亂反正的文章，是對電影《林家舖子》的肯定，從而又引起學術界、文藝界對小說《林家舖子》的重視。1965 年的那場批判電影《林家舖子》運動，那種指桑罵槐的批判，使小說作者和電影改編者都成了批判對象，把小說《林家舖子》說成是美化資產階級的「毒草」，打入冷宮，而 10 年「文化大革命」，盡情批判中國現代文學，中國現代文學作家除了魯迅之外，無一幸免。所以，葉子銘先生的這篇為《林家舖子》撥亂反正的論文，為茅盾研究的復興，掃清了歷史造成的障礙。葉文明確提出：「《林家舖子》是茅盾 40 多年前的一個優秀短篇。……在國民黨推行反革命文化『圍剿』的黑暗年代裡，它以鮮明的政治傾向性和藝術真實性相統一的特點，有力地揭露、鞭撻了國民黨的反動統治，因而得到當時進步文藝界和廣大讀者的重視和好評。」〔註 13〕葉子銘先生在論文中，首先為林老板這個人物形象作辯護，從小說背景當中尋找林老板的典型意義，認為：「它雖然只寫了一個小商人的悲劇，但表現的卻是 30 年代初期千千萬萬一般城鎮小商人的共同處境和命運；它敘述的雖然只是一家小店舖從掙扎到倒閉的故事……也可以說是反映了當時處於風雨飄搖中的民族工商業的共同前途。這就是小說所塑造的林老板這一人物形象的典型意義。」〔註 14〕從而批駁了「茅盾對林老板的刻畫是美化資產階級」的錯誤觀點；其次，葉子銘從作品所揭示的社會矛盾和階級關係，批駁那種認為作品歪曲當時階級關係、掩蓋階級剝削，抹煞階級矛盾的論調，認為作品「從不同側面，觸及了當時社會的主要矛盾，在一定程度上真實地揭示了當時的階級關係」。這些揭示，是同小說中「小商人林老板的悲觀故事有機地交織在一起」，從而「構成了一幅 30 年代初期城鄉經濟破產，人民生活貧困化的真實圖畫」。〔註 15〕葉子銘在論文中還從《林家舖子》在茅盾創作中的地位問題，以及評論作品的標準問題，提出了自己的觀點，認為《林家舖子》的問世，「它標誌著作者在短篇小說的創作上，進入了一個重要的突破期」。〔註 16〕對於文藝作品的標準問題，葉子銘認為：「主要是看它對待人民

〔註 13〕葉子銘：《評〈林家舖子〉》，《文學評論》1978 年第 3 期。
〔註 14〕同上。
〔註 15〕同上。
〔註 16〕葉子銘：《評〈林家舖子〉》，《文學評論》1978 年第 3 期。

群眾的態度如何，在歷史上有無進步意義，即對當時的階級鬥爭和社會發展，是起了促進、推動還是阻礙、破壞的作用。」〔註17〕這樣，葉子銘對《林家舖子》的肯定，就牢固地建立在馬克思歷史唯物主義的基礎之上了。

應該說，葉子銘先生的這篇論文，起到撥亂反正的作用，功不可沒，但由於葉文寫於黨的十一屆三中全會之前，某些用語還留有當時的時代印記，這也同樣無可諱言的。這一時期有關《林家舖子》研究評論文章，還有周忠厚、劉燕光、楊力的《重評影片〈林家舖子〉》，耳聆的《〈林家舖子〉從生活到藝術》，雷達的《茅盾筆下的林老板》，數量並不多。其中耳聆的《〈林家舖子〉從生活到藝術》，從茅盾的散文《故鄉雜記》入手，分析了從生活到藝術，從散文到小說的藝術創造過程，也就是典型化過程，認為是小說作者「零碎形象形成為整體形象的過程」。他還分析了小說矛盾衝突的焦點和特點，從而揭示出林家舖子倒閉的社會根源。耳聆的這篇文章，雖然學術分量並不厚重，但在1979年「文藝復興」這樣一個特定的時間，顯得非常及時，對被隔膜10多年的讀者去學習理解茅盾作品，還是十分需要的。

在這個時期茅盾名作解讀上，除了《林家舖子》之外，長篇小說《子夜》的解讀，則由1977年4月田繪蘭在《華中師院學報》上發表《評三十年代的優秀長篇小說——〈子夜〉》開了一個頭，此後幾年，《子夜》的研究成為研究者的一個重點和熱點，一批中年研究者紛紛從不同角度進行探討，如尋找《子夜》的創作經驗、探討《子夜》的社會意義，人物形象、歷史意義、經濟史意義和價值等等；也有的學者將《子夜》與左拉的《金錢》進行比較，《子夜》與《蝕》進行比較。因此這一時期的名著解讀，出現了前所未有的勢頭。其中樂黛雲、曾廣燦、莊鍾慶、孫中田等學者的關於《子夜》的研究值得重視。

樂黛雲在《〈蝕〉和〈子夜〉的比較分析》中，對《蝕》和《子夜》進行多方面比較，認為在生活與創作的關係上，朱自清對《蝕》和《子夜》的概括是正確的，朱自清認為《蝕》「是作者經驗了人生而寫的」，而《子夜》是作者「為了寫而去經驗人生的」。樂黛雲認為《蝕》「它是由作者的生活經歷中自然湧現出來的」，是寫意之作，而《子夜》顯然是為寫小說而去經驗人生的，「但《子夜》同樣取得了巨大的成就，它所提供的中國民族資本家的典型

〔註17〕葉子銘：《評〈林家舖子〉》，《文學評論》1978年第3期。

形象，對中國現代文學史是一個不可磨滅的貢獻」。〔註18〕從這個意義上，樂黛雲認爲，作家寫自己熟悉的生活、經歷過的生活，「並不是絕對的」，「如果總是侷限於寫自己經歷過的事，那麼，所寫的東西勢必愈來愈瑣細，愈來愈離開目前正在發展的沸騰的生活」。〔註19〕她認爲「茅盾很早看到了這一點」，因此「他毅然放下自己熟悉的題材去開拓新的領域，這種開拓使他的創作達到了新的高峰」。從《蝕》到《子夜》的創作經歷，看到了茅盾「不滿足於既往，不斷突破自己的精神」。〔註20〕樂黛雲在分析比較生活與創作關係在《蝕》和《子夜》之間不同之處後，還從作家思想感情如何在創作過程中起作用問題進行分析，她在分析了兩部作品問世以來在評論上的種種誤讀之後認爲，「《蝕》不僅沒有做到『不把個人的主觀混進去』，恰恰相反，它強烈地表現著作者主觀的思想感情」，其中對《蝕》中的時代女性「充滿了讚賞與同情」，所以，那些「認爲《蝕》沒有指明出路並反映了作者某些消極情緒，就判定這是自然主義、客觀主義的作品是不公正的」。〔註21〕同樣，樂黛雲認爲，《子夜》也不是只表現作者思想概念而不寄託作者感情的作品。「吳蓀甫是一個從生活中湧現出來的活生生的形象，而不是什麼『本質』的『化身』，由此而認爲《子夜》吳蓀甫這個人物形象，作者是傾注了思想感情的，即不是按照作者的主觀概念而是按照生活本身的邏輯來創造的」。〔註22〕這是很有見地的識見，而且及時地糾正了某些學者對《子夜》的誤讀。在藝術表現的技巧上，樂黛雲認爲《蝕》和《子夜》有很多不同，首先，「是由構思過程不同而表現出來的藝術結構的不同。其次，在心理描寫上《蝕》的心理描寫多半出於直抒——由無所不知的作者直接敘述人物心理，而《子夜》是以多種方式融會在交錯發展的每種矛盾之中，盡量做到『故事即人物心理與精神能力所構成』。再次，是茅盾對人物的間接描寫的手法，在《蝕》中是「初具規模」，而寫《子夜》時「則更爲成熟」。〔註23〕這個匠心主要體現在細節描寫的精心上。最後，在語言上，她認爲《蝕》的敘述語言，作者很重視層次的明晰，常用動態和擬人的描寫，力圖通過聽覺、視覺和心理印象的交織形成主體的

〔註18〕樂黛雲：《〈蝕〉和〈子夜〉的比較分析》，《文學評論》1981 年第 1 期。

〔註19〕同上。

〔註20〕同上。

〔註21〕同上。

〔註22〕見樂黛雲：《〈蝕〉和〈子夜〉的比較分析》。

〔註23〕同上。

感受；而《子夜》的語言特色首先是明快有力，色彩濃烈，字裡行間都寄託著作者的褒貶和強烈的愛憎。樂黛雲先生是一位比較文學專家，因而她的論文富有書卷味，通過她的論文，提高了《蝕》和《子夜》的審美品位。

　　樂黛雲是將茅盾作品與作品之間做比較，為研究界提供了一種研究文本，曾廣燦先生是將《子夜》與左拉的《金錢》進行比較。曾廣燦先生的研究課題源於《子夜》出版時瞿秋白的評論，他首先從研究茅盾與自然主義關係入手，認為瞿秋白關於《子夜》受《金錢》的影響的觀點，主要是題材上有相似之處的蔽障所致。但曾廣燦認為「《子夜》與《金錢》是兩個國度、兩個時代、兩部性質完全不同的作品」。具體表現在作者的立場觀點不同，描寫的範圍和揭示的思想不同，以及人物的典型意義不同，創作方法不同，客觀效果不同等。因此，他認為：「《子夜》與《金錢》是根本不同性質範疇的兩部作品。茅盾早年信仰過左拉的自然主義，在思想感情上有過烙印，又曾在處女作《蝕》三部曲中有過較明顯的表現。……寫《子夜》時作者雖有意識與自然主義決裂，作品卻未能徹底擺脫盡自然主義的影響。但這個影響和缺點已經很小了，對《子夜》來說實在可以說是白璧微瑕了。」〔註24〕這篇論文，旗幟鮮明地劃清了茅盾與左拉的關係，也廓清了《子夜》與《金錢》的影響，對認識《子夜》這部革命現實主義鉅著是極有助益的。

　　在對《子夜》研究中，這個時期的視野漸漸擴大起來，除了上述一些富有特色的研究成果外，還有不少論文的觸角觸及《子夜》中所體現出來的經濟層面，如 1979 年《文史哲》第 5 期孔令仁的《〈子夜〉與 1930 年前後的中國經濟》、鄭富成的《漫談〈子夜〉中公債市場的鬥爭》（《河北師大學報》1980年第 1 期）、蘭浦珍的《〈子夜〉中經濟名詞釋義》（《新時期》1980 年第 4 期）等等，在觸及到《子夜》藝術價值的同時，又觸及到《子夜》中的經濟層面。這樣的學術狀況，或許與 1978 年年底召開的黨的十一屆三中全會有關，因為十一屆三中全會果斷地結束了「以階級鬥爭為綱」的指導思想，提出了「以經濟建設為中心」的指導思想，我黨的工作重心轉移到現代化建設上來了。但不管是何種動因，《子夜》研究觸及經濟層面，開掘經濟活動在文學名著中的內在價值，還是很有意味的一件事。

　　《春蠶》的重讀是從 1978 年才開始。唐沅先生的《三十年代初期中國農村社會生活的真實圖畫》一文，打破了《春蠶》16 年的沉默，響起重讀《春

〔註24〕曾廣燦：《〈子夜〉與〈金錢〉》，《齊魯學刊》1980 年第 4 期。

蠶》的第一聲，不久，周溶泉、徐應佩、葉子銘、邵伯周、吳松亭、梁駿、尤敏等專家學者發表論文和研究成果，重新續上名著的輝煌。唐沉先生在《三十年代初期中國農村社會生活的眞實圖畫》一文中，首先肯定了《春蠶》的題材選擇的成功，認爲茅盾寫了豐收成災的故事，是茅盾抓住了「30 年代初期特定的政治歷史條件下」的「畸形的社會現象」，從而「深刻而有說服力地揭示了導致農民破產的眞正社會原因」。〔註25〕之所以成功，還因爲茅盾抓住這個「重大社會問題」的題材，進行藝術概括，「將其中的矛盾和鬥爭典型化」。〔註 26〕從根本上肯定了《春蠶》的成功。其次是肯定茅盾在《春蠶》中塑造了老通寶、多多頭兩種不同類型的農民。他認爲《春蠶》的成功，「歸根到底是由於人物形象刻畫得成功」。「老通寶是作品裡的主角，是一個質樸、善良、勤儉、忠厚而沒有覺醒的老一代農民的藝術典型。」而多多頭則是新型農民的代表。其三，《春蠶》的成功，是因爲它源於生活，「經過作家的藝術概括，小說顯得比生活更高」。〔註27〕他是從茅盾相關散文中尋繹小說的生活原型，得出上述觀點的。唐沉先生的論文，比較全面地爲《春蠶》在 16 年間的遭遇洗刷了冤屈，還它本來面貌。

與唐沉先生觀點相類似的，有葉子銘的《〈春蠶〉——從生活到藝術》一文，葉子銘先生也認爲《春蠶》是當時 30 年代初期江逝農村生活的眞實寫照，也是茅盾長期生活積累的結果。

在這一時期的《春蠶》重讀中，還有專門研究《春蠶》人物形象的，如邵伯周的《談〈春蠶〉的藝術形象》、吳松亭的《血肉豐滿、生動傳神》等，其中吳松亭的論文專門研究老通寶這個人物形象，頗有深度。他認爲，老通寶這個人物形象既有「典型意義」，又是一個「藝術典型」，它之所以成功，主要經驗有：首先，「在於作家是將人物置於特定的社會環境之中進行描寫的」。〔註28〕其次，「還在於作家出色地寫出了人物性格上的複雜性」。〔註29〕歸根結底，是「作家對生活是『站得高』、『鑽得深』的結果。」這是十分簡明扼要的概括和總結，是符合作品實際的。

〔註25〕唐沉：《三十年代初期中國農村社會生活的眞實圖畫》，《十月》1978 年 8 月創刊號。
〔註26〕同上。
〔註27〕同上。
〔註28〕吳松亭：《血肉豐滿、生動傳神》，《文藝理論研究》1980 年第 3 期。
〔註29〕同上。

這一時期的散文名作解讀主要集中在《白楊禮讚》上，而且不少是出於教學參考的需要，比較注重實用和詮釋。1977 年第 4 期《安徽師大學報》發表王陽松的《〈白楊禮贊〉試析》一文。續上停止 15 年的關於《白楊禮讚》的研究。此後一段時間，研究《白楊禮讚》成爲教學需要的一個熱點，其中孫中田先生的關於茅盾散文研究文章《論茅盾的散文創作》，是這一時期學術分量最重的一篇論文。他縱橫捭闔放論茅盾各個時期的散文特點，首先認爲茅盾的散文是時代的、戰鬥的、藝術的，「從思想到藝術，都留下作家艱辛的足跡，同時也映現了思想發展的歷程」。〔註30〕然後，孫中田先生在這篇長文中分爲「心靈的歷程」——主要分析茅盾早期散文中「迂迴再進」的心靈歷程；「30 年代社會生活的速寫」——主要分析茅盾 30 年代散文風格的社會性，認爲這個年代的茅盾散文，是茅盾「眞實地反映 30 年代社會生活的藝術圖畫」中的一部分；「優美的革命的讚歌」——主要分析茅盾 40 年代散文的創作特點和作品審美價值，認爲 40 年代的茅盾「他已經逐步地在創作中尋求著革命的政治內容和盡可能完美的藝術形式的統一」。其中孫中田先生最爲推崇的這一時期散文名篇是《白楊禮讚》和《風景談》，認爲：「《白楊禮讚》等篇散文的顯著特點是：畫幅清新明朗，格調高昂。狀物抒情，熱情奔放，它歌頌的是眞切、平易的事物，卻蘊著壯實、偉大的詩意。」〔註31〕孫中田先生還認爲：「《白楊禮讚》是一篇滿蘊詩情的散文。」〔註32〕而《風景談》則認爲是《白楊禮讚》的姊妹篇，因而也給予很高的評價。總之，茅盾散文「從迷霧茫茫到天高地闊、明麗宜人的天地；從沉澱於內心積鬱的抒發到和人民大眾一起來禮讚革命，這不僅意味著藝術上的進展乃至成熟；而且反映了思想的變化歷程」。〔註33〕這種很清晰的邏輯思維方式，來自對作品的深刻理解。

其他一些有關《白楊禮讚》的分析，如前所說，主要是爲教學服務，如有專門分析它的「意境美」的，有專門講它「結構藝術」的，也有專門作「段落劃分」的。

總之，這一時期的名著解讀的重讀，著眼於幾部主要的作品，如《子夜》、《林家舖子》、《春蠶》等，在撥亂反正的歷史條件下，能有此收穫，也是值得在 20 世紀茅盾研究史上記上一筆的。

〔註30〕鄭乙（孫中田）：《論茅盾的散文創作》，《文藝論叢》1978 年第 3 輯。
〔註31〕同上。
〔註32〕同上。
〔註33〕同上。

第三節　史的調整和專著問世

> 在「五四」以來的文學戰線上，茅盾是一位傑出的作家和革命
> 戰士。他以自己的辛勤勞動和新文化旗手魯迅等同時代的革命作家
> 在一起，開創了中國現代文學歷史的新時期，爲新文學的健康發展，
> 爲堅持現實主義的文學準則，爲文學服務於民族解放和人民大眾的
> 革命事業進行了不懈的鬥爭。
>
> ——孫中田

　　在這一時期裡，嚴冬已經過去，中國現代文學史上一些作品已經開始解凍，一些懸而未決的問題開始爲文學史專家所關注，並提出新的解讀方式。然而，眞正解開中國現代文學研究觀念的禁錮之鑰匙，是中國共產黨十一屆三中全會，在政治與文學密不可分的中國，這是一個不爭的事實。對茅盾的研究和評價，這一時期除了上一節所敘述到一些名作重讀現象外，還有一些現代文學史的調整和研究專著的問世，爲下一個時期即將出現的茅盾研究高潮奠定了基礎。中國現代文學史是中國高等文科教育中一門基礎課，因而及時根據政治形勢的變化撰寫或修訂中國現代文學史教材是一個必然，這裡，不光是對某個作家功過是非的簡單評判，而是對整個現代文學史重新取捨並重新作出評價。新中國建立之後曾有過幾次變化，但 1978 年 12 月的黨的十一屆三中全會之後，編纂者的思想觀念發生了巨大變化，努力從現代文學史實際出發，發掘相關史料，給予科學編排和科學評價。應該說，十一屆三中全會之後的中國學術語境對現代文學研究及茅盾研究創造了良好的學術氛圍，也爲進一步深入研究提供了堅定的政治環境的保證。

　　茅盾研究在現代文學研究中僅佔一個分支，但它的沉浮，卻也能反映出現代文學研究的某種情況。這一時期的現代文學史著作中，無論是對茅盾在現代文學史上的地位，還是茅盾文藝思想的發展變化，還是茅盾作品的評價，與 50 年代一些文學史專著相比，都有很大變化，給予了應有的充分的評價（但這種評價是 70 年代後期的認識水平的，就當時而言是應有的充分的）。

　　林志浩先生主編的《中國現代文學史》（中國人民大學出版社 1979 年版）是在 60 年代初稿的基礎上經過幾次修訂完善起來的。該書在專章論述魯迅之後，專門設立一章，稱茅盾爲「傑出的革命作家」，稱魯迅爲「文化革命的偉人」，稱郭沫若爲「卓越的新詩奠基者」，稱巴、老、曹爲「重要作家」，這個

評價是蘊含著作者的價值評判，而這個價值評判代表當時的一種「史識」。在該書中，作者主要著眼於茅盾二三十年代的作品，除了概述茅盾早期生活和文學活動外，將《蝕》三部曲在茅盾文學道路上定位於「在探索中前進」。將《子夜》及農村三部曲和《林家舖子》分別稱爲「傑出的長篇」和「優秀的短篇」，這種稱謂同樣蘊含了著者的價值評判。作爲前者，這部現代文學史充分注意到了茅盾個人意志的努力，認爲最明顯的證明，是從《蝕》三部曲到《三人行》這一長時間的探索過程。這個探索過程，「充分地顯示出茅盾不倦地堅持改造自己的革命精神和刻苦地鍛煉創作本領的頑強意志」。〔註 34〕這種關注頗有新意。如《子夜》，林著認爲：「這部長篇小說，是以科學地分析、研究 20 世紀30 年代初期的中國社會爲基礎，通過卓越的典型的人物描寫和環境描寫，眞實地反映了當時新舊兩種勢力的鬥爭形勢，正確地預示了革命的勝利前途。它是中國無產階級革命文學運動在創作上的重大成果。」〔註 35〕這個評價基本上沿襲了建國之後的話語框架，而這個框架是建立在 30 年代歷史背景之上的。所以林著將《子夜》揭示的主題與毛澤東所作的社會政治判斷聯繫起來，指出其相同性，並稱爲「這是《子夜》的最可貴的成就」。這就留下明顯的學術研究時代印痕。對茅盾農村三部曲的評價和分析，基本上能夠放在一定的時代背景裡進行，從歷史中解讀農村三部曲的思想意義和審美價值。但是，林志浩先生主編的這部現代文學史，關注茅盾的名作名篇，卻缺乏對茅盾創作特點的分析——僅提及「茅盾的小說創作，在其開始，便以令人驚異的速度，反映著那些同中國人民的命運密切相關的重大社會政治變動」。〔註 36〕這是一個缺憾。因爲在此之前，已有不少研究成果論及這種創作特點了。

　　田仲濟、孫昌熙主編的《中國現代文學史》（山東人民出版社 1979 年版）是新時期較早的一部現代文學史，這部文學史的主體還是魯、郭、茅，比較傾向傳統結構方式，並且將延安文藝座談會對中國新文學影響列爲兩個專章，稱「座談會精神開闢了中國現代文學新階段」，這種過分政治化的框架結構對歷史來講，留下了一個無奈的印痕。魯、郭、茅三人，在這部史書中分量還是有輕有重的，魯迅最重，郭沫若次之，茅盾篇幅最小。當然，篇幅少並不等於分量輕，然而不展開卻是不爭的事實。在《茅盾》這一章裡，分爲

〔註 34〕林志浩主編：《中國現代文學史》，人民大學出版社 1979 年版。
〔註 35〕同上。
〔註 36〕同上。

三節，第一節是《生平和創作道路》，第二節是專論《子夜》，第三節是《短篇小說和散文》。從三部分內容看，對茅盾的介紹和評價，主要侷限於茅盾的小說創作。而對茅盾文藝思想等方面的貢獻，顯得薄弱。當然這與編著者注重小說家茅盾不無關係。

在這部文學史專著中，茅盾創作與生活的概述的最大特色是關注了 30 年代即 1932～1937 年這 5 年間的茅盾創作狀況，認爲這 5 年「是茅盾創作最活躍時期」，「是茅盾思想和創作的成熟時期」。〔註37〕這個估價抓住了茅盾創作分期中最主要的部分，也就是最輝煌部分。在對《子夜》的分析中，該書對《子夜》的基本評價仍立足於瞿秋白的斷言上，認爲：「它以宏大精湛的藝術構思，深刻反映了 30 年代初期中國社會的重大矛盾和鬥爭。它不僅是茅盾創作道路的里程碑，而且也是 30 年代左翼文藝運動的重大收穫之一。」〔註38〕在具體分析上，它注重學校教學的特性，分「時代背景」、「主題思想」、「人物形象」、「藝術特色」、「在文學史上的地位及其不足處」等部分，比較符合課堂學習的規律。在分析茅盾短篇小說和散文時，將茅盾的短篇小說創作分爲三個階級，第一階段是 1928～1930 年春，茅盾主要反映大革命失敗後的「灰色的人生」，「它比較眞實地反映了這個時代青年知識份子生活中黯淡的一面，反映了他們的失望、傷感、激情和頹喪的思想情緒，揭露了社會的黑暗與罪惡」。第二階段是 1930～1937 年，認爲無論反映生活的廣度，還是反映生活的深度，都是一個飛躍，是第一階段無法比擬的。這個階段中的代表作品是《林家舖子》和《春蠶》。第三階段是 1942～1944 年，主要成果是《委屈》小說集。至於茅盾的散文，也分爲三個階段，第一階段是流亡日本期間，第二階段上海「一二‧八」戰爭之後，第三階段是抗戰期間。三個階段各有千秋，第一階段反映作者「悲觀、消沉的情緒」；第二階段反映作者「思想轉變的歷程，描述了他在黑暗中追求光明，艱苦探索前進的面影」；第三階段是「有暴露，也有歌頌」，而特別推崇《白楊禮讚》。〔註39〕

田仲濟等先生主編的《中國現代文學史》，即反映了這個時期的茅盾研究水平，也反映了 10 年浩劫後學術復甦的一種狀態。

人民文學出版社 1979 年出版的唐弢等主編的三卷本《中國現代文學史》，

〔註37〕田仲濟、孫昌熙：《中國現代文學史》，山東人民出版社 1979 年版。

〔註38〕同上。

〔註39〕見田仲濟、孫昌熙：《中國現代文學史》。

是粉碎「四人幫」之後的新時期影響較大的一部現代文學史，該書集中了全國高校的現代文學史專家的力量，從 1961 年開始編纂，最後由唐弢、嚴家炎定稿。該書中關於茅盾的評述，無論是分量還是深度，都勝於前面兩部現代文學史。它在茅盾專章的第一節，在概述茅盾時，稱爲「思想發展與初期創作」，注重茅盾文藝思想的發展歷程，在新文學運動初期，茅盾是「當時新文學運動中努力提倡現實主義的一位重要的文藝評論家」，〔註40〕但他在評介外國現實主義文學的同時，「也曾介紹和提倡過左拉的自然主義」。到 1925 年《論無產階級藝術》一文發表時，茅盾已是「試圖用馬克思主義的階級觀點來論述有關無產階級藝術的問題了」。〔註41〕

在論述茅盾初期創作時，該書對《蝕》三部曲作爲茅盾初期創作中的代表作品，給予了充分的肯定，也實事求是地進行剖析，認爲「《蝕》是茅盾的第一部作品。雖然小說有關革命主流的描寫過於單薄，有些細節描寫也還缺乏嚴格的選擇。但它仍然對時代生活作了比較廣闊的反映，並在錯綜複雜的社會矛盾中刻畫人物，細緻入微地描寫了他們的心理狀態」。在論述《虹》這部長篇小說時，該書認爲茅盾在日本時，「內心的深刻矛盾，急欲擺脫那些不健康的思想，都反映出一種自我改造的迫切要求，也清楚地表明了在革命風暴中得到過鍛鍊的茅盾，並沒有被革命落入低潮的形勢所壓倒，他仍然在摸索道路，渴望投入新的戰鬥」。〔註42〕而 1932 年前後，唐弢他們認爲是「茅盾創作力最旺盛、收穫也最豐富的時期」。他們將茅盾創作的輝煌點定在一個點上而不定在一個階段上，顯然充滿了學術自信心。

此外，在「概述」中還對茅盾作品作了歷史的概括，認爲：「茅盾的作品爲辛亥革命以後近半個世紀內現代中國的社會風貌及其變化，各個階層的生活動向及彼此之間的衝突，作了生動鮮明的反映，而且大多具有深厚的歷史內容。」〔註43〕

對茅盾名作《子夜》的介紹，在總體評價上與其他文學史大同小異，認爲它標誌著茅盾創作開始進入一個新的成熟的階段，是我國現代文學一部傑出的革命現實主義的長篇。在人物形象分析，結構藝術分析等方面也與其他

〔註40〕唐弢、嚴家炎：《中國現代文學史》，人民文學出版社 1979 年版。
〔註41〕同上。
〔註42〕同上。
〔註43〕同上。

文學史的分析大同小異。但對《子夜》取得成功的經驗的分析，卻頗有獨特之處，認爲茅盾除了有正確的世界觀和方法論外，主要是融會外國文學、中國古典文學的結果，這是比較周全和客觀的一種關注。在論述茅盾短篇小說時，基本上沿用長篇小說分析時的思路，認爲茅盾在創作短篇小說過程中，也經歷了一個探索與發展的過程，其中第一個短篇小說集《野薔薇》「流露出他在大革命失敗後一段時期內的消極低沉的情緒」。主要原因是茅盾早年接受的自然主義理論的影響。而《宿莽》中的一些歷史小說如《大澤鄉》，「是茅盾思想變化的一個標誌」，〔註44〕《林家舖子》《春蠶》等代表了茅盾短篇創作的頂峰，如認爲《林家舖子》「在一個短篇小說中，通過一家小店舖的倒閉的故事，寫出了如此深廣的社會內容，充分表現了茅盾作爲一位現實主義作家的藝術手腕，也正構成了他的作品一個重要的特色」。〔註45〕而《春蠶》也同樣，能夠以小見大，「抓住了當時現實生活中的重大問題，在藝術上作了出色的表現」。對散文的論述，認爲茅盾的散文是「大題小做」，「用短小精悍的篇幅寫出日常生活的一角，藉以顯示重大的社會意義」。因而讓讀者能夠「以小見大」。〔註46〕對散文創作作了概要性介紹，並不像其他文學史那樣詳細論述某一篇散文，但「大題小做」與「以小見大」這八個字，卻也道出了茅盾散文的創作與接受的特點，頗爲精煉。應該說，唐弢等人的《中國現代文學史》中關於茅盾的論述和介紹，是周密和周全的，因此而成爲 20 世紀 70 年代末的研究水平的代表。

20 世紀 70 年代後期，一種急迫的形勢湧動在中國學術文化界，10 年「文化大革命」，文化學術界已經是一片枯竭，人們渴望文化的心緒卻十分急迫，因此，大量重印文學名著及重印學術著作成爲 70 年代末的一種文化景觀。茅盾研究也遭遇了相似的境況，面對渴望了解茅盾的文化教育和學術界的年輕人，出版社重印了葉子銘、邵伯周的兩部有關茅盾文學創作道路的專著。上海文藝出版社在 1978 年重印了葉子銘的《論茅盾四十年的文學道路》，印數達 10 萬冊。這次重印，作者除了保留了原書的書名、結構和基本內容外，在茅盾有關生平史實和《子夜》等作品分析方面，作了較多的充實和修改。次年，即 1979 年長江文藝出版社再版了邵伯周 20 年前的茅盾研究專著《茅盾

〔註44〕見唐弢、嚴家炎：《中國現代文學史》。
〔註45〕同上。
〔註46〕同上。

的文學道路》，再版時作者對此書又作了較大修改，增寫了第五部分「為發展我國的社會主義文藝而鬥爭」，又新編了《茅盾主要著譯書目》，作為附錄置於正文之後。進入 80 年代後，吳奔星先生的《茅盾小說講話》也由四川人民出版社重新出版。

　　這一時期，在重印茅盾研究著作的同時，天津百花文藝出版社於 1980 年出版了孫中田先生的茅盾研究專著《論茅盾的生活與創作》，這是建國之後迄今為止規模最大、最完整的一部研究專著，全書分 4 章：《早期的思想和文學活動》、《大革命前後的生活與創作》、《左聯時期的創作》、《抗戰和解放戰爭時期的創作》。後面還附錄《茅盾著譯年表》、《茅盾筆名（別名）箋注》、《茅盾評論資料目錄索引》等三份資料。孫中田先生在專著中對茅盾的創作評價頗高，認為：「茅盾的創作，是以深廣的社會生活描寫，清晰的時代風雲所展示，錯綜複雜的社會矛盾的反映而引人入勝的。」〔註 47〕孫中田先生在這部專著中，與其他一些現代文學史的不同之處，是孫中田先生注意將茅盾的創作置放在茅盾的生活背景裡來探討茅盾作品的藝術成就，從而更符合茅盾的創作實際。尤其值得一提的是，孫中田先生在專著中重新論述了多年未提及的《腐蝕》和《清明前後》兩部作品，並給予充分肯定，認為：「《腐蝕》在藝術上顯示著茅盾始終不渝地遵循著革命的現實主義原則。」〔註 48〕他還認為《腐蝕》「是一部嚴正地暴露國民黨特務統治的小說。作家著意揭露的是反動、醜惡事物，描寫的是否定的反面形象，但它依然體現了革命的思想力量。作品表明：作家是以分明的革命立場，先進的美學理想來揭露和鞭撻這些醜類的，因而它能使假的醜的惡的事物，原形畢現，從而喚起人們強烈的憤懣」。〔註49〕這些見解是深刻的。而《清明前後》，認為是茅盾在一個重要關頭，恰如其時地喊出了廣大人民的呼聲。這既道出了《清明前後》的戰鬥性特性，也道出了茅盾作品的歷史價值和認識價值。建國之後，上述兩部作品評論偏少，20 世紀 50 年代初，《腐蝕》電影的上映，引來的不是鼓勵而是批判，結果是連單篇的小說研究文章也沒有了，銷聲匿跡。《清明前後》也這樣，抗戰勝利後演出時，轟動重慶，建國後卻無聲無息，似乎為人們包括研究者遺忘了，尤其是在「以階級鬥爭為綱」的政治條件下，一直被視為禁區，所以孫

〔註47〕孫中田：《論茅盾的生活與創作》，百花文藝出版社 1980 年版。
〔註48〕同上。
〔註49〕同上。

中田先生能對這兩部作品作出充分評價，在當時是空谷足音。但這部專著的思想解放也有不徹底的地方，也是比較遺憾之處，這就是對茅盾傾心創作的《霜葉紅似二月花》的漏評，以及抗戰系列作品《你往哪裡跑》、《走上崗位》、《鍛煉》等作品的漏評，有的可能是當時資料所限。但不管如何，作為小說家茅盾的一些小說被漏評，顯然是一種缺憾。

總之，這一個時期的《中國現代文學史》對茅盾的重評和一些專著的重印和出版，是茅盾研究的一種好兆頭，它預示著學術繁榮時代即將到來，也預示著茅盾研究的興旺為期已經不遠了。

簡短的小結

「劫後再生，重鑄輝煌」成了這一時期茅盾研究的特點，茅盾一些久被遺忘的名作又有了被重讀的可能，《子夜》、《林家舖子》、《春蠶》等小說以及散文名篇《白楊禮讚》等，在久違了 10 多年之後，又重新進入研究者的視野。一些研究者還撥亂反正，正本清源，重新審視這些名作的價值，並昭示於世人；同時，國外境外茅盾研究又重新勃興，日本、美國、歐洲等國家和地區的現代文學研究者、漢學家發現，研究中國現代文學，研究「五四」運動之後中國革命和中國文化的發展，茅盾是一個繞不過去的存在。因此，外國學者在茅盾研究中所下的功夫，並不比中國學者少，這是中國學者在當時政治文化語境下的一種悲哀和無奈；對中國高等教育來講，《中國現代文學史》恐怕是中國高等教育中品種數量最多的一種教材，差不多高校都有自己的「現代文學史」，詳略雖有差別，而內容則大同小異，但由於中國特殊的意識形態背景，在階級鬥爭為綱的政治語境下，無論對茅盾這樣具有鮮明馬克思主義色彩的革命作家，還是對那些帶有舊式氣息作家，都不可能予以充分的關注，尤其是黨的十一屆三中全會前後，意識形態領域裡的新舊鬥爭還十分激烈，人們經過 10 年「文化大革命」以及「文化大革命」前那段經歷所帶來的思維慣性還在起作用，制約著人們的思想認識和思維方式，影響了茅盾研究和其他的學術研究。

但是，冬天畢竟已經過去，人們渴望學術自由已經到了不可遏制的地步，乘著「實踐是檢驗真理的唯一標準」的討論東風，沐著黨的十一屆三中全會的陽光，茅盾研究開始從過去文化禁錮中解放出來，開始了「文化大革命」之後的起步。如前所述，50 年代兩位青年學者的茅盾研究專著重印，就是這

樣的背景下的明證。而積 20 多年茅盾研究之心得的孫中田先生的專著順利問世,也是天時所致。看看這些重印或初版的研究專著印數,就可以知道這一時期人們對文化渴求的心態,這種心態是中華民族有希望的標誌,也是對 10 年「文化大革命」抱有極大反叛精神的心態。同時,這一時期茅盾著作的重印,給枯竭的文化之樹澆上一泓綠水,這水也是生命之水,是茅盾研究得以重續的生命之水。以上種種,構成了這一時期茅盾研究的正面景觀。

然而,這一時期茅盾研究還留有種種不如意的地方,這種不如意或遺憾並不是指學術研究的深度不夠,因為學術研究的總體深度,有一個時間問題,隨著時間的推移,學術眼界的拓展,背景史料的開掘,總有一天會深入到符合作品實際,發掘出作品的真正思想價值和審美價值的。但現在的不如意和遺憾,是指研究的廣度問題,即對茅盾作品全面性問題,最明顯的事實是,茅盾的優秀作品並不限於《子夜》、《林家舖子》、《春蠶》或者《蝕》等,還有許多如《霜葉紅似二月花》、《清明前後》以及抗戰期間的系列小說等,一些論文論著幾乎都沒有涉及,這不能不說是一種遺憾。自新中國建立後,茅盾的政治地位名列黨和國家領導人,但一些在抗戰期間曾引起轟動的作品如《霜葉紅似二月花》等,在建國後卻銷聲匿跡。據資料顯示,《霜葉紅似二月花》自 1947 年 9 月 29 日《時代日報》朱湔發表一篇短評之後,至 1980 年,30 多年未見一文再度評價,這是很值得玩味的,當然這味是苦澀的。那麼,何以在「文化大革命」前也沒有評論,這在當時或後來,都難以評說,那麼在「文化大革命」之後的「重讀」中又何以不置一詞呢,這就是我所講的一種遺憾了。這種遺憾,表現在單篇論文上,竟沒有一篇論文評說,同時也表現在一些專著裡,全面評說茅盾文學創作的專著,也沒有將《霜葉紅似二月花》作為一部茅盾作品來評價,顯然這是很不恰當的。這不恰當若與當年進步文藝界同仁對這部小說問世的熱烈場面相比,反差是何等巨大!一部小說經過轟動之後竟然會沉寂 30 多年無人問津,這不能不說是 20 世紀中國文學界的憾事。

話劇《清明前後》也有同樣的遭遇。1946 年 11 月景山在南京《世界文藝季刊》上的一篇讀後感發表之後,一直沉寂到這一時期,因而我們見到孫中田先生在專著中列專節有所介紹,也就讓人感動了。這部當年轟動山城的話劇,對揭露國民黨的腐敗,無論是戰鬥力還是穿透力,都得到中國共產黨及進步文藝界的肯定,遭受國民黨政府的禁演、禁售。對這樣一部作品,到「文化大革命」後仍未引起重視,讓人噓唏不已。同樣,茅盾在抗戰時期寫的長

篇小說《鍛煉》、《走上崗位》、《你往哪裡跑》等，更是連專業文學研究者都未發掘出來，遑論研究。這是史料關係，也是視野和觀念所限，是讓人無奈的事。

這也許是「文化大革命」記憶的缺憾，也是這一時期茅盾研究的缺憾，前者是觀念，後者是事實。

第五章　由感性到理性（1981～1986）

　　這一時期的茅盾研究進入 20 世紀有茅盾研究以來最爲輝煌的階段，這個階段的契機是兩個方面，一個方面是黨的十一屆三中全會的召開以及「實踐是檢驗眞理的唯一標準」的討論，使學術研究進入一個解放思想的春天；另一個契機是茅盾逝世後中共中央對茅盾的評價，中共中央對茅盾的評價極大地鼓舞了茅盾研究者的積極性。因此 1983 年、1984 年、1986 年連續召開三屆茅盾研究全國性的學術討論會，當時的學術研究無論是人員隊伍還是學術探討，勢頭直逼魯迅研究和郭沫若研究。

　　這一時期的茅盾研究狀況，從學術眼光來審視，明顯地呈現出「從感性到理性」這樣一個研究脈絡，體現出黨的十一屆三中全會之後在學術界建立起來的實事求是的風氣已經吹進茅盾研究領域。從所經歷的歷史事實看，1981 年 3 月 27 日清晨茅盾逝世之後，成爲中國文壇繼魯迅、郭沫若之後最爲悲哀的事。茅盾遺囑，一是請求加入中國共產黨，以身後成爲中國共產黨一員爲榮；二是捐獻 25 萬元歷年積蓄的個人財產——稿費，作爲繁榮中國長篇小說的獎金。這兩份遺囑成爲茅盾作爲中國文豪的精神和人格的充分體現，獲得中國人民以及中共中央的充分肯定。因此，胡耀邦同志代表中共中央致的悼詞，以及中共中央關於恢復茅盾中國共產黨黨籍的決定，充分體現了中共中央給予茅盾的肯定，是對茅盾一生作出了歷史性的評價：第一，肯定了茅盾從青年時代起就接受馬克思主義，爲共產主義的偉大理想追求、奮鬥了一生。茅盾逝世之後，黨中央根據茅盾同志臨終前的要求與客觀的歷史事實，「決定恢復他的中國共產黨黨籍，黨齡從 1921 年算起」，並明確肯定他「畢生追求共產主義的偉大理想」，即使在「1928 年以後，他同黨雖失去了組織上的關係，

仍然一直在黨的領導下從事革命的文化工作，爲中國人民的解放和社會主義建設事業奮鬥了一生」。中共中央的這一歷史性評價，廓清了半個世紀來茅盾研究中的迷霧，恢復了作爲中國共產黨的著名活動家與偉大的革命文學家茅盾的本來面目。這個評價，對以後的茅盾研究產生了深遠影響，尤其是對深入地研究茅盾的世界觀、文藝觀和美學思想，研究茅盾的革命生涯與文學創作、文藝思想的關係，以及對中共黨史與現代思想史的研究，都將產生深遠的影響。第二，肯定了茅盾在我國現代革命文藝和文化運動中的重要地位與傑出貢獻。茅盾生前，由於各種因素的干擾和影響，在茅盾研究中對他的實際貢獻與重要地位認識不足，對他多方面的成就研究是很不夠的。因此，胡耀邦同志的悼詞中，從客觀的歷史事實出發，對茅盾在我國現代革命文藝和文化運動中的地位與貢獻，作出了高度的評價。他肯定茅盾是「我國現代進步文化的先驅者」和「偉大的革命家」，是「卓越的無產階級文化戰士」，「在國內外享有崇高聲望的革命作家、文化活動家和社會活動家」。這些蓋棺定論，將茅盾推向前所未有的高度。第三，肯定了茅盾一生所創造的大量精神產品，是我國文化藝術寶庫的珍貴財富，對於發展我國社會主義文藝事業與教育後代都具有重要的現實意義。指出「在漫長的 60 餘年中，他始終不懈地以滿腔熱情歌頌人民、歌頌革命、鞭撻舊中國黑暗勢力」，讚譽他用一系列的作品，「刻畫了中國民主革命的艱苦歷程，繪製了規模宏大的歷史畫卷，爲我國文學寶庫創造了珍貴的財富，提高了現實主義文學創作的水平，在文學史上留下了不可磨滅的功績」，總之，胡耀邦同志代表中共中央致的悼詞，對八九十年代茅盾研究奠定了一個思想政治基礎。

1982 年，中央決定三件大事，一是編輯《茅盾全集》，二是批准建立保護北京和茅盾出生地烏鎮的「茅盾故居」，三是同意成立中國茅盾研究學會（後改中國茅盾研究會）。這三件大事，爲茅盾研究創造了豐實的條件，保證了茅盾研究向有序和組織化方向發展。1983 年在北京召開首屆全國茅盾研究學術討論會，1984 年冬在杭州召開第二屆茅盾研究學術討論會，將茅盾研究推向輝煌，在學術界掀起了茅盾研究熱。不少從事現代文學研究以及文學研究愛好者紛紛研究茅盾，發掘史料，研究茅盾文藝思想及其作品的文章，一時成爲一些報刊雜誌的熱門文稿。而 1985 年的揚州青年茅盾研究筆會以及次年在北京召開的第三屆全國茅盾研究學術討論會，則將茅盾研究從感性提高到理性，進入冷靜的深入的研究階段。

　　這一時期茅盾研究處於高潮，主要標誌是這一時期的成果取得了重大進展。孫中田、查國華編的《茅盾研究資料》三卷本，於 1983 年由中國社會科學出版社出版，這是迄今為止最早也較為完備的研究資料集；1983 年根據第一屆茅盾研究學術討論會成果所編輯的《茅盾研究論文選集》由湖南人民出版社出版；1983 年 6 月葉子銘的《茅盾漫評》由天津百花文藝出版社出版，這是現代文學史專家葉子銘先生第二部關於茅盾研究專著，但這一部專著是他的論文集和資料匯編，由於葉子銘與茅盾的多年交往，這部集子裡的史料價值彌足珍貴。在此之前，即 1982 年，黑龍江人民出版社出版了侯成言編寫的普及性讀物《茅盾》，印數達 1.2 萬冊，這部普及性小冊子較通俗地介紹了茅盾的生平事跡，對在青少年中普及茅盾文學起到了積極作用。1982 年 11 月，浙江人民出版社出版了林煥平先生的《茅盾在香港和桂林的文學成就》，這是一部斷代性文學評傳，主要介紹茅盾在香港和桂林的文學活動。這部書的可貴之處是在於史料的準確性和評論的深刻性，作者林煥平先生是當年茅盾在香港桂林時有來往者之一，許多是親身經歷，此外，作者本人是作家學者，對文藝理論有很深造詣，因而剖析作品頗有功力，有鞭辟入裡之感。這樣的著作在 1982 年發表，對這一時期茅盾研究的推動是不言而喻的。同年，人民文學出版社出版的莊鍾慶的《茅盾的創作歷程》，是這一時期分量最重的個人研究成果，這是作者積 20 餘年研究心得的專著。此外，還有丁爾綱的《茅盾作品淺論》（1983）、《茅盾散文欣賞》（1984）、朱德發等人的《茅盾前期文學思想散論》（1983）、莊鍾慶編的《茅盾研究論集》以及《茅盾史實發微》（1985）、鍾桂松的《茅盾少年時代作文賞析》（1986）、唐金海等人編的《中國當代文學研究資料‧茅盾專集》（1985），尤其值得關注的是 1982 年浙江人民出版社出版了松井博光的《黎明的文學——中國現實主義作家‧茅盾》，這是第一部翻譯過來的茅盾研究專著，這部專著佔有的資料並不豐富，但它所利用的方式，亦即學術研究的思維方式，研究作品的方法，卻使國人大開眼界。稍後李岫編的《茅盾研究在國外》也起到同樣的作用，對拓寬茅盾研究思路，深入研究茅盾，功不可沒。

　　總之，這一時期茅盾研究成果頗豐，無論是資料搜集整理，還是作品研究、文藝思想研究，都取得了長足的進步和發展，為這一時期的茅盾研究築起一個輝煌的台階。

第一節　人格的魅力

　　30 年代在上海看見他，我就稱他為「沈先生」，我這樣尊敬地稱呼他一直到最後一次同他的會見，我始終把他當做一位老師。

——巴金

　　我有幸曾是茅盾同志的學生，1922 年在上海平民女校，1923 年在上海大學，都是聽他講授文學課的。後來我從事文學事業，雖不是由於他的影響，但他卻在諄諄課讀之中培養了我對文學的興趣。

——丁玲

　　沈雁冰同志是在國內外有崇高聲望的革命作家、文化活動家和社會活動家。他同魯迅、郭沫若一起，為我國革命文藝和文化運動奠定了基礎。

——胡耀邦

　　1981 年 3 月 27 日清晨 5 時 55 分，一代文學巨匠茅盾停止了呼吸，走完了他 85 歲的人生，為 20 世紀留下 1400 多萬字的精神財富，也給世人留下了一個高尚、可親而又充滿人格魅力的文學大師的形象。茅盾逝世之後，天南地北的老中青的文化人，凡是與茅盾有過接觸，認識的，有過書信往來的，都紛紛回憶、懷念茅盾的為人，讚頌茅盾的人格。

　　如果說，國家褒揚等於勒石為碑傳之後人的話，那麼，個人評價的碑文等於寫在人民心裡，所以歷朝歷代傳人既重石碑，又重口碑，力求在民眾心中樹起一個完美的形象。自然，像茅盾這樣的文學家，文學巨匠，成就是作品，傳世的也是作品，因作品俱在，其人也永在。所以，這種個人評價使得茅盾的人格更形象更鮮活了。

　　巴金先生本人就是文壇泰斗，但他對茅盾人格魅力的讚譽卻是發自內心的，他說：「30 年代在上海看見他，我就稱他為『沈先生』，我這樣尊敬地稱呼他一直到最後一次同他的會見，我始終把他當做一位老師。我十幾歲就讀他寫的文學論文和翻譯的文學作品，30 年代又喜歡讀他那些評論作家和作品的文章。」〔註 1〕巴金還提到自己從魯迅、茅盾等前輩作家當中「學到不少作文和做人的道理」。〔註 2〕這「作文和做人」的道理，恐怕就是人格魅力影響

〔註 1〕巴金：《悼念茅盾同志》，《文藝報》1981 年第 8 期。
〔註 2〕同上。

所致吧。巴金還列舉了茅盾當編輯時認眞和一絲不苟的負責精神對他的震撼。他說他當時見到經茅盾編輯過的文稿，發現「他看過，採用的每篇稿件都用紅筆批改得清清楚楚，而且不讓一個筆畫難辨的字留下來」。〔註 3〕這種一絲不苟的精神，頗有魯迅遺風。中國現代文學史上，魯迅思想和作風對現代文學作家的影響最爲深遠，換言之，大凡成大家的，都是有極端負責和認眞的人格魅力。丁玲是茅盾在上海大學和平民女校教書時的學生，她在懷念茅盾的文章中說：「茅盾同志在文壇上以他的著作，他的革命活動和他的爲人，證實他是深孚眾望，使人信服的領導人。一個人不怕生前有人評論，而怕在死後遭到物議。更可悲的是一個人生前爲眾人所不敢評論，只能稱好，但在死後卻有人暗地稱快。茅盾同志生前就很少有人能批評他，而在他死後卻永遠使人懷念。」〔註4〕因而丁玲給茅盾人格的評價是「功高不傲，平易近人」八個字。曹禺在他寫的懷念茅盾的文章裡，稱自己「是在茅盾先生薰陶下的後輩」，他感沐到茅盾先生的和煦春風，如茅盾評《日出》的文章，讓曹禺感到「充滿最懇切的鼓勵」，同樣，在感受茅盾人格力量當中，認爲茅盾「他勤奮一生，持重、公允」。〔註 5〕「持重、公允」的評價，是曹禺對茅盾人品的評價，也是曹禺的深切感受。這種感受，詩人臧克家先生在文章中也有一段相似的話，他說：「茅盾先生爲共產主義理想奮鬥終生，思想、行動都是我們的模範，但在他身上，也可以找到從舊社會帶來的那些優良品德和傳統習慣，那就是：謙遜、誠懇、樸實。在和朋友來往的信件上，也可以看到這種表現。越是德高望重，越是謙抑自持，這是一種高尙的美德。」〔註6〕臧克家先生對茅盾先生人格魅力的認知，從深層次意義上評價、感受茅盾品格，應該說，這種詩人化感受，是眞實的，他在回憶文章中列舉了許多親身經歷的感受。

茅盾的這種人格魅力，還體現在日常的待人接物上。作爲作家，茅盾在文化心理上與一些晚輩作者有一種天然聯繫，而得到茅盾提攜後來成爲中國作家，其人數也是很多的。在茅盾長達 60 多年的文學生涯中，幾代中國作家都感受到茅盾的關懷、提攜的溫暖，有不少作家就是在茅盾的鼓勵和獎掖下

〔註 3〕見巴金：《悼念茅盾同志》。
〔註 4〕丁玲：《悼念茅盾同志》，《人民文學》1981 年第 5 期。
〔註 5〕曹禺：《我的心向著你們》，1981 年 4 月 16 日《中國青年報》。
〔註 6〕臧克家：《往事憶來多》，《十月》1981 年第 3 期。

走上文學道路的。因此在這些作家心目中的茅盾，人格始終是高尚的，形象也永遠是美好的。思慕先生是 30 年代即在茅盾主編的《文藝陣地》上發表作品，而他最早感受到茅盾風範的是在大革命時期的廣州。作爲嶺南大學學生，他聆聽了茅盾關於文藝的意見，所以他晚年曾說：「茅公可說是我的引路人。」〔註7〕作家草明的話也是具有代表性的，她說：茅盾「幾十年來，他在培育指引青年作家方面，花費了大量的心血和精力。關於一點，銘記在許多老、中、青作家心裡，但廣大群眾不一定都知道」。〔註8〕草明在回憶中還說，她當時在上海最大的雜誌《文學》上發表短篇小說，「是茅盾同志推薦的」。與思慕先生一樣，碧野先生在回憶文章中也認爲：「茅盾同志是我的文學創作的引路人，在他的精神感召下，我忠誠地一直走著坎坷不平的艱苦的創作道路。」〔註9〕碧野也是卓有建樹的老作家，是《丹鳳朝陽》的作者，他之所以選擇文學創作道路，在於年輕時茅盾對他的鼓勵。老作家端木蕻良也認爲，魯迅、郭沫若、茅盾三位現代文學巨匠，是給他「引路的三顆星」。他非常感念茅盾對他的扶掖，包括對他的長篇小說《科爾沁旗草原》的出版所付出的心血。

　　茅盾的這種人格魅力在他同時代人或稍晚的作家中，除了上述諸位作家外，姚雪垠和茹志娟的感受最爲深刻。姚雪垠是 30 年代成長起來的作家，其一生都受到茅盾的影響。他說：「茅盾同志是我非常敬佩的一位前輩。從我的青年到老年，我從他那裡得到很多教導、鼓勵和支持。」他回憶了青年時代寫作和投稿的情況，他的《差半車麥秸》是在茅盾主編的《文藝陣地》上發表的，並得到茅盾的肯定。後來他的《牛全德與紅蘿蔔》出版後，也得到茅盾好評，這使正在文學道路跋涉的姚雪垠受到莫大鼓舞。尤其使姚雪垠感動的是，在他晚年創作史詩性小說《李自成》過程中，得到茅盾的大力支持。70 年代初，姚雪垠還處在精神和寫作的痛苦時期，這時，他寫信並寄《李自成》第 2 卷的初稿給茅盾，他說：

　　　　從這以後，我同沈老的通信就頻繁起來。有的信他寫得很長，
　　長到一千多字，甚至大約兩千字。他先談第一卷，然後對第二卷按
　　單元次序談。他不是僅僅讀一遍，而常常是先讀一遍，記下要點或

〔註 7〕思慕：《羊城北望祭茅公》，1981 年 4 月 20 日《羊城晚報》。

〔註 8〕草明：《痛悼茅盾同志》，1981 年 3 月 31 日《北京日報》。

〔註 9〕碧野：《心香一瓣，遙祭我師》，1981 年 4 月 11 日《長江日報》。

初步意見，再讀一遍，考慮成熟，然後給我寫信。〔註10〕

對姚雪垠鼓勵甚大的是茅盾對姚雪垠在創作中探索長篇小說美學問題的肯定。他回憶茅盾說：「我在寫《李自成》的過程中，有目的地對長篇小說的藝術問題作一些探索，有我自己的追求，我將這個課題叫做『長篇小說的美學』。我的美學探索體現在我的創作實踐中，創作實踐的各個方面。第一個指出來這一類問題並表示讚賞的是茅盾同志。他的讚賞對我繼續探索『長篇小說的美學』起了很大的鼓勵作用。」〔註11〕作爲一個知識份子，這種理解和支持，比什麼都重要。所以姚雪垠能夠大器晚成，《李自成》風行一時，從某種意義上講，與茅盾的人格魅力和人格力量的關照是分不開的。

作者茹志娟也亦然。這位正在奮發和充滿激情的青年文學工作者，忽然遭受 1957 年反右擴大化的變故，身爲革命軍人的丈夫忽然變爲右派分子，這對要求進步而又充滿文學理想的茹志娟來說，猶如晴天霹靂，茫然不知所措。她的《百合花》小說一再退稿，後來在 1958 年 3 月的陝西《延河》上發表，但小說的發表並不改變茹志娟的命運，而且哀莫大於心死，後來，茅盾在一篇書評中提到《百合花》，表揚和激賞這篇小說，茅盾的激賞給茹志娟以生的勇氣。她後來說，聽到茅盾的評價後，「蔫倒頭的百合，重新滋潤生長，一個失去信心的，疲備的靈魂，又重新獲得了勇氣、希望。重新站立起來，而且立定了一個主意，不管今後道路會有千難萬險，我要走下去，我要挾著那小小的卷幅，走進那長長的文學行列中去」。〔註12〕茹志娟的這番話，是肺腑之言，她覺得茅盾的高度評價，不僅給她一個人生活的勇氣，而且也挽救了她全家！

茹志娟的心態代表了這一代作家受到茅盾關照的心態，這些作家，對茅盾的仁慈和寬厚的人格懷著無限崇敬。茅盾一封鼓勵的信，一句暖人的話，一個充滿關愛的舉止，都讓這一代文化人感到無限溫暖回味無窮，也催他們奮發。因此，茅盾逝世後，數以千計的悼念懷念文章刊登在全國大小報刊雜誌上，這些個人性評價，將茅盾人格魅力以及人格功德碑矗立在人們心裡。同時，這些數以千計的回憶文章，也爲研究茅盾生平提供了大量史實和細節，同樣也爲深入研究茅盾起了很好的促進和推動作用。

〔註10〕姚雪垠：《一代大師，安息吧》，1981 年 4 月 2 日《中國青年報》。
〔註11〕同上。
〔註12〕茹志娟：《說遲了的話》，1981 年 4 月 1 日《文匯報》。

第二節　學術研究環境的營造

　　大家都知道，茅盾同志是新文學運動的創始人之一，是現實主義流派的重要開拓者，是新中國文化事業的領導人之一。……對於這些成就，至今還沒有作出全面的評價。我和他長期在一起工作過，但我深深感覺到，對他的認識還是不夠的。……儘管天天在一起，有一段也住得很近，他住在前面，我住在後面，毗鄰而居，但是我也不能很深地認識他。當然也許有人比我認識得更多，我覺得對茅盾同志，一直到他去世的時候，也不能説我完全認識了他。所以認識一個人，特別是認識一個偉大的作家，也並不那麼容易，這需要時間。

——周揚

　　茅盾逝世後形成的長時期的懷念活動，茅盾的形象在億萬人民心中矗起一種偶像式的崇拜，大量的切身感受和親身經歷，使茅盾從文化界走向民間，成為中華民族的一種文化認同。這當然不是造神運動的結果，而是茅盾人格力量的結果，是 70 多年文化修養的一種品性在中國文化背景下的一種結晶。同時，經過「實踐是檢驗真理的唯一標準」的討論之後的中共中央，充分肯定了茅盾對中國文化的貢獻及其對後世的影響。他被譽為「我國現代進步文化的先驅者」、「偉大的革命文學家和中國共產黨最早的黨員之一」，以及「革命作家」、「文化活動家」、「社會活動家」。〔註13〕「而今而後，他的作品強大的藝術生命力，還將長久地教育和鼓舞我國青年，為偉大的社會主義事業而戰鬥，並將促使社會主義文藝的新人不斷湧現。」〔註14〕此外，中共中央書記處 1982 年 12 月第二百零一次會議專門研究紀念茅盾的事項，並批准了有關茅盾研究方面的三件基礎工程建設，一是批准在北京和他出生地烏鎮保存故居，並正式命名為「茅盾故居」；二是建立全國性的學術研究機構，成立中國茅盾研究學會（後改中國茅盾研究會）；三是搜集茅盾書信、作品、日記、手稿等，出版《茅盾全集》，並專門成立「茅盾全集編輯委員會」。這三項基礎性的工作和決定，為茅盾研究營造了良好的學術研究氛圍。

　　中央認定的茅盾故居有兩處，一是北京交道口南三條 13 號（即後圓恩寺

〔註13〕胡耀邦：《在沈雁冰同志追悼大會上的悼詞》。
〔註14〕同上。

胡同 13 號），是 1975 年起到茅盾逝世前居住的地方，是茅盾人生旅途的終點站，也是茅盾晚年生活、工作、寫作的重要地方。因此，中央認定南三條 13 號為茅盾故居並列為北京市文物保護單位，具有十分重要的歷史意義和教育意義。北京茅盾故居是一個小四合院，「只有一進半的院子，沒有影壁，也沒有迴廊。進大門右手有一間約六七平方米的小屋，左手也有一間，略大，兩間屋門相對。……三間正房一大二小坐北朝南，房前有 1 米寬的廊沿，中間堂屋約 20 平方米。左右耳房有 10 餘平方米。東西廂房和南房各有三間，都不大，大的約十二三平辺米。小的不到 10 平方米。所有的房間都是花磚地。院子呈長方形，鋪著青磚，不過已沉洼不平……穿過正房堂屋可進入後半進院子，院子很小，不過 5 米見方。3 間正房也有廊沿，房內鋪的是地板。東西廂房各一間，很小……」〔註15〕這個地方以前是清朝官邸聚居的地方，而 13 號這個小四合院原來是楊明軒的舊居。自 1974 年 12 月初，茅盾離開文化部居住了 25 年的小樓，搬進這個小四合院，在這裡度過了他那輝煌的晚年。

1985 年 3 月 27 日，即茅盾逝世四週年之際，北京茅盾故居舉行揭幕儀式，茅盾的老友，時任中國文聯副主席的夏衍揭開影壁上的紅幟，「茅盾故居」四個字由周恩來夫人、時任全國政協主席鄧穎超同志所書。姚雪垠、陳白塵、戈寶權、臧克家、孔羅蓀、駱賓基、王蒙等文化界知名人士參加了揭幕儀式。整修後茅盾故居內新闢了兩個展覽室，陳列著茅盾生平和創作生涯的許多珍貴圖片、實物和資料。西廂房的會客室和後院的書房、臥室一切照原樣陳設。這樣，北京茅盾故居成為人們研究、學習茅盾的中心。

中央確定的另一處茅盾故居是浙江桐鄉烏鎮觀前街沈家老屋。這個地方是茅盾出生地，也是他度過童年、少年時代的地方，是他人生的起點。烏鎮茅盾故居約建成於 19 世紀中葉，臨街四開間樓房兩進，面積共 444.25 平方米。1885 年前後，茅盾的曾祖父在漢口經商順利時，囑子買進這座房子，作為全家的住宅。東面四間先買，稱老屋，西面四間另一單元，式樣與老屋相同，是後買，稱為新屋。老屋樓下，前面是過道和家塾，茅盾入學前曾與他的幾個年齡相仿的叔父在家塾中接受啟蒙教育；後面是客堂和廚房，茅盾祖母曾帶著她的兩個女兒和丫環在那裡養蠶。老屋樓上，前面臨街的兩間分別是茅盾的祖父母和父母的臥室。茅盾和弟弟就誕生在西邊的樓房裡。樓房後面是

〔註15〕 韋韜、陳小曼：《茅盾的晚年生活》，上海書店出版社 1998 年版。

一個半畝地大小的院子，茅盾曾祖父在這裡蓋有三間平屋，20 世紀 30 年代，茅盾親自設計草圖，用稿酬翻建成比較新式的書齋，1937 年間，茅盾幾次回故鄉，住在這個洋房式的書齋裡寫作。

茅盾自 1896 年誕生至 1909 年離鄉求學，在這幢故居中生活了 13 個春秋。此後，他幾乎每年都要回家看望母親，1940 年母親去世後，切斷了他與故鄉聯結的紐帶。建國後，房子充作公房，由沈姓或外姓居民居住。1977 年春，當地政府開始動員三間平屋的住戶，作遷移和保護工作。其實，桐鄉縣政府早在 60 年代，就將茅盾故居列為縣級重點文物保護單位。筆者在桐鄉縣有關檔案中查到 1961 年 6 月 25 日桐鄉縣人民委員會桐委文字第 150 號文件，這個文件除了記載縣文物保護領導小組成立之外，還公布了該縣第一批重點文物保護名單 27 項，其中第 22 項載明為「茅盾故居」。70 年代末，茅盾故居被列為省級重點文物保護單位，並由葉聖陶題字。1983 年中央批准籌建茅盾故居後，當地政府在同年 9 月全面動遷故居中原住戶，1984 年 1 月 3 日動工，歷時 9 個半月，投資 10 萬餘元，於 1984 年 10 月 20 日竣工。次年 4 月 27 日，時任中央政治局常委的陳雲同志親筆題了「茅盾故居」的匾額。1985 年 7 月 4 日，烏鎮茅盾故居正式對外開放。不久，烏鎮茅盾故居被國務院列為全國重點文物保護單位。

烏鎮茅盾故居陳列了茅盾生平事跡的圖片及實物，對舊居中部分居室進行復原，恢復茅盾兒時生活情境和風貌，如廚房，客堂等。因此，烏鎮及茅盾故居，在專家學者眼中，成為學術研究中一個不設牆的茅盾博物館，對普及茅盾文學，推動茅盾研究，起到了積極作用。

1983 年 3 月 27 日，在茅盾研究史上具有劃時代意義的會議——首屆全國茅盾研究學術討論會在北京召開，會議歷時 8 天，孔羅蓀主持會議並致開幕詞，周揚到會作重要講話，老一輩作家、學者張光年、沙汀、馮牧、陳荒煤、周而復、黃源、臧克家、吳組緗、姚雪垠、戈寶權、孫席珍、王瑤、唐弢、田仲濟、林煥平等出席了會議。與會代表 120 多名，向大會提交了 100 多篇論文。

首屆全國茅盾研究學術討論會，從提交的論文和討論的情況看，有四個特點：第一，許多論文涉及了過去一些被忽視的問題，諸如茅盾的美學思想，茅盾的短篇小說創作，茅盾的散文、雜文、政論以及文學翻譯等；擴大了研究領域；第二，在資料開掘方面也有新的發現；第三，在治學態度和研究方法上，注意實事求是，注意研究工作的科學性、系統性；第四，茅盾研究工作者老中青三代同堂，共同切磋。

　　這次學術討論會，由於討論時間充分，學者們各抒己見，在茅盾何時形成無產階級世界觀的問題上，成為討論中一個焦點，圍繞這一個焦點，有不同意見：一種意見認為茅盾世界觀轉變的特點是過渡期很長，曲折較多，直到進入 30 年代，才完成了世界觀的轉變，成為一個共產主義者。持這種觀點的學者重要的根據是 1927 年茅盾脫離了黨組織，思想消沉，表現了濃厚的小資產階級情緒，直到 1929 年寫《創造》與《虹》時，才體現了他的思想復甦，以 1930 年回國參加「左聯」為標誌，才成為堅定的無產階級作家。也有學者不同意這種看法，認為一個作家的世界觀的轉變，要看其根本立場，而不能要求其完成質變後，思想就徹頭徹尾、徹裡徹外地純，而不允許有起伏、有搖擺。如果這麼要求，真正合乎「標準」的無產階級作家就沒有幾個。因為人的世界觀是複雜的，其內部大多存在著對立面，關鍵看什麼思想佔主導方面。只要其主導方面是無產階級的，就可以認為其世界觀發生了質變，所以以 1927 年的搖擺和失去組織聯繫為據來否定其世界觀的轉變是不妥的。黨中央在茅盾逝世時作出的恢復茅盾黨籍，黨齡從 1921 年算起的決定就充分證明了這個問題。

　　但是在什麼時間發生質變這一問題上，第二種觀點中又有兩種不同意見。一種意見認為茅盾大體上是 1925 年完成了世界觀的質變，其重要標誌是《論無產階級藝術》、《告有志研究文學者》、《文學者的新使命》、《現成的希望》等四篇文章的發表。另一種意見認為茅盾世界觀發生質變的時間，不能以 1925 年為分水嶺，而最遲從 1922 年起，茅盾的世界觀已經發生了質變。持這種觀點的同志從茅盾建黨前後發表的文章觀點以及加入中國共產黨的事實作為依據。但也有同志認為，不能一概而論地說加入共產黨或學習、宣傳馬克思主義理論的人就一定是馬克思主義者，因為世界觀的轉變要看其理論與實踐的性質及二者是否一致和統一。

　　第二個爭論的焦點是茅盾與現代文藝思潮的關係。不少代表堅持傳統看法，認為茅盾是經過自然主義進而倡導現實主義，並逐步發展為革命現實主義的，但也有人持不同的看法。首先對茅盾倡導自然主義的看法與估價不盡一致，一種意見認為茅盾倡導的自然主義儘管有現實主義的合理內核，但仍然是以西方自然主義思潮為藍本的，反映在他的創作中也比較明顯；另一種看法與此觀點相左，認為茅盾介紹與倡導的自然主義其基本內容是現實主義，與左拉的自然主義固然不同，與龔古爾兄弟也不相同，認為這是茅盾廣

泛介紹世界各種現代文藝思潮的一部分，是他為反對鴛鴦蝴蝶派與黑幕小說以及文以載道的種種封建文學而採取的重要步驟，也屬於借鍾馗以打鬼的性質。也有論文作者提出茅盾倡導自然主義只是一個過渡，不是其終極目的，終極目的也不是現實主義，而是新浪漫主義。

第三個焦點問題是茅盾現實主義文藝思想的特徵問題。一種意見認為茅盾現實主義文藝思想的特徵是提倡文藝的時代性。另一種意見認為茅盾的現實主義文藝思想儘管也包含著時代性的內容，但卻不是其惟一特徵，而是具有更為豐富的內容；再有一種意見則認為時代性決非茅盾現實主義文藝思想的獨特內容，而為許多進步的理論家作家所共有。

另外，這次學術討論會對茅盾的一些作品研究，也開展了廣泛的研究和爭鳴，如對《子夜》中吳蓀甫這個人物形象，一種意見堅持吳蓀甫是反動的資本家的觀點，認為這項「反動的」帽子決不能摘；另一種意見針鋒相對，認為吳蓀甫是具有法蘭西性格的反帝反封建與發展民族資本主義的資產階級英雄人物。但多數學者認為：吳蓀甫是在民族資產階級已經背叛革命、投靠並追隨買辦資產階級之後的 1930 年的特定典型環境中的典型人物，因此不應該把這樣一個複雜的時代性性格作簡單的階級定性；而應具體剖析其複雜內容，充分認識其性格的豐滿性。其他如對茅盾小說是不是「主題先行」等也展開了熱烈的討論。首屆全國茅盾研究學術討論會積聚了幾十年的研究心得和感受，因此，會議氣氛和學術爭鳴十分活躍，暢所欲言，各抒己見，使茅盾研究達到了一種新的高度，北京各大媒體都作了報導，認為這是茅盾研究中「空前的盛會，良好的開端」。

會議期間，成立了中國茅盾研究學會，周揚任會長，沙汀、黃源、羅蓀、葉子銘為副會長。羅蓀兼秘書長。巴金、葉聖陶等 17 人為學會顧問。第一批會員有 77 人，使原來分散的研究力量真正集中起來，並在新的歷史時期發揮作用。

學術討論會之後，1983 年 4 月 29 日在北京成立了《茅盾全集》編輯委員會，由丁玲等 34 人組成，曹辛之先生為藝術顧問。周揚為《茅盾全集》編委會主任，羅蓀為副主任，下設《茅盾全集》編輯室，葉子銘為編輯室主任。同日，編委會召開在京編委會議，會議認為：茅盾是中國現代文學的奠基人之一，他以畢生精力和多方面的成就為中國現代文學的發展作出了卓越的貢獻。他的著作是中國人民寶貴的文化財富。《茅盾全集》由人民文學出版社負

責出版。編委會還明確了《〈茅盾全集〉註釋條例》和《〈茅盾全集〉校勘條例》，確保編校質量。這項工程的啓動，也大大推動了茅盾研究的深入開展。

在這一時期內，《茅盾全集》開始在 1984 年出版。吉林東北師範大學中文系率先在大陸高校建立起第一個「茅盾研究室」，孫中田先生擔任主任。1985年 12 月浙江省率先建立全國第一個省級茅盾研究學會，並開展學術研討活動，隨後山東省也成立茅盾研究學會。茅盾的故鄉桐鄉縣率先成立全國第一個縣級茅盾研究學會，並刊出《茅盾研究會刊》，1985 年湖州師專中文系也成立地市級高校的茅盾研究室。這些學術機構的建立，進一步繁榮了中國的茅盾研究，同時也爲茅盾研究的繁榮營造了一個寬鬆的環境。

第三節　由感性到理性：研究的深化和開拓

> 正如許多偉大作家一樣，茅盾是以開闊的視野，敏銳的頭腦，以「爲我所用」的精神借鑒外國文化思想的。
>
> ——孫中田

> 茅盾的著名長篇小說《子夜》的主人公吳蓀甫，是一個具有深遠的美學和歷史價值的藝術典型，他在現代中國文學形象畫廊裡，填補了民族資產階級形象的空白，佔有十分重要的地位。
>
> ——張立國

在這一時期的茅盾研究考察中，一個很明顯的特點是，茅盾研究由對其人格的讚美進而到理性的研究，研究的深度和廣度都達到前所未有的程度。第一次全國性茅盾研究學術討論會的召開，標誌著茅盾研究從無序到有序，從鬆散到緊密，以及從感性到理性的開始。次年，即 1984 年 12 月 6 日至 12日，第二屆全國茅盾研究學術討論會在杭州西湖國賓館召開，與會者 100 餘人，收到論文 90 多篇，內容涉及方方面面，比較集中的是關於茅盾文藝理論和小說創作，這也是一次收穫頗豐的學術討論會。1985 年 8 月上旬，首屆茅盾研究講習會在浙江湖州召開，葉子銘、丁爾綱、邵伯周、查國華、莊鍾慶等專家學者專程赴湖州講課，傳授茅盾研究方法和心得。同年 10 月 8 日至 12日，由東北師大茅盾研究室和揚州教育學院中文科聯合主辦的「青年茅盾研究者筆會」在江蘇揚州召開，在這次會議上，一批青年茅盾研究者提出了研究的創新問題，認爲茅盾研究極待深化、開拓和創新，「而借鑒一些新的研究

方法，尤爲重要」。倡導多元的研究方法，「即應該用文學的眼光、藝術的筆觸、形象地展示出作家豐富複雜的感情世界、冷靜深沉的性格特點和他那隱含波折的婚姻愛情，讓這位文學巨匠作爲一個有血有肉的完整的人的形象矗立在讀者的心目中」。﹝註16﹞1986 年茅盾誕辰九十週年時召開的第三屆全國茅盾研究學術討論會，將這一時期的茅盾研究推向了高潮，並呈現了一派繁榮景象。在文學研究創新思潮的影響下，一批年輕學者和研究者向傳統的觀點和研究方法挑戰，出現了爭鳴，達到了前所未有的活躍。用當時委婉的語言來講，學術討論會出現了「寬鬆融洽的氣氛催化著伴隨焦灼感的強烈突破意識」。

這一時期比較集中的是有關於時代性和時代女性的研究，有關於小說結構藝術的研究，有關於茅盾早期文藝思想的研究以及對名篇的研究等。

關於時代性和時代女性的研究當中，較有深度和代表性的，有莊鍾慶、曹安娜等人的論文。莊鍾慶先生在《茅盾現實主義時代性理論的演化及價值》一文中，提出茅盾的現實主義文藝觀經歷著形成、發展、成熟和深化幾個階段，而時代性的主張貫串著全過程。他認爲茅盾在現實主義時代性理論的提出與發展時期，就指出了「文學要反映一定時代的社會生活，就要敢於揭露當代社會的黑暗」。同時，茅盾還認爲「除了著力揭露社會的黑暗外，還應表現理想」，應當「或隱或顯地必然會有對於當時代罪惡反抗的意思和對於未來光明的信仰」。﹝註 17﹞另外，莊鍾慶還指出：「茅盾提出現實主義時代性是同反對當時文壇上出現的非時代性或反時代性的創作傾向有關。」﹝註 18﹞這樣的研究脈絡十分清晰和透徹。在繼續探索階段，莊鍾慶認爲茅盾的認識有了新的提高和深化，在這個時期，「他運用階級觀點解釋文學的時代性」。這就是說，「文學反映現實生活，不僅應揭露舊社會的弊端，還應挖掘社會根源，把筆尖對準舊的社會制度及其所代表的反動階級，這樣才能反映時代生活的本質」。﹝註 19﹞同時，莊鍾慶認爲茅盾關於文學時代性的主張，還包括要求充分表現理想，指出：「茅盾主張以無產階級精神表現時代現實，並揭示革命理

﹝註16﹞ 見《茅盾研究》第 3 輯。
﹝註17﹞ 莊鍾慶：《茅盾現實主義時代性理論的演化及價值》，刊《茅盾研究論文選集》，湖南人民出版社 1983 年版。
﹝註18﹞ 見莊鍾慶：《茅盾現實主義時代性理論的演化及價值》。
﹝註19﹞ 同上。

想，這表明茅盾對於文學的時代性的新看法。與前個階段比較，已有了新的質變，關鍵在於他明確地指出表現文學時代必須同無產階級革命思想密切聯繫起來。」〔註20〕

莊鍾慶還認為，茅盾對於革命現實主義時代性的探討，1929～1937 年這一階段已是明晰化、系統化，「臻於成熟的程度」。因為「茅盾認為文學的時代性，既要把那個時代總的『時代情形描寫出來』，又要把『相應於各個時期』的時代面貌表現出來，這樣才能稱為『完全無缺點』地反映時代特徵」。〔註21〕指出「茅盾認為文藝要反映時代，必須反映每一歷史階段的重大事件，重大鬥爭」，同時「還要揭示時代精神」。〔註22〕總之，這個階段茅盾關於文學時代性的主張的重大進展在於：第一次明確地提出革命現實主義所需要的時代性，並從作家思想、創作原則、描寫對象、表現技巧（包括人物塑造、環境安排、描寫手法）以及藝術風格進行了明晰、系統而精闢的論述，這些理論主張已達到了成熟的程度。莊鍾慶還認為：「在新文學運動中，茅盾是第一個明確提出並比較科學地闡述新現實主義時代性的，這是他對中國文學批評史所作的獨特貢獻。」〔註23〕

在抗戰時期和解放戰爭時期，是茅盾的革命現實主義時代性主張進入深化的階段。這個「深化」特點，主要表現在茅盾認為革命現實主義時代性必須運用群眾喜聞樂見的形式，充分反映人民大眾鬥爭的偉大時代。在具體表述上，莊鍾慶認為茅盾對時代性的詮釋，「應當從表現時代的主要特徵和時代的全貌兩個方面進行詮釋」的主張，是他「對時代性作了高度的概括」，因此，莊鍾慶認為：「茅盾的現實主義時代性的主張對中國現代文學的發展有著獨特的貢獻。」〔註24〕所以，莊鍾慶先生的這篇長文，第一次將茅盾關於時代性的理論發展脈絡進行了全面梳理，清晰地描述了茅盾關於時代性理論見解的發展歷程，是這一時期茅盾研究中的一篇重要論文。

這一時期除了莊鍾慶先生的有關茅盾時代性問題論文外，還有不少論文專門論述、研究這個問題，其中邱文治的《論茅盾小說的時代性》一文也是頗有分量的專論。他從三個方面剖析茅盾小說與時代的關係，首先論述茅盾

〔註20〕 見莊鍾慶：《茅盾現實主義時代性理論的演化及價值》。
〔註21〕 同上。
〔註22〕 同上。
〔註23〕 同上。
〔註24〕 同上。

小說題材與時代的關係，認爲茅盾的小說自《蝕》開始，一直到《鍛煉》等中、長篇小說，「都是從時代激流的中心選取重大題材，並迅速地熔煉成藝術作品，起到了表現時代、推動時代的戰鬥作用，充分體現了偉大作家的革命責任感」。〔註25〕其次論述了茅盾小說的主題與時代的關係。邱文治把茅盾的小說創作分爲三個階段，認爲這三個階段小說主題的研究，表明「茅盾的腳步是緊隨著時代前進的」，「從而使他的小說深刻地揭示了時代的本質」。其三是論述了茅盾小說內容與時代的關係。指出：「由於茅盾投身於時代的激流。密切注視社會發展的趨向，同時他又像巴爾扎克那樣要用自己的小說反映整個時代的宏願，因而，他的作品往往內容上相互補充，時間上前後相承，從而構成完整的史詩規模的歷史長卷。」〔註26〕邱文治的這個研究是能給人啓迪的。

關於「時代女性」的研究，也是這一時期的一個研究熱點，其中趙園的《大革命後小說中的「新女性」形象群》、曹安娜的《〈蝕〉和〈虹〉中的「時代女性」形象》、唐沅的《歷史風暴中的「時代女性」》、陸文采的《記〈蝕〉的「時代女性」形象》、丁爾綱的《丁玲的莎菲和茅盾的「時代女性」群》等都是這一時期的重要研究成果，這些研究成果，構成獨特的茅盾研究景觀。

「時代女性」作爲中國新文學發展過程中與五四運動有不解之緣，在茅盾的文學世界裡有著特殊的地位和特殊魅力，因此，研究「時代女性」在茅盾作品中的地位和影響，就成爲茅盾研究中的一件很有意義的工作。但是，什麼是「時代女性」呢？唐沅先生認爲：「所謂『時代女性』，是指那些隨著時代的壯潮而起的小資產階級知識女性。『時代女性』的出現，這個歷史現象本身就是中國社會解放運動，特別是婦女解放運動的產物。」〔註27〕而趙園在論文中將「時代女性」性格歸類爲「文弱」、「雄強」兩種。以此可見，研究者都十分注重對「時代女性」的界定。這種界定是有意義的，有利於深入研究「時代女性」的形象。

在具體的論述中，曹安娜的《〈蝕〉和〈虹〉中的「時代女性」》一文頗有代表性。她在論文中開宗明義地說，「時代女性」是「作爲一個形象群加以研究，力圖探求形象個體間的必然聯繫、形象類的本質特徵，及其在現代文

〔註25〕邱文治：《論茅盾小說的時代性》，《中國社會科學》1985年第1期。
〔註26〕同上。
〔註27〕唐沅：《歷史風暴中的「時代女性」》，《現代文學講演集》。

學中的地位」。意思是想全方位地探討「時代女性」這個群像在新文學作品中
的地位、作用和影響，這個思路是值得肯定的。她經過研究後認為，《蝕》三
部曲裡，「『時代女性』的性格是一脈相承的，她們每一個人是獨立的形象，
又是類的一個側面，從三個方面共同構成一個整體，表現了『時代女性』在
革命壯潮的三個過程中的三種情狀。她們美麗得『驚人』的外表和可怕得『驚
人』的內心，她們的不為人解的人生觀和男子氣，她們果敢的個性與極度矛
盾的精神世界，她們的難以準確概括然而異常鮮明的個性，已經以巨大的藝
術魅力緊緊抓住了讀者」。〔註28〕曹安娜還認為，茅盾筆下的「時代女性」與
作者創作思想有密切聯繫，她以《虹》為例說：「從『時代女性』的發展來看，
不僅是作者思想轉變的標誌，也是藝術上的提高和成熟的標誌。《虹》的成功
的藝術表現，在當時長篇小說頗乏的文壇上，是相當突出的。即使今天看來，
中國現代文學的長篇小說寶庫裡，《虹》排在第一流也當之無愧。」〔註29〕然
後，曹安娜根據《蝕》和《虹》的實際，分析「時代女性」的特徵，指出，
這些「時代女性」，「一般地說，她們是有些超凡脫俗的，在平庸的小市民群
裡，她們大有鶴立雞群之勢。高傲、尖刻，不屑與之為伍。她們不分皂白地
把灰色的人群看成是黑暗社會的代表，因而發生了各種各樣的衝突。她們以
自己的超群而得意，但由此而生的孤獨感也越來越濃重」。「但她們並不總是
那樣刻薄、冷酷的。」「她們不是生活中的最勇敢者、堅定者。」最後，曹安
娜歸納「時代女性」為：「比平庸之輩進步、優秀；比半解放者勇敢、超脫；
比革命者褊狹、淺薄。」〔註30〕這種分析和歸納是很有見地的。曹安娜在論
文中，還對「時代女性」產生的原因作了探索，認為「她們是時代的產兒，
時代造就了她們敢說敢幹的勇氣，獨立不羈的精神和寧死不屈的品格」。〔註
31〕「時代女性」的個性原因首先是社會造成的，其次是思想的（亦即「五四」
影響）；再次是個人的。所以「在『時代女性』身上，時代感和時代病是統一
的」。這不無道理。曹安娜論文的最後一部分是將同時代的「時代女性」作一
簡略比較。

　　但是，「時代女性」之間比較研究相對深刻的，是唐沅、陸文采、丁爾綱

〔註28〕曹安娜：《〈蝕〉和〈虹〉中的「時代女性」》，刊《茅盾研究論文選集》，湖南
　　　　人民出版社1983年版。
〔註29〕見曹安娜：《〈蝕〉和〈虹〉中的「時代女性」》。
〔註30〕同上。
〔註31〕同上。

等人的論文。這些專家的論文大多通過與其他作家的作品進行比較分析，然後把握「時代女性」的特徵。唐沅在《歷史風暴中的「時代女性」》一文中，通過冰心的《兩個家庭》、廬隱的《海濱故人》、淦女士的《隔絕》、魯迅的《傷逝》和茅盾的《蝕》、《虹》進行比較，認爲前四部作品裡的女主人公都是「新女性」，她們要求「婚姻自主」、「人格獨立」、「個性解放」，「或深或淺地反映出了『五四』青年生活某個側面」，但是「沒有把主人公置於澎湃的時代激流之中加以表現」。唐沅同時認爲《蝕》與《虹》則與之不同，這兩部小說「不僅傳達了那個時代充滿鬥爭的濃厚的生活氣息，而且震響著回蕩著奔湧向前的時代洪流澎湃的濤聲。最重大的歷史事變在作品裡不只是作爲故事背景加以表現，作家對歷史進程的風雲變幻本身常常用濃墨重彩作直接的描繪，甚至化爲故事的重要情節」。〔註32〕陸文采在《論〈蝕〉的「時代女性」形象》一文，也從比較角度論述茅盾「時代女性」的特徵。他首先把《蝕》與《莎菲女士日記》相比，作品人物相比，認爲莎菲和章秋柳她們的共同點是「都追求熱烈而痛快的生活，追求浪漫和虛幻的愛，並要求用刺激的生活來排除內心無法解脫的苦悶，她們沒有崇高的理想，而一味地希望別人都愛自己卻又不滿足於這種愛，她們認爲把那些庸俗的男性求愛者玩弄一下後一腳踢開，是『女子最快意的事』」。不同點是：「莎菲的苦悶和幻滅的悲哀主要是追求潔美愛情而不得的苦悶」，而章秋柳主要是「生活和環境的逼迫，使她在不甘寂寞的追求中不斷出現苦悶」；莎菲缺少章秋柳那種「天生的熱烈的革命情緒」，身上負的苦悶「要比章秋柳沉重」，因此陸文采先生認爲，對於「時代女性」矛盾性格的理解，茅盾較之於丁玲，就顯得更爲深刻。〔註33〕同時，陸文采先生又將蔣光慈的《衝出雲圍的月亮》和茅盾的《蝕》比較，認爲《衝出雲圍的月亮》沒有《蝕》深刻，「時代女性」形象也沒有《蝕》真實而動人。〔註34〕

丁爾綱先生的《丁玲的莎菲和茅盾的「時代女性」群》一文就丁玲和茅盾早期關於「時代女性」的塑造進行整體性的比較。他認爲丁玲追求的重點是內向，而茅盾一開始就將內向和外向結合起來。他又對兩位作家筆下「時代女性」的典型環境進行比較。認爲相同點是：（1）這些知識女性都和「新民主主義革命發生了內在聯繫」；（2）「五四」以來的各種思潮，「都在她們思想中打下了烙印」；（3）她們都不滿現實，有改變現狀的強烈要求。這三點，

〔註32〕見唐沅：《歷史風暴中的「時代女性」》。
〔註33〕陸文采：《論〈蝕〉的「時代女性」形象》，《遼寧師大學報》1984 年第 3 期。
〔註34〕見陸文采：《論〈蝕〉的「時代女性」形象》。

丁爾綱先生認為是兩位作家筆下「時代女性」所具有的「最主要的時代性和社會性」，所以不能抹殺其典型意義。

此外，這一時期對「時代女性」的研究還深入到前後期的變化以及「時代女性」的描寫的歷史地位，都頗有新意和見地，也是以往茅盾研究所沒有過的。

關於茅盾小說結構藝術的研究，在這一時期也達到了一定的高度，其中李岫的《結構的藝術與藝術的結構》、王嘉良的《論茅盾小說的有機性結構特徵》、丁爾綱的《現實主義的總體設計——三論茅盾小說的結構藝術》、許志安的《取精用宏，推陳出新——試論茅盾長篇小說對中外小說結構藝術的繼承與革新》等論文頗有代表性，李岫在這篇題為《結構的藝術與藝術的結構》的論文中，以《子夜》為研究文本，並進行逐章分析，認為茅盾在動筆寫《子夜》之前，「確對小說要表現的各項節目及其連鎖性有了充分的醞釀、消化和認識」。〔註35〕王嘉良在《論茅盾小說的有機性結構特徵》中認為茅盾小說的有機性結構特徵，「首先就在於實現了結構圍繞『中心軸』的原則」，這個中心軸包括兩個方面，一是「圍繞中心『意識』，即作品的中心思想（主題）」；二是「圍繞中心『動作』，即作品的中心事件、中心線索。通過這兩個『中心』的確立，把全書各部分有機地串連起來，連成一個嚴密的整體」。他以茅盾的一些代表作為例舉證。在研究結構與塑造人物性格的關係時，王嘉良運用他的有機說，指出「情節的推移，故事的進展，同人物的性格發展同步前進，恰恰形成了結構圍繞於一個主體展開的有機統一性。它同結構圍繞於一個『中心軸』是相輔相成的。因為作品主題的揭示，離不開人物性格的刻畫」，「因此把主題看成是結構的『中心軸』，在善於『形象化』的作家那裡，實際上也同時意味著結構昭示人物性格發展過程的匠心安排」。〔註36〕在談到情節安排問題時，王嘉良提出了「情節的『連鎖性』組合」問題，並在論文中作了闡述，指出，所謂「情節的『連鎖性』組合，接近戲劇中的『鎖閉式』結構，表現為時間集中、場景集中，使情節在盡可能狹小的時間和空間內展開；在安排和組織上，往往以現在的情節為主，把過去的情節用回敘、補敘的方式逐漸透露出來。這樣做，使情節高度緊湊、集中，形成事件連續發展的趨向，做到環環相扣，步步相逼，

〔註35〕李岫：《結構的藝術與藝術的結構》，刊《茅盾研究論文選集》，湖南人民出版社 1983 年版。
〔註36〕王嘉良：《論茅盾小說的有機性結構特徵》，《天津社會科學》1986 年第 1 期。

推動情節迅速向高潮發展，造成讀者想讀完作品的濃厚興趣」。〔註 37〕丁爾綱先生認爲，茅盾在結構藝術技巧運用上，是嚴格地遵循現實主義的創作原則的，具體表現在：首先是「作者態度的隱蔽性」；其次是小說開端布局的客觀性和全局性；其三是結構技巧有「襯景」性；其四是有「立體感」。因此他認爲茅盾的結構藝術是開放性的，而不是封閉性的。許志安先生認爲，茅盾長篇小說的結構布局是「謹嚴恢弘」的，而這個藝術風格正源自茅盾深厚的中外文學的底蘊，能夠「涵湧吐納，洪爐化雪」。許志安之所以對茅盾長篇小說的結構藝術有濃厚興趣，是因爲「作品的結構是藝術形式的重要因素，它既依賴於作品所要反映的具體生活內容和作家對生活的認識和評價，又是反映社會生活、體現作家對生活的認識和評價的一種重要手段」。〔註 38〕在茅盾的長篇小說中，許志安先生認爲，「茅盾的小說處女作《蝕》三部曲分別以單線、雙線和多線的結構形式進行嘗試」，〔註 39〕並基本上達到了「斷而能續」、「可離可合」的結構要求，同時認爲茅盾在《蝕》三部曲的結構方法中吸取了巴爾扎克的「人物再現法」的結構方法，從某種程度上彌補了《蝕》整體結構的粗疏鬆散之不足。許志安在研究《子夜》之後認爲：「茅盾是個精於結構布局的藝術大師。」《子夜》結構宏大，線索繁多；既有驚濤駭浪，又有漣漪微波；既見園林整肅，又見亭臺參差；疏能揚鞭躍馬，密難見縫插針；節奏有張有弛，有動有靜，有揚有抑，明快多變，布局嚴謹細密而又疏朗恢弘；色調濃淡有致，冷暖得體；全書對比映襯、伏筆照應，首尾句聯，前呼後應；既縱橫捭闔，虛實相間，又層次分明，脈絡清楚；達到完整閉鎖與開放蕭散的辯證統一。」〔註 40〕他還認爲：「《子夜》在整體結構上採用的是《紅樓夢》式的『一樹千枝』的結構形式。」〔註 41〕許志安這篇論文對《蝕》尤其對《子夜》的分析是精到的，也是頗有新意和深度的。

在研究茅盾小說結構藝術中，還有不少論者對茅盾早期小說的結構藝術和後期小說的結構藝術進行對比研究，尋找變化，並揭櫫出這種變化的歷程，這同樣也是這一時期茅盾研究中的可喜收穫。其中丁爾綱先生的研究最爲全

〔註 37〕 王嘉良：《論茅盾小說的有機性結構特徵》，《天津社會科學》1986 年第 1 期。
〔註 38〕 許志安：《取精用宏，推陳出新》，刊《茅盾研究論文選集》，湖南人民出版社 1983 年版。
〔註 39〕 同上。
〔註 40〕 同上。
〔註 41〕 同上。

面，他將茅盾小說結構藝術發展歷程分為三個時期，第一時期為 20 年代末到
30 年代初。這一時期的結構藝術有四個特點：一是「幾乎無一例外地寫小資
產階級知識份子參加或追隨革命歷程中充滿坎坷的道路」；二是「以這樣的主
人公的人生道路作藝術結構的軸心，或者把其人生途程的縱線歷程截成片斷
穿插於橫斷面的描寫之中，或者直接採用人生道路的縱線結構」。三是「絕大
部分的結構體制都包孕著由人物內心世界的縱向展示和作者自我表現的情緒
基因所決定的心理結構因素」四是「這種人物結構為主，心理結構因素為輔
的結構藝術，多以不同的人生道路相比的發展情勢組成小說情節發展的結構
體系。」第二時期為 30 年代初到抗戰爆發前後。這一時期的作品結構特點是
「一幹千枝的多線索結構和盤根錯節的蜘蛛網結構」。第三時期為抗戰爆發後
到 40 年代末。這一時期的結構特點為：「第一，政治領域、經濟領域和意識
形態領域的多層次社會結構均在小說藝術結構的包容之中；第二，相應地形
成了兩組以上的人物群體，使小說人物體系由單一中心發展為多中心；第三，
形成人物線索、事件線索綜合運用的多線索複合性藝術結構；第四，一向為
茅盾所重視的心理結構因素重新出現，或者加大了比重」。〔註42〕丁爾綱先生
的分期是符合茅盾作品實際的。

　　在這一時期的茅盾小說結構研究中，還有許多研究者都注意到茅盾小說
中「瑣雜感」現象，並加以探討，充分呈現了這一時期茅盾研究的健康現狀。

　　關於茅盾早期文藝思想的研究，也同樣在這一時期得到深化和開掘，尤
其是關於茅盾早期提倡自然主義問題，引起這一時期眾多研究者的關注。呂
效平、武鎖寧的《茅盾與自然主義》一文將茅盾早期宣傳寫實主義、自然主
義分為兩個階段。他們認為，第一階段是 1921 年以前，茅盾主要是大力介紹
寫實主義；第二階段開始的標誌是發表於 1921 年 12 月的《一年來的感想與
明年的計劃》，主要是大力提倡自然主義。黎舟在《論茅盾早期提倡新浪漫主
義與介紹自然主義》一文中認為：「茅盾是在認真研究 19 世紀歐洲文學史，
比較清楚地看到了批判現實主義、自然主義的缺點後才提出新浪漫主義的，
這正反映了茅盾對一種較批判現實主義、自然主義進步，不流於單純暴露社
會黑暗的新文學的渴望和追求。」〔註43〕黎舟還指出：「茅盾所提倡的新浪漫
主義是有特定內涵的，即指法國作家羅曼‧羅蘭為代表的新理想主義，而決

〔註42〕丁爾綱：《三論茅盾小說的結構藝術》，《河北師大學報》1986 年第 2 期。
〔註43〕黎舟：《論茅盾早期提倡新浪漫主義與介紹自然主義》，《茅盾研究》第 1 輯。

非印象主義、象徵主義、唯美主義。」〔註44〕至於茅盾爲什麼要提倡新浪漫主義？黎舟先生認爲有三個原因，一是從新文學宣傳新思潮的角度提出問題的。二是要克服寫實文學重客觀、輕主觀的偏頗，復活爲寫實文學所缺少的「浪漫的精神」。三是吸取新浪漫主義的「兼觀察與想像」，「綜合地表現人生」的長處。他認爲：「茅盾從文學『表現人生』、『指導人生』的觀點出發，提倡以新理想主義爲內涵的新浪漫主義，從根本上來說，也就是主張文學作品要體現『革命的解放的創造的』的『浪漫的精神』。」〔註45〕至於茅盾介紹自然主義，黎舟認爲這是茅盾「他從文學的進化觀點出發，也是針對當時小說創作上的不良傾向而提出的一種權宜性措施」。〔註46〕同時又指出茅盾介紹自然主義是受 19 世紀俄國批判現實主義與 20 世紀初法國新理想主義的影響有關。在這一點上，黎舟先生的觀點與其他論者觀點基本相同。楊健民在《論茅盾早期介紹寫實主義自然主義問題》一文中，將茅盾介紹寫實主義、自然主義放在 20 世紀初至 20 年代初的時代背景裡加以考察，他從當時文學演進、社會狀況、創作文壇及創實踐去觀照茅盾文學觀，認爲：「茅盾對寫實主義自然主義的介紹，並不率爾從事。他既不全盤接受，又不簡單否定，而是有所批判，有所取捨。」〔註47〕楊健民在論文第二部分專門分析論述了茅盾在使用現實主義和自然主義概念中的「混同」和區別。第三部分分析茅盾早期對歐洲寫實主義和自然主義的介紹中與前人和同時代人的不同之處，認爲茅盾的介紹具有「歷史進步性和發展性」。〔註48〕另一位論者張中良在《論茅盾「五四」時期文藝思想特色》一文中將茅盾早期文藝思想概括爲「獨標一幟的爲人生主張」、「博採群芳的創作方法論」，「涵容廓大的美的追求」，「思想內容與藝術美並重的批評原則」等四個方面，頗有新意。朱德發、阿岩、翟德耀認爲茅盾對於左拉自然主義所著重強調汲取和借鑒的具體內容包括了這樣幾個方面：一是「汲取了自然主義的理論基礎——泰納藝術哲學中的樸素唯物主義美學觀點，探討了文學與人生的關係」；二是「汲取了左拉自然主義的科學精神，提出了文學藝術的最大目標是『眞』」；三是「汲取了左拉自然主義的注重實地觀察的唯物主義的崇實思想」；四是「汲取了自然主義的科學描寫

〔註44〕黎舟：《論茅盾早期提倡新浪漫主義與介紹自然主義》，《茅盾研究》第 1 輯。
〔註45〕見黎舟：《論茅盾早期提倡新浪漫主義與介紹自然主義》。
〔註46〕同上。
〔註47〕楊健民：《論茅盾早期介紹寫實主義自然主義問題》，《茅盾研究》第 2 期。
〔註48〕同上。

法，主張新文學必須注重客觀描寫」。〔註49〕這些歸納作爲一家之言，不無道理。在茅盾前期思想的研究中，普遍關注在以上這些方面，並比較深地發掘出許多帶有開拓性課題和內涵。因此可以說，對茅盾早期思想和作品研究中，除了時代性、時代女性及小說藝術外，關於茅盾早期介紹、接受、傳播的文藝思想，是這一時期研究界關注的熱點和重點。

在這一時期還有一個非常明顯的現象，即對茅盾作品、名著的關注。據不完全統計，1981～1986 年的 6 年間，研究介紹《子夜》的文章及論文共計108 篇，介紹研究《春蠶》的文章和論文有 35 篇。新中國建立之後很少涉及的《霜葉紅似二月花》、《虹》、《清明前後》、《走上崗位》、《腐蝕》等作品也引起了研究者極大的興趣，寫出了一批論文，推動了茅盾研究的全方位展開。如張大雷先生的《論〈腐蝕〉的心理小說特徵》、張明亮的《論〈霜葉紅似二月花〉的時代背景》、陳平原的《〈清明前後〉——小說化的戲劇》、萬樹玉的《淺談〈鍛煉〉的思想藝術成就》等，都是這一時期的新成果新收穫。

張大雷先生在《論〈腐蝕〉的心理小說特徵》一文中，給予《腐蝕》以高度評價，認爲：「《腐蝕》顯示了茅盾高度的歷史責任感、深刻的政治洞察力和敏銳犀利的戰鬥鋒芒，同時也表現了他驚人的藝術魄力和創新精神。」〔註50〕他認爲《腐蝕》在茅盾全部作品中「僅次於《子夜》而居於突出的地位」。〔註51〕他在論文中特地從《腐蝕》心理小說的特徵加以剖析：一是認爲「通過人物的心理變動的眞實，深刻地再現了社會和歷史活動的眞實」。他指出在《腐蝕》中，作者把「重心從對客觀現實的精確描繪轉移到對人的精神世界的細膩刻畫，著重表現內心世界的空間和時間運動」。「趙惠明的靈魂深處籠罩著現實濃重的陰影，烙下苦難的傷痕；她複雜多變的性格和心理是客觀社會環境和矛盾衝突的個性化的產物，同時又從獨特的角度反映了特定的時代氛圍和歷史環境，這種辨證統一的關係，使作品得以充分顯示出革命現實主義的力量。」這種研究視角使《腐蝕》的研究得到深化和拓展，這是值得肯定的。二是「運用帶有濃重理性色彩的心理分析，是《腐蝕》作爲心理小說的第二個顯著特徵」。張大雷先生認爲，這個特徵表現在三方面：第一，人物

〔註49〕 見《茅盾前期文學思想散論》，山東人民出版社 1983 年版。
〔註50〕 張大雷：《論〈腐蝕〉的心理小說特徵》，刊《茅盾研究論文選集》，湖南人民出版社 1983 年版。
〔註51〕 同上。

心理活動有著嚴格的質的規定性和量的分寸感。第二，理性分析與心理活動的高度融合。第三，這種理性分析的特徵最出色地表現在作者精心設計的人物多次心理交鋒中。〔註52〕張大雷先生的這種分析是有道理的。

其他如蕭新如先生的《讀茅盾的〈多角關係〉》、萬樹玉的《淺談〈鍛煉〉的思想藝術成就》等，都從不同角度研究了過去不為研究者重視的作品。陳平原先生的《〈清明前後〉——小說化的戲劇》是這一時期作品研究中引人注目的一篇文章，他在文章中提出一個引人關注的視點，即認為茅盾的惟一劇本《清明前後》是「小說化的戲劇」，將它與曹禺等劇作家的詩化的戲劇作比照，認為：「詩化的戲劇和小說化的戲劇各有千秋，不可互相代替。前者矛盾空泛，感情博大，主題深邃，富有哲理；後者則矛盾尖刻，表現精確，切近現實人生，社會容量大，戰鬥性強。」〔註53〕他指出：「如果把《清明前後》跟《屈原》、《雷雨》放在一起比較，不難發現，前者重理性思索，把感情蘊藏在情節的自然進程中，因而顯得冷靜凝重；後者重情感宣泄，挾沙帶石，一瀉千里，因而顯得熱烈奔放。」〔註54〕一般而言，類似這類題目都是帶有貶義的指摘，但陳平原先生卻能從這樣的題目中做出褒揚的文章，不愧為箇中高手。他經過比較研究後認為：「《清明前後》作為小說化的戲劇，有它突出的優點：視野廣闊，主題深邃，人物性格鮮明，風格樸實深厚；也有它明顯的缺點：戲劇性不足，舞台效果欠佳。」〔註55〕這確是實事求是之論。在《清明前後》的研究中，這一時期還有莊鍾慶等人的研究，這裡限於篇幅不再贅述。

對名著如《子夜》等深入研究，在這一時期成為一個熱潮。張頌南先生的《從美學角度探索〈子夜〉》是這一時期頗有新意的一篇論文，他從人物形象分析入手，首先從美學意義上分析《子夜》的重點人物吳蓀甫，認為吳蓀甫是一位美學意義上的悲劇人物，從作家創作過程看，作家在「創作過程中的藝術思維，也總是帶著情緒在一定的審美觀念支配下進行的，作家對自己描寫的對象不能不帶著感情的美醜的評價，這種美醜的評價在創造藝術美時，就或體現為崇高、悲壯、柔美等的美的形態，或體現為滑稽、幽默、諷

〔註52〕張大雷：《論〈腐蝕〉的心理小說特徵》，刊《茅盾研究論文選集》，湖南人民出版社1983年版。
〔註53〕陳平原：《〈清明前後〉——小說化的戲劇》，《茅盾研究》第1輯。
〔註54〕同上。
〔註55〕同上。

刺等的美的形態。大作家的作品告訴我們，從這種美學的高度塑造形象，往往是作家在藝術上成熟和成功的標識。從吳蓀甫這個人物的經歷、遭遇、結局來看，無疑是屬於悲劇的範疇的。它之所以如此激動人心，正因為作家在描寫這個人物中創造了一種悲劇美」。〔註56〕在界定吳蓀甫這個形象定位後，張頌南先生又探索吳蓀甫悲劇性格的內在意義，揭示出吳蓀甫「性格複雜、美醜相間」的性格兩面性特徵，從而認為吳蓀甫的悲劇「也是一個深刻的社會悲劇」。〔註57〕透過美學看到吳蓀甫這個人物形象的深刻意義。其次探索《子夜》的美學藝術成就，他認為：「在於它以現實主義的多種表現手法和多樣藝術美的創造，展現了我國30年代的歷史畫卷。」〔註58〕具體而言，主要有「整體美與細節美」、「流動美與靜態美」、「自然美與象徵美」。張頌南先生充分發掘了《子夜》的美學價值。

　　張立國先生的《試論吳蓀甫的結局》一文，也是這一時期被學者讚許的論文。張立國先生選擇《子夜》中主人公吳蓀甫的結局這個頗有爭議的問題，進行深入論述。他首先剖析吳蓀甫的結局是否是「投降帝國主義，走向買辦化」？他針對一些論者認為吳蓀甫的結局是破產，而沒有買辦化；有的認為吳蓀甫「在買辦化的路上走了一段」，「想買辦化還未成功時，他就被趙伯韜徹底擊垮，落得傾家蕩產的下場」的觀點，表達了自己的看法：「買辦、買辦化，買辦資本家並不是一回事，其中並沒有必然的聯繫；買辦化也不是買辦資產階級的同義語。」〔註59〕他認為：「買辦」只是在帝國主義某些企業拿佣金的中國老板，「買辦化」是指帝國主義「鯨吞中國工商業的代名詞」。至於「買辦資本家」，是指趙伯韜那樣的「同國民黨反動政府密切勾結的有權有勢的大資本家」。而吳蓀甫是否走上買辦化道路問題，張立國先生認為《子夜》「沒有明確寫出」，但「從小說的情節描寫來看，吳蓀甫還沒有走上買辦化道路」，不過，「預示了將來的出路很可能走上買辦化道路」。〔註60〕這個結論主要建築在吳蓀甫及其企業「與帝國主義的經濟勢力的關係」之上，也由於同

〔註56〕張頌南：《從美學角度探索〈子夜〉》，刊《茅盾研究論文選集》，湖南人民出版社1983年版。

〔註57〕同上。

〔註58〕同上。

〔註59〕張立國：《試論吳蓀甫的結局》，刊《茅盾研究論文選集》，湖南人民出版社1983年版。

〔註60〕同上。

樣的理由，認爲吳蓀甫沒有走上買辦化道路。其次，張立國在論文中針對有
的論者認爲吳蓀甫只有過動搖，而沒有妥協和投降的觀點，提出「吳蓀甫沒
有妥協是值得商榷的」。他認爲吳蓀甫將八個廠盤給英商某洋行和日本某會
社，「這無疑是一種妥協」。這就是說，「吳蓀甫明裡看似沒妥協，實際上有一
定的妥協，對美國銀團及其掮客趙伯韜沒妥協，對整個帝國主義和買辦勢力
又有妥協」，但是，張立國先生認爲，「吳蓀甫的妥協中也包蘊著抗爭」，那就
是「對英、日商的妥協，本身就是對美國財團及其掮客趙伯韜的報復」。其三
是張立國先生認爲：「吳蓀甫的最後結局沒有投降。」「他寧可走上破產的道
路，也沒有向買辦資本家趙伯韜交械。」因此，張立國先生認爲，吳蓀甫「這
個悲觀人物深得人們的同情。這種同情感是植根於民族自尊心和愛國主義感
情基礎之上的」。這是很有見地的成果。最後，張立國先生針對吳蓀甫破產及
其破產程度的不同看法，作了深入研究，認爲當年瞿秋白的「《子夜》的收筆」
「太突然」的感覺，是「茅盾有意爲之，它妙就妙在爲讀者留下了廣遠的想
像空間」。〔註 61〕因此，他認爲：「吳蓀甫的去廬山避暑，不能單純地理解成
避難逃債，這不符合吳蓀甫的基本性格。我個人認爲，這是這頭受了巨創的
『雄獅』，去舔舐自己身上的血跡，恢復氣力，檢省所餘，試圖重整旗鼓以挽
頹局。」〔註 62〕這種分析將吳蓀甫這個人物形象的研究向前推進了一大步。

　　這一時期對《子夜》的研究，除了上面簡要介紹的一些觀點之外，還有
大量論文都不同程度地提出了自己的新觀點，或者對過去老觀點進行進一步
闡述。吳組緗先生在一篇讀《春蠶》的論文中，對《子夜》的創作過程有一
個分析，認爲茅盾寫作《子夜》時，「讀了不少分析中國社會性質和論述中國
革命性質、革命路線的論文，他是有了這種理性認識之後去找生活，找題材
的」。吳先生肯定茅盾這種創作方法，認爲這種「先有主題思想，而後去找生
活」，也就是「由抽象到具體，由一般到個別」的創作方法，「有一個好處，
就是不會滅頂在生活大海中」。相反，能夠表現「時代與社會的主要矛盾」，「有
高度的思想性」，《子夜》的成就主要得力於這種先有正確的主題思想。〔註 63〕
吳組緗先生的論文在茅盾研究界引起廣泛的關注。除了先有主題後找生活的

〔註 61〕　見張立國：《試論吳蓀甫的結局》。
〔註 62〕　同上。
〔註 63〕　吳組緗：《讀〈春蠶〉——兼談茅盾的創作方法及其藝術特色》，《中國現代文
　　　　　學研究》1984 年第 4 期。

觀點引起一些論者探討外，吳組緗先生的關於《子夜》中吳老太爺到上海後「死得沒有道理」，茅盾純粹為了技巧需要等觀點，也在研究界引起關注。邱文治先生在《論〈春蠶〉及茅盾有關小說的主題把握》一文中有針對性地說：「《子夜》描寫各色各樣的地主，有馮雲卿那種不顧廉恥唆使女兒向買辦獻媚的地主，有曾滄海那種十惡不赦的土地主，也有趙太爺那種手捧《太上感應篇》的地主。在半殖民地半封建的中國社會，地主階級與資產階級可以水乳交融，但在某些人身上可以水火不容。吳老太爺從鄉下到上海，看見紅男綠女等光怪陸離景象，在垂老之年受刺激，結果腦溢血而死，這是可以理解的。因為小說對吳老太爺的經歷作過具體的交待：他曾主張維新，但騎馬習武跌傷了腿而半身不遂，『英年浩氣』完全消盡，加上喪偶之痛，過著『足不窺戶』的寂寞生活，於是《太上感應篇》就成為他的精神寄託，不同意兒子在上海辦工業，作者把他作為老封建老僵屍來寫，讓他在資本主義花花世界中死去，這裡並不存在如吳組緗同志所說的僅考慮技巧而否定社會性質。相反，倒是作者精心安排這一情節，突出了吳蓀甫要發展資本主義的雄心，並讓《子夜》中各類主要人物登場，茅盾這種借鑒《戰爭與和平》開頭的寫法是成功的。」〔註64〕後來，這種商榷性研究也大大推動了茅盾研究的進程，成為 20 世紀 80 年代的茅盾研究興旺的一種標誌。

　　除《子夜》外，《春蠶》、《林家舖子》也是研究者關注的重點，其中對《春蠶》，不少論者關注作品的藝術提煉問題，這方面以丁爾綱先生的論文考慮得最深刻，並有系統論文發表。不光是《春蠶》而且對《霜葉紅似二月花》等作品作了專題研究，取得可喜成果。史瑤先生、王嘉良先生等的茅盾短篇小說研究，也取得豐碩成果。總之，自 80 年代開始，茅盾研究基本上出現了繁榮的局面，無論是研究隊伍，還是研究成果，都達到一種空前的程度。

第四節　專著的出版和史料的開掘

　　孫中田、查國華編的《茅盾研究資料》，作為其中的一種，業已同讀者見面。這部 3 卷本、百餘萬字的資料，內容豐富而系統，編排清爽而謹嚴，是迄今見到的有關茅盾的研究資料和已經出版的數

〔註64〕邱文治：《論〈春蠶〉及茅盾有關小說的主題把握》，《中國現代文學研究》，1986 年第 4 期。

種「中國現代作家作品研究資料叢書」中，質量比較好的一部。

——白燁

綜觀《淺論》全書，我感到作者是努力想從作品出發，把藝術分析、思想分析、人物分析結合起來，把作品內容與作家的思想結合起來，以幫助讀者更好地從作品來認識作家。這種努力是寶貴的，也達到了一定的成功。

——王超冰

在茅盾的文學思想中，以他早期的文學思想為最複雜，最豐富，也最有特色，因而具有一定的代表性。茅公逝世後，對於他的文學思想作出系統的、深入的研究，已是恰到時候了。

——許懷中

在這一時期裡，茅盾研究可謂碩果累累，一大批專著問世，一大批有關茅盾生平的史料公之於世，形成了茅盾研究空前的繁榮景象。據統計，這一時期出版茅盾研究個人專著或編著的書有：《黎明的文學——中國現實主義作家‧茅盾》（松井博光著，浙江人民出版社 1982 年出版），《茅盾》（侯成言編著，黑龍江人民出版社 1982 年出版），《茅盾的創作歷程》（莊鍾慶著，人民文學出版社 1982 年出版），《茅盾在香港和桂林的文學成就》（林煥平著，浙江人民出版社 1982 年出版），《憶茅公》（文化藝術出版社編，文化藝術出版社 1982 年出版），《茅盾與兒童文學》（金燕玉編，河南少年兒童出版社 1983 年出版），《茅盾作品淺論》（丁爾綱著，青海人民出版社 1983 年出版），《茅盾研究資料》上中下（孫中田、查國華編，中國社會科學出版社 1983 年出版），《茅盾漫評》（葉子銘著，百花文藝出版社 1983 年出版），《茅盾前期文學思想散論》（朱德發、阿岩、翟德耀著，山東人民出版社 1983 年出版），《茅盾研究論文選集》上下冊（中國茅盾研究學會編，湖南人民出版社 1983 年出版），《茅盾散文欣賞》（丁爾綱，廣西人民出版社 1984 年出版），《茅盾研究論集》（莊鍾慶編，天津人民出版社 1984 年出版），《茅盾研究在國外》（李岫編，湖南人民出版社 1984 年出版），《茅盾筆名印集》（中國書法家協會浙江分會、浙江省桐鄉縣文化局編，浙江人民出版社 1984 年出版），《茅盾與兒童文學》（孔海珠編，少年兒童出版社 1984 年出版），《茅盾史實發微》（莊鍾慶著，湖南人民出版社 1985 年出版），《茅盾年譜》（查國華著，長江文藝出版社 1985

年出版），《中國當代文學研究資料・茅盾專集》（唐金海、孔海珠編，福建人民出版社 1985 年出版），《茅盾紀實》（莊鍾慶編，四川文藝出版社 1986 年出版），《茅盾的早年生活》（孔海珠、王爾齡著，湖南文藝出版社 1986 年出版），《茅盾少年時代作文賞析》（鍾桂松著，河南文心出版社 1986 年出版），《茅盾年譜》（萬樹玉著，浙江文藝出版社 1986 年出版），《茅盾短篇小說欣賞》（劉煥林、李瓊仙著，廣西人民出版社 1986 年出版）。《茅盾在新疆》（陸維天編，新疆人民出版社 1986 年出版）。《茅盾研究》第 1 輯、第 2 輯分別於 1984 年 6 月、12 月由文化藝術出版社出版。其他還有一些非正式出版的資料，這裡就不一一列舉了。

　　在這些專著中，莊鍾慶先生的《茅盾的創作歷程》是一部比較厚重的專著，也是一部具有不少新穎獨到的見解，並用豐富翔實的材料，進行了深入的論證，全面、具體地闡述了茅盾思想和創作的歷程，是一部具有較高學術價值的力作。這部專著的豐富性和藝術性，主要表現在：搜集的材料豐富，因而能對過去一些專著所未能論及的作品亦能評述和介紹；寫法別具一格，以論述茅盾的創作方法的發展演變為基本線索，梳理茅盾文藝思想、世界觀的轉變以及形勢的變化，描述出一條脈絡清晰的茅盾創作歷程；通過對茅盾創作研究形成研究者自己對茅盾創作歷程看法的一個完整體系，因而對茅盾創作藝術的獨創性能夠做到深入剖析。如對茅盾創作風格的研究，莊鍾慶先生能不惜筆墨娓娓道來，給人以清新之感；對茅盾作品進行全面具體考察的同時，還運用比較的方法以顯示茅盾作品的特色和審美價值。但本書成書較早，20 世紀 60 年代就寫出初稿，1980 年改定，1982 年出版，因而難免留下一些時代印記。

　　就在這一年，即 1982 年，日本第一部研究茅盾的專著——《黎明的文學——中國現實主義作家・茅盾》由浙江人民出版社出版。作者松井博光是日本著名的漢學家，東京都立大學教授。在這部專著中，作者用自己獨特的視角，介紹了茅盾從 1916 年進入商務印書館到 1928 年去日本，以及 1949 年抵達解放後的北京這漫長的歲月中的生活和創作。這部書的敘述方式以及運用史料的力度，給中國茅盾研究界產生一定影響。書後附有《日譯茅盾主要著作目錄》和《茅盾年譜簡編》可資參考。浙江人民出版社同年還出版了林煥平的專著《茅盾在香港和桂林的文學成就》，這是一部專題性、斷代性的學術著作，篇幅不長，但由於作者曾與茅盾有一定交往，熟悉茅盾在香港・桂林

的生活和創作，加上作者本人又是作家、學者，因此作者在自己去香港中文大學講課講稿的基礎上，再做充實，成爲一部富有特色的專著。在這部專著中，形成了三個特色：一是談自己的心得，「闡述自己的見解」，絕少引用別人的論述；二是注意分析藝術形象，發掘藝術形象中情感方面的特點，力求以情感人；三是行文中注意茅盾創作的整體性，儘管是斷代性專題性專著，卻注重連貫和整體，給讀者留下了學術空間，也給這部專著的深入研究留下了空間。

　　丁爾綱先生的《茅盾作品淺論》是研究茅盾創作思想和創作道路的專集。「是在新的基礎上，運用新的研究成果，側重對於作品進行探討的論著」。田仲濟先生爲該書作序，介紹茅盾光輝燦爛的道路，並對丁爾綱先生這部專著作出肯定評述。書中有三章專門論述茅盾小說的典型提煉問題，突出理論概括，後面是茅盾散文研究，突出分析茅盾抒情散文含蓄蘊藉的象徵色彩。全書文字頗清新，觀點也頗有新意，理論閃光點時有閃爍，是這一時期茅盾作品專題研究優秀成果之一。

　　葉子銘先生的《茅盾漫評》是作者 30 年來散篇論文的結集，是「一部厚積薄發的著作」。內容包括茅盾生平和文學活動研究、主要作品評價、茅盾在文學評論方面的貢獻等。這部集子的一大特色是「直面前幾年來文學研究領域大力撥亂反正的現實，對一代革命文學家茅盾進行嚴肅而深入的評論」。山東的現代文學研究歷來爲學界重視，茅盾研究也同樣，除丁爾綱先生的專著外，朱德發、阿岩、翟德耀三位茅盾研究專家合著的《茅盾前期文學思想散論》，以 12 篇論文，從不同側面探討了茅盾從「五四」到「五卅」期間在建設我國文學批評、美學理論方面所作出的重要貢獻。丁爾綱的另一部專著是《茅盾散文欣賞》，書前有專論一篇，從總的方面論述茅盾思想發展過程和散文創作的主要特色。丁著認爲茅盾的抒情散文有「象徵」、「情理結合」、「取精用宏，以一當十」三個特色；後面選輯 27 篇散文，逐篇進行賞析。書末附有《茅盾年表》。與丁爾綱先生這部專著同列「中國現代作家作品欣賞叢書」的，還有劉煥林、李瓊仙的《茅盾短篇小說欣賞》，這部專著體例與丁著相同，前面有專論，後面有 4 篇作品的原文及賞析文章，書後有年表。這一時期欣賞類的專著還有鍾桂松的《茅盾少年時代作文賞析》一書，全書選擇茅盾 13 歲時作文 22 篇，對每篇作文進行分析，對有關篇章內容、時代背景、少年茅盾其人、寫作技巧等作了深入淺出的介紹和評論，書末有專論，論述茅盾少年時代的思想和追求。

　　這一時期的茅盾年譜有兩部，一部是查國華先生的《茅盾年譜》，另一部是萬樹玉先生的《茅盾年譜》。兩部年譜各有特點，前者主要特點有：（1）以年月爲目，逐年逐月逐日記載茅盾的生活、寫作和社交，列事清晰，檢索便利；（2）羅列茅盾所有書名、發表時的署名及出處，並對重要著作作適當提要和評析；（3）記錄茅盾參加過的各種會議和外交活動。後者的主要特點是完整地記錄了茅盾一生的生活道路、文學道路和革命道路，尤其注重茅盾活動的背景材料。

　　在其餘的論文集、資料集的整理出版中，有三種書值得關注，一是莊鍾慶先生將中華人民共和國建立之前的有關茅盾的評論、介紹文章搜集起來，編成《茅盾研究論集》，共計 97 篇，並列出 1928～1949 年有關茅盾研究文章的目錄，便於讀者尋找。該書的編輯出版，爲了解建國前茅盾研究全貌提供了方便。二是李岫先生編的《茅盾研究在國外》一書，這部厚達 765 頁的集子，收入了蘇、德、捷、法、西、美、日、蒙、越、泰等 14 國學者半個世紀以來有關茅盾研究的論文及資料，爲中國讀者全面了解茅盾在世界文學中的地位和影響打開了一個窗口。書前有戈寶權先生的序，有編者李岫先生的《半個世紀以來外國茅盾研究的概述》，概括了全書的主要內容。這部專集填補了茅盾研究的一項空白。三是孫中田、查國華先生編的《茅盾研究資料》上中下 3 卷，上卷是「關於茅盾的生平和思想」，收部分茅盾回憶錄和一些學者的懷念文章；中卷是「關於茅盾的創作」，收茅盾自作序跋和茅盾研究者們對茅盾作品的評論文章；下卷是「茅盾著譯繫年及其他」，收茅盾著譯年表、書目、茅盾筆名箋注、茅盾主編和參與編輯的部分文學期刊、報紙副刊簡介，以及茅盾研究資料目錄索引等。該書是同類書中質量比較好的一部。同類的還有唐金海、孔海珠編的《茅盾專集》。此外，《茅盾研究》作爲中國茅盾研究會會刊，在這一時期破題並出版兩輯。莊鍾慶先生選編的建國之前的有關記敘茅盾生平的《茅盾紀實》出版，也豐富了茅盾生平研究。孔海珠編的《茅盾與兒童文學》，孔海珠、王爾齡著的《茅盾的早年生活》，前者收入茅盾的相關文章，自成一體；後者以傳述爲主，間或考證，自成一家之言。侯成言的《茅盾》作爲第一本普及性讀物率先問世；陸維天的《茅盾在新疆》填補了這方面的空白。回憶茅盾的則有北京的文化藝術出版社《憶茅公》和陝西的《回憶茅盾》。一些內部印行的有關茅盾研究集子在茅盾故鄉桐鄉以及湖州都有出版，限於篇幅，這裡不再贅述。

因此，這一時期專著專集的出版，成爲20世紀茅盾研究歷程中一個頂峰，成爲一個熱潮。這，無論從感性而言還是從理性而言，茅盾，作爲一個爲20世紀奉獻自己一生並作出巨大貢獻的作家來講，這又是題中應有之義。

這一時期不光專著專集出版喜人，而且史料的發掘也出現喜人成果。首先是對茅盾家世的搜集和研究，這方面，鍾桂松用了幾年時間在茅盾故鄉進行調查研究，與茅盾直系旁系親屬進行廣泛的聯繫和資料搜集，基本弄清了茅盾祖輩和父輩的一些情況，列出了茅盾曾祖父以下的世系表，填補了茅盾家世研究中的一項空白。其次是桐鄉縣發現了茅盾小學時代作文本兩冊，這兩冊小學時代的作文是研究茅盾早年生活的珍貴資料，尤其是當年老師對茅盾作文的評語更值得重視，也可以看出茅盾的天賦。兩冊作文成爲茅盾一生存世最早的文字，並由此衍生出許多研究課題。其三是以翟同泰先生爲主的茅盾早年文學社團活動研究，基本弄清了茅盾在「五四」運動影響下，與其弟沈澤民等成立浙江第一個文學社團——桐鄉青年社的經過，介紹了該社的宗旨及活動情況，其中翟同泰先生在「文化大革命」前走訪了不少桐鄉青年社的社員，因而披露的史料更具有眞實性。儘管在茅盾回憶錄裡沒有憶及辦桐鄉青年社的經過，但從這一時期在浙江圖書館發現的桐鄉青年社刊物《新鄉人》第二期來看，翟同泰先生的努力是功不可沒的。其四是以孫中田先生爲主的茅盾書信搜集和研究，有力地拓寬了茅盾研究領域，他與周明先生合編的《茅盾書簡》成爲茅盾研究領域的第一本書信集，共計428篇。作家書信歷來是研究作家生活與創作的最可靠的資料之一，也是作家精神財富的一部分。魯迅書信集早已行世，而茅盾一生的書信無數，能面世的僅是少數，因此對茅盾書信的搜集整理顯得尤爲重要。孫中田先生在這一時期致力於茅盾書信的搜集整理，無疑是一件奠基性的功德工程。另外，對茅盾在香港的文學活動，也引起萬樹玉和香港的盧瑋鑾等重視，搜集茅盾在香港的文學活動資料、文稿等，並編出文稿目錄和文集，對研究茅盾在香港的活動作出了貢獻；茅盾在日本的活動，這一時期引起日本學者的重視，以大阪外國語大學是永駿先生爲主的茅盾在日本的研究也頗有成績，整理出茅盾在日本的有關文章，爲研究茅盾在日本的活動提供了有力的資料；茅盾在延安的活動是茅盾一生中頗爲光彩的一頁，孫中田、王中忱對茅盾在延安的活動作了系統研究，提供了詳細的資料。其他如茅盾在武漢、在新疆、在廣州、在桂林等專題資料的研究，這一時期也已破題，但相比較而言，茅盾在上海的研究卻

相對薄弱一些，資料的搜集整理相對於茅盾在上海時的貢獻，存在明顯不足。對茅盾建國後活動的研究，也還相對薄弱，某些方面還是空白。因此，這一時期茅盾史料的開掘，越是年代較遠的似乎越是重視，而建國之後的史料似乎還是一個不成文的禁區，所以，思想解放還有一個過程。

簡短的小結

　　這一時期的茅盾研究從廣度來講，應該是 20 世紀最為輝煌的一個階段，從深度來講，這一時期也是空前的。因此，無論從哪一個方面看，這一時期茅盾研究應該是最風光的，接二連三的全國性茅盾研究學術討論會，各種各樣的茅盾研究筆會和講習班，使一批「文化大革命」後入學的大學生、研究生紛紛選擇茅盾研究作為畢業論文選題，也使一大批中青年研究者帶著無限崇敬的心情去研究茅盾。從社會心理學來分析，這種現象也屬於社會發展的必然。10 年「文化大革命」給學者文化人太多的壓抑，隨著「四人幫」的粉碎，隨著黨的十一屆三中全會的召開，隨著「實踐是檢驗真理的唯一標準」大討論為標誌的思想解放運動的展開，中老年學者文化人噴發出數倍於前的熱情，是完全可以理解的；同時，20 世紀 80 年代初那種對中國現代文學的熱情推動了茅盾研究，當時的雜誌報紙等媒體，都願意刊發中國現代文學方面的文章，或「文壇憶舊」，或「拾零」，或「趣聞」，或大塊的研究文章，訪問記之類。這種大環境從某種意義上推動了茅盾研究的開展。因此，80 年代前期茅盾研究的繁榮是一種歷史的必然。同時，茅盾本身的人格魅力和作品的魅力也是推動茅盾研究發展的重要原因。

　　中共中央迅速批准茅盾為中共黨員，黨齡從 1921 年算起，不久，又決定保存北京、烏鎮兩處茅盾故居，以供後人瞻仰；同時又批准成立全國性研究社團──中國茅盾研究會；成立《茅盾全集》編委會，從基礎建設上保證了茅盾研健康深入地進行。

　　這一時期的茅盾研究基本上已經全面鋪開，尤其是茅盾對文學上的貢獻，天南地北的研究者從不同角度進行探討，各個不同時期的文學思想，作品藝術技巧、藝術創作規律等多方面進行研究，並取得豐碩成果。但是，這一時期畢竟是開創到輝煌的時期，在深化方面還有許多課題可以進行，綜合性、系統性、交叉性等研究，都還存在不足之處，正像葉子銘先生指出的那樣：「歷來的茅盾研究，大多是集中在對他的小說創作的評論上，但我們卻缺

少關於茅盾小說藝術的綜合研究，對茅盾小說與我國傳統小說、外國小說的淵源關係和藝術創新問題，也缺乏系統的研究。」〔註65〕另外如茅盾對外國文學的翻譯介紹的研究也十分薄弱，關於茅盾思想研究，包括世界觀、文藝觀、倫理觀和美學思想等研究仍然是薄弱環節。還有茅盾傳記研究也是一個薄弱環節，逝世五年之後仍沒有出版一部有規模的《茅盾傳》，也是件遺憾的事情。

但是，另一方面，尤其是日本，對茅盾逝世之後的研究也掀起一個高潮，1984 年 3 月 27 日，即茅盾逝世三週年之際，日本茅盾研究會成立於大阪，發起人有太田進、是永駿，阪口直樹、青野繁治等 7 人。這個研究會每月開一次會，分析日本研究茅盾的成果，同時會員報告自己的研究成果，互相討論，並共同編纂茅盾年譜，出版刊物《茅盾研究會會報》，會長是太田進，事務局設在大阪外國語大學中國語學科是永駿研究室。後來該會會員發展到 30 多人，主要成員有松井博光、太田進、是永駿、南雲智、白水紀子、阪口直樹、青野繁治、丸山昇、相浦杲、清水茂、九尾常喜、右谷久美子、下村作次郎、賀永生、鈴木正夫等。日本方面富有特色的研究，給中國學者很大啓發。

總之，國內國外的茅盾研究現狀表明，這一時期是一個空前的研究繁榮時期，從感性到理性，逐步深入，從生平的讚頌到作品、思想的剖剝，顯示了深化和拓展，昭示著茅盾研究的新階段已經到來。

〔註65〕葉子銘：《茅盾研究的歷史和現狀》，刊《茅盾研究論文選集》，湖南人民出版社 1983 年版。

第六章　挑戰歷史（1987～1992）

　　20 世紀八九十年代是 20 世紀發展最快的時期，生產力的發展，社會思想觀念的進步，尤其是文化研究觀念的突飛猛進，給中國整個文壇帶來一陣喧鬧，學術話語頻率最高的是「文化」、「尋根」、「創新」等等，這種文化觀念衝擊了中國文學，尤其是現代文學的研究，同樣也衝擊了傳統意義上的茅盾研究。

　　應該說，茅盾研究向來是緊跟時代步伐的，尤其是新中國成立之後，幾起幾落的研究曲線，演繹了一幅茅盾研究發展圖景。80 年代前期，茅盾研究從量上達到前未有的頂峰，同時文化熱對挑戰茅盾研究提供了可能和機遇。所以進入 80 年代後期時，一批思想活躍，學術目光銳利的學術新秀，挑戰歷史，對茅盾的文學作品表達了自己的觀點——僅僅是針對茅盾的作品而言，其中徐循華先生的《對中國現當代長篇小說的一個形式考察——關於〈子夜〉模式》和藍棣之先生的《一份高級形式的社會文件，重讀〈子夜〉》（以下簡稱《一份高級形式的社會文件》），同在《子夜》的誕生地上海的《上海文論》1989 年第 3 期上發表，引起了學術界和茅盾研究界的震撼。這是《子夜》這部奠定茅盾現代文學史上的地位的現實主義鉅著第一次遭遇挑戰。

　　然而，這一時期的成果卻是成熟而豐碩的，研究成果以專著的形式不斷問世，其中頗有影響的有：邵伯周先生的《茅盾評傳》（四川人民出版社 1987 年出版）、楊健民先生的《論茅盾的早期文學思想》（湖南人民出版社 1987 年出版）、李廣德先生的《一代文豪：茅盾的一生》（上海文藝出版社 1988 年出版）、李岫先生的《茅盾比較研究論稿》（北嶽文藝出版社 1988 年出版）、曹萬生先生的《理性、社會、客體》（四川省社會科學出版社 1988 年出版）、王

嘉良先生的《茅盾小說論》（上海文藝出版社 1989 年出版）、李標晶先生的《茅盾傳》（團結出版社 1990 年出版）、丁亞平先生的《一個批評家的心路歷程》（上海文藝出版社 1990 年出版）、孫中田先生的《〈子夜〉的藝術世界》（上海文藝出版社 1990 年出版）、史瑤等人《茅盾文藝美學思想論稿》（杭州大學出版社 1991 年出版）、葉子銘先生的《夢回星移——茅盾晚年的生活見聞》（南京大學出版社 1991 年出版）、李標晶先生的《茅盾文體論初探》（廈門大學出版社 1991 年出版）、邱文治先生的《茅盾小說的藝術世界》（百花文藝出版社 1991 年出版）、鍾桂松的《茅盾與故鄉》（四川文藝出版社 1991 年出版）、羅宗義先生的《茅盾文學批評論》（廈門大學出版社 1991 年出版）、黎舟、關國虹的《茅盾與外國文學》（廈門大學出版社 1991 年出版）、李廣德先生的《茅盾學論稿》（香港正之出版社 1991 年出版）、丁茂遠先生的《茅盾詩詞鑒賞》（杭州大學出版社 1991 年出版）。除了這些專著之外，還有一些刊物、論文集在這一時期繼續發揮作用。第 3、第 4、第 5 輯《茅盾研究》在這一時期出版，茅盾故鄉桐鄉縣的《桐鄉茅盾研究會刊》從 1987 年 2 月起內部印行交流。中國茅盾研究會編的《茅盾九十誕辰紀念論文集》也於 1987 年由作家出版社出版。浙江省茅盾研究學會的《論茅盾的創作藝術》也由浙江文藝出版社 1987 年出版。這些刊物、論文集的出版問世，大大豐富和繁榮了茅盾研究學術氛圍，使一大批成果得以與廣大讀者見面。

在整個研究層面上，一些有深度有見地的論文不時在刊物上發表，研究的角度和切入點都較以前新穎，一些新觀念的引入，使茅盾研究成果更具有時代特色。一些名著的重讀，帶來研究狀態的變化。這一時期，《子夜》的研究，較多地體現人本意識，關注主人公吳蓀甫命運的論文佔據了大多數，據不完全統計，這一時期有關《子夜》研究的論文有 20 多篇，其中關於吳蓀甫的民族意識、性格、典型性問題，形象的真實性問題等達 10 餘篇，這種名作研究中的人文關懷在這一時期為茅盾研究界所關注。而像《虹》這樣的名作，這一時期也較多地注梅女士的形象和性格問題。因此，人文關懷的復興成為這一時期茅盾研究中的一道風景。

尤其值得一提的是，1991 年 10 月 6 日至 12 日在江蘇南京召開茅盾研究國際學術討論會，主題是「茅盾與中外文化」，這是第五次全國（國際性）茅盾研究學術討論會，也是第四次學術討論會關於「茅盾與中外文學思潮」討論的呼應和深化，從而使茅盾研究的格局提升到一個新水平。這次會議從某

種意義上講，是這一時期茅盾研究的總結，對某些有爭議的學術問題從另外的角度給予寬容，對某些容易產生方向性偏差的問題，給予澄清和引導，如茅盾與秦德君女士 20 年代流亡日本同居問題，在這次會議上既有同時代人的釋疑，也有專家學者的辯正，從某種程度上廓清了人們的模糊認識，既維護了茅盾形象又弄清了歷史事實，給人一種正確的解讀。同時，這個會議從某種意義上又是爲下一步開展茅盾研究躍上一個新的台階奠定了基礎。在時間上講，第五次學術討論會既是紀念茅盾誕辰九十五週年，又是紀念茅盾逝世十週年，因而這次討論會更具有一種紀念意義。

挑戰歷史的激情帶來理性的思考，其結果是更深入更接近歷史的眞實，顯然這一時期的概貌告訴我們這樣一個不爭的事實：茅盾研究這門學科成熟了，假如它是有生命的話。

第一節　挑戰與寬容

茅盾是一代傑出的天才，這是沒有疑義的。他的中長篇小說創作取得了很高的成就，在中國現代文學史上佔有極其要的地位，這個看法在今天也很難動搖。

但是，一個作家或一部作品在文學史上的地位是會變化的，甚至後來的每一部作品都有可能改變前人的地位與價值，文學觀念的每一次變化，都將導致重寫一次文學史。

——藍棟之

青年茅盾研究者要想有所成就，首先面臨的就是怎樣超越前輩而不是重複他們，也就是如何尋找「我」的茅盾研究的突破口。在這點上，常常顯示出我們缺乏研究對象所具有的那種總是力求大規模反映現代中國社會的氣魄與組織，缺少銳意進取時不可避免的那種「深刻的片面」。我們常常不自覺地重複前輩的觀點與結論，彷彿自己的藝術感覺、審美判斷、思考視角已被前人說盡，我們無需再創造。

——邢少濤

茅盾研究在這一時期歷史潮流的裹挾下，不可避免地烙上這一時期的時代印痕。20 世紀 80 世代中期興起的「創新熱」，從研究理念，研究方法，研

究選題，都出現一種趨之若鶩的研究創新熱潮。這種創新熱潮激起了中國現代文學研究的激情和新鮮感。在此後一段時間裡，出現了一些引人注目的論文，也出現了某種新的突破。同時，毋庸諱言，在創新的過程中也出現了一些偏差，包括把握不準的定位。這些現象在這一時期的茅盾研究中也同樣存在，一些研究者在「重讀」、「重寫」的旗幟下，對茅盾的一些名著進行研究，並得出了與傳統習慣相左的情況。作為茅盾研究發展過程中與社會思潮緊密相聯的現象，茅盾研究界大多採取了寬容的態度，甚至將這種文化現象作為活躍茅盾研究一種動力來對待。但「寬容」並非聽之任之，而是以學術的態度來正確對待，並做某些必要的辯正，糾正某種根本性的偏差，從而使茅盾研究健康地進入 20 世紀 90 年代。

這一時期的「挑戰」並非指某個人或某篇文章，而是一種社會文化現象。在這種社會文化現象中最有代表性的，是藍棣之先生和徐循華、汪暉、王曉明等青年學者。他們的一些「重讀」的論文，代表了當時社會文化現象在茅盾研究領域的一種挑戰。藍棣之先生的現代文學「解讀」，是基於他的個性化感覺，他認為中國的現當代文學研究往往停留在表面，很難深入下去。他認為這種情況的關鍵是傳統的閱讀與評價之間，缺少了一個「解讀」的環節，解讀是評價的基礎與前提。「所謂解讀，就是用完整的理論對作品的深層含義、潛在結構、創作動因、藝術形式所進行的探索。」〔註1〕在這樣理念的支配下，他在《上海文論》1989 年第 3 期上發表題為《一份高級形式的社會文件》的研究《子夜》的論文，一反以往對《子夜》的評論，認為《子夜》的創作表明，「茅盾意識深處對文學的蔑視和對文學尊嚴的褻瀆」，其「主題展示建立在對藝術作品功能的誤解上」。同此，他在這篇論文中對《子夜》進行全面「解讀」，通過「解讀」，他發現《子夜》「固然是一部偉大的作品，但是，相當多的篇幅可讀性較差，缺乏藝術魅力」。〔註2〕《子夜》裡體現偉大主題的章節都是比較枯燥無味的，而以上所列可讀性較強的章節又都與主題關係不大。因此，藍棣之先生將「偉大主題」與「藝術魅力」的分離狀態，作為「解讀」《子夜》的起點。從而提出他的《子夜》的「笨重」說，認為：「《子夜》是一部過於笨重的使人望而生畏的作品。」其次，藍棣之先生在「解讀」中提出《子夜》的「素材」說，他認為《子夜》「作品裡直接體現主題的約三

〔註 1〕1989 年 2 月 4 日《文藝報》。
〔註 2〕藍棣之：《一份高級形式的社會文件》，《上海文論》1989 年第 3 期。

分之二章節只是一些『素材』」，是一種堆砌，從而湮沒了作家的主體性和行文的個人風格。其三是「諷刺」說，認為在作品中有許多不可能是真實的情節，通過技巧只能成為「諷刺」故事。總之，「笨重」，「素材」、「諷刺」將《子夜》的現實主義文學經典作了學術的否定。在論文的第二部分，藍棣之先生用的小標題就是「主題先行」，他指出，有一類作品「在文學功利主義觀念的指引下，把文學看成工具，作品的主題很明確，但非生活所暗示，而是作家的抽象理念；作家按抽象理念或觀念布置作品框架，然後搜集材料往這個框架上堆砌，如遇困難，即調動『技巧』」。〔註3〕他認為《子夜》就是這樣的作品，但又是「這類作品中最優秀的」。同時，他又讀出某些他認為的差錯，因此，他在這一部分最後給《子夜》評價是：「《子夜》這部作品，淺顯通俗，一覽無餘，作品經不起任何回味，用不著任何闡釋，因而是一部『有底』的作品。」〔註4〕論文的第三部分是評析《子夜》的「現實世界與藝術世界」，在這一部分中，他猛烈抨擊了《子夜》的傳統評價，認為：「所謂《子夜》確立了茅盾『卓越的現實主義作家的地位』，所謂具有『廣度與深度』，所謂揭示了生活的『內在聯繫與歷史動向』，所謂『嚴謹宏大的藝術結構』，所謂『力圖運用馬克思主義觀點分析各種現象，揭示其重大的意義，形成作品的主題思想』等等，現在看來都是些過譽之辭。」〔註5〕那麼，《子夜》是一部什麼樣的作品呢？藍棣之先生認為：「《子夜》是一部以嚴謹的客觀性、『科學性』，社會科學的觀察與分析，代替了創作中的個人思想情緒和早期革命浪漫蒂克（小資產階級對現實的空想和革命狂熱性等等）的帶有古典傾向的作品。」〔註6〕最後，藍棣之對《子夜》下這樣的斷語：「追求偉大，但缺乏深刻的思想力量，也未敢觸及時代尖銳的政治課題；追求氣魄宏偉，但風格笨重；追求嚴謹結構，但過於精巧雕鏤，有明顯的工匠氣；追求革命現實主義，但導致了主體性大大削弱。」〔註7〕藍棣之先生的這種「解讀」，只是向世人提供了一種思維方式──即對人們公認的經典作品，也可以從逆向的思維去解讀。這種解讀思維方式，不只是對《子夜》解讀，也是對整個中國現代文學的解讀。因此，學界對這種思維方式和解讀還是採取寬容的態度。當然這種寬容，也

〔註3〕見藍棣之：《一份高級形式的社會文件》。
〔註4〕同上。
〔註5〕同上。
〔註6〕同上。
〔註7〕同上。

是學界看到了這種「解讀」內部的不協調和學術上的不成熟，因爲中國文學「文以載道」的規律是經歷無數事實證明、歷史大浪淘沙之後傳承下來的，因此作逆向的思考和「解讀」僅起拓寬研究的思維空間而不能成爲新的定論的作用。藍棣之先生的重讀《子夜》以某種意義上可以說也是推動了研究者和一般讀者的閱讀興趣。

對茅盾小說提出挑戰的不只是藍棣之先生，而是此前即 1988 年第 1 期《中國現代文學研究》上就有王曉明先生的論文《一個引人深思的矛盾——論茅盾的小說創作》。他在論文中認爲，茅盾「有優異的文學天賦，卻沒有建立起皈依文學的誠心」。因此，更擔心茅盾「抱著那樣狹隘的功利目的去從事創作，會不會在無意中輕慢了文學，遭到藝術女神的拒絕呢？」並由此而展開對《幻滅》、《動搖》等作品的論述，認爲這兩部小說表現出來的「觸目的不協調」。而到了 30 年代，王曉明先生認爲茅盾「好像換了一個人」。那麼換了一個什麼樣的人呢？即他把小說「當做了表達社會判斷的工具」。因而「從長篇小說《子夜》，到《林家舖子》、《春蠶》三部曲等一系列農村題材的短篇和中篇小說，幾乎每一部作品都具有相當明確的社會政治主題」，變成「爲了寫小說而去熟悉人生了」，〔註 8〕因而在茅盾小說中充滿著矛盾。王曉明先生將政治家和文學家茅盾對立並解析的「重讀」思維方式，應該還是研讀了茅盾大量小說之後的一種思考。但這種思維方式在此後的「重讀」中影響還是很大的。一年之後，汪暉先生的《關於〈子夜〉的幾個問題》、徐循華先生的《誘惑與困境——重讀〈子夜〉》，都不同程度地對《子夜》的藝術成就、歷史地位等提出了挑戰。汪文首先提出了《子夜》的出現，「使之成爲一種不同於魯迅所代表的『五四』藝術傳統的『範式』，甚至可以說，由《子夜》、《林家舖子》和農村三部曲構成了一種可以稱之爲『茅盾傳統』的東西，它對其後中國文學的發展的影響也許超過了被人們當做旗幟的魯迅傳統」。〔註 9〕這個『範式』命題，在後來的《子夜》研究中引起了廣泛的注意。因爲這涉及到「五四」以後小說的評價問題，也涉及到魯迅小說傳統的評價問題。其次，他又指出：「《子夜》是一部寫英雄的小說。」〔註 10〕但小說中描述的「英雄」，在汪暉

〔註 8〕 王曉明：《一個引人深思的矛盾——論茅盾的小說創作》，《中國現代文學研究》
　　　　 1988 年第 1 期。
〔註 9〕 汪暉：《關於〈子夜〉的幾個問題》，《中國現代文學研究》1989 年第 1 期。
〔註 10〕 同上。

先生看來又是太臉譜化了，成功時不吸引人，失敗時更令人感到可信。而這個影響一直到 50 年之後，仍可看出某些小說的傳承關係。徐循華先生對《子夜》的挑戰更直截了當。她在文章中開宗明義地提出：「《子夜》究竟是不是『成熟的』或者『成功的』作品？」的質疑。她認為，《子夜》某些缺陷或不成功，在於政治意識形態束縛了茅盾的創作天才，她說：「當一位作家拋開自己已經具備的把握現實世界的審美視角、棄自己的生活經驗於一旁而不顧，卻單純地從某種先驗的政治觀念出發來構築自己的小說世界時，他怎麼可能獲得成功呢？當一個作家在創作過程中一直為理性的框架所束宥制約著時，他又怎麼寧靜地深化並觀照自己的審美感受？」〔註11〕一句話，《子夜》的問題全在茅盾有革命的世界觀上。這樣的「重讀」，顯得有些背離中國文學尤其是中國現代文學的實際。徐循華在另一篇論文中也很直露地認為茅盾構建的「《子夜》模式——主要包括『主題的先行化創作原則』，『人物觀念化的塑造方法』以及『鬥爭化的情節結構法』——對它以後的長篇小說的影響是深遠的」。

　　以上這些學者在茅盾研究中提出的某種學術上的挑戰，是這一時期特有的現象。作為學術探討，肯定也好，否定也好，只要在學理範圍以內，而不是人身攻擊，應當是允許的。因此，茅盾研究界對此取寬容態度，沒有形成20 世紀 20 年代那種爭論或者謾罵式的論爭，可見茅盾研究的學術探討已經到了成熟的階段。

　　但是，寬容並不是無動於衷或者聽之任之，而是用積極的方法給予回應或作深入的研究，這才是真正意義上的學術寬容。這些「重讀」文論問世後，得到茅盾研究界的關注和回應，其中有曾文淵先生在 1990 年 5 月 5 日《文藝報》上發表的《誰家的「文學評論理論」？——讀幾篇重評〈子夜〉的文章有感》、有莊鍾慶先生在 1991 年 3 月 4 日《光明日報》上發表的《也談「重寫文學史」：從所謂〈子夜〉「主題先行」說起》、曾多水先生在 1991 年第 3 期《江西師大學報》上發表了《〈子夜〉模式辨》等。在研究者中論辯上用力最勤、分析最透的是丁爾綱，他的《撥開雲遮霧罩，恢復廬山真貌——評近些年茅盾研究中的某些觀點》一篇萬字長文，條分縷析，對「重寫」、「茅盾傳統」、「《子夜》範式」、「主題先行」等逐一從馬克思主義理論和茅盾創作實踐加以澄清。

〔註11〕徐循華：《誘惑與困境——重讀〈子夜〉》，《中國現代文學研究》1989 年第 1
　　　期。

總之，茅盾研究在這一時期出現的挑戰現象，沒有出現 50 年代那種政治圍攻式的「討伐」局面，相反比較寬容，不僅刊物上給予一定的版面，而且也未從政治上給予制止。因此出現另外一種狀態，即這些「解讀」，「重讀」的思維方式並沒有成為研究現代文學、研究茅盾的主導性思維，相反更激起研究者深思和探究的熱情，從而推動了這一時期乃至以後 90 年代茅盾研究的深入開展。這是當年誰都沒有想到而後來成為不爭的事實。

第二節　專題深化和文學文化關懷

茅盾的小說文體具有一種狀況形成的美，堅實的情景結構中交織著作者來自內部的情熱，成為 20 世紀現實主義文學中的範例。

——是永駿

在茅盾這裡，重社會——客體的理性精神派生出兩個形態，一是重必然輕偶然重規律輕現象，二是重功利輕直覺重分析輕感覺。同時，這個形態裡深藏著中國式的馬克思主義社會科學的理論。這是茅盾創作對中西文化借鑒的基本內涵。

——曹萬生

在經過一番喧鬧之後，人們更理性地思考茅盾創作中的種種現象，更理性地追根溯源，尋找哺育茅盾文學文化素養的中西文學與文化，追問文學文化的影響力，從此在茅盾研究中叩開了一個新天地。

這一時期最具標誌性的活動是第四屆和第五屆全國國際性的學術討論會的召開，這兩次學術討論會，無論是規模和影響力，都不減當年，產生了良好的社會效應和學術效應。兩屆討論會討論的專題不同，第四屆是專題研究茅盾與中外文學的關係，第五屆則是專題研究茅盾與中外文化的關係，由此而影響到整個茅盾研究界的研究導向，一批專題性研究論文成果不斷出現。浙江省茅盾研究學會專門組織會員就茅盾的創作藝術進行專題研究，出現了像王嘉良的《論茅盾創作的藝術思維》、史瑤的《作家主體與藝術構思》、張毓文的《茅盾小說心理描寫的特點》等一批圍繞茅盾創作藝術的學術研究成果。稍後，浙江省茅盾研究學會又出版了另一個專題性研究成果——《中國革命與茅盾的文學道路》，填補了這方面研究的空白。

從已發表的成果看，這一時期比較集中的是在茅盾的文學批評、茅盾新

文學民族化建設問題、茅盾與傳統文化的淵源關係、與外國文學的關係等方面。

在茅盾的文學批評研究方面，邵伯周先生的《論茅盾的文學批評》一文作了較全面的闡述，認爲茅盾在自己的理論主張和批評實踐中，對文學批評的意義闡述得更深刻，對文學批評的職能、批評家的職責、批評家應具有的品格以及要反對的批評家等，都作了清晰的梳理和歸納。其次，邵伯周先生將茅盾的批評實踐及基本特徵作了研究，提出了茅盾文學批評的幾個原則，一是認爲：「茅盾提出了並在批評實踐中貫徹了功利性原則。」但這種功利性原則，「體現了茅盾文學批評的價值取向是與時代進步的需要相一致的。這種功利觀不同於狹隘的、庸俗的功利主義，而是一個偉大文學批評家的民族責任感和歷史使命感的具體體現」。〔註12〕二是認爲「茅盾提出了並在實踐中貫徹了『反映論』和『主體論』相結合的原則」，並具體指出茅盾的《魯迅論》、《讀〈倪煥之〉》、《王統照的「山雨」》、《怎樣評價〈青春之歌〉》等文章，「都是貫徹『反映論』和『主體論』相結合的原則的範例」。〔註13〕三是認爲「茅盾提出了並在批評實踐中貫徹了審美性原則」。〔註14〕邵伯周先生將這個原則概括爲「四個性」，即眞實性、形象性、感染性、創造性。同時，邵先生認爲：「茅盾對審美性的四點要求，在批評實踐中，並不是一點一點孤立地衡量作品，而是從作品的實際出發，肯定其最突出的特點」。就是說在具體運用上，因文而宜，從文學作品的實際出發來論文，如評論魯迅作品時，就十分讚賞其高度的眞實性。總之，邵伯周先生認爲：「茅盾文學批評的功利性原則，『反映論』和『主體論』相結合的原則、審美性原則，是融成一體的。在批評實踐中，雖然有時偏重這個原則，有時偏重那個原則，但『反映論』和『主體論』相結合的原則，始終是其靈魂。這就是茅盾現實主義文學批評的基本特徵。」〔註15〕其三是茅盾文學批評對象的廣泛性和文章形式的靈活多樣性。認爲茅盾對具體的作品的批評，好處說好，壞處說壞，實事求是，不避嫌不護短。茅盾的作家論也是開山之作——「不僅在我國現代文學批評史上，就是在整個中國文學史上，都可說是開山之作。」茅盾的綜合性評論也是作開

〔註12〕邵伯周：《論茅盾的文學批評》，《茅盾研究》第 5 輯。

〔註13〕同上。

〔註14〕同上。

〔註15〕見邵伯周：《論茅盾的文學批評》。

創性工作，對文學期刊的評論，對文學現象的評論等，都顯得十分獨到。在批評文章形式上，邵伯周先生認爲有通信式的、有介紹性的、有論述性的、有總結性的、有序跋性的，等等，總之是不拘一格，「既有科學性，又有鮮明的文學性」。〔註16〕邵伯周先生的闡述，具有學術水平，又具有現實意義，值得引起重視。

在文學批評方面，這一時期頗有影響的還有李標晶的《茅盾對馬克思主義文藝理論中國化的貢獻》、王建中的《茅盾對文學批評建設的歷史貢獻》、薛傳芝的《魯迅和茅盾的文藝批評比較》、丁柏銓的《茅盾早期文學批評兩面觀》等，都頗有新意。李標晶的論文從馬克思主義理論高度，闡述了茅盾在馬克思主義文藝理論中國化的貢獻上，顯得大氣和有深度。丁柏銓的論文筆觸伸向茅盾早期的文學批評實踐，在充分肯定茅盾早期文學批評方面的理論建樹之後，又指出了茅盾早期文學批評觀本身存在著的內在矛盾。丁柏銓先生認爲，第一個矛盾是「西洋文學進化途中所演過的主義，我們也有演一過的必要」的批評主張，與文學「爲人生」批評主張的矛盾；第二個矛盾是，茅盾既把文學當藝術，又把文學當科學。兩種見解輪番出現，彼此間常常「打架」；第三個矛盾是，茅盾既提倡客觀地創作和批評，又熱衷於倡導創作上並不十分客觀的主義，在自己的批評實踐中也並沒有做到所謂「純客觀」。丁柏銓先生的這番仔細考察之後的發現，應該是這一時期茅盾研究的新成果。

在茅盾的新文學民族化建設問題的研究上，既是這一時期的新課題，又是整個文化背景下研究的新熱點。翟耀先生的《茅盾與新文學的民族化建設》一文，是頗有分量的成果，他在介紹茅盾注重民族化建設的文學主張之後，著重闡述茅盾在新文學民族化道路上所積累的經驗，指出其經驗主要有：（1）「根植於社會生活的土壤，深入於今日民族的現實，在對人物形象現實主義的描寫中表現民族性」。〔註17〕（2）「『批判地繼承舊傳統和創造新傳統』，注重在古典現實主義文學中提煉熔鑄其新鮮活潑的質素。」〔註18〕（3）「在對世界文學思潮和流派深入研究的基礎上博采約取，取精用宏，借鑒和選擇各種有關的文學觀念和果實。」〔註19〕翟耀先生的探索是富有積極意義的。在

〔註16〕見邵伯周：《論茅盾的文學批評》。
〔註17〕翟耀：《茅盾與新文學的民族化建設》，《茅盾研究》第 5 輯。
〔註18〕同上。
〔註19〕翟耀：《茅盾與新文學的民族化建設》，《茅盾研究》第 5 輯。

如何民族化問題上，不僅茅盾用自己的理論和實踐作了積極探索，積累了許多寶貴的經驗，而且對當代文學建設，也有很好的現實意義和針對性。因此，這樣的研究是極有建設性的。但令人惋惜的是，這方面的課題未能持久地熱下去，未能成爲「熱潮」。

茅盾與傳統文化的淵源關係、與外國文學的關係等，是這一時期的研究熱點和重點。在研究茅盾與傳統文化的淵源關係方面比較有深度的成果有丁帆的《茅盾與中國鄉土小說》、鍾桂松的《吳越文化氛圍中成長的茅盾》、《論茅盾小說與吳越文化》、羅宗義的《茅盾小說與中國傳統小說》、劉煥林的《茅盾對中國古典小說的繼承和發展》、秦希志《傳統精神的疊印及形態演化》以及萬平近的茅盾與老舍的比較研究等，這些論文從文化視角審視、探尋傳統文化對茅盾的影響以及茅盾的貢獻等。這方面的研究是整個 20 世紀 80 年代出現的文化熱的一部分，因而更引人注意。丁帆先生的《茅盾與中國鄉土小說》，從茅盾對鄉土小說理論的經典性概括和自身的創作實踐兩個方面來闡釋其對中國鄉土小說的貢獻，並且深入探討茅盾鄉土小說理論建構與創作實踐中的「二律背反」現象，從而理清這位巨匠在藝術創作過程中形成的特殊心態。他在論文中認爲：「茅盾小說一旦進入『鄉土』視閾，就顯現出思想和藝術的深邃與精湛，我們當然不能簡單概括爲『鄉土的童年視角』給小說帶來的新鮮感。但有兩點則是肯定的：一是由於『爲人生』的思想觀點撥動著『五四』反封建主題的琴弦，作者在這一悲涼的封建土壤上看到了革命後的更深刻的悲劇。於是，那種以一顆拯救民族和農民於危難之中的憂患之心，促使作者把時代的選擇和農民的悲觀置於描寫的中心。二是由於『鄉土小說』給人以風土人情之饜足，最能滿足一種風俗民情的審美需求，這種審美形態對於發掘整個民族文化心理結構恰恰又呈一種和諧的對應關係。」〔註20〕因此，丁帆先生認爲，就「鄉土小說」題材作品來看，茅盾的短篇是「篇篇珠璣」；但又認爲茅盾放棄了自己的上述兩點，到 40 年代的短篇小說就「逐漸平庸」。因而丁帆先生在論文中尋繹出個中的二律背反現象加以論述，顯示了某種深刻和銳利。同時，他還試圖通過茅盾對中國鄉土小說作家的培植，闡釋其重要的歷史貢獻。

如果說，丁帆先生從茅盾的鄉土小說的現實文化現象中研究茅盾的話，那麼，鍾桂松則從地域文化角度研究茅盾成長的文化原因。他的《吳越文化

〔註20〕 丁帆：《茅盾與中國鄉土小說》，刊《茅盾與中外文化》，南京大學出版社 1993
年版。

氛圍中成長的茅盾》一文，周詳地介紹了茅盾故鄉烏鎮和茅盾生活過的湖州、嘉興等地的歷史沿革、地理特徵、經濟特點、民間文藝及園林、古蹟等歷史積澱和文化載體，認為茅盾是在深厚的吳越文化氛圍中成長起來的，是具有開放、豐沃、飄逸特點的吳越文化滋潤了茅盾。鍾桂松的另一篇論文《論茅盾小說與吳越文化》則從文化史與茅盾小說之間的文化聯繫來考察茅盾小說的文化特徵。總之，把茅盾的創作放在吳越文化環境中進行考察，具體周詳地論述茅盾作品中所顯現出來的地域性文化色彩，是一種有益的探索。所不足的是對材料的介紹多於論述，在「消化」上欠缺一些。羅宗義的《茅盾小說與中國傳統小說》一文，〔註 21〕著重探討茅盾小說與中國傳統小說的淵源關係，認為這種淵源關係，首先表現在思維方式的承繼性上；其次表現在謀篇布局上；再次表現在心理描寫的動作性上。羅宗義先生的論文的意義在於梳理一下茅盾小說的細節。但這個課題值得做深，這一時期似乎還沒有達到做深做透的程度，這個遺憾在羅宗義先生的論文中似乎也存在。然而，劉煥林先生在這方面繼續作努力，他在《茅盾對中國古典小說的繼承和發展》〔註22〕一文中，從反映生活真實、人物塑造、結構藝術三個方面探討茅盾對中國古典小說的繼承和發展。認為茅盾堅持真實性原則，注意反映生活的本質，揭示歷史發展趨向；同時，敢於觸及當時的政治漩渦的中心。其次是茅盾著力塑造典型環境中的典型性格，將直接的心理描寫與間接的心理描寫結合起來，多角度多層次地塑造人物。其三，在結構上，認為茅盾把傳統小說的封閉性與外國小說的開放性結合起來，運用橫切與直綴相結合的方法，從而創造出充滿時代精神的富有藝術個性和民族風格的精品。這篇論文較之其他同類成果，要深入和細密得多。

在探討與傳統文學關係的同時，研究界以駕輕就熟的姿態，尋繹茅盾創作與外國文學的淵源關係，同樣在這一時期取得可喜成果。其中，李岫先生的論文，憑她對外國文學的熟稔和國外茅盾研究狀況的了解，寫出了一篇頗有氣勢的《吸收外來文化的一個思想綱要》論文，以茅盾的《西洋文學通論》為個案，研究茅盾對待外國文學的思想和態度。認為茅盾當年介紹西洋文學的基本觀念即經濟基礎與上層建築相互關係的觀念，反對文藝「超然說」的觀念。西洋文學史的發展早期屬於公眾的精神產物，直到文藝復興時期才由

〔註21〕參見《茅盾研究》第 5 輯。
〔註22〕參見論文集《茅盾與中外文化》。

公眾退爲個人的觀念，無論文藝思潮怎樣變遷，無非是現實主義和浪漫主義兩種精神互相推移和交換的觀念等四種觀念，不僅符合西洋文學的史實，而且於今天的現代化建設也很有借鑒作用。尤其是前面兩個基本觀念，李岫先生認爲：「進入 20 世紀以來，隨著現代自然科學和社會科學的飛躍發展，文學藝術在世界範圍內出現了全面開放和多元發展的大趨勢。……我們意識到這種世界性現象還是近年來的事。爲了發展我們的民族文化，很重要的一個方面，就是要正確對待吸收外來文化。我們應當面向世界，放開眼光，大膽地實行『拿來主義』，但在『拿來』的時候，必須區分哪些是『魚翅』，哪些是『鴉片』，不能以超然的態度去拿，不能凡是西方的都拿，文化有它自身的主體性，接受者也有自身的主體性，能爲我所用才拿。在對待外來文化的態度上，茅盾提出的以上兩個基本觀念都是很重要的原則和綱要。」〔註23〕在論文的第二部分，李岫先生專門論述分析茅盾在《西洋文學通論》中對中西文化的差異的闡述，認爲西洋文化「從希臘文化開始，我們便可看到西方文化中認識論和本體論的成分是很重的，逐漸形成一種認識型的文化」。而中國文化的特徵呢？李岫認爲：「當西方許多國家以宗教作爲維繫社會秩序的精神支柱時，在中國則是建立在宗法制度上的倫理道德學說及觀念成爲維繫社會秩序的精神支柱，這就是倫理型文化的形成。」〔註24〕這種倫理型特徵，貫串在中國文學史全過程的任何一個點上。而且從整個文學史看，西洋文學「一個主義代替另一個主義，一種派別代替另一種派別，總是在否定之否定中前進。中國文學上沒有這麼迭起層出的現象，中國的文化更是大一統的天下，保存性強，延續性強，是一種保存型文化」。〔註25〕最後李岫從茅盾的《西洋文學通論》中看到了中西文化中人的價值取向問題，指出「西方注重對人本身的思索，人的價值、人的權利、人的尊嚴」，而「中國傳統文化則表現爲對天人關係、人我關係的探討」。〔註26〕儘管都具有人文主義色彩，但差異也顯而易見。李岫先生以《西洋文學通論》爲例，研究茅盾與外國文學關係的意義在於：一方面系統地探討了茅盾在 20 年代末對西洋文學的認識水平，另一方面又從中得到當代中國對西方文化開放的啓迪，從而兩者較好地結合在一

〔註23〕 李岫：《吸收外來文化的一個思想綱要》，《茅盾研究》第 5 輯。
〔註24〕 同上。
〔註25〕 見李岫：《吸收外來文化的一個思想綱要》。
〔註26〕 同上。

起，使茅盾研究中對中西文學研究賦予新的研究價值和當代意義。

同一時期探討茅盾與外國文學關係的成果還有李庶長的《茅盾與司各特》、李廣德的《論茅盾的文學「拿來主義」》、張頌南的《丹納藝術理論和茅盾小說的美學個性》、張啓東的《從女性形象的塑造看茅盾與左拉》等等。其中李庶長先生關注茅盾與外國作家的關係，頗有特色。李庶長不僅寫了《茅盾與司各特》，還寫了《茅盾與羅曼·羅蘭》。在前一篇論文中，從茅盾早年閱讀司各特、撰寫《司各特評傳》，到晚年極力推重司各特，從中研究出個中緣由，他認爲，從茅盾接受司各特影響，歸納爲「歷史觀念」的影響和「宏觀性」影響以及小說色彩描寫群眾性的大場面的影響。張頌南先生的論文《丹納藝術理論和茅盾小說的美學個性》，從丹納藝術理論和茅盾文藝思想的精神聯繫入手，探討茅盾小說的美學個性。他從「丹納的『三因素』理論與茅盾的文藝思想」、「丹納藝術理論和茅盾小說創作的價值取向」、「丹納表彰的藝術精神和茅盾小說中的眩惑美」三個方面來論述茅盾小說創作與丹納藝術理論的傳承關係。如第一個方面，張頌南先生認爲雖然不能把「茅盾的文藝思想和丹納的藝術理論等同起來，它們之間卻存在內在的聯繫。如果從茅盾文學觀念的形成和思維方式的框架上去看，說茅盾『把丹納的文藝批評理論作爲自己文藝批評的基礎』是符合實際的」。〔註27〕張頌南先生從時代、環境、種族三因素的理論來探索茅盾文藝思想中丹納的影響，十分切合茅盾文藝思想實際的。李廣德在這一時期側重探討茅盾在對待外國文學上的態度，認爲茅盾與魯迅一樣，在對待外國文學問題上，都是取「拿來主義」，並在論文中探討了茅盾提出文學「拿來主義」的基礎，茅盾文學「拿來主義」的內涵及特點以及對其文學活動的影響。

關於茅盾與現代主義文藝思潮問題，也是這一時期學界關注的一個課題。王嘉良先生的《茅盾與現代主義文藝思潮論析》是這一方面頗有分量的論文。論文考察了茅盾始而認同、終至拋棄現代主義文藝思潮的全過程，論析其文藝選擇的必然性與合理性。認爲茅盾在最初階段對現代主義採取認同、容納的態度，是基於多方吸取文藝新潮以爲新文藝發展之借鑒的考慮，同他總體上的「爲人生」文學觀並不相悖。其後因這股思潮湧入中國後，出現了大量生吞活剝的模仿之作，不獨使現代派文藝變形，也給當時的中國文壇注入了諸多不良因素，遂使茅盾對思潮的傳播有尖銳的批評。隨著無產階級文藝觀的確立，國內社會思潮、文藝思潮的變化，茅盾最終選擇現實主義

〔註27〕張頌南：《丹納藝術理論和茅盾小說的美學個性》，《茅盾研究》第 5 輯。

就勢所必然。而黎舟的《茅盾處理現實主義與現代主義關係的歷史軌跡》一文，則從歷史角度考察茅盾介紹現代主義以及處理現實主義與現代主義的過程，從而使現實主義實現更新的超越。陳銳鋒的《茅盾的象徵主義及其創作實踐》，也是探討茅盾與外國文學關係的一篇有分量的論文，他側重從茅盾的創作實踐入手，探討茅盾如何將象徵主義的有用因素與表現手法融合在他的現實主義創作之中的，這是一個很有意思的研究課題。

其他如茅盾與左拉的影響，托爾斯泰的影響等等，在這一時期都有所收穫。總之，這一些成果較之以往，都有所深入有所提高。這些成果的取得，與這一時期兩次學術討論會的召開也有很大關係。第四次全國茅盾研究（國際）學術討論會 1988 年 11 月 22 日至 26 日在廈門大學召開，國內外學者近 80 人參加了會議。大會收到論文 50 多篇，會議中心議題是「茅盾與中外文學」。與會者圍繞著大會的中心議題、結合茅盾的創作和理論實踐，全面分析了中外文學對茅盾所產生的影響，從整體上把握茅盾創作和理論實踐與中外文學的關係，總結出茅盾在中外文化的交流、選擇、創新中所作出的卓越貢獻和豐富的歷史經驗，從而推動了茅盾研究向前發展。第五屆全國茅盾研究（國際）學術討論會於 1991 年 10 月 6 日至 12 日在江蘇南京大學召開，主題是「茅盾與中外文化」，與上屆討論會相差一個字，但更深入，是前一屆學術討論會成果基礎上的拓展，會議成果後來選編了一冊《茅盾與中外文化》，33 萬字，收會議論文 26 篇。

總之，這一時期的茅盾研究是比較紮實和務實的，無論是專題的深化還是文學文化的關懷，儘管有挑戰，但也能在實事求是的基礎上進行學術探討；有些史實，則留待進一步考證；對茅盾生平中某些細節，也本著實事求是的精神進行學術探討，求同存異，無損茅盾的光輝。

第三節 挑戰：依然輝煌

> 他以宏偉的構思和敏銳的發現，造成巨大的精神跨度。這種精神的力量，向歷史的深層游動，自然使時代的輪廓、歷史的走向清晰浮展，同時也見長於對歷史規律的深邃把握。
>
> ——孫中田

茅盾就是茅盾：性格類型與構成——立於作品旁邊的思想者。

傳統性格與民族文化認同——巨大的歷史和心理平衡感。嚴正的藝術良知與深邃的理性精神、歷史意識。

——丁亞平

不管時序如何變易，歲月如何淘洗，在中國現代小說史上，將永遠鐫刻著這個閃光的名字——茅盾！

——王嘉良

這一時期是一個充滿挑戰的時期。茅盾研究伴隨著整個學術界的創新和挑戰，輝煌依然，碩果累累，一批有學術分量的專著，在這一時期湧現，出現十分可喜的局面。這可喜的局面，還體現在這一時期的專著的學術水平達到了空前的高度，無論是角度的選擇，還是作品思想內涵的開掘，都給人耳目一新的感覺。限於篇幅，本節選擇幾部專著作些重點介紹，可以見到這一時期研究的深度。

丁亞平先生的《一個批評家的心路歷程》是上海文藝出版社「中國現代文學研究叢書」中的一種，於 1990 年出版。全書共分六章。第一章為《讓現代意識的理性光芒照亮一切——論茅盾文學批評的社會心理》；第二章為《交織在雙網絡系統裡的審美心態——論茅盾文學批評的個性心理》；第三章為《批評思維的整體、宏闊與發散性——論茅盾文學批評的思維品質》；第四章為《文學價值的感知、判斷與預測——論茅盾文學批評的思維模式》；第五章為《選擇意識與現實主義理論批評的歷史運動——論茅盾文學批評的發展心理》；第六章為《群體心理、人格心理與形式心理的演變軌跡——論茅盾文學批評的發展心理》。從這些綱目中可以看出，丁亞平先生著力於茅盾文學批評的深層次心理描述，而這種描述到目前止，似乎還未見過這樣系統而深刻。由於丁亞平先生採用心理研究的視角、開放的比較和聯繫的方法，便不只是透過茅盾的批評文字去考察並勾勒其心靈的軌跡，而是更注重於將茅盾放在時代尤其是世界文化的交叉坐標上去觀照。從而在歷史、現實及未來的比較追問中確立「茅盾之所以為茅盾」，並且成為文學批評大家的特殊的心理構成。如關於茅盾文學批評的社會心理研究中，丁先生將研究的視野放在 20 世紀新文學進程中檢視茅盾的文學批評，認為「在中國現代新文學批評史上，茅盾的文學批評，是最具有現代意識的文學批評」，而「這種帶有時代社會心理取向的現代意識，是在打破封閉系統和傳統思維定勢，在走向世界的艱難

歷程中生成的」。所以，世界意識的自覺，開放眼光的形成，是茅盾文學批評具有現代意識的首要標誌。〔註 28〕這是很獨到的觀點。因為茅盾作為一代大師，他的文學批評同樣煥發著令人心動的理性光芒，在他半個多世紀的創作和批判生涯中，為後人留下了極富個性的理論遺產，他在不同歷史時期所運用的批評武器，都與時代有關。正如有的論者所說的，無論是其「五四」時期「個性自由」時代主題下的「主體化個性的批評模式」；「五四」以後「階級自由」時代主題下的「馬克思主義批評模式」；抗戰時期「民族自由」時代主題下的「信息批評模式」，以及抗戰勝利後的「政治自由」的時代主題下所奉行的「現實批評模式」等等，莫不標示出作為批評家茅盾的文學和社會理想。丁亞平先生將茅盾的文學批評的社會心理分作兩部分來研究，一是認為歷史使他別無選擇，二是認為茅盾的文學選擇處在兩難境地；而對茅盾文學批評的個性心理則從性格類型與構成、情緒機制等方面加以闡述，從而描繪出一幅「交織在雙重網絡系統裡的審美心態」。〔註 29〕同樣，在研究茅盾文學批評思維時，從思維品質、思維模式切入，尋找批評思維的內在特質和規律，認為在思維品質方面，思維特質是整體、宏觀、發散性的，從而可以更清晰地認識茅盾文學批評的思維品質。而價值的整體感知、價值的理性確證、價值的超前測定則成為丁亞平先生研究茅盾思維模式的不同切入口，從而揭示了茅盾文學批評的多元思維模式。在研究茅盾文學批評的發展心理時，丁亞平先生濃墨重彩，用全書三分之一的篇幅加以論述，從個體與群體，不同歷史時期的心理特點以及茅盾的人格心理，角色身份的二重人格分析，批評形式的心理歷史軌跡等方面入手，剖析茅盾的心路歷程。總之，丁亞平先生的這部《一個批評家的心路歷程》是一部頗具特色和很有深度的茅盾研究專著，它的出版，標誌著茅盾研究正在向縱深方向發展。

　　這一時期頗有影響的另外一部茅盾研究專著是孫中田先生的《〈子夜〉的藝術世界》。〔註 30〕《子夜》是茅盾文學寶庫中一部里程碑式的長篇小說，研究界對它的研究可謂汗牛充棟，但都是單篇。1958 年新文藝出版社曾出版過一冊王西彥著的文藝作品閱讀輔導叢書《論〈子夜〉》，該書僅是輔導性的。孫中田先生的《〈子夜〉的藝術世界》以全方位的構架，全面審視《子夜》的藝術

〔註 28〕丁亞平：《一個批評家的心路歷程》，上海文藝出版社 1990 年版。
〔註 29〕同上。
〔註 30〕孫中田：《〈子夜〉的藝術世界》，上海文藝出版社 1990 年版。

貢獻，前面有「引論」，介紹茅盾的文學業績，後面有「附錄」，專述《子夜》的版本史料，正文則是《子夜》的方方面面的研究，大體分爲整體性研究，人物研究，藝術研究三大部分，構成了完整的《子夜》豐富多彩的藝術世界。十分可喜的是，孫中田先生研究《子夜》，是從《子夜》創作的最初形態寫作大綱入手，結合創作心理的探尋，揭示《子夜》藝術構思的理性特徵的，認爲《子夜》「從現存的幾份提綱來看，在最初的藝術構思中便顯示出濃厚的、冷靜的理性特徵。可以說，整個藝術構思都處於理性優勢同靈感的交錯之中」。〔註31〕但同時孫中田先生又指出，這種理性的優勢和靈感的交錯中，「不能說都是珠聯璧合的」。〔註32〕在「歷史、人、主體審美取向」中，通過對作品及作家自身審美取向的探討，揭示出《子夜》史詩性特徵，認爲：「《子夜》在歷史、人的制約關係中多維地表現了 30 年代的中國社會」。〔註33〕

在《〈子夜〉的藝術世界》裡，除了上述提及的一些特點外，最讓人感興趣的是孫中田先生的以獨特的視角探尋《子夜》的藝術價值，給人以耳目一新的感覺。如他用美學原理重新考察《子夜》之後，認爲《子夜》中對罪惡殘酷的現實的反映，具有一種「化醜爲美」的藝術效果。通過大量的列舉之後，他認爲：「《子夜》在藝術醜的概括中，容納了多彩多姿的形態，拓展了藝術的空間。」〔註34〕這樣的探索極有意義，大大拓展和深化了《子夜》的研究。在《〈子夜〉的心態圖式和徵象》一文中，孫中田先生發前人未發，洞《子夜》之幽，深入到作品人物的精神世界中，描繪出《子夜》中的心態圖式，將《子夜》中人物內心世界的豐富性、準確性揭示出來，使《子夜》的審美價值更往前推進了一步。另外如關於《子夜》的節奏與旋律的研究，《子夜》的視點與時空調遣的研究等，都是《子夜》研究史上從未有過的新成果。

邵伯周的《茅盾評傳》是這一時期具有拓荒意義的一部專著，它是茅盾研究史上第一部真正意義上的評傳。在 30 年代，曾有伏志英編的《茅盾評傳》，但伏氏「評傳」是一部文章匯集，因而邵伯周先生的「評傳」是真正意義上的「評傳」。據邵伯周先生自己介紹，寫一部「評傳」，「有志於此久矣」。茅盾逝世後，邵先生作了具體考慮，直到 1985 年 10 月才定稿，1987 年由四川

〔註31〕孫中田：《〈子夜〉的藝術世界》，上海文藝出版社 1990 年版。
〔註32〕見孫中田：《〈子夜〉的藝術世界》。
〔註33〕同上。
〔註34〕同上。

文藝出版社出版。邵先生爲撰寫這部「評傳」，投入了相當精力，甚至犧牲了自己的健康，他接連幾次胃大出血，被送進醫院搶救。因此，是一部嘔心瀝血之作。《茅盾評傳》原稿 40 餘萬字，後因出版社要求刪去 10 萬字。存 33 萬字，分上中下三編，18 章，78 節。上編爲「從平民社會中來」，中編爲「爲民族和人民的解放而奮鬥」，下編爲「獻身社會主義事業」。「評傳」具有這樣一些特點：（1）完整性，傳主茅盾的一生都在這部評傳裡，茅盾的童少年時代，青年時代以及晚年生活，在書中都有照顧，尤其是晚年生活的評述介紹，比以往所有「傳記」性質的專著要充分。同時，涉及茅盾各種創作活動也都十分完整，小說創作，散文，理論建設，翻譯，辦刊物等等，都作了周到的介紹。（2）突出重點又注意結合。作爲人物評傳既要全面反映，又不能面面俱到，也就是說要突出重點，又要注意結合。在這方面，邵伯周先生的《茅盾評傳》做得比較好。「評傳」以中國革命與建設的歷程爲中心線索來展開對茅盾的評價，並突出這個重點，同時還注意了兩個「三結合」，一是在評介的內容上，以文學道路爲重點，將文學道路的評介又注意突出堅持現實主義方向和獎掖、扶植青年的內容；二是在評介的方法上，將評論與介紹、歸納相結合，從而給這部「評傳」賦予新的特色；三是客觀，不爲尊者諱，在學術觀點和史實上敢於表明自己的觀點和看法。如青年茅盾流亡日本時，曾與同是流亡客的秦德君女士同居一事，坊間早有傳聞，但茅盾本人從未道及，邵伯周先生也不迴避，客觀地寫上「在日本時，茅盾曾與同時流亡日本的秦德君同居。秦德君熱情地照顧茅盾的生活，並幫他抄寫稿子。1930 年 4 月茅盾回國後，他們才告分手」。﹝註35﹞將傳聞中的事實寫了出來。另外如一些研究界有爭議有異議的問題，邵伯周先生在「評傳」中也不迴避，明確地亮出自己的觀點。如早期文論中茅盾受自然主義影響這一頗有異議的問題，邵先生明確表明了自己的看法，認爲：「茅盾對左拉的自然主義，並不是全部照搬，而是抱批判態度的。」﹝註36﹞茅盾當時介紹自然主義對自己倡導現實主義非但不是「拆台」，而是「補台」。再如對學術界有過反覆的《夜讀偶記》的看法，邵伯周先生則明確認爲：「儘管由於當時『左』的思潮的影響，在《夜讀偶記》中也留下了某些痕跡，但從總體來看，這部著作，材料豐富，分析周詳，對文藝思潮史上的一些重大問題作了透闢的論述，是一部極有價值的學

﹝註35﹞邵伯周：《茅盾評傳》，四川文藝出版社 1987 年版。
﹝註36﹞同上。

術著作。」〔註 37〕邵伯周先生的《茅盾評傳》是這一時期的重大收穫，誠如有的評論所指出的，邵伯周先生的《茅盾評傳》「是一部高屋建瓴、見地精闢、嚴謹系統、資料翔實的力作」。〔註 38〕

這一時期還有一個不可忽視的成果——這就是曹萬生先生的專著《理性‧社會‧客體——茅盾藝術美學論稿》，這部藝術美學研究專著，填補了茅盾研究的這一方面的空白。對此，茅盾研究專家葉子銘先生在該書的「序」中高度評價這部書的價值，認爲：「本書作者費五年之功，率先寫出這部具有開拓性、系統性的茅盾藝術美學論著，填補了茅盾研究的一個重要空白。」「這是近年來茅盾研究的一個新的重要收穫，也是『五四』以來我國現代美學研究的又一新成果。」〔註 39〕同時，葉子銘先生又詳盡地指出曹萬生先生這部專著的三個特點：「第一，作者力圖在中外美學、文藝學和現代文化思想的歷史變革的大背景中，就茅盾藝術美學思想的形成演變、基本構架、歷史貢獻和長短得失等諸多方面的問題，進行全面的梳理和系統的評論。」「分別從藝術美、藝術美感、門類藝術美學三大方面，相當詳細地勾勒出茅盾藝術美學的基本構架、發展軌跡與獨特貢獻，及其內在的連貫性與複雜性。」「第二，本書的內容相當豐富且頗多創見，無論從系統性與具體評述上看，都有許多發人所未發、道人所未道的獨到之處。」「第三，持論比較客觀，不爲賢者諱。」〔註 40〕我認爲葉子銘先生的概括和評價，是十分切合曹萬生先生的這部專著的實際的。在整部專著中，曹萬生先生富有獨創性的論述，常常成爲書中的閃光點。如上篇關於茅盾對藝術美的本質之認識過程和早期美學思想中的矛盾現象，以及茅盾的悲劇意識等問題的分析，中篇對茅盾藝術美感本質論的演講軌跡與美感兩重性的論述，以及審美心理上的不同特點等等，都闡述得相當有深度。另外，曹萬生先生在考察茅盾藝術美學特點時，探源發微，大膽地提出了一些新穎獨到的觀點，如指出茅盾十分重視美感心理這一中介在創作、欣賞中的作用，認爲他關於人類美感心理結構是一個歷史生成的過程，並制約著藝術形式的發展，這些都是在藝術美學領域中領先的課題。曹萬生先生還認爲茅盾關於美是「調諧」，即從無序調至有序的思想，已蘊含著當代

〔註 37〕邵伯周：《茅盾評傳》，四川文藝出版社 1987 年版。

〔註 38〕萬樹玉：《長足進展豐碩收穫》，《茅盾研究》第 4 輯。

〔註 39〕曹萬生：《理性‧社會‧客體——茅盾藝術美學論稿》，四川社科院出版社 1988 年版。

〔註 40〕見曹萬生：《理性‧社會‧客體——茅盾藝術美學論稿》。

美學的耗散結構論的思想傾向。在具體的論述上，曹萬生先生能燭幽洞微，如在論述茅盾散文美學論時，視點聚集茅盾散文的個性上，看出了茅盾散文的美學理論特點是「重大輕小、重實輕虛」。〔註41〕他認爲周作人、林語堂強調寫瑣屑，朱自清、冰心熱心寫親情，郭沫若、郁達夫主張寫自我，魯迅則注重深度批評，而茅盾則關注重大，這是很有見地的。

這一時期眞是一個豐收期。除了上述幾種專著外，還有幾部專著值得介紹，如李岫先生的《茅盾比較研究論稿》、王嘉良先生的《茅盾小說論》等。

李岫先生的《茅盾比較研究論稿》於 1988 年由北嶽文藝出版社出版。這部專著的特點是融介紹與研究爲一體，融評價於比較之中，視野開闊、材料新鮮，足可爲研究界啓迪。全書篇章簡明，共分 3 章，第一章題爲《茅盾在世界文學中的地位和影響》，介紹世界各國研究茅盾的狀況，除了鳥瞰之外，還分別介紹世界各國對茅盾名作研究的狀況，重點突出，脈絡清楚。第二章爲《茅盾比較研究》，是本書的核心部分，主要是將茅盾作品與外國文學作品進行全方位的比較，也有將茅盾文學作品中的人物與外國作家筆下的人物進行比較，也有茅盾小說藝術與外國作家小說藝術的比較。這些研究，雖然樂黛雲先生早在 80 年代初就著手，但李岫先生這樣大規模的研究，在茅盾研究史上也是不多見的。第三章爲《茅盾對我國比較文學的貢獻》，著重探討分析茅盾在比較文學上研究特點以及充分肯定茅盾在比較文學方面的貢獻，認爲茅盾是「傑出的翻譯家和文化交流的使者」，是「比較研究的倡導者和開拓者」。因此，全書是有特色的。所以，有論者評論該書時說：「《論稿》以比較的眼光介紹了半個世紀以來國外學者對茅盾及其創作的研究、評價情況，有助於體察中國文學走向世界的部分面目和茅盾對世界文學的影響；《論稿》論述了茅盾對外國文學的翻譯、評介，對中外神話和世界著名作家作品的比較研究，有助於認識茅盾對開拓中國比較文學研究所作出的重大貢獻和世界文學進入中國的部分面目；《論稿》對茅盾的一些重要作品進行了比較研究，有助於把握中外文學的一些創作規律、特點和聯繫、影響。」〔註42〕比較文學始興於 19 世紀初的法國，1816 年法國人讓・米・諾埃爾出版《比較文學教程》一書，將「比較文學」作爲一個文學術語在學術界興起。40 年代至 60 年代在法國、德國較廣泛地開展了比較文學研究，到 19 世紀末，美國將比較文學正

〔註41〕見曹萬生：《理性・社會・客體──茅盾藝術美學論稿》。
〔註42〕萬樹玉：《喜讀第一部茅盾比較研究專著》，《茅盾研究》第 5 輯。

式列爲一門學科。到 20 世紀七八十年代，中國學界才眞正開始比較文學研究。因此，在中國比較文學起步比較晚的情況下，能在茅盾研究領域裡出現這樣一部比較研究專著，是十分可喜可賀的。尤其值得首肯的是李岫先生通過比較研究之後，得出這樣一個結論：

> 茅盾在他幾十年的創作生涯中，始終立足於我們民族的土壤，這不僅表現在他批判地吸取我國在長期的歷史長河中所創造的古典民族文化遺產，而且表現在他縈根於現實生活土壤的深層，縈根於人民生活之中。他的創作，是他縈根於實際生活、長時期地生活積累的產物。強烈的民族意識是他的創作走向世界的內在素質。〔註43〕

這樣的結論，已經大大超越了研究本身的價值，而且對中國當代文學的發展也具有深刻的現實意義。

王嘉良先生的《茅盾小說論》也是歷經數載而成的研究專著。這部專著的最大長處是系統性。全書共十章，前三章著眼於茅盾小說的史詩描述，從不同體裁、不同題材的作品中揭示一以貫之的史詩性特徵；中間三章專門描述茅盾小說中的形象，王嘉良先生認爲，現實主義小說注重創造形象，特別是典型形象，作家的創作思想也多半寄寓在形象中，因此論及小說的思想蘊含不能不考察小說形象。後面四章是茅盾小說的基本特質歸納，從社會剖析小說模式、理性化創作思維特徵、「以人爲本」的形象創造理論和實踐、小說敘事結構等方面作理論上的分析和探討，並以此來勾勒茅盾小說的基本形態特徵。因此，這部專著的意義還在於茅盾小說的整體性考察，從而在小說創作的成功上確定茅盾作爲小說大家或文學巨匠的歷史地位。作這樣全方位的學術描述，在茅盾研究上也具有開創性意義的。王嘉良先生是第一位對茅盾小說大廈作全方位梳理的研究者。當然，這樣評述，是基於他的開創性工作而言，事實上茅盾小說是一座現代文學史上的豐碑，一部專著是無法窮盡其內涵的。因而從這個意義上審視，《茅盾小說論》也還是一個開端。

這一時期還有一些值得關注的專著，如楊健民先生的《論茅盾早期文學思想》，作爲一部斷代性研究專著，側重茅盾早期文學思想的評述和探討，對茅盾早期「爲人生」的文學觀作了梳理，勾勒了它的形成、發展和質變的輪廓。同時對茅盾早期對文學的眞善美的認識，文學批評觀及其批評實踐、介紹寫實主義自然主義、抨擊文壇逆流與評介外國文學的理論等多方面的重要

〔註43〕 李岫：《茅盾比較研究論稿》，北嶽文藝出版社 1988 年版。

問題進行研究，從而尋繹出茅盾早期文學思想的價值、特徵和發展規律，這是很有現實意義的。還有邱文治先生的《茅盾小說的藝術世界》，此書可以與王嘉良先生的《茅盾小說論》聯繫考察。邱文治先生在這部專著中，前八章是單體縱向研究，後八章是整體橫向分析。前後就題材提煉、藝術創新、創作方法、藝術風格、流派特色以及主客關係等問題進行探索，做到縱橫交錯、微觀與宏觀呼應。這部專著的另一個不同之處是，作者盡力運用 80 年代新觀點新方法，觀照茅盾小說的藝術特點，因而這部專著的價值明顯高於一般。史瑤先生等著的《茅盾文藝美學思想論稿》對茅盾文藝美學思想進行一番全面闡述，從本質、創造以及文化心理結構及其建構過程逐一描述，充分顯示了這部合作專著的特色。李廣德先生的《茅盾學論稿》，浙江省茅盾研究學會編的《論茅盾的創作藝術》等，都是文章結集。

這一時期還有兩類書值得介紹，一類是廈門大學出版社出版的「茅盾研究叢書」，由莊鍾慶先生主編，1991 年出版三種書：黎舟、闞國虬的《茅盾與外國文學》，羅宗義的《茅盾文學批評論》、李標晶的《茅盾文體論初探》，這些都從不同角度對茅盾創作、文藝思想進行研究。同時，國內用「叢書」形式出版茅盾研究專著，還是首創。因而可以說此舉是廈門大學出版社在茅盾研究領域裡的功德無量之舉。另一類是傳記和回憶性專著，李標晶先生的《茅盾傳》是第一次標明「傳」的專著，他用通俗的語言，豐富的史料展現了茅盾偉大的一生。葉子銘先生的《夢回星移——茅盾晚年生活見聞》則回憶了自己與茅盾的交往和茅盾的生平史料，具有強烈的真實感和可信度，是後人研究茅盾的重要資料。

總之，這一時期的專著問世甚多，且多有特色。從專著這一角度看，文化觀念的創新對茅盾研究影響頗大，不少專著的作者都盡力跟上時代的節拍，努力運用新觀點新方法來審視茅盾創作、茅盾文藝思想。現在看來，基本達到了這些作者所想達到的目的，給茅盾研究帶來一縷新風，激發出新的活力。

簡短的小結

人文研究離不開時代的影響，即使研究古代人文歷史，也會有研究者當代思想及文化的投影，何況研究頗有政治色彩的現代文學、茅盾文學。因此，茅盾研究無可避免地受到這一時期政治文化社會思潮的影響。

　　遭遇歷史的挑戰，應該是這門學科的榮幸，倘若沒有人關注，沒有人顧及，那才是這門學科的悲哀，從某種意義上說，挑戰也好，質疑也好，都是經過研究和深入思考之後的產物，它們在一定程度上推動了這門學科的發展。茅盾研究在這一時期的境況也是這樣，限於篇幅，這裡不再重複前面敘述過的境況，但這種境況對茅盾研究的深入開展和繁榮卻是顯而易見的，它促使人們思考研究模式和研究思維方式的調整，同時也促使研究者更深入細緻地解讀作品及背景，用科學理性的精神審視和研究，更準確地開掘茅盾這位文學巨匠對 20 世紀中國文學的貢獻。如對《子夜》的重讀，結果是加強了《子夜》在中國現代文學史上的地位。

　　茅盾研究在這一時期的另一個可喜變化是國際間的交流有了新的開拓，1988 年 10 月的第四屆全國茅盾研究（國際）學術討論會第一次成為國際性的學術交流活動，蘇聯科學院的索羅金教授，美籍學者陳幼石教授以及日本的茅盾研究專家松井博光、是永駿、白子紀子等，他們持之以恆的茅盾研究和樸實的研究風格，給中國的茅盾研究者諸多啓迪，如是永駿先生的關於茅盾文體的研究，將茅盾的創作放在 20 世紀世界現實主義文學中進行考察，認為：「茅盾的小說文章體裁具有一種狀況形成的美，堅實的情景結構中還交織著作者來自內部的熱情，成為 20 世紀現實主義的範例。」〔註44〕同時他在論文中介紹校勘中發現《子夜》中 332 處被修改的地方，《蝕》中 613 個被修改的地方的史實，這種紮實的研究方法，深為中國學者感動。再如陳幼石教授論述了《水藻行》、《煙雲》等作品中有關性描寫，認為這些性描寫，揭示出中國私有制度的罪惡，並認為只有徹底的思想解放，才能夠徹底清算私有制的罪惡，才不會產生畸形的性和愛，以及不合理的婚姻制度。這些觀點和表述方式，給中國的研究者開了眼界。同樣，第五屆全國茅盾研究（國際）學術討論會邀請了捷克斯洛伐克的茅盾研究專家高利克，美國海軍軍官學校陳蘇珊等國外茅盾研究者，這些學者孜孜矻矻的研究和新穎獨到的見解，為與會者感動。因此，國外的茅盾研究者來中國進行研究交流，促進和推動了茅盾研究。但交流過程中，就表面形式而言，也存在互動性不夠，廣泛性不夠等問題。只有國外茅盾研究者到中國來研討而沒有中國學者去國外交流，互動變單向，從某種意義上影響了交流的持久性和廣泛性。同時，西方發達國家對中國茅盾研究相對薄弱，與這些國家對中國政治經濟的研究的現狀比較，

─────────────

〔註44〕見《茅盾研究》第 6 輯。

薄弱得多。因而如何眞正使茅盾研究走向世界，還有相當的距離，20 世紀的交流只是開了個頭。

　　這一時期的研究，除了一些有特色的專著之外，在民族文化建設，文藝理論等方面出現了大量成果，尤其是美學和心理學方面，出現了前所未有的豐碩，如丁亞平先生的茅盾文學批評心理研究系列論文，姜文先生的《子夜》動機模型假說等。給這一時期的茅盾研究增加了厚度的還有史瑤先生的茅盾文藝美學思想研究，歐家斤先生的接受美學研究《從接受美學角度談茅盾作品創作》等，丁柏銓先生的《論茅盾早期的美學思想》等，都顯示出這一時期美學研究的水平。另外，李頻先生對茅盾編輯出版思想的研究成果也開始面世，同樣關注這方面貢獻的還有金美福發表在《東疆學刊》上的《茅盾的早期編輯生涯考略》，《錦州師院學報》上的《編輯大師茅盾與〈小說月報〉改革》等，拓寬了茅盾研究領域，從過去單純文學思想作品研究的傳統思維裡走向全方位研究作了有益的嘗試。研究領域拓展方面，還有沈衛威先生的史料考證，他的對茅盾回憶錄的研究，對其中史料的指正，都是很有意義的拓展。這裡還值得一說的是，沈衛威先生的《艱辛的人生——茅盾傳》，1991年由台灣業強出版社出版，這是沈衛威先生在傳記現代化方面作的實踐探索，是一本關於普通人茅盾的較完整的傳記，因此，這部傳記將茅盾一生分爲四章，分別爲《春之聲》，《夏之日》、《秋之色》、《冬之月》，將茅盾一生喻爲自然四季。這部傳記最大的特點是史料充分，沈衛威先生爲此書的寫作走訪了大量當事人，也查閱了大量當年的報刊雜誌，弄清了許多史實。因此，這是一部值得關注的傳記。1991 年是茅盾逝世十週年，不少出版社出版了有關茅盾的專著，其中有鍾桂松的《茅盾與故鄉》（四川文藝出版社 1991 年出版）全書 20 餘萬字，內分茅盾故家研究，茅盾與故鄉的研究，茅盾與故鄉學校的研究，茅盾作品與故鄉關係的研究以及茅盾作品中的方言俗語選譯等，這是作者得地利之便深入學習調查研究之後的產物，值得關注的是關於茅盾家世的研究和作品與故鄉關係的研究，提供了大量其他地方研究者所不易得到的第一手資料，爲了解茅盾成長的文化背景和作品的文化解讀，提供了一種方便。

　　這一時期國外的茅盾研究也在朝縱深方向發展，一些專著的問世標誌著世界性茅盾研究的成熟和拓展。1989 年，德國女漢學家多羅苔・巴爾豪斯的專著《茅盾早期作品中的現代女性》由波鴻布羅克麥耶爾學術出版社出版，

該書前 4 章分別爲：作者傳略；中國婦女的境況；作品內容闡述；作品中婦
女形象分析。波恩大學中文系 1991 年畢業生凱西小姐的題爲《作家茅盾的早
期作品》的畢業論文，通過分析、比較，闡述了茅盾早期小說的政治內涵，
並論述了茅盾的婦女解放觀。這一時期韓國的茅盾研究繼日本之後成爲後起
之秀，一些碩士論文、博士論文都以茅盾爲對象，如高玉均的《茅盾的〈子
夜〉研究》（1988 年淑明女子大學碩士學位論文），吳成鐸的《〈子夜〉的結構
分析和作品中所反映的社會意識研究》（1989 年啓明大學碩士學位論文），申
振浩的《茅盾的〈農村三部曲〉研究——創作理論的實踐與 30 年代人物形象
的歷史意義》（1990 年延世大學碩士學位論文），金廷延的《〈子夜〉的典型性
研究》（1991 年韓國外大碩士學位論文），孫愛敬的《茅盾的〈農村三部曲〉
研究》（1991 年淑明女子大學碩士學位論文），除了這些碩士論文外，還有一
些博士生也選擇茅盾爲研究對象，朴雲錫的《茅盾文學思想研究》，（1990 年
漢城大學博士學位論文），金榮哲的《茅盾長篇小說的時代意識研究》（1991
年高麗大學博士學位論文）。韓國還有一些中國現代文學研究者發表了不少成
果，使茅盾研究在韓國引起廣泛關注，尤其是學界的興趣。法國林志偉的《左
拉與茅盾：朝向新文學理論》專著是林先生的博士論文，該書於 1989 年出版，
運用比較文學研究方法，正如林志偉先生自述，這部專著，「旨在從他們作品
中研討自然主義的原理，儘管他們的時代和空間迥異，通過比較把這兩位作
家聯繫起來，引出文學的原理」。〔註45〕自然，與東方比較起來，西方的茅盾
研究顯得單薄，據《法國博士論文綱目》介紹，在法國，從事「茅盾學」專
題研究的目前只有 4 位，其中 3 位是華人學者。

　　這一時期值得提及的是翟同泰先生的茅盾佚文研究，儘管他的佚文研究
有不少之處值得商榷，但他的眞誠和不懈，直到晚年還抱病研究茅盾文學，
讓人感動。金燕玉女士的茅盾兒童文學的研究，不僅 10 多年來孜孜矻矻，而
且成果累累，她的《茅盾與兒童文學》在 1982 年出版之後，另一部研究專著
《茅盾的童心》於 1990 年由南京出版社出版。這是我國第一部研究茅盾與兒
童文學雙向關係的學術專著，該書全面地、歷史地考察了茅盾的兒童文學活
動，共分 6 章，論述精闢、分析入微、見解獨到，且有相當數量的獨家資料，
因而也是這一時期的豐碩成果之一。這一時期還有一件事值得一提，林拔先

〔註45〕中國茅盾研究會編：《茅盾與二十世紀》，華夏出版社 1997 年版。

生的《夜遁香港》是以茅盾為主人公的長篇小說。用小說形式反映茅盾某個時期的活動，還是第一次嘗試，並取得成效。

　　總之，這一時期是茅盾研究史上思想最活躍的時期之一，也是成果頗為豐碩的一個時期。

第七章　世紀茅盾（1993～2000）

　　茅盾研究經歷了 70 餘年的風風雨雨，在艱難曲折中前進，在幾代研究者的努力下發展，20 世紀茅盾研究至此仍在深化拓展當中。在這一時期，茅盾研究既是收穫期，又是發展深化期，成果源源不斷地問世，研究的廣度和深度也有所突破，尤其是 1996 年茅盾誕辰一百週年，是茅盾研究史上又一個高峰，是繼 1945 年在重慶慶祝茅盾五十誕辰、1981 年茅盾逝世紀念之後的又一個高潮。因此，這一時期的茅盾研究豐富多彩，爲 20 世紀茅盾研究畫上一個動人的記號。

　　這一時期的論文集、專著頗豐，莊鍾慶先生的《茅盾的文論歷程》（1996），丁爾綱先生 66 萬字的《茅盾評傳》（1998），《茅盾的藝術世界》（1994），歐家斤先生的《茅盾詳說》（1997），李庶長先生的《茅盾對外國文學的借鑒與創新》（1993），丁柏銓先生的《茅盾早期思想新探》（1993），楊揚先生的《轉折時期的文學思想——茅盾早期文學思想研究》（1996），陸文采、王建中的《時代女性論稿》（1993），劉煥林先生的《封閉與開放——茅盾小說藝術論》，鍾桂松的《茅盾傳》（1996）、《坎坷與輝煌——茅盾傳》（1998），《人間茅盾——茅盾和他同時代的人》（1993），《茅盾》（1998），王嘉良先生主編的《茅盾與 20 世紀中國文化》（1997），徐越化、顧忠國主編的《茅盾與浙江》（1996），丁茂遠先生編著的《茅盾詩詞解析》（1999），李頻先生的《編輯家茅盾評傳》（1995），黃侯興先生的《茅盾——「人生派」的大師》（1996），史瑤先生的《論茅盾的小說藝術》（1995），美籍學者陳幼石先生的《茅盾〈蝕〉三部曲的歷史分析》（1993），宋炳輝的《茅盾——都市子夜的呼號》（2000），其他如章驤等著的小說體《茅盾》也在這一時期問世。這些成果，大體上可分爲

傳記評傳類，專題類和普及類三種，但一個很明顯的特點是研究的範圍比以前更進了一步，如李頻先生關於茅盾編輯方面貢獻的研究，填補了茅盾研究的空白，王嘉良先生主編的關於茅盾與 20 世紀中國文化的研究，也是拓展了這方面的研究。因此可以說，這一時期的深化拓展的特色是非常明顯的。

這一時期適逢茅盾誕辰百年，一些推動茅盾研究的史料也陸續披露，其中頗有影響的有中國現代文學館編，中國國際廣播出版社出版的茅盾眉批本文庫，共 4 冊，有長篇小說 2 冊，中短篇小說 1 冊，詩歌 1 冊。從這些眉批中可以尋繹出茅盾對中國當代文學的思考，是極珍貴的文字史料。其間《茅盾語言詞典》、《簡明茅盾詞典》等工具書也在此時出版，為一般茅盾文學愛好者和研究者提供了方便。在 1996 年紀念茅盾誕辰一百週年時，中國茅盾研究會作了極大努力，相繼出版了《茅盾與二十世紀》（茅盾百年學術討論會論文集），《茅盾和我》（茅盾百年誕辰時各界人士的回憶錄）、《茅盾研究與我》（茅盾研究界人士對茅盾研究的看法與回顧），共計 95 萬字，這些論文和回憶錄，是茅盾百年之際重要成果之一。同時，茅盾百年即 1996 年 7 月前後，全國各地報章雜誌發表了不少研究懷念茅盾的論文和文章，其中不少是彌足珍貴的史料。

尤其可貴的是唐金海、劉長鼎先生主編的皇皇兩大冊共計 136 萬字的《茅盾年譜》問世，儘管茅盾年譜已有萬氏本和查氏本，但如此完備、如此大規模的年譜，卻是第一部。這部年譜的遺憾之處和其他史料匯集一樣，誤植和漏記者甚多，但像茅盾這樣曾經坎坷，飽嘗戰亂奔波之苦的大作家，似乎誤植和漏記難免。年譜作為研究型的工具書，是在深入研究、不斷發現中逐步完備的，從這個意義上講，唐金海、劉長鼎先生的《茅盾年譜》仍不失為一部優秀的年譜。

這一時期還有一個現象，即用現代科技手段改編茅盾作品為影視作品仍在延續。30 年代夏衍將小說《春蠶》改編為電影《春蠶》，成為現代優秀作品改編電影的經典，50 年代中期，夏衍又親自將小說《林家舖子》改編為電影《林家舖子》，又一次成為新中國電影的經典。另外，50 年代初，小說《腐蝕》被改編為電影，但一上映即遭禁映。而 60 年代圍剿電影《林家舖子》則成為六七十年代的慘痛記憶。在 80 年代改革開放之初，《子夜》被桑弧等改編成電影，並公開上映，雖有新鮮感，但終未成經典。不久，即 80 年代中期，電視業興旺之後，茅盾的農村三部曲即被改編為電視連續劇，一時評者如雲。

到 90 年代茅盾百年前後，《子夜》這一高難度經典小說再次爲電視所青睞，被改編爲電視連續劇，被媒體廣爲播映，產生了廣泛的影響。所以，這一時期的這種繼續，對擴大茅盾作品的影響，是有益處的，也是學術研究之外不得不說的一道風景。

這一時期還有一個有趣的現象，即重蹈 20 年代誤讀茅盾的重複。1994 年，王一川等先生編了一套《20 世紀中國文學大師文庫》，選了魯迅、沈從文、巴金、金庸、老舍、郁達夫、王蒙、張愛玲、賈平凹 9 個人作爲 20 世紀中國文學大師，將茅盾排斥在 20 世紀中國文學大師之外。這種做法讓人想起與 20 年代末對茅盾的否定如出一轍，也與經過時間檢驗的結論和世界文壇對中國 20 世紀文學作家的公認相悖。稍後又有青年學者孫郁先生的《身後的寂寞》一文，引起茅盾研究界的反感，一些學者著文予以爭鳴。至 1996 年，茅盾誕辰百年，再掀研究介紹熱潮。

綜觀這一時期茅盾研究，主要特點有：（1）研究的面有所突破，除莊鍾慶先生的關於茅盾文論的研究，丁柏銓先生的關於茅盾早期思想的研究等之外，有關茅盾與中國文化方面的研究尤其是與地方文化的研究，如王嘉良主編的《茅盾與 20 世紀中國文化》和徐越化等主編的《茅盾與浙江》等，進行全方位的探討，尤其拓展明顯的，是李頻的關於茅盾編輯思想的研究，李頻先生獨樹一幟的課題，爲茅盾研究打開了新的空間。（2）史料研究有所突破，如關於魯迅、茅盾聯名祝賀紅軍一事，西北大學閻愈新先生多年努力，終於在 1936 年 4 月 17 日出版的中共西北局機關報《鬥爭》上發現了魯迅、茅盾的賀信全文，爲研究界澄清了他們的祝賀方式（是賀信而非賀電）、內容（是祝賀紅軍東征勝利而非祝長征勝利）、時間（是 1936 年 3 月而不是 1935 年 11 月）等關鍵性難題。其他一些誤植問題也得到糾正，如全集收了《不幸的人》，原以爲是茅盾早期作品，後經再三考證，此作品爲鄭振鐸所作，匡正了失誤。（3）傳記作品有新的進展，這一時期有關茅盾的傳記及評傳，有新的進展，鍾桂松的《茅盾傳》，黃侯興的《茅盾——「人生派」的大師》，丁爾綱的《茅盾評傳》等都是這一時期的重要收穫。這些成果都有一個很大的特點，即都是長期研究積累的結果，因此這些成果的科學性準確性都達到一定水準。

總之，20 世紀最後 8 年，依然是茅盾研究興旺發達的歲月，茅盾研究在 20 世紀結束時並沒有結束，還有許多待開墾的研究領域有待在新世紀裡學界的努力。

茅盾屬於 20 世紀的，也是屬於 21 世紀的。

第一節　新的空間的拓展

> 茅盾的長篇小說……除《霜葉紅似二月花》以外，都是以創作
> 之前兩三年為時代背景，以當時發生的重要事件作為小說素材的。
> 因而茅盾小說具有在虛構的空間反映現實的多種多樣變動的課題。
>
> ——金榮哲

> 歷史地看，政治家的「近視眼」有時會造成學術研究的空白與
> 盲點。茅盾的研究者在熱烈擁抱文學家茅盾時，把編輯家的茅盾冷
> 落一旁了。研究文學家茅盾的著作已經很多，遍及其文學生涯的方
> 方面面，而研究編輯家茅盾的文章卻寥寥無幾……即使面對《小說
> 月報》、《文學》、《中國的一日》這樣中國現代編輯史上的結構，茅
> 盾研究者們也只是讚嘆幾聲後，或不願、或不屑、或不能加以細緻
> 研究。
>
> ——李頻

在 20 世紀最後幾年的茅盾研究中，除了常規性研究，如文學思想研究，
名作研究等有所深化之外，研究的範圍有所擴大，研究的空間得到很大的拓
展。這是這一時期研究的最重要的特點之一。其中李頻先生的關於茅盾編輯
成就方面的研究《編輯家茅盾評傳》是研究空間拓展的典型成果。正如葉子
銘先生所言：「回顧 10 多年來茅盾研究的狀況，應該說，在學術界同仁的共
同努力下，對茅盾的創作、評論、文藝思想和外國文學的翻譯評介等方面的
研究，已取得新的重大進展，相繼出現數十種專題性的研究著作與資料匯編，
然而惟獨對在中國現代期刊史上作出開拓性貢獻的編輯家茅盾，依然少人問
津，或僅僅是把他的編輯活動作為文學活動的組成部分加以簡單的評述，至
於系統的研究專著尚屬空白。李頻先生以敏銳的學術眼光與默默的辛勤勞
作，從編輯學這一學科研究的角度，對茅盾一生的編輯活動做了較系統、全
面的梳理與研究，首次為編輯家茅盾立傳。就我初讀的印象而言，這不僅是
國內茅盾研究領域裡以新的視角撰寫的第一部編輯評傳，而且由於作者注意
到從 20 世紀上半葉中國現代期刊編輯的歷史演進軌跡的大背景上，來重新審
視、總結茅盾編輯思想與實踐活動經驗得失，因而它對於當前市場經濟條件

下的編輯出版工作，也具有較強的現實意義與借鑒作用。」〔註1〕可見李頻先生對茅盾編輯思想和實踐活動研究具有十分重要的意義。

李頻先生的《編輯家茅盾評傳》與一般的評傳區別在於，並不全面點評茅盾，而是選擇茅盾編輯生涯這條主線加以評述，共分三編，第一編為報刊編輯，第二編為書籍編輯，第三編為出版評論。這三個方面涵蓋了茅盾一生編輯生涯的全部。因此，李頻先生取了一個研究界無法迴避而又忽略的角度，從而大大拓展了茅盾研究的空間。如茅盾早期編輯思想的探討方面，李頻以他當下的思考，提出了自己的看法，認為茅盾從《學生雜誌》主編朱元善那裡學到了具有現代意識的編輯思想，這就是「期刊編輯與經營相結合的辦刊思路」、「順應時代潮流的期刊操作基本原則」、「期刊表現形式要切合讀者閱讀心理」等方面的養料，從而成為一代編輯大家。李頻先生的《編輯家茅盾評傳》是這一時期研究專著中的佼佼者，值得研究者和史家重視。

茅盾與中外文化的關係的探討，在前一階段的努力下，奠定了一種基礎，明確了研究思路和模式，在研究界形成了一種共識。這一時期又有新的開拓和進展，使茅盾與中外文化的研究成為20世紀末茅盾研究的一種主流。由王嘉良先生主編的《茅盾與20世紀中國文化》（天津人民出版社1997年出版）和徐越化、顧忠國主編的《茅盾與浙江》（海南出版社 1996 年出版）是這一時期有關中國文化研究豐碩成果的代表之一，前者是將茅盾放在20世紀中國文化這樣一個大背景下加以考察論述，從中尋找茅盾在中國文化中的地位和貢獻；後者則以史帶論，通過對茅盾與浙江的淵源關係的探尋，研究茅盾與浙籍作家的關係，尋找茅盾在地域文化中的影響與貢獻。因此，這兩種書從某種意義上講，是茅盾研究中有關中國文化研究的深化和拓展。《茅盾與 20世紀中國文化》一書除緒論和結束語外，共有四章，即《二十世紀中國文化的動態結構與茅盾文化思想的發展》、《整合：在二十世紀中國文化背景中形成的茅盾的文化觀》、《茅盾對二十世紀中國文化現代化的理論探尋》、《茅盾對二十世紀中國文化諸種門類的考察》。全書的理論構架頗宏大，思維也頗嚴密開闊，緊扣主題並圍繞主題「探討茅盾文化思想的建構過程、基本內涵、發展軌跡，較為系統地梳理、歸納與總結茅盾為推動本世紀中國文化所做出的貢獻」。〔註2〕在論述之前，這部專著首先給茅盾在中國現代文化史上的地

〔註 1〕葉子銘：《編輯家茅盾評傳・序》，河南大學出版社1995年版。
〔註 2〕王嘉良主編：《茅盾與20世紀中國文化》，天津人民出版社1997年版。

位作歷史定位，明確茅盾研究的文化選擇，認為：「茅盾是作為一個作家、文學家而成為『文化人』的角色定位；茅盾又是一個『綜合體』，對政治、哲學、科學、社會革命也抱有濃厚興趣，顯示出文化思想的開闊性；與同時代作家『文化人』相比較，茅盾的文化思想既保持著同一性的一面，又顯示出獨立不羈的文化品性；茅盾的文化思想對中國一代知識份子的文化心理建構產生深遠的影響。」〔註3〕這樣的理論概括和對茅盾的角色定位，是恰如其分的。

正因為有這樣的文化定位，對茅盾與 20 世紀文化的把握就顯得輕鬆和游刃有餘了。在論述茅盾文化思想發展歷程時，將茅盾的文化思想發展歸納為五個階段：（1）「紀前期」，回溯：近代中國文化思潮對童年少年時期茅盾的影響；（2）「五四」前後：茅盾新文化意識的覺醒及其在中西文化的激烈衝撞下，在「矛盾運動」中的選擇；（3）大革命時期：中國革命的高漲與茅盾無產階級文化觀的形成；（4）三四十年代的文化運動與茅盾文化思想的逐漸「定型」；（5）建國以後茅盾為社會主義新文化建設所作的貢獻等，儘管其中個別認定似可商量，如茅盾文化思想到底「定型」於何時等，但大致勾勒出茅盾文化思想從形成、發展和貢獻等不同階段和不同層面的狀況。在論述 20 世紀中國文化背景中形成的茅盾文化觀時，從不同角度全方位地揭示茅盾文化觀的內涵，即從政治觀、哲學觀、道德觀、科學觀、教育觀、文藝觀六個方面加以橫向闡述，從而揭示了茅盾在 20 世紀文化背景中獨特的文化內涵和貢獻。在論述茅盾對 20 世紀中國文化現代化的理論探尋時，認為茅盾對中國文化現代化的理論思考及作出的貢獻主要表現在四個方面：（1）對我國民族文化、傳統文化的理性審視；（2）對中西文化衝突與融合的辯證思考；（3）對中國文化現代化的思考；（4）對建設社會主義新文化的意見。另外這部專著還專門設章論述茅盾對 20 世紀中國文化諸種門類的考察，認為茅盾涉及門類較多，但主要還是都市文化、鄉土文化、民間文化、神話、藝術文化等方面。因此，通讀完這本專著之後，會感到讀了一部茅盾文化史。此外，這部專著的學術特點除了理論框架清晰和理論歸納新穎外，還有一個「史」的特色非常明顯，對茅盾各個歷史時期的文化觀，以及各個時期的橫斷面的研究，增加了這部專著的理論厚度，成為茅盾研究新拓展中一個重要收穫。

前面提及的另一部文化研究專著是《茅盾與浙江》，這是一部專門論述作家與故鄉種種關係的著作，比較全面地論述了地域文化中的茅盾，展示了文

〔註3〕王嘉良主編：《茅盾與 20 世紀中國文化》，天津人民出版社 1997 年版。

化研究的新成果，全書共分 4 章，分別爲《茅盾在浙江》、《茅盾對浙江作家的研究、扶植與影響》、《茅盾與浙江作家作品的比較研究》、《茅盾作品中的浙江風貌》等。這部書的地域性特色十分鮮明，注重對象的雙向性研究，既有茅盾對浙江作家的扶植與影響，同時又將茅盾放在浙江這個特定的人文背景裡進行作家與作家的比較研究，有一定的新鮮感，所以《茅盾與浙江》是這一階段茅盾文化研究方面的一個新收穫。

在關於茅盾和外國文化諸關係的研究上，拓展力度和深度最有特色的，要算李庶長先生的《茅盾對外國文學的借鑒與創新》，這一部專著從某種意義填補了這一方面的空白。作者在開篇就認爲，茅盾向西方文學借鑒的經驗，主要有「開放的心態與中有所主」、「在汲取消納中改造創新」等兩個大方面，其中涉及創作、翻譯、理論等諸多方面，用丁爾綱先生在該書序言中的話說：「首先是六篇茅盾與外國作家的比較研究論，用以梳理了茅盾借鑒別人、滋養自己、生發創新而結出新的果實的淵源；其次，以五篇論文分別就茅盾文藝思想的早期、轉變期、成熟期的演變作了分段論述，又從其現實主義理論與文學批評兩個側面加以整合，這就縱橫交織地把茅盾始則倡導『爲人生』的現實主義文學，終於在蘇聯的社會主義現實主義文藝理論與創作實踐的滋補下，構建起自己的具有中國特色的革命現實主義理論體系，並在創作中形成了與之相適應的美學風格；第三組文章是專門研究茅盾創作的論文，雖只有兩篇，但是抓到了要點，進行了整合性研究，有其獨到之處。」〔註4〕我之所以引用丁爾綱先生在該書序言中的話，主要是我覺得丁爾綱先生對該書的概括是符合該書實際的。但李庶長先生的關注點似乎在茅盾早期與外國文學的影響，因而從這個早期研究比較充分和豐富的意義上講，後期研究顯得相對單薄了些，這是這部專著的不足之處。

這一時期除了在中外文化文學研究方面有所突破外，在引進國外研究成果方面，也有開拓性進展，在 80 年代，大陸曾引進日本茅盾研究專家松井博光先生的專著《黎明的文學——中國現實主義作家・茅盾》，給國內茅盾研究界吹來一縷清新之風。此後，曾有蘇聯茅盾研究專家索羅金先生的專著引進，但只刊出部分章節，未見出版；其他一些國外茅盾研究專家的單篇論文時常可以在大陸學術刊物上見到，但專著卻少，這是茅盾研究中的一樁憾事。這一時期比較引人注目的成果，是美籍華人學者陳幼石先生的專著《茅盾〈蝕〉

〔註4〕 李庶長：《茅盾對外國文學的借鑒與創新》，山東大學出版社 1993 年版。

三部曲的歷史分析》，該書共 22 萬字。1966 年由社會科學文獻出版社出版。全書除序言和後記外，共有 7 章，分別爲《從沈雁冰到茅盾：文學與政治的錯綜》、《〈牯嶺之秋〉生活是如何演變成小說的》、《幻滅》、《動搖》、《追求》、《〈野薔薇〉：革命者心理結構》；《集體意識——再塑「替天行道」傳說》。陳幼石先生基本上是以國外學者的視野來審視《蝕》三部曲的歷史功績。她在專著的序言裡，提出了「《蝕》之謎」的命題，認爲在研究《蝕》時必須把構造這部小說的材料一一弄清，弄清這些構造之後才能破譯《蝕》的「撲朔迷離」。在解說《蝕》的過程中，陳幼石先生又提出一些概念，諸如「茅盾小說的單層敘述面（fexf）和涵義多層次深結構（context）的組合」、「茅盾早期作品中敘述表層的淡化（thinning of the text）」、「文學『手法』（Device）和作品『涵義』（meaning）」、「陌生化（prefamiliarization）」「時間的節奏和小說情節的組成」、「駢體對應和茅盾的人物塑造藝術」。陳幼石先生的這些理論概念，是參考了《俄國形式主義》一書中的概念，但用來解說《蝕》，卻頗有新意。陳幼石先生這種追蹤歷史、溯源歷史的小說研究方法，給大陸的茅盾研究者極大的啓發。

進入 90 年代之後，正值中國電視媒體蓬勃興起，中國現代文學名作以它富有形象畫面的魅力，贏得電視電影界的青睞，一批現代文學名作被搬上螢屏。其中，茅盾的《虹》、《子夜》、《霜葉紅似二月花》、《水藻行》等在這一時期被相繼改編，並搬上螢屏，大大擴大了茅盾作品的影響和輻射面，其中《霜葉紅似二月花》、《虹》的改編最爲觀眾歡迎，與歷史的眞實與作品的實際更加接近，社會影響也更爲廣大。這些，實際上也是茅盾研究新的空間拓展的一個側面。

同時，一批茅盾手批本小說的出版，也大大拓展了茅盾研究的空間，繼 1992 年中國青年出版社出版「茅盾點評本」之後，中國現代文學館和中國國際廣播出版社聯合推出「茅盾眉批本文庫」，共四卷，分別爲「詩歌卷」、「長篇小說卷 I」、「長篇小說卷 II」、「中短篇小說卷」。這些眉批本的問世，給茅盾研究提供了眞實可靠的第一手材料，這是中國現代作家研究中所沒有的，因爲它涉及茅盾的生活、文藝思想、鑒賞審美趣味以及當時的思想。但現存茅盾 40 多種書的眉批，只出版了 4 卷，以後的書卻未見。

總之，歷史進入 90 年代之後，茅盾研究領域的拓展已成爲一種時代趨勢，領域的拓寬同樣給研究界帶來新的興奮點，激勵研究者去探尋新的切入點。

第二節　輝煌的紀念

　　當我們面向 21 世紀，迎來民族全面振興偉大時代的時候，就更加懷念在本世紀初爲我國新文化和新文學發展披荊斬棘，勇敢奮鬥、開拓前進的偉大先行者茅盾。

——李鐵映

　　茅盾的一生是爲新文化運動作出巨大貢獻的一生，是爲 20 世紀現實主義文學的誕生與發展奮鬥的一生，是爲造就和培養一大批具有現代意識的作家群而辛勤耕耘的一生。他的光輝業績不僅照耀 20 世紀文壇，而且一定會深遠地影響 21 世紀的文學創作。

——葉子銘

　　1996 年，是茅盾誕辰百年，這在 20 世紀茅盾研究史上，注定是個輝煌的年份。7 月 4～8 日，茅盾誕辰百年國際學術討論會（第六屆學術討論會）在北京召開，來自世界各地及國內各地區的現代文學研究專家 70 餘人，圍繞「茅盾與中國現代文化」這一主題，進行了熱烈而富有成效的討論。同時，即 7 月 4 日，茅盾誕辰一百週年紀念大會在北京人民大會堂召開，黨和國家領導人李瑞環、丁關根、李鐵映、溫家寶、雷潔瓊、王光英、彭珮雲、胡繩、孫孚凌等出席大會，李鐵映作了題爲《光輝的業績，不朽的精神》的講話，高度評價茅盾的業績和茅盾的精神，提出我們學習茅盾，就應當像他那樣，堅持辯證唯物主義、歷史唯物主義的哲學思想、堅持唯物主義的美學原則，堅持文藝爲人民服務，爲社會主義服務的文藝方向；就應當像他那樣，堅持文藝工作者深入社會實踐，反映社會生活的原則，與時代、與人民同呼吸、共命運；就應當像他那樣，批判地繼承和借鑒中外文化遺產，要「反對抱殘守缺，故步自封的國粹主義，同時也反對生吞活剝，搬弄洋教條」；應當像他那樣，以孜孜不倦的進取精神，精益求精的創作態度，勤奮學習，潛心創作，千錘百煉，不斷提高藝術水平。同時還要求學習茅盾堅持實事求是，一切從實際出發，反對「左」的和右的錯誤傾向，恪守藝術創作規律的科學態度；學習茅盾高尚的人品與文品，以正確的世界觀、人生觀和價值觀指導創作和工作；學習茅盾關心和支持文藝新苗、貼近人民、平易近人的謙和作風，促進文藝隊伍團結求實的好風氣的形成。李鐵映的講話富有時代特色和極有針對性，並把茅盾作爲文藝界的一面旗幟，樹立在文藝工作者面前。

　　與此同時，全國性紀念茅盾百年的活動陸續展開，中央文化部、中國文聯、中國作協7月20日在北京東城區圖書館大廳聯合舉辦「紀念茅盾誕辰百週年展覽」，冰心老人為此展覽題詞。展覽分為：投身時代的洪流（1896～1929）；革命現實主義文學主將（1930～1937）；為民族而戰（1938～1948）；在新中國文化事業領導崗位上（1949～1965）；浩氣真才耀晚年（1966～1981）；丹心一片留青史六個單元，通過400多幅珍貴的照片以及手稿、著作等實物，清晰地勾勒出茅盾在革命實踐、文學組織活動和文學創作三個方面的輝煌足跡。中宣部副部長、中國作協黨組書記翟泰豐在展覽開幕時作了講話，高度推崇茅盾的業績，認為「茅盾的精神長存！茅盾的作品不朽！」

　　在茅盾故鄉紀念活動也十分隆重，以省委省政府和他出生地桐鄉市委市政府的名義，在烏鎮召開紀念大會，省委領導梁平波在會上作了重要講話，認為我們在建設有中國特色社會主義的今天，來緬懷茅盾、紀念茅盾，具有很強的現實意義。他指出：「浙江人傑地靈，群星璀璨。如何以這些巨人的肩膀為階梯，奮力登攀，再造輝煌，是擺在我省每一個文藝工作者面前的現實課題。」〔註5〕大會結束後與會代表還為茅盾詩碑揭幕。

　　與此同時，出版界出版了一批為紀念茅盾誕辰一百年而製作的書籍，如文化藝術出版社出版了《茅盾畫傳》，中國國際廣播出版社出版了《中國現當代文學・茅盾眉批本文庫》、中國青年出版社出版了編號發行的《子夜》手跡本，中國廣播電視出版社出版了《茅盾與我》等等，形成了一股出版茅盾著作和研究專著的熱潮。而出版界的熱情也感動了影視界。14集電視連續劇《子夜》，上下集的《水藻行》以及專題片《茅盾・百年寫意》分別在北京和浙江的電視台播放。

　　以上這些書籍和電視劇的出版播映中，以《子夜》手跡本的出版最為壯觀，新華通訊社發了通稿，國內媒體差不多都轉發了這一消息。《子夜》是茅盾的代表作，《子夜》的手稿，又是茅盾所有長篇小說中，歷經戰亂得以完整保存下來的一部。中國青年出版社對這部手稿作了精心設計，手跡本的內容，不僅包括《子夜》全部正文，而且還附有茅盾1936年應史沫特萊之邀，專門為此書寫的小傳，以及《子夜》出版後的各種中外文版的書影、插圖等，尤為珍貴的是，書中還編入了茅盾在創作此書時所構思撰寫的大綱和提要。這些珍貴手跡以及茅盾雋秀、飄逸的字體，整潔、規範的篇頁，可謂珍貴中之精美。中國

〔註5〕參見1996年7月4日《浙江日報》。

青年出版社爲此紀念日，專門印製 1996 部限量編號發行，從而顯得尤爲珍貴。

茅盾百年的紀念活動是隆重的，也是務實的，在召開紀念會、學術討論會的同時，這一階段的研究成果也達到輝煌的程度。一批研究專著在趁百年紀念之際問世，一些傳記也趁這個熱潮而陸續問世，一些茅盾的年譜等工具書也與世人見面，呈現了一種欣欣向榮的局面。

在研究專著方面，主要是小說藝術研究和茅盾早期思想研究。其中茅盾小說藝術研究方面，史瑤先生的《論茅盾的小說藝術》一書是頗有理論厚度的專著，一是這部專著是作者厚積薄發之作，青年時期的史瑤偶然打開茅盾研究的大門，並寫出了有理論深度的《從〈蝕〉到〈子夜〉——創作方法的一個躍進》的長篇論文，引起學術學和出版界的關注。70 年代末 80 年代初，復甦了的中國學術界也影響和推動了茅盾研究，此時年過半百的史瑤在繁重的工作中又重新進行茅盾學術研究，並寫出一系列有特色的研究論文，重新成爲中國茅盾研究界的學術中堅。這部專著是他重新研究茅盾 10 多年之後的結集，顯示出作者深厚的學養和值得學界敬重的人格。其次這部專著的理論框架始終是馬克思主義理論指導下的一種新的構建，涵蓋了茅盾小說藝術構思、情節建構、結構網絡、形象的藝術質素等，而這些要素都是馬克思主義的現實主義的，在現實主義這個主線下對茅盾小說的藝術構成作條分縷析的理論探究，並揭示出現實主義的一個核心命題——藝術典型化。有關這部專著的理論框架的狀況，我們從其目錄可見一斑。如第一章是論創作主體和藝術構思。在史瑤先生的理論視野裡，主體性問題和藝術構思聯繫起來考慮，理性和藝術形式關係作爲構思的一部分來加以探討，這樣才能從中探尋出茅盾創作與理論中的規律性的東西。而第二章、第三章主要論述茅盾中長篇小說的情節和結構，前者主要是圍繞情節典型化與人物形象、藝術真實、典型環境等關係以及形象性、可認識性、悲劇色彩和真實性、多變性等，而後者主要論述結構網絡和心理網絡及結構與時代、歷史等關係，從而進一步揭橥茅盾現實主義文學的特質。第四章是論述兩個系列的人物，即「時代女性」系列和「民族資本家形象」系列，在茅盾研究史上，這兩類系列人物形象的論述已是汗牛充棟，但史瑤先生卻從不同角度寫出新意，如將「時代女性」稱爲「跨過歷史門檻的人們」，〔註6〕是「一些面臨著否定之否定的人們」，〔註

〔註 6〕史瑤：《論茅盾的小說藝術》，廈門大學出版社 1995 年版。
〔註 7〕同上。

7）「是一些受制於時代卻脫離現實的人們」。〔註 8〕以這樣角度去探討，就覺得新意迭出。第五章是論短篇小說。其三這部專著在論述方法上也頗有個性，史瑤先生憑藉他對馬克思主義理論和文學理論的深厚功底和對茅盾創作狀況的深刻研究，從理論到創作實踐，創作心態和動機等，一層一層分析論述，使整個專著的邏輯關係十分明晰，可讀性也十分強。

與史瑤先生的專著相當的有莊鍾慶先生的《茅盾的文論歷程》。這部專著按照茅盾文論思想發展時序為理論構架，按時分段地全面論述茅盾文論思想歷程。全書共八章，每一章都是一定時間段的理論溯源和概括，因而全書從整體上看，是關於茅盾文藝思想的傳記。值得重視的是，莊鍾慶先生在構建茅盾文論體系過程中，始終將茅盾置於中國現代史和馬克思主義文論形成和發展的大背景與歷史進程中進行，因而構建起來的茅盾文論體系既符合茅盾文論思想實際，又符合時代實際，體現出馬克思主義的歷史唯物主義精神和辯證法光輝。例如在第一章，莊鍾慶先生這樣看待茅盾「為人生」的文學主張，指出：茅盾「在文學同生活關係方面，既承認文學的源泉來自社會生活，又注意作家的思想的作用，有時還能對思想傾向作出階級的分析，注意人民大眾在文學發展中的作用；分析文學問題，則從中國文壇實際出發，引導新文學朝著『平民化』方向前進等」。〔註 9〕這樣的評價就比較周全和充分，進而進一步肯定茅盾「為人生」文學主張的全面性、包容性、獨特性、指導性的價值和作用。另外如分析 20 年代茅盾文論歷程，他用了「以『意象』和『審美觀念』構成的藝術，反映『被壓迫民族和階級的革命運動』」的概括，理論邏輯十分準確到位，抓住了 20 年代茅盾文論的實質。因而有的論者評論莊鍾慶先生的這部專著時，稱它有開拓性、獨創性、科學性與縝密性、系統性和完整性等四個方面的特點，〔註 10〕這是不無道理的。莊鍾慶先生的這部專著是列為上海文藝出版社名牌叢書——中國現代文學研究叢書之一，這套叢書以質量高著稱，迄今為止，有關茅盾研究專著列入其中的，40 餘年來也只有五部，其餘四部分別是葉子銘的《論茅盾四十年的文學道路》、王嘉良的《茅盾小說論》、丁亞平的《一個批評家的心路歷程》、孫中田的《〈子夜〉的藝術世界》。可見分量之不一般。

〔註 8〕 史瑤：《論茅盾的小說藝術》，廈門大學出版社 1995 年版。
〔註 9〕 莊鍾慶：《茅盾的文論歷程》，上海文藝出版社 1996 年版。
〔註 10〕 羅宗義：《茅盾研究的新拓展》，1997 年 6 月 19 日《文藝報》。

這一時期的成果是豐碩的，除了上述兩部突出的專著外，還有不少有特色的專著，其中楊揚先生的《轉折時期的文學思想——茅盾早期文學思想研究》、丁柏銓先生的《茅盾早期思想新探》是關於茅盾早期（文藝）思想研究的新成果。

丁柏銓先生的專著不泛泛論述茅盾早期思想，而是採取歷史的、美學的與比較的方法，力求對茅盾早期思想的方方面面進行多側面的整體研究。正如葉子銘先生在該書序言中概括的那樣，丁柏銓先生「堅持從史實與茅盾當年所處的社會歷史條件出發，對茅盾早期思想的豐富性、複雜性及其內在的矛盾與演變軌跡，以及在中國現代文學發軔期茅盾對現代文學理論批評的貢獻與得失，進行了比較系統全面的客觀評述，力求重現茅盾早期思想的原生面貌」。〔註11〕其次，丁柏銓先生「堅持從客觀實際出發，對前輩、同輩學者的觀點乃至茅盾本人的說法，勇於提出不同的意見，顯露出一個青年學者的膽識」。〔註12〕這部專著在體例上也頗有特色，除了葉子銘先生的序言外，丁柏銓先生還有一個長達數萬言的「代前言」，將茅盾早期思想作一番清理，包括茅盾「早期」時間上的界定，茅盾早期所處時代的時代特點的描述，茅盾早期的業績以及研究茅盾早期思想研究方法探尋等，實際上這個代前言掃清了後面正文中要研究的障礙，為後面的論述鋪平了道路，從而使這個題為「作為時代弄潮兒的早期茅盾及研究茅盾早期思想的方法「前言，成為專著不可或缺的有機組成部分。」

丁著分上下卷，上卷主要論述茅盾早期思想，包括茅盾早期的進化論思想及其文學觀，人道主義思想及其文學觀以及馬克思主義與茅盾早期思想，早期對文學基本問題的探討、早期文學批評得失、早期美學思想等。從不同角度分析茅盾早期思想。下卷則主要對研究界關於茅盾早期思想研究的研究，梳理出茅盾早期思想研究中若干問題加以闡述。如關於茅盾早期的批判精神，丁柏銓先生認為：「早期茅盾富於批判精神，但茅盾的批判精神並沒有體現在早期生活的一切方面。他的批判精神既有高出於旁人的地方，但也難免存在著自身的不足方面。看不到其高出旁人的方面固然是不對的；但不能指出其不足方面總是學術研究中的憾事。」〔註13〕又如關於茅盾早期思想的

〔註11〕丁柏銓：《茅盾早期思想新探》，南京大學出版社 1993 年版。
〔註12〕同上。
〔註13〕見丁柏銓：《茅盾早期思想新探》。

主要特徵。認為研究界說茅盾早期思想的主要特徵是「批判的、發展的，不斷趨近於馬克思主義」，是一種籠統的，「也不足以體現茅盾早期思想的獨特性、豐富性和複雜性。」〔註14〕並提出自己的見解，認為茅盾早期思想特徵，「首先，茅盾早期思想有一個比較高的但又並不是非常高的起點。其次，茅盾早期思想具有豐富性、複雜性和深刻的內在矛盾；最後，茅盾的早期思想發展中，存在著自我否定」。〔註15〕再如關於茅盾早期的文藝思想，茅盾對自然主義的態度等問題，丁柏銓先生都提出了自己的看法。從而大大提高了這部專著的理論含量。

丁柏銓先生的這部專部的另一個特點是用比較的方法來論述茅盾的早期思想，如論述茅盾美學思想時，取魯迅進行比較，認為：「早期茅盾和早期或同時期魯迅美學思想之比較，兩者的美學觀點，大抵都建立在唯物論的基礎之上。他們都恪守藝術的真實性原則。他們都十分注重美的功利性。他們都專注於對美的構成要素的探求。他們在美學思想方面有諸多相同或相通之處。但他們在美學理想、美學趣味和美學風格方面，又存在著很大差異。首先，在對美的本質的理解上，茅盾以『各得其序』為美，而魯迅則以『俾其得宜』為美；其次，茅盾早期探討藝術美的生成過程，並無強烈的『典型化』的意識，而魯迅則從理論到實踐都十分注意典型化。」〔註16〕同時，丁柏銓先生還舉例說，早期的茅盾和魯迅都喜愛悲觀作品，但茅盾所青睞的，是純正的悲劇，而魯迅所喜歡的往往是悲喜劇，具有二元美學風格。丁柏銓先生的分析和論述，是深刻和切合實際的。

丁柏銓先生的《茅盾早期思想新探》達到了前人沒有達到的理論高度，值得 20 世紀茅盾研究史所重視。

這一時期關於茅盾早期（文藝）思想研究的另一部專著是楊揚先生的《轉折時期的文學思想——茅盾早期文學思想研究》，這是一部讓人眼睛一亮的研究專著。在體例上，楊著與丁著有相似之處，前面有《導論》一章，專門梳理早期茅盾研究中的得失，清理了某些以往茅盾研究的誤區和誤讀。然後分四章專題論述茅盾早期文藝觀、茅盾早期對外國文學的接受、茅盾早期與中國傳統文學的關係、茅盾早期文藝思想與文學社團、文學論爭的關係等。專

〔註14〕見丁柏銓：《茅盾早期思想新探》。
〔註15〕同上。
〔註16〕同上。

題專章後面還設置了附錄。楊先生的獨特之處是將茅盾早期文藝思想研究的切入口，定位在早期茅盾的生存問題上。他認爲：「指出生存問題對茅盾個人思想的影響，是希望擺脫以往茅盾研究中那種將茅盾思想完全自覺化、超前化的研究思路，而將茅盾早期文藝觀思考限定在一個較爲接近其思想個性和思想狀況的歷史維度中進行。」〔註 17〕從這樣的切入口進入比先設定再探討也許更有意義。因而楊揚先生的專題研究更有新意更接近實際——早期的文藝問題對茅盾來說，不是以構架理論系統爲目的，而是一種職業謀生的要求。所以，楊揚先生認爲：「在茅盾的早期生活中，文學與生存問題是交織在一起的，並在他個人生存條件的範圍裡尋求文學問題的解答。」

在關於茅盾與外國文學關係的分析論述中，楊揚先生並沒有論述茅盾這方面的貢獻及特點，而是著力尋找茅盾與外國文學關係的生成動因，認爲早期茅盾學習外國文學是爲了豐富自己的知識，還不足於他的外國文學觀念的系統形成。這就將一般意義上的評價降到茅盾當時的歷史情境中去探討，這顯得富有新意。但「他的『外國文學』概念是先於這種接受活動而存在的，相當程度上與他父親的遺囑有關」。〔註 18〕這就降得有點過了，變成值得商榷的一個問題。因爲茅盾父親對茅盾的影響遠不如他母親，況且父親留給茅盾的印象畢竟是模糊的。

以往的文學研究關注點大多在文學與社會現實的關係上，缺乏文學經驗原貌的研究，用政治術語來講，叫脫離實際，即生活實際和思想實際。因而雖洋洋灑灑，卻不切實際。而楊揚先生能在茅盾早期文藝思想研究中另闢蹊徑，走出一條顧及當時環境語境而切合茅盾自身實際的評判道路，實屬可喜。

這一時期的論著除了前面介紹的之外，還有不少值得一提，從時間上排列，陸文采、王建中的《時代女性論稿》、丁爾綱《茅盾的藝術世界》，兩書都是在 1993 年出版的。前者分兩部分，一部分是關於茅盾作品中女性系列形象的研究，可謂是個案研究中尋找茅盾創作這些女性形象的價值和規律，另一部分是對一些現代文學作家筆下的女性形象的研究，如魯迅、丁玲、冰心、蕭紅等作家筆下的女性形象。而丁爾綱先生的專著實際上是一部綜合性的偏重於藝術研究的專集，如全書分六編，第一編爲生活道路論，第二編是理論

〔註 17〕　楊揚：《轉折時期的文學思想——茅盾早期文學思想研究》，華東師範大學出版社 1996 年版。

〔註 18〕　同上。

批評論，第三編主題是人物論，第四編是典型提煉論，第五編是結構藝術論，第六編爲茅盾研究論。丁爾綱先生的專著中的典型提煉論系列文章和結構藝術論是這部專著的核心，也是最精彩最精細的論文。典型提煉的研究，茅盾研究界數丁爾綱先生的努力最有成效，致力的起點也最高。早在 80 年代初，即 10 年前出版的《茅盾作品淺論》中推出過三篇典型提煉的論文，此次又推出兩篇關於茅盾小說典型提煉的論文，可以說，將這個課題的研究在一定高度上畫了個句號。而陸文采、王建中先生的專著中最爲出彩的是將茅盾文學畫廊中一個個栩栩如生的女性形象展示給讀者，使讀者在集中的空間裡看到一個個光彩奪目的藝術形象，並給讀者指定了一個恰當的位置，如大家都熟悉的梅行素——這個《虹》中主人公，陸文采、王建中就認爲：「在中國現代文學史上，梅行素的形象，是個劃時代的美的靈魂的化身。」〔註 19〕這樣的評價顯然是符合實際的。其次是這兩部專著也都有自己獨特的個性。陸文采、王建中先生的專著是他們共同研究的成果，而且也是多年研究的成果，因而在孜孜矻矻中能夠奉獻成系列有主題的專著。而丁爾綱先生專著中也不乏銳氣和自己的研究個性，如茅盾研究論中的兩篇論文，一篇是評夏志清先生《中國現代小說史》茅盾專章，認爲夏志清先生在藝術探索與政治偏見之間出現了「徘徊傾斜」的問題，對茅盾的評價有失公允，並提出了自己的看法；另一篇是針對茅盾研究界在 80 年代後期出現的否定傾向提出自己的看法，認爲有必要「恢復廬山眞面目」，對一些青年學者的偏頗提出了自己的觀點。這種學術勇氣是繁榮茅盾研究所需要的。同樣也是值得關注這部專著的原因之一。

　　這一時期還有兩部專著推出，一部是劉煥林先生的《封閉與開放——茅盾小說藝術論》，另一部是歐家斤先生的《茅盾評說》。前者劉煥林先生是專攻茅盾短篇小說研究的學者，在此之前曾有短篇小說欣賞類專著問世，而這一部專著的面世，不僅有專門論述茅盾短篇小說的專章，而且有其他類型的研究，也有作家之間的比較研究，外國小說古典小說的繼承和發展的思考，因而這部專著凝聚了劉煥林先生多年研究的心血。而歐家斤先生的《茅盾評說》的面更寬，有生平經歷的描述——「革命春秋」；有茅盾文學活動的勾勒——「文壇足跡」；有對茅盾和文壇聯繫的故事——「高風亮節」；有講述茅盾友誼的篇章——「天長地久」；有作者自己對茅盾研究的看法——「辨析是

〔註19〕陸文采、王建中：《時代女性論稿》，瀋陽出版社 1993 年版。

非」；有介紹茅盾與作家作品的關係——「名家點評」。可謂面廣量大，從不同側面勾勒了茅盾一生的光輝形象。

在茅盾百年前後這一時期裡，除了一些學術專著問世外，一些茅盾傳記、有關茅盾研究的工具書、有關回憶茅盾的專集，也不斷問世，因而使這一時期的茅盾研究更加豐富多彩。此前有關茅盾的傳記，與茅盾豐富多彩的一生及其貢獻，顯得很不協調。在 20 世紀的茅盾研究史裡，只出版了六七種傳記。其中最早的傳記當推侯成言先生爲「中國現代作家叢書」寫的《茅盾》一書，1982 年由黑龍江人民出版社出版。稍後即 1987 年人民出版社出版了孫中田、李慶國先生爲該社「祖國叢書」合著的《茅盾》。再後來有李廣德的《一代文豪：茅盾》、李標晶的《茅盾傳》、沈衛威在台灣出版的《艱辛的人生——茅盾傳》等。而這一時期出版的傳記顯然有別於以往，一是規模有所擴展，二是深度有所提高。1996 年出版的鍾桂松的《茅盾傳》除了全方位展示茅盾多方面貢獻之外，對建國之後的茅盾活動作了全面的描述，從某種意義上填補了這方的缺憾。而在同年出版的黃侯興先生的《茅盾——「人生派」的大師》一書，更是從不同角度描述茅盾的一生，使人們看到一個心靈世界充滿困惑、努力的作家形象。再後即 1998 年河南文藝出版社出版的鍾桂松的第二部茅盾傳——《茅盾傳——坎坷與輝煌》，用另一種寫法描述茅盾坎坷與輝煌的一生，尤其注重建國後茅盾史料的發掘和運用。使茅盾作爲作家，文化行政領導人的形象更爲豐滿。

在這一時期還有幾種傳記書也值得關注。一是 1993 年出版的鍾桂松《人間茅盾——茅盾和他同時代的人》，這部書記敘了茅盾和他同時代人的交往和友誼，選了 14 位作家和茅盾夫人孔德沚，共 15 位，作者搜集了大量史料，用傳記文學的筆法寫出了茅盾生活的某個側面。其實這是個值得開掘的課題，但後來似乎乏人關注。另有一部題爲《茅盾》的長篇傳記文學。這部傳記是章驥等兩位作者在電視劇基礎上改編的，因而文學性比較強，而在史料、思想的開掘上缺乏新意和深度。最值得一提的是，丁爾綱先生的《茅盾評傳》於 1998 年由重慶出版社列入「中國現代作家評傳叢書」出版。這部評傳容量之大，在茅盾研究專著中爲之首，全書 66 萬字。這部專著是丁爾綱先生傾注了大量心血，爲此做了幾十年的準備，用 3 年時間寫書，再用三四年時間改了一遍，前後達 7 年之久。皇皇 60 餘萬字的專著，用五條線索貫串全書，這五條線索分別爲：（1）茅盾的人生經歷、思想發展與時代發展、革命運動之

間，存在著主客觀交互影響的血肉相連的緊密聯繫；（2）茅盾的文學實踐與其革命活動、社會政治奉獻之間，存在著血肉相連的緊密關係；（3）茅盾的文學歷程開始是文學倡導與理論批評單線運行；（4）茅盾的人生歷程與文學歷程，經過維新變法、辛亥革命等資產階級改良主義與資產階級舊民主主義革命的歷史階段，以及從「五四」到建立新中國的歷史階段，經歷了建國到「文化大革命」這樣特殊的歷史階段。（5）茅盾受主客觀條件的限制，有成有敗，有得有失。這五條線索是以大量史料串起來的，因而這部皇皇專著因其史料的豐富性贏得人們讚譽。

在史料工具書方面，如前所述，這一時期也出現了不少成果，其中李標晶、王嘉良主編的《簡明茅盾詞典》以 1.9 萬條詞目的規模開了茅盾研究詞典之先河，爲茅盾研究這門學科提供了方便。除詞典外，年譜也在這個時期成爲人們關注的熱點。而這一時期出版的唐金海、劉長鼎主編的《茅盾年譜》，由山西高校聯合出版社分上下兩冊出版，共計 136 萬字。是茅盾年譜的集大成者，也是最大最完備的年譜。和其他年譜相似，這部年譜也分正譜和副譜兩部分，正譜爲主流，敘述譜主本事，副譜爲分支，分別爲「當月」和「本月」。「當月」摘要介紹對譜主的評論以及有關評論和著作的主要內容；「本月」摘要記述國內外大事和文化動態，使查閱年譜時能得到一個整體的感覺。有這樣相對完備的年譜，在 20 世紀茅盾研究史中關於年譜建設可以畫個句號了。

圍繞茅盾誕辰一百年，在史料的匯集和整理上也推出了一批成果，其中《茅盾和我》（萬樹玉、李岫編）、《茅盾研究與我》（吳福輝、李頻編）、《永遠的茅盾》（鍾桂松編）都對茅盾研究的史料作了梳理和發掘，使百年茅盾的形象得到進一步樹立和頌揚。如《永遠的茅盾》選收了半個多世紀以來記敘、懷念回憶茅盾的文章，生活地、立體地勾勒出茅盾這位文學大師的形象。而《茅盾和我》則重點選了茅盾誕辰百年時與茅盾有交往的人的回憶文章，也少量收入茅盾逝世時人們的回憶文章，這樣客觀上搶救了一大批史料，爲茅盾研究增添了不少第一手材料。《茅盾研究與我》是中國茅盾研究界學人的回憶文章，無論從創意和收集整理，都頗有新意。而作爲爲誕辰一百週年而召開的茅盾國際學術討論會的成果，是 47 萬字規模的《茅盾與二十世紀》。這部論文集圍繞茅盾與中國現代文化這一主軸，展開多視角的探討，既專注於茅盾創作的各種文化意蘊、淵源、背景及茅盾文學活動與國內外文化思潮、文藝思潮的相互影響，也顧及茅盾的文學評論、學術研究、文藝思想、政治

思想及其作品的藝術特色、藝術風格；既有宏觀的對茅盾一生的作用、地位、影響的總估綜評，也有微觀的如對茅盾作品語言特色等縷分細析；力求在茅盾研究領域裡作出新的開掘、拓展，如茅盾的文化取向，茅盾創作反映的文化心理變化，茅盾與地區文學，藝術思維、文體論、女性文學等等，涉及面之廣，角度之多，顯示出茅盾研究界一片繁榮景象。

在研究呈百花齊放之勢時，茅盾作品藝術化方面也取得了新的成果，尤其是篆刻家鮑復興先生的《茅盾小說篇目印譜》獨樹一幟。這部印譜，是鮑復興先生心血結晶，他以茅盾小說篇目為篆刻素材，精選了 70 篇小說的篇名，篆刻各有千秋的印譜，讓小說篇名與金石永存。其形式可嘉。茅盾藝術成就主要在小說散文評論等文學方面，但茅盾其他多方面的愛好和貢獻，如茅盾娟秀的書法，青年時期治印等，都可作深入探討的。早在 80 年代，茅盾的筆名 120 餘個就被浙江篆刻家刻成印譜，在浙江廣為流傳。後來，著名金石書畫家錢君匋先生也領銜刻「茅盾印譜」，1986 年由湖南美術出版社出版。這種將茅盾藝術昇華的做法做人們切切實實得到一種美的享受。

1999 年，20 世紀的尾巴年份上，茅盾研究除了一些零星論文和回憶普及性文章外，還出版了《茅盾研究》第 7 輯和《茅盾詩詞解析》。前者是紀念茅盾百年時的成果之一，後者是吉林文史出版社出版的「中國近現代文學名家詩詞系列」中的一種，這個系列由孫中田、關德富、高長春主編，《茅盾詩詞解析》由丁茂遠編著。丁茂遠先生的詩詞研究已經 10 多年，1991 年曾出版過《茅盾詩詞賞析》一書，而 1999 年的「解析」一書中，既保留了「賞析」一書的長處，又增添和重新結構了體例，加了「註釋」，使解析賞析之前掃除了一般讀者的閱讀障礙，從而使「解析」更凝煉。20 世紀最後一年，即 2000 年 5 月，上海組織的「20 世紀文化名人與上海」叢書，出版了宋炳輝的《茅盾——都市子夜的呼號》，全面論述了茅盾在上海時的人生選擇、人生反省、人生追求，從而為 20 世紀茅盾研究專著出版畫上了一個句號。

總之，茅盾百年紀念和研究是 20 世紀茅盾研究史上最後的一個輝煌，同時也是新世紀茅盾研究的一個新台階。相信在這個百年的新輝煌的新台階上，新世紀的茅盾研究會更上一層樓。

簡短的小結

浩浩蕩蕩的 20 世紀結束了，紛紛攘攘的 20 世紀給人們留下了財富也留

下了思索，留下了歡悅也留下了苦難。前半個世紀，中國人民爲了民族的獨立爲了人民自由，浴血奮鬥，後半個世紀經歷了曲折和更甦，走出一條有中國特色的社會主義道路，爲 21 世紀奠定了一個堅實的基礎。茅盾研究作爲一門隨著一個偉大作家的誕生而誕生的科學，似乎和 20 世紀的歷史風雲有著天然的聯繫，社會的風雲和研究的曲折，成爲 20 世紀茅盾研究的一條鮮明的曲線，二三十年代的褒貶不一，40 年代的初步輝煌，50 年代的不合時宜，60～70 年代的遭冷落，80 年代的崛起到 90 年代的輝煌，曲線的走向緊緊跟隨時代的變化，顯然，茅盾研究在曲折中前進，起伏中發展。

在 20 世紀末的幾年間，茅盾研究達到成熟的程度。在中國茅盾研究會的引導下，慶祝茅盾百年華誕有了相當明確的主導意識，引導學術圍繞茅盾研究某個主題進行全方位、多角度地深入探討。這種專題性質的學術研究的活動極大地調動了茅盾研究者的學術興趣，也有利於深化某個主題的研究，不至於出現漫無邊際的散沙般討論，因此這種有學會組織的深入進行的學術活動是十分符合中國國情的。

世紀茅盾在 20 世紀樹起一座豐碑——儘管茅盾這座世紀豐碑經過歷史風雨的考驗和洗禮，然而對茅盾的認識依然還在進行過程中，對茅盾在 20 世紀所作出的各方面的貢獻還未全部開掘出來讓世人認識，許多學術研究課題甚至還處在處女地位置，期待著學人在新世紀去開發去研究，如茅盾作品手稿的研究，茅盾哲學思想，茅盾書法藝術研究，茅盾的文化行政管理藝術等等，都至今少見有人研究。還有一些課題也剛剛開始，如茅盾對民族化的貢獻，對當代性的貢獻，中外文化的繼承發展尤其是發展方面的貢獻，也都僅僅是破題，深化還有待於新世紀學人去努力。總之，茅盾研究儘管在 20 世紀經歷了七八十年，但從某種意義上講，20 世紀也只是爲下個世紀以及下下個世紀的茅盾研究打下個基礎。因此，《二十世紀茅盾研究史》也僅僅是一個斷代學術研究史。相信 21 世紀茅盾研究史仍會有人編撰，爲中國文化中國學術的積累工作，爲燦爛的中國文化繼續添上一筆。

後　記

　　茅盾作爲一位中國文學巨匠，在 20 世紀的七八十年裡形成爲中國現代文學的分支學科——茅盾研究。這引起了中國和世界各國研究中國現代文學學者的極大興趣，並爲創建茅盾研究這門科學作出不懈努力。歷史走到 20 世紀盡頭，幾代學人構築起來的茅盾研究已經規模粗具，形成有自己特色和魅力一門學科。然而歷史的一維性無法讓喜愛茅盾文學的人們有一個清晰的輪廓，更無法了解茅盾研究幾代學人的聰明才智和心血，說白了，這幾代學人將自己的聰明才智貢獻給了茅盾研究，後人是不應忘卻，也不該忘卻的。出於這樣的動機，我用兩年多的業餘時間，撰著了這部《二十世紀茅盾研究史》。

　　當寫到最後一節時，我發現茅盾研究在世紀末有種世紀初的欣欣向榮的氣象，一股厚重成熟的氣息從字裡行間向我撲面而來。其實，時間也僅僅是一個符號，實質應該是進步是發展。然而我也清楚地意識到，今天的輝煌和成熟，是在幾十年的曲折和艱難中走過來的，是經過幾代學人的拼搏而得來的，因此，我在不忘這幾代學人的努力的同時，也努力把這曲折和艱難以及拼搏寫出來，眞實地記錄在這本書中。當然，茅盾研究的艱難和曲折與其他一些研究比較起來，似乎還沒有達到「生死存亡」的程度，但也緊緊貼在中國革命的歷史上，貼在研究對象的政治起伏上，非常明顯，也非常清晰。這也正好爲我寫作這部書提供了某種線索，憑藉我 20 餘年來的茅盾研究和對中國現代史、當代史的了解，一路寫來似乎並不碰到繞不過的山川河流，因爲在梳理中傾注了我個人的學術見解，儘管這些學術見解在學富五車的前輩面前顯得粗疏，但卻是我個人眞實的「茅盾研究觀」，包括對茅盾的爭論和 80 年代對茅盾作品的微詞，我站在一定的歷史距離上與之對話，自覺還是眞誠的，沒有矯情。

　　寫這部書，在體例上我在動手之前作了相當長的思考和準備，但後來也發現「史」的框架和體例並無一定之規，也應量體裁衣，自我設計自我建造，便成了現在這個樣子。當不當，妥不妥，只好留待讀者去評判了。

　　在跨入新世紀時，回頭望望，海內外還沒有一部存在了七八十年的茅盾研究的研究史，我才斗膽寫了出來，因而，照例要說一句，由於才疏學淺，錯誤之處望海內外學人指正。

2000 年 7 月 27 日

主要參考書目

1. 《茅盾評傳》，伏志英編，現代書局 1931 年版。

2. 《茅盾論》，黃人影編，光華書局 1933 年版。

3. 《中國現代文學史略》，丁易，作家出版社 1955 年版。

4. 《中國新文學史初稿》，劉綬松，作家出版社 1956 年版。

5. 《茅盾小說講話》，吳奔星，四川人民出版社 1982 年版。

6. 《茅盾的文學道路》，邵伯周，長江文藝出版社 1979 年版。

7. 《論茅盾四十年的文學道路》，葉子銘，上海文藝出版社 1978 年版。

8. 《茅盾研究資料集》，山東大學中文系編，1979 年鉛印本。

9. 《論茅盾的生活與創作》，孫中田，百花文藝出版社 1980 年版。

10. 《黎明的文學——中國現實主義作家‧茅盾》，松井博光，浙江人民出版社 1982 年版。

11. 《茅盾》，侯成言，黑龍江人民出版社 1982 年版。

12. 《茅盾的創作歷程》，莊鍾慶，人民文學出版社 1982 年版。

13. 《中國新文學史稿》，王瑤，上海文藝出版社 1982 年版。

14. 《茅盾在香港和桂林的文學成就》，林煥平，浙江人民出版社 1982 年版。

15. 《憶茅公》，文化藝術出版社編，文化藝術出版社 1982 年版。

16. 《茅盾與兒童文學》，金燕玉編，河南少年兒童出版社 1983 年版。

17. 《茅盾作品淺論》，丁爾綱，青海人民出版社 1983 年版。

18. 《茅盾研究資料》（上、中、下），孫中田、查國華編，中國社會科學出版社 1983 年版。

19. 《茅盾漫評》，葉子銘，百花文藝出版社 1983 年版。

20. 《茅盾前期文學思想散論》，朱德發、阿岩、翟德耀，山東人民出版社 1983 年版。

21.《茅盾研究論文選集》（上、下），中國茅盾研究學會編，湖南人民出版社 1983 年版。

22.《茅盾研究論文集》，嘉興師專中文科茅盾研究小組編，1984 年印刷。

23.《茅盾研究論集》，莊鍾慶，天津人民出版社 1984 年版。

24.《茅盾研究》（第 1 輯），《茅盾研究》編輯部編，文化藝術出版社 1984 年版。

25.《茅盾研究在國外》，李岫編，湖南人民出版社 1984 年版。

26.《茅盾研究》（第 1 期），《嘉興師專學報》編輯部編，1984 年印刷。

27.《茅盾筆名印集》，中國書法家協會浙江分會、浙江省桐鄉縣文化局編，浙江人民出版社 1984 年版。

28.《茅盾與兒童文學》，孔海珠編，少年兒童出版社 1984 年版。

29.《茅盾研究》（第 2 輯），《茅盾研究》編輯部編，文化藝術出版社 1984 年版。

30.《茅盾史實發微》，莊鍾慶，湖南人民出版社 1985 年版。

31.《茅盾年譜》，查國華，長江文藝出版社 1985 年版。

32.《中國當代文學研究資料‧茅盾專集》（第 2 卷上、下冊），唐金海、孔海珠編，福建人民出版社 1985 年版

33.《茅盾紀實》，莊鍾慶編，四川文藝出版社 1986 年版。

34.《茅盾研究》（第 2 期），《湖州師專學報》編輯部編，1986 年印刷。

35.《茅盾的早年生活》，孔海珠、王爾齡，湖南文藝出版社 1986 年版。

36.《茅盾少年時代作文賞析》，鍾桂松，河南文心出版社 1986 年版。

37.《茅盾年譜》，萬樹玉，浙江文藝出版社 1986 年版。

38.《茅盾在新疆》，陸維天編，新疆人民出版社 1986 年版。

39.《茅盾評傳》，邵伯周，四川人民出版社 1987 年版。

40.《論茅盾的創作藝術》，浙江省茅盾研究學會編，浙江文藝出版社 1987 年版。

41.《論茅盾的早期文學思想》，楊健民，湖南人民出版社 1987 年版。

42.《茅盾》，孫中田、李慶國，人民文學出版社 1987 年版。

43.《茅盾九十誕辰紀念論文集》，中國茅盾研究會編，作家出版社 1987 年版。

44.《茅盾研究》（第 3 輯），《茅盾研究》編輯部編，文化藝術出版社 1988 年版。

45.《一代文豪：茅盾的一生》，李廣德，上海文藝出版社 1988 年版。

46.《茅盾比較研究論稿》，李岫，北嶽文藝出版社 1988 年版。

47. 《理性‧社會‧客體——茅盾藝術美學論稿》，曹萬生，四川社會科學院出版社 1988 年版。

48. 《茅盾小說論》，王嘉良，上海文藝出版社 1989 年版。

49. 《茅盾傳》，李標晶，團結出版社 1990 年版。

50. 《一個批評家的心路歷程》，丁亞平，上海文藝出版社 1990 年版。

51. 《茅盾研究》第 4 輯，《茅盾研究》編輯部編，文化藝術出版社 1990 年版。

52. 《回眸集》，羅宗義，團結出版社 1990 年版。

53. 《〈子夜〉的藝術世界》，孫中田，上海文藝出版社 1990 年版。

54. 《茅盾研究》（第 5 輯），《茅盾研究》編輯部編，文化藝術出版社 1991 年版。

55. 《茅盾文藝美學思想論稿》，史瑤、王嘉良、錢誠一、駱寒超，杭州大學出版社 1991 年版。

56. 《夢回星移——茅盾晚年的生活見聞》，葉子銘，南京大學出版社 1991 年版。

57. 《茅盾文體論初探》，李標晶，廈門大學出版社 1991 年版。

58. 《茅盾小說的藝術世界》，邱文治，百花文藝出版社 1991 年版。

59. 《茅盾與故鄉》，鍾桂松，四川文藝出版社 1991 年版。

60. 《茅盾文學批評論》，羅宗義，廈門大學出版社 1991 年版。

61. 《茅盾與外國文學》，黎舟、闕國虬，廈門大學出版社 1991 年版。

62. 《茅盾學論稿》，李廣德，香港正之出版社 1991 年版。

63. 《茅盾詩詞鑒賞》，丁茂遠，杭州大學出版社 1991 年版。

64. 《中國革命與茅盾的文學道路》，史瑤主編，杭州大學出版社 1992 年版。

65. 《茅盾〈蝕〉三部曲的歷史分析》，陳幼石，社會科學文獻出版社 1993 年版。

66. 《簡明茅盾詞典》，李標晶、王嘉良編，甘肅教育出版社 1993 年版。

67. 《人間茅盾——茅盾和他同時代的人》，鍾桂松，河南人民出版社 1993 年版。

68. 《茅盾對外國文學的借鑒與創新》，李庶長，山東大學出版社 1993 年版。

69. 《茅盾的創作個性》，唐紀如，廈門大學出版社 1993 年版。

70. 《茅盾的藝術世界》，丁爾綱，青島出版社 1993 年版。

71. 《茅盾孔德沚》，丁爾綱，中國青年出版社 1995 年版。

72. 《編輯家茅盾評傳》，李頻，河南大學出版社 1995 年版。

73. 《茅盾研究》（第 6 輯），《茅盾研究》編輯部編，北京師範大學出版社 1995 年版。

74.《論茅盾的小說藝術》，史瑤，廈門大學出版社 1995 年版。

75.《茅盾——「人生派」的大師》，黃侯興，山東人民出版社 1996 年版。

76.《茅盾年譜》（上、下），唐金海、劉長鼎主編，山西高校聯合出版社 1996 年版。

77.《茅盾和我》，萬樹玉、李岫編，中國廣播電視出版社 1996 年版。

78.《茅盾傳》，鍾桂松，東方出版社 1996 年版。

79.《茅盾的文論歷程》，莊鍾慶，上海文藝出版社 1996 年版。

80.《轉折時期的文學思想——茅盾早期文學思想研究》，楊揚，華東師範大學出版社 1996 年版。

81.《茅盾與浙江》，徐越化、顧忠國主編，海南出版社 1996 年版。

82.《茅盾評說》，歐家斤，學林出版社 1997 年版。

83.《茅盾與 20 世紀中國文化》，王嘉良主編，天津人民出版社 1997 年版。

84.《茅盾傳——坎坷與輝煌》，鍾桂松，河南文藝出版社 1998 年版。

85.《茅盾印譜》，錢君匋篆刻，湖南美術出版社，1986 年版。

86.《茅盾的童心》，金燕玉，南京出版社 1990 年版。

87.《茅盾研究 60 年》，邱文治，天津教育出版社 1990 年版。

88.《茅盾與中外文化》，《茅盾與中外文化》編輯組編，南京大學出版社 1993 年版。

89.《茅盾早期思想新探》，丁柏銓，南京大學出版社 1993 年版。

90.《茅盾與二十世紀》，中國茅盾研究會編，華夏出版社 1997 年版。

91.《茅盾研究與我》，吳福輝、李頻編，華夏出版社 1997 年版。

92.《時代女性論稿》，陸文采、王建中，瀋陽出版社 1993 年版。

93.《封閉與開放——茅盾小說藝術論》，劉煥林，廣西教育出版社 1997 年版。

94.《茅盾詩詞解析》，丁茂遠，吉林文史出版社 1999 年版。

95.《茅盾評傳》，丁爾綱，重慶出版社 1998 年版。